LES ENFANTS DE LA NUIT

Eva Ionesco est née en 1965. Après une carrière de modèle, elle fait des études théâtrales avec Patrice Chéreau, joue dans plusieurs longs métrages et pièces avant de passer à la réalisation avec le film expérimental *La Loi de la forêt* en 2009, puis les longs métrages *My Little Princess* en 2011 et *Une jeunesse dorée* en 2019. Après *Innocence*, le roman de l'enfance, *Les Enfants de la nuit* est celui de l'adolescence et de toutes les premières fois. Son dernier ouvrage, *La Bague au doigt*, est disponible aux éditions Robert Laffont.

Paru au Livre de Poche :

INNOCENCE

EVA IONESCO

Les Enfants de la nuit

ROMAN

GRASSET

ISBN : 978-2-253-94085-2 – 1re publication LGF

À mes amis

1976

C'était un beau printemps qui annonçait un été brûlant, le ciel strié de lames de rasoir rose et bleu tendre s'étirait au-dessus des immeubles des Halles, et parfois des fenêtres grandes ouvertes laissaient échapper des musiques schizophrènes. Dans les rues autour du trou des bandes de punks et de rockers s'affrontaient sauvagement tandis que le long des trottoirs des Cadillac décapotables, Thunderbird, Buick et Chevrolet rutilantes semblaient n'attendre que moi *for a ride with someone somewhere.* Mais pas d'ami à qui me confier, pas d'amoureux qui me protège, rien que ma solitude et impossible de réfléchir sérieusement sans penser à la mort. Je venais enfin d'avoir 11 ans, grâce à mes talons aiguilles de 10, je parvenais au mètre 70. En marchant, mes cheveux blond platine caressaient en cadence régulière le bord de mon short bleu pétrole, j'étais si fière de ma poitrine naissante contenue dans un soutien-gorge à coques Dim dernier cri qui tendait furieusement mon minipull jaune poussin. Je me sentais *super femme.*

Irène, tout en noir, me suivait comme un double obscur et mat. À la boutique Survival, partout des néons, du béton et des tenues de combat, des vinyles et des rations de survie, ce n'était pas à mon goût. En traversant la place des Innocents inondée d'une gloire éclatante, j'ai ressenti à travers la lumière l'appel lointain d'un immense amour et l'espace de quelques instants, j'ai chaviré. Chez Kiruna Melba, je me suis surprise à caresser tendrement des robes en serviette éponge sous l'œil réprobateur d'Irène mais j'envisageais d'aller aux Messageries place Sainte-Opportune essayer une paire de mules éditée par Frederick's of Hollywood. Dans la boutique des groupes de rock aimaient flâner à la recherche d'un costume de tweed ou d'une paire de chaussures bicolores. Le patron, un grand costaud répondant au nom de Jean Bernard, m'offrait toujours un Coca-Cola avec une paille. Ce jour-là, un jeune garçon aux yeux noisette, sa caisse de guitare à la main, allait et venait devant le miroir dans un imperméable neuf. Il étudiait, agacé, la position de son corps souple dans le vêtement trop raide.

— JB ?

— Ouais Gene.

— Ouais… l'imper, il engonce, tu trouves pas ?

— Il faut le porter pour le faire, ça Gene tu connais la chanson.

Irène examinait dans une coupelle des porte-jarretelles pour ses modèles et Gene m'a observée siroter mon Coca-Cola.

— Toi, tu le trouves comment ?

— Ça fait imperméable de facho !

Il est resté bouche bée face à ma sincérité.

— Bah, justement c'est ça qui fait tilter… T'as pas capté…

On s'est jaugés. En finissant d'aspirer mon Coca avec ma paille j'ai émis un petit bruit de siphon. Je me suis levée, il a apprécié mon buste, devinant que je portais un serre-taille, puis esquissé un sourire ravageur quand il a vu une grande paire de ciseaux et une affiche Danger de Mort, ramassée dans un chantier, gisant dans mon sac transparent.

— Irène ?

— Minou ?

— *Let's go.*

Au Diable des Lombards, elle mangeait un cheeseburger aussi gras que sa peau tandis que je dégustais un *corn in the cob* quand Gene a franchi la porte, vêtu de son imperméable, et m'a visée d'un œil prédateur, frottant deux de ses canines entre elles. Puis il a extirpé une boîte d'allumettes de sa poche, l'a lancée haut en l'air pour habilement la rattraper de son autre main.

— Garçon, un baby.

Il était arrogant et rebelle, j'aimais les beaux rockers.

Irène, crédule, ne voyait pas notre manège, elle tournait le dos à Gene tout en se trémoussant à contretemps sur une ballade d'Elvis, *Are you lonesome tonight ?* Ses lèvres barbouillées de mayonnaise me soulevaient le cœur.

— On va aller chez Upla ?

— Je dois d'abord voir Bijam pour récupérer le fric des photos que j'ai faites de toi.

— Tu m'as promis…

— Minute papillon !

Irène s'est levée pour aller téléphoner dans la cabine métallique. Ouvert à toute heure, le Diable des Lombards ressemblait en bien des points à un décor du film *American Graffiti*. Je fixais la sortie, espérant qu'elle tienne ses promesses et m'offre pour mon anniversaire un sac Upla rose, un sweat rose Fruit of the Loom et un parfum à la rose de chez Crabtree & Evelyn pour aller avec mon pantalon de velours rose que mamie s'était donné la peine de beaucoup trop resserrer et je pensais que l'avenir faisait gravement délirer.

— Bijam Aalam nous attend.

Elle est allée payer au bar, elle farfouillait tant dans son sac qu'elle en a renversé la moitié par terre, Gene s'est baissé pour l'aider à récupérer ses effets personnels.

— Ça vous ennuie si je vous demande votre numéro de téléphone ?

— Pour quoi faire ?

— Pour vous parler, faire votre connaissance tout simplement.

Elle a griffonné son numéro de téléphone sur la boîte d'allumettes, Gene me souriait, j'ai dit tout fort : Je me casse !

Galerie Véro-Dodat, Bijam était absent, parti en urgence pour un rendez-vous chez Angelina. Malheureusement il n'avait rien laissé à l'attention d'Irène, même pas un petit mot. Alors, contrite, elle a sorti le *Pariscope* de son sac et les pigeons lui ont chié dessus sans qu'elle s'en aperçoive.

— C'est trop nul ! Mon cadeau... j'ai lancé.

— Ça peut attendre samedi. Ne sois pas impatiente, reste tranquille chouchou.

Je me suis aventurée dans le passage parmi les devantures aux vitrines sombres où se tenaient des mannequins abandonnés. Sous la verrière opaque, le sol à damier noir et blanc cinétique, et entre les boutiques, des paysages peints d'inspiration antique, défraîchis, effacés, me communiquaient dans un profond vertige le sentiment d'un âge d'or éternel.

Soudain est arrivé un minuscule farfadet en cape militaire, qui rôdait en me dévisageant. À cette distance je n'arrivais pas à deviner son âge ni son sexe – les farfadets dans les contes de fées sont sans âge. Il s'est avancé furtivement jusqu'à la galerie Bijam Aalam pour disparaître à l'intérieur. Intriguée, je le guettais mais il ne sortait pas.

— Il faut qu'on aille à l'Action République voir *Tous les autres s'appellent Ali* de Fassbinder, c'est l'histoire d'un pauvre immigré marocain qui tombe amoureux d'une vieille, c'est très fort.

— Ouais si tu veux…

Dans le métro, qui sentait le ticket bouilli, je me tenais à distance de ma mère. Les gens me reluquaient mais heureusement j'avais mis mes lunettes roses. Au cinéma, elle répliquait tout haut à la place des acteurs, alors les quelques spectateurs solitaires dispersés dans la salle, furieux, nous ont invectivées pour mieux nous virer. Perdues on s'est traînées boulevard Beaumarchais. Elle a commencé à graffer *Phallo* sur la porte des immeubles. Je l'ai devancée pour admirer le cirque d'hiver Bouglione qui venait de s'illuminer, les foires m'ont toujours attirée à la nuit tombée. Dans le square, des clochards s'engueulaient allongés sous les buissons et au loin, avec les nuages qui se retiraient, l'ange miroitait dans le soleil couchant, me procurant un apaisement se nichant au creux de ma chair. Le farfadet a surgi d'un immeuble, sa cape ne voletait plus et ses pieds glissaient sur le sol, un secret que détiennent les danseuses des ballets russes afin de donner aux spectateurs l'illusion de se déplacer à la vitesse de l'éclair sans avoir le moindre besoin de bouger, j'étais subjuguée. J'aperçus un visage d'enfant maquillé et j'eus la sensation inoubliable de me reconnaître. Le jeune garçon m'a dévorée des yeux, une éternité, nous étions à deux doigts de nous adresser la parole quand Irène flapie de ses efforts inutiles m'a rattrapée.

— Qu'est-ce que tu fous ? Allez on rentre porte Dorée…

Subitement le farfadet a cavalé vers la République, Irène m'a rapidement entraînée dans le métro. Je me demandais qui pouvait être ce garçon excentrique et pourquoi il passait par la porte de chez Bijam pour sortir mystérieusement devant mon cirque. Et pourquoi portait-il le même maquillage que moi, les yeux charbon à la Theda Bara ?

C'est à partir de ce soir-là et de cette rencontre étrange que je commençai à penser intensément aux lutins, aux génies, aux anges et aux reflets que génèrent à distance les esprits démoniaques. Je lui prêtais mille intentions et sentais intuitivement que nous allions nous revoir. Une telle évidence m'effrayait tout autant qu'elle me réjouissait, l'entrée dans l'adolescence provoquait à n'en pas douter des effets hallucinatoires. Irène trottinait pieds nus rue Monsieur-le-Prince, je la suivais mollement. Sur le boulevard Saint-Germain se dressait une colonne Morris avec dessus une affiche du *Locataire* de Polanski dans lequel j'avais joué le rôle d'une infirme qui « fait caca sur tous les paillassons ». La sortie du film prévue dans deux jours ressuscitait dans mon esprit une vieille intrigue d'Irène. Un soir après le tournage, elle avait manigancé un dîner improvisé chez Roman dans son appartement de l'avenue Montaigne.Une tractation dont j'étais l'objet avait eu lieu sans que je le sache : je devais coucher avec Roman Polanski, mon metteur en scène. Mais une fois dans sa chambre, assise près de lui sur son lit, il me trouva trop jeune et, ennuyé, pria Irène avec son accent polonais de me ramener à la maison. Je me sentais blessée de ne pas avoir assisté à l'avant-première. Je pensais bêtement être une mauvaise actrice incapable de jouer convenablement mon rôle.

— Tu crois qu'ils m'ont coupée, c'est pour ça qu'ils ne m'ont pas conviée ?

— S'il a fait ça, c'est dégueulasse, je vais les appeler et au pire on ira voir le film en salle.

La production prétendait ne pas détenir assez de places pour l'avant-première alors nous sommes allées à l'Odéon mais la caissière qui me connaissait a refusé de me laisser entrer, prétextant que le film était interdit aux moins de 12 ans. Peinée, j'errais sur le boulevard et Irène affalée sur un banc criait :

— Ah là là qu'est-ce que c'est dommage tu ne trouves pas ? Ne t'en fais pas Eva tout n'est pas interdit…

Je ne l'écoutais plus, je préférais fixer ma pensée sur rien mais sa présence aussi négative qu'encombrante me dérangeait.

— On rentre !

— C'est toi qui décides maintenant ?

Dans le taxi elle ne parlait que d'elle et de son travail et du monde de crétins hostiles qui nous entouraient. Elle finissait toujours par m'atteindre avec son flot ininterrompu de paroles, j'avais envie de mourir. J'espérais du fond du cœur un ami, un amour et les immeubles défilaient dans un ciel noirci d'épouvantes.

En France on annonçait un été torride, du jamais vu, les magazines proposaient des collections spécial canicule. Rue de Buci, des filles et des garçons torse nu s'amusaient en chahutant aux terrasses des cafés. Je voulais absolument une paire supplémentaire de chaussures de chez Sacha. La boutique, pleine à craquer, refoulait du monde jusque sur le trottoir. J'avais choisi de foncer droit dans le tas quand un garçon à grandes mèches sur l'œil qui portait curieusement comme moi un tee-shirt Mickey Mouse m'a vivement bousculée en sortant rapidement du magasin pour disparaître en riant rue de Seine. Quelques jours plus tard, je tombais à nouveau sur lui dans le Marais chez Andreas Mahl, un ami photographe d'Irène. La chaleur avait considérablement augmenté, il régnait sur Paris une torpeur tropicale. Il se faisait appeler

Timothée et s'amusait à s'extasier sur mes souliers, du même modèle que les siens, des méduses Salomé bleues, mais à talons compensés. Timothée disait des choses insensées, il prétendait avoir redoublé quatre fois sa classe et être avec des nains, que Cyrille Putman s'était fait arrêter à sa place alors que c'était lui le voleur des Salomé, qu'il vivait avec sa mère et des femmes à l'origine du Planning familial, qu'il voulait s'enfuir pour toujours ou aller à Arles cet été rejoindre David Reol, un homme qui photographiait des jeunes adolescents en scout, en marin ou en tenue d'Adam, entourés de mannequins en feu dans des écoles, des villages, des bus, des champs et des chambres dorées.

Il riait beaucoup. À lui non plus, je ne donnais pas d'âge. Nous avons mangé du poisson bouilli dégoûtant et d'un regard j'ai immédiatement saisi que nous partagions un même sens de la fatalité et que tous les autres autour de nous n'étaient que des crétins finis. Dans la rue obscure aux odeurs lourdes de jasmin fané, il s'inquiétait mélancoliquement de l'heure, craignant de rater le dernier métro.

— On se reverra bientôt… ?

Je n'arrivais pas à répondre car son tee-shirt Mickey, cette fois sur une planche à roulettes, m'avait déplu.

— Je dois partir en Espagne.

— Il faut que je me dépêche, salut !

Il s'est mis à courir rue du Temple – il a disparu dans la nuit. Comment allions-nous nous revoir puisque nous n'avions même pas échangé nos numéros de téléphone ?

Je suis partie à Marbella, Irène m'avait vendue à Jacques Bourboulon pour poser nue et un soir, alors que je dansais à Ibiza au Pacha Club pour la première fois de ma vie, elle m'a rejointe ivre et titubante pour m'apprendre la mort de mon père décédé un an auparavant. Les vacances se poursuivirent en Autriche avec *Maladolescenza*, un film érotique italien où j'interprète à regret une enfant qui apprend à faire l'amour et à feindre l'acte sexuel avec d'autres enfants, sous l'œil avide d'Irène qui s'était fait engrosser par mon metteur en scène Pier Giuseppe Murgia. Puis nous avons rejoint les chaleurs étouffantes et crépusculaires de Rome. Place d'Espagne telle une clocharde j'ai dû vendre mes Barbie sur un étal à des touristes parce qu'Irène s'était empoché à mes dépens la totalité de mes cachets en vue de se faire une belle opération de chirurgie plastique. Enfin, j'ai atterri à Paris bien après la rentrée des classes, il faisait gris. J'habitais avec mon arrière-grand-mère dans une chambre de bonne, j'y ai retrouvé mon lit de camp trop petit, la même icône et les mêmes fenêtres donnant sur le boulevard Soult. En m'y penchant, je voyais sur le pâté jouxtant le mien le lycée Paul-Valéry et maintenant que j'y étais en sixième, je le détestais. Des élèves m'insultaient, je n'entrevoyais aucun avenir et gardais de l'Angleterre où j'avais séjourné un goût exotique pour la mort. Souvent, après les cours, je partais m'allonger sur les tombes du cimetière de Saint-Mandé, espérant de toutes mes forces rencontrer enfin un ami avec qui je pourrais partager ma vie.

À l'arrivée de l'automne, taciturne et morne, j'accompagne à regret Irène à la Contrescarpe. Il pleut des cordes, je hais ce quartier sale rempli de vieux babas qui puent le cool. Nous entrons à la galerie Lolop pour un vernissage de photographies en noir et blanc de Négrepont, *Des éphèbes et des petits garçons*. Sur l'un des clichés, un enfant de 6 ans se dénude en plein soleil sous l'œil concupiscent d'un vieil Arabe, un autre montre ses fesses dodues le buste penché en avant sur une motocyclette, un petit gitan de 5 ans le visage barbouillé de suie est accroupi dans les ordures le sourire aguicheur. Ces images me répugnent, je m'assois sur un cube blanc dans un coin. Les hommes me scrutent, spectacle vivant permanent tandis qu'Irène drague le galeriste dans l'espoir de m'y exposer. L'espace est petit, beaucoup de folles tordues se pâment. Adossé contre un mur, Alain Pacadis. La dernière fois que je l'ai croisé, c'était à un thé chez Huguette Spengler galerie Vivienne. Je suis jeune mais déjà blasée, épuisée par cette révolution sexuelle au goût d'arrière-salle d'asile qui n'en finit plus. Soudain, le farfadet arrive plein d'assurance en pantalon de vinyle noir et tee-shirt lacéré de chez Sex, suivi d'un homme âgé, coupe au bol, sanglé d'un imperméable mastic. Le farfadet se faufile, m'observe d'un air impavide. Il est beaucoup plus grand, maigre et jeune que je me l'imaginais, sans son maquillage ses yeux d'ébène paraissent languides et légèrement bridés, ses cheveux noirs et frisés sont gominés. Il pouffe de rire, se retient, se mord les joues mais je résiste à cette attaque et ne cligne pas d'un cil. Son acolyte ajuste son regard, me jauge puis l'attrape par l'épaule d'un geste paternel avant de rapidement faire le tour de la galerie et de disparaître. Alain ivre s'assoit sur mon cube.

— C'était qui ?

— David Reol.

— Non l'autre garçon en pantalon de vinyle c'est qui ?

— Je sais pas… si, je l'ai peut-être croisé avec les Gazolines, Guy Hocquenghem ou René Schérer rue de Plaisance, je sais plus… Vous allez à la Coupole ?

— Non…

Machinalement je suis sortie, Alain m'a suivie mais il n'y avait personne, dehors la nuit était tombée. Il s'est penché, il m'a souri timidement, avec ses dents toutes cariées et ses grands yeux qui me reprochaient tant d'exister il devenait inquiétant, au bout d'un long moment, il a fini par partir, et son départ m'a brusquement jetée dans une étrange sensation de manque.

Samedi matin le temps était resplendissant Irène et moi avons décidé de sauter dans la chignole et d'aller chiner à Montreuil. Elle s'extasiait sur des rouleaux de vieilles dentelles au mètre tandis que je recherchais une robe bustier bien *fifties*. Mes yeux sont tombés sur le farfadet, il marchait dans ma direction en compagnie d'un jeune garçon asiatique, tous deux habillés de marcels moulants à trou-trou et de foulards autour du cou. Tandis que ses yeux me fixaient, aussi tranchants qu'une lame dans mon cœur, il a donné un bon coup de coude à son copain en chuchotant à son oreille pour que je n'entende rien. J'attendais qu'il vienne vers moi et se présente enfin mais il s'est accroché en ricanant au bras de son copain et ils ont hâtivement exécuté une pirouette, changé d'allée. Meurtrie, déroutée, je me suis laissée choir sur le tas de frippe. Enfin, quel était le nom de ce garçon ?

Et qui était-il ?

Le dimanche je me suis aventurée seule au bois de Vincennes pour déguster une gaufre à la chantilly. Étendue dans l'herbe au soleil, je songeais à Roman Polanski, aux drogues fortes et au cinéma. Avant toutes les prises, Roman, impétueux, éclatait une ampoule de poppers dans un mouchoir qu'il fourrait avec une habile discrétion sous mon nez dans l'intention de me débrider. Secrètement j'appréhendais la sortie de *Spermula*, film où j'interprète une novice venue d'une lointaine planète pour tuer les hommes en avalant leur sperme et qui tout excitée ne peut s'empêcher de se masturber, mais aussi de *Maladolescenza* où l'on fait l'amour à trois enfants. Au loin des cygnes glissent lentement sur le lac, je me demandais si le grand blanc qui m'a mordu la main enfant existait toujours.

Le lendemain au lycée, en allant m'asseoir à ma place au cours de français, j'ai trouvé sur ma chaise un grand oiseau mort au plumage blanc. Les élèves m'en voulaient, effrayée j'ai pris la fuite, amusés ils m'ont pourchassée en me jetant des cailloux et quelqu'un m'empoigne vivement le bras, c'est le farfadet.

— Foutez le camp bande de nazes !

Il a repoussé témérairement mes ennemis, certains tentent d'arracher mes cheveux mais il a fait barrage à l'entrée du lycée, alors je me suis enfuie sur le boulevard Soult et quand je me suis retournée, il avait disparu. Était-ce une blague ? À quel jeu jouait-il ?

Je l'attendais derrière la grille du 16 boulevard Soult, j'espérais éperdument qu'il vienne. Et le voilà qui s'approchait doucement pour se figer dans une pose de lover boy underground, alors n'y tenant plus cette fois c'est moi qui suis venue à sa rencontre.

— Dis, c'est quoi ton nom ?!

— Chrristtiann !

Il appuyait sur l'accent anglais pour faire ressortir le mot Christ.

— Christian, ça veut dire Christ.

Je pense, quel culot.

— Tu viens Eva ?

J'entendis une voix ronde, sympathique, un poil de drague.

— Où ?

— Chez moi ?

— Chez toi ? Et t'es au lycée Paul-Valéry ?

Il a pris un air crâne, son sourcil s'est redressé.

— Bah, ça se voit pas peut-être… ?

Son aplomb me déstabilisait :

— J'en sais rien tu fais peut-être semblant d'y être.

— … Pas du tout… ! Les types du lycée, c'est des connards, je les déteste… Ils m'emmerdent j'te dis même pas…

— Et pourquoi toi et moi on ne s'est pas parlé avant, pourquoi t'as rien dit ?

— C'est la vie…

Et nous avons ri.

— T'es en quelle classe ?

— En cinquième.

— Et t'as quel âge ?

— 13 ans.

Des garçons cavalaient dans notre direction, il m'a prise par le bras et nous avons traversé le boulevard Soult en courant jusqu'à l'avenue Daumesnil où il s'est arrêté essoufflé.

— T'as été voir le 3 septembre les Sex Pistols au Chalet du Lac ?

— Non c'était l'anniversaire de ma vieille j'étais à Rome.

— Pour quoi faire ?

— Un truc, pas envie d'en parler !

J'ai retiré mes talons aiguilles en veau velours gris éléphant, je me suis retournée pour apprécier cette fin d'après-midi nimbée de poussières miroitantes stagnant à cet endroit de notre jeunesse qu'il fallait cueillir, le bar-tabac de la porte Dorée, la belle statue d'Athéna, le musée des Colonies et le bois de Vincennes.

En silence nous marchons en cadence régulière et passons sous le pont sombre et humide de la petite ceinture, je le sens ému par ma présence. Cette rencontre anime ma joie au-delà de mes espérances.

— Christian, tu savais que j'étais au lycée ?

— Et que tu vivais dans l'immeuble d'à côté dans une chambre au rez-de-chaussée avec ta mamie, bien sûr...

— Mais depuis combien de temps ?

— Un ou deux ans je crois. Viens...

Nous tournons rue de Fécamp, au-delà commence Bercy, ses entrepôts de marchandises. Jamais je ne m'étais aventurée aussi loin dans mon XIIe arrondissement, ce secteur est plus calme et paisible, presque désolé avec de vieux bâtiments usés et délavés qui se perdent dans le ciel. Nous passons une grille, les immeubles sont identiques au mien, des HLM en briques rouges, plusieurs cours se succèdent.

— Ça fait longtemps que t'habites ici ?

— Depuis toujours !

— J'y crois pas !

— Mais si !

Dans la cage d'escalier des poussettes en rafales. Nous avons grimpé les six étages sans ascenseur. Il a ouvert la porte avec ses propres clefs et m'a fait entrer, des jouets gisaient dans le couloir donnant sur une salle à manger, je ne voyais que le canapé et la moitié de la table, couverte de piles de linge bien repassé. Christian a déposé son cartable sur la table en formica bleu ciel d'une étroite cuisine avec au bout, derrière les fenêtres, les bâtiments HLM rouges. J'entendais des gazouillis venir du salon, Christian m'a souri, je devinais qu'ici on gardait des enfants.

— Maman ?!

Une femme brune maigre s'avança dans le couloir plus sombre, un accroche-cœur sur le front, elle m'entoura de son regard.

— C'est une copine à toi ?

— Je te présente Eva…

— Vous voulez des tartines de confiture ?

— Non.

— Ma mère s'appelle Irène comme ta mère.

— Incroyable.

Sa mère me souriait et comme la mienne, il lui manquait des dents au fond de la bouche.

— Faut que j'aille rue de Madagascar porter mon linge…

Dans sa voix résonnait un vieil accent parigot, il m'emplit subitement d'une grande joie solide et fraternelle.

— Mon Christian… c't'un gentil garçon… allez !

D'un coup elle nous a poussés dans une pièce et nous claqua presque la porte au nez, je me retrouvai enfermée dans une vaste chambre au papier peint champêtre. Le sol tendu de linoléum motif bois témoignait que son élaboration datait des années 1950, bien avant la naissance de mon camarade. Christian alluma un plafonnier en rotin forme cage qui nous inclut immédiatement dans une plus grande intimité toute zébrée. Près de son lit, un téléphone blanc et un cendrier de bistrot siglé Gitane, quelques chinoiseries exotiques achetées dans des bazars au hasard. Sa fenêtre donnait sur un véritable dédale de murs rouge brique – et je songeais, nous sommes les enfants de la Cité interdite. Posé sur un secrétaire en contreplaqué 1960, un grand jeu d'échecs, des livres, une mappemonde, un Teppaz, et des étagères croulant de vinyles, les Motown, le Velvet, Patrick Juvet et les groupes anglais dans le vent mais surtout Tina Turner, James Brown, Diana Ross et Donna Summer, les Rolling Stones, son goût s'attachait davantage à la musique noire. Tandis que je visitais sa chambre, il rejetait sa tête en arrière, non sans une pointe de dédain nuancée d'envie respectueuse. Je retins mon souffle. Des vêtements excentriques étaient accrochés sur des pieux, un système ingénieux. La cape de farfadet, la tenue Seditionaries de Vivienne Westwood et des vestes de school boy et même une de smoking. Un minishort panthère, des souliers, ses méduses Sacha, des tongs, des Gégènes, des santiags et un bocal à poissons bourré de lunettes de soleil, au-dessus du tas trônaient les fameuses Lolita en forme de cœur.

— Celles-là je les ai achetées à Londres.

— T'y vas souvent ?

— Ouais j'adore... On devrait y aller ensemble... Londres c'est dément.

Mon cœur battait la chamade et j'ai dit :

— Ça serait bien, mais on est trop petits.

— Do you want a cigarette, Eve ?

— Yes of course... Christian.

Je m'asseyais sur le lit pour reprendre mes esprits et croisais les jambes, il appréciait sa proie ou ma féminité, je n'arrivais pas à savoir, peut-être les deux. Je sentais dans son regard lourd de sens sur mon corps, un regard viril. D'où lui venait ce regard assuré ? Il avait dû l'étudier chez un homme plus âgé. Le sien, plus spontané et enfantin, a jailli lorsque intriguée je me suis attardée sur l'affiche du film *Ciao ! Manhattan*.

— Edie Sedgwick… !

— Tu l'as vu ?

Il me défiait durement tout en déployant une sensibilité exubérante.

— Non…

— Tu devrais… c'est hyper hard elle est morte juste après c'est triste.

— Je sais qui c'est, c'est une super star de la Factory de Warhol elle est partie de chez ses parents milliardaires hyper jeune, elle ne savait même pas combien coûtait un ticket de métro, elle n'a jamais arrêté de se défoncer…

Soudain le silence envahit la pièce, il a allumé fébrilement un vieux clopeau sur lequel il avait déjà tiré et s'est courbé vers le sol en toussant.

— Well… and you speak english, Chrristiannn ?

— Of course like what ? ah… like my tailor is rich or Brian is in the kitchen !

On riait et la timidité s'est amenuisée alors je me suis étalée à mon aise sur son lit. Ses yeux s'accolaient à ma taille fine que j'entretenais assidûment puisque je dormais avec une guêpière. Je remarquai au-dessus de sa porte le poster d'un homme cambré nu attaché à un poteau, le corps criblé de flèches.

— C'est quoi ça, Sébastian ?

— C'est figure-toi le premier film homosexuel en latin !

— Non tu déconnes, ça existe ?

— Oui et c'est vachement bien… Derek Jarman c'est connu.

Il s'empara d'un disque Martha and the Vandellas, *Dancing in the street*, et il m'a invitée à le rejoindre face au miroir, on était diablement bien assortis. Il m'accaparait les deux mains. En rythme on s'est approchés du miroir pour jouer aux poses de faunes et de faunesses, je découvrais des sensations inédites et jamais éprouvées. Je me souviens d'avoir fait un vol plané sur son lit et enfoui ma tête dans son oreiller.

— C'est horrible j'ai fait des tas de films érotiques et j'ai peur, j'espère que *Maladolescenza*, celui que j'ai fait en Italie, ne va pas sortir en France. Je regrette…

Il hésitait, se questionnant sur les conséquences de ce qu'il allait me répondre. Soudain, dans un joyeux tapinois, ses yeux m'ont visée comme deux meurtrières :

— Écoute… bon, moi aussi je suis… euh vaguement à poil dans un film, *La Cité des neuf portes*… Dis-toi que tu t'en tapes, no regrets ! Et alors ?

Je n'osais pas demander sa préférence sexuelle, pourtant j'aurais tant aimé qu'il m'embrasse puisqu'on avait si bien dansé. C'était ma première danse à deux, tout était nouveau. Ce sentiment de découverte immense, de savoir qu'il existait, lui, près de chez moi dans mon lycée m'hallucinait, je lui faisais beaucoup d'effet et je mesurais que ce serait pour un temps durable. D'un geste dégingandé, il a fait sauter une à une les pressions de sa chemise en imitant Iggy Pop.

Yeah deep in the night, I'm lost in love
Yeah deep in the night, I'm lost in love
a thousand lights

look at you
a thousand lights
I'm lost, I'm lost

— La tête han ! T'es dépressive ?

— Nan !

— Tu me trouves comment ?

Aucun jeune garçon ne s'était approché si près de moi dans l'intimité.

— Physiquement je veux dire, tu me trouves comment ?

— Euh… Bien.

— Maigre ?… Trop maigre ?

— Non, normal.

— Normal comment ?

— Normal bien.

Il m'a entraînée dans la cuisine. Face au petit miroir à main accroché près de la fenêtre, au-dessus de l'évier cuvette, il s'est coiffé les tifs.

— Je vais te faire une tour.

— La tour de la défonce…

— N'importe naouak… Mate !

Il se peignait ses cheveux crépus à l'aide d'une grosse fourchette, les allongeait jusqu'à ce qu'ils deviennent immenses.

— C'est fou t'as la boule afro !

— Ben je peux en faire une tour je peux même te faire les Twin Towers si tu veux… Et grâce à ça, dit-il en me montrant un tube de Pento, j'aplatis tout et ça brille la classe internationale…

Il déversa le tube de graisse sur sa tête pour réduire habilement sa chevelure.

— Tu me fais penser à quelqu'un dans un film mais je sais pas qui…

Les pas de sa mère allaient et venaient dans le silence, je n'entendais plus les enfants, ils devaient être repartis chez leurs parents. Christian s'est assis sur un tabouret pour mieux enfoncer son doigt dans mon nombril, je rigolais.

— Tu veux du steak de cheval ?

— Pourquoi de cheval ?

Il prenait des airs mystérieux pleins de sous-entendus délicieux.

— Parce que c'est mon plat préféré… !

— Ha ha ha, je connais pas…

— It's divine… Maman !?

Sa mère, attendrie, nous a rejoints.

— Qu'est-ce que tu veux… ?

— Eva et moi on va se partager mon steak de cheval.

— À c't'heure ? Et le père qui va râler ?

— On s'en fout du père, j'ai la dalle…

Sa maman se pliait à ses désirs, elle a ouvert le frigo, il refluait des odeurs de charcuterie et de bière. Christian l'a attrapée par la taille, elle s'est assise sur ses genoux.

— Un, deux, trois, Maman !

Il savait la faire sauter en l'air et elle riait, il a recommencé, elle rigolait de plus belle, elle cachait sa bouche avec son torchon et Christian lui a pris des mains pour lui en faire un fichu.

— Arrête ça voyons, grand fou !

— Dis Maman ?

— Quoi ?

Au bord d'éclater de rire Christian a fait une grimace accompagnée d'un gros pet bien sonore.

— Dégoûtant, beurk.

Elle s'agitait pour évacuer la puanteur… La nuit tombait et personne n'allumait la lumière, nous restions dans le noir à nous observer et la chaleur humaine et bienveillante m'entourait de ses bras puissants.

— Si tu veux tu pourras dormir ici un soir comme ça on sortira ensemble danser dans Paris, ça te dit ?

J'ai compris qu'il était cet ami que j'attendais depuis toujours et qu'avec lui je m'évaderais de mon enfance que je haïssais.

— C'est vrai ?

Il frimait d'assurer et sa manière de s'imposer m'impressionnait.

— Oui… Ma mère elle ment à la tienne et nous on sort ensemble la nuit… Grrr.

Les dents blanches et luisantes comme des touches de piano, il faisait le méchant le gorille le tout fou, s'entortillait le torchon sur la tête et tira sa grosse langue et retourna le blanc de ses yeux.

— Grrr !

— Arrête-t'ça, tu m'as fait paour !!!

Il suivait sa mère les deux mains en avant comme un zombie dans le couloir, elle hurlait et on riait on riait et dehors c'était la nuit.

*

Ma mère était assise dans sa cuisine des lunettes noires sur le nez et au-dessus d'elle les fenêtres s'ouvrant sur le cimetière et le périphérique qui vrombissait, elle s'était avalé un truc fort, son haleine était ferreuse et ses bas tout déchirés.

— Il faut que je te parle…

— Parle ma fille, allez vas-y…

Son ton second degré teinté d'ironie macabre m'épuisait.

— C'est très important ce que j'ai à te dire et j'ai pas trop l'impression que tu m'écoutes.

— Je t'écoute ma fille…

Elle restait la bouche ouverte d'angoisse, émettant un son au diapason, du périphérique puis à celui du frigo.

— T'es défoncée ?

— De fatigue, je saigne beaucoup à cause de ton petit frère italien, ils m'ont mal curetée les salauds de toubibs à la con !

Je savais qu'elle n'allait pas m'écouter, mais parler d'elle.

— Si ça avait été une fille je l'aurais gardée, évidemment, mais un garçon y a rien à en tirer pour moi… C'est terrible… la vie… tu vois bien que je suis dans une situation dramatique, une impasse.

— Tu m'écoutes ?

— Qu'est-ce que tu as à me dire !?

— J'ai un ami au lycée, il s'appelle Christian je voudrais dormir chez lui, il ne m'arrivera rien c'est un homosexuel… S'il te plaît laisse-moi aller chez Christian, j'ai jamais eu d'amis.

— On verra ce qu'on peut faire pour toi, là je ne peux plus rien… ta maman elle est dévastée… Tu n'as pas pitié de moi ?

Je m'étais assise affable dans un coin, espérant l'impossible, j'ai joint les mains.

— S'il te plaît…

— Tu sais que je n'aime pas beaucoup ces histoires d'amis, toi tu n'as besoin de personne tu es exceptionnelle !

— Putain, toi t'as Gabor c'est ton meilleur ami homosexuel !

— C'est vrai, il est incroyable et les pédés sont inoffensifs. On verra ce qu'on peut faire pour toi…

Irène épluchait une banane mûre qu'elle a absorbée, une grosse mouche qui était tapie sous sa jupe a pris son envol, elle avait de belles ailes aux reflets bleus.

— On refera des photos ensemble, c'est le plus important !

— Oui mais là j'ai mes règles, c'est pas le moment…

— À l'avenir évite de m'imiter, tu ne m'arrives pas à la cheville quoi que tu fasses… Et fais attention quand tu sors de cet appartement, il y a des trous béants partout, des énormes qui sont terribles et peuvent t'engloutir à jamais.

Dans le couloir du lycée le vacarme me parvenait filtré par une couche ouatée et douce, la lumière déclinante de cette fin de journée d'automne polissait de son vernis nacré les roses, les ocre-brun, saturait les bleus et les jaunes, faisait baver les noirs, me communiquant la sensation d'appartenir à une pellicule celluloïd de cinéma. Le rêve perçait la réalité. Mais le plus extraordinaire demeurait le fait que je n'étais plus seule. Je le voyais s'approcher de moi, d'abord diffus, à peine visible un peu flouté, sortant des escaliers. Le soleil tapait sur les vitres des classes ouvertes et venait brûler le négatif lorsqu'il passait dans ses faisceaux d'or, dans un rythme lent qu'ont les films anciens. Pour notre première sortie dans Paris Christian portait une veste de school boy à rayures avec un écusson sur le cœur et j'y voyais là une délicate attention à mon égard, ma robe pour la soirée était cachée dans un sac en plastique. Dans la cour il s'agrippait à mon bras d'une telle manière qu'il donnait aux autres le sentiment d'être mon fiancé et le boulevard Soult reflétait soudain des fastes somptueux qui n'avaient jamais existé.

— On va se boire un verre ?

— Où ça ?

— Au Petit Bleu, c'est juste là, rue de la Véga…

— On va se faire emmerder…

— On va pas se planquer comme des rats ?

Au Petit Bleu, dès que je suis entrée, les têtes se sont dévissées. Christian, un poil rogue, m'a entraînée vers deux filles qui se sont levées, une grande blonde longiligne et une brune pétillante aux cheveux courts.

— Apolline, Anne, voici Eva.

À peine a-t-on le temps de se faire la bise qu'elles partent déjà.

— Vous allez où ? demande Christian incrédule.

— Travailler, figure-toi ! répond Anne accusant un sourire forcé mais radieux.

— On se partage mon Cacolac ?

— D'accord.

C'était dément d'être au café dans mon quartier avec un ami qui m'invitait à partager son Cacolac.

Les gros camions et les bus défilaient à toute berzingue sur le boulevard Soult. Christian m'a donné un coup de coude discret bien qu'Irène était encore loin et n'y voyait rien à cette distance. Son brushing blond se soulevait de ses épaules à chacun de ses pas, soudain elle nous a repérés et s'est renfrognée.

— Voilà, c'est lui Christian.

— Ah ?!

— Bonjour madame…

Il lui a tendu la main qu'elle a serré, jouant les contrites.

— Ma mère vous a parlé au tabac de Michel-Bizot, Eva vient dormir chez moi ?

Elle me caressait la joue, elle était vraiment toute peinée.

— Oui d'accord… Mais vous allez faire des conneries ?

— Et pourquoi ?!

Je lui ai balancé ses vilaines mains.

— Parce que je te connais… Eva.

— Tu me connais pas, tu crois me connaître mais tu ne me connais pas !

Christian enregistra immédiatement que c'était une sinoque.

— Tout va bien se passer, on va aller au cinéma et peut-être même au Parc floral… hein Eva ?

— Ouais et on pourrait aller à la piscine Roger-Le-Gall ?

— Au oui tiens c'est une idée… J'adore nager !

Je m'éloignais faire quelques pas pour ne pas craquer et suis revenue.

— On part maintenant…

— Tout de suite ?

— Oui tout de suite, file-moi des sous… File-m'en, tu m'as promis !

Cahin-caha elle s'introduisit dans la cabine téléphonique, posa son sac sur la tablette métallique, chercha ses lunettes, se retint de faire pipi, se tortilla, se trémoussa et ronchonna, ça perdurait et je sentais Christian immobile qui mesurait son désir de nuire, sa grande méchanceté, sa perfidie, son odeur de pipi. Irène se retourna, ses binocles sur le nez, gouvernée par une subite emphase, elle considéra Christian d'un air vipérin.

— T'as quel âge jeune homme ?

— 13 ans et demi.

— Mais vous êtes conscient ?

— Parfaitement…

— De la réalité ?!

— Madame, je m'excuse mais on doit y aller, on va rater *La Vénus blonde*.

Christian était sec, dur et à regret, elle me sortit un billet froissé de cinquante francs suivi de quelques pièces de cinq que j'empochais immédiatement.

— Merci.

— Au revoir madame.

J'ai pris le bras de Christian et on est partis pour toujours, pour l'éternité.

L'appartement était vide et les portes de toutes les chambres grandes ouvertes alors que la nuit venait de naître, lustrant les murs et les meubles, ourlant de ses ombres tous les objets, écriture déliée, libérant en chaque chose sa part obscure et mystérieuse retenue tout le jour, nimbant l'espace de sortilèges anciens et prophétiques. J'étais allongée sur le lit de ses parents lorsqu'il m'est apparu tel qu'en lui-même, arborant un sourire éclatant d'où s'échappait un rire glouton et moqueur, n'en revenant pas de la prospère abondance de la vie. Il bridait à l'excès son regard, me montrant par là qu'il appréciait la tenue que je venais d'enfiler. Ses prunelles s'égaraient sur le ruban de roses rehaussant ma robe bustier parsemée d'éclats de pierreries puis glissaient le long du fourreau de dentelle parme posé sur un fond de satin duchesse bleu nuit pour s'arrêter, à nouveau méditatif, sur ma taille, là elles se sont étirées au point que l'iris disparaisse emportant avec lui son âme captive et tourmentée (je portais exprès une guêpière archiserrée). Puis lentement et paisiblement il s'est attardé sur mes fesses bombées, le long de mes jambes tendues de bas à baguettes qui se terminaient par une paire d'escarpins à talons translucides fermés à l'aide de lanières *très Marylin*, acquise aux puces de Portobello Road par un temps de chien, il a dit « Waouh », s'est assis sur le couvre-lit et a basculé son buste de façon à ce que nous nous retrouvions tête à tête, il sentait la sueur et le Pento.

— Mes parents sont à Orléans jusqu'à dimanche !

Sa voix atone et blanche renfermait des secrets perdus.

— Génial ! Et qu'est-ce qu'ils font à Orléans ?

— … Ils partent dans leur maison de campagne pour jardiner… des tomates… des courgettes… ils ont un potager.

La pièce étouffait nos paroles, je parlais normalement mais en fait je n'arrivais à peine qu'à chuchoter. Il sourit faiblement, accentuant la sensation de somptueux.

— Il y a la cathédrale à Orléans, ah zut non c'est à Chartres la cathédrale.

Puis, il s'est vivement redressé sur un coude, le bout de mon nez touchait presque le sien.

— Bien sûr il y a une cathédrale gothique à Orléans et surtout il y a la maison de Jeanne d'Arc la pucelle d'Orléans… t'es pucelle… ?

Ma respiration s'accélérait, mon esprit affolé s'agitait en tous sens sans que je n'arrive aucunement à me concentrer.

— T'as déjà couché avec un homme ?

— Non jamais… !

— Même pas un doigt ?

J'ai fermé les yeux pour me calmer.

— Non…

— T'es sûre ou tu sais plus ?

— Évidemment je sais !

— Tant mieux, c'est déjà ça de pris…

Il est allé s'inspecter dans la glace une chemise dans chaque main, prenant l'air macho.

— Je mets la rouge ou la jaune ? Alors ?

— Hein… the red one.

Seul l'émail de ses dents et le blanc de ses yeux luisaient d'un éclat sourd, sa chair roulait sur ses côtes et son corps soudain léger disparut dans sa chambre. En me redressant pour le suivre l'armoire à glace attira mon attention, elle reflétait une partie de la pièce a priori anodine mais qui détenait une charge particulière, hantée par des fantômes. Les voilages devant les rideaux orange s'agitaient doucement et venaient caresser une coiffeuse vide tendue d'un tissu bleu fané et fleuri où seul se tenait sur le verre dépoli un couple de poupées, *La Danseuse espagnole et le torero.* Ce paysage désaffecté m'évoquait les retours de couches et les congés payés d'autrefois en vacances sur la Costa del Sol. Accrochée au mur, une grande photographie noir et blanc de Christian à la petite école, le visage réjoui, penché sur un cahier, un énorme stylo à la main. À côté trois autres filles bien plus âgées qui sont chacune enfermées dans un cadre doré, des cheveux bruns entourent leurs teints d'albâtre, ce sont peut-être ses sœurs, des tantes, ou bien des fées. Dans sa chambre il parlait à Apolline, dans un flux de paroles ininterrompu. Étalé de tout son long sur le linoléum, en chemise rouge sous l'ampoule de la lampe en rotin… il a posé sa main sur le combiné…

— Apolline s'est viandox la couenne en sautant le mur de ses vieux elle peut pas sortir t'imagines, mais c'est où la fête ? Crache la valda Popo.

Il m'a prise à partie : Elle dit qu'elle ne sait pas trop, genre vers la rue de l'Université, hihihi.

Le salon plongé dans l'obscurité, seuls les rayons de lune et l'éclairage de la rue de Fécamp y pénétraient, irradiant, dévorant ses bords. Je m'approchais des vitres avec l'étrange et persistante sensation d'être dans un film où il n'y a plus de metteur en scène depuis belle lurette. La rue laissait découvrir des automobiles protectrices aux toits étincelants, quelques immeubles en briques rouges particulièrement hostiles représentaient un danger dont il fallait se méfier et la boucherie aguicheuse offrant pour toute enseigne une gigantesque tête de cheval dorée et un petit fer à cheval accroché à sa porte d'entrée tout me renvoyait à la dureté implacable de la vie et me rappelait sans raison *Guernica*, le jeu et les cercles de nuit.

— T'es prête ?

Christian regarde à travers la fenêtre-guillotine ouverte du compartiment réfrène un sourire éclatant, il y a un boucan, des étincelles jaillissent le long des rails et toujours cette odeur de ticket bouilli. Je m'allume une Benson. Des vieilles trop maquillées et des plus jeunes en salopettes montent à la station Montgallet. Je sais à qui il ressemble, au giton du *Satyricon* de Fellini ou bien à des personnages de *La dolce vita*. Je fais bouffer mes longs cheveux, je me mets plus de rouge à lèvres. Il tire fébrilement sur ma cigarette, tousse, il ne sait pas avaler la fumée et s'approche de mon oreille, son haleine chaude glisse sur mon visage, il presse ses longs doigts sur mon poignet.

— Mate le keum, il te reluque dans la vitre de l'autre côté en traître…

Sa voix n'est plus qu'un souffle brûlant. Je tourne la tête vers ma fenêtre-guillotine et remarque l'homme dans le carré passager d'à côté qui m'observe extatique dans sa propre vitre. En courbant mon buste pour lisser les baguettes de mes bas je comprends qu'il cache son érection par une piètre sacoche de skaï.

Je détourne horrifiée mon visage vers Christian.

— Il a la gaule. Je te dis pas l'effet que tu lui fais.

— Non ? Quelle horreur !

Il me dit tout bas :

— Cétintos !

— Qu'est-ce t'as dit ?

— Un tos, un Portos, un Portugais…

Alors que l'homme aux biscotos se lève, Christian reluque sans ambages sa physionomie. L'homme sort à République.

— On descend à la prochaine…

Dans le fracas, nous nous sourions et constatons que ce n'est là que le début, le début de notre amitié et je visualise des lettres immenses, des lettres de néon :

C'EST LA NUIT, C'EST MA PREMIÈRE SORTIE, JE M'ÉCHAPPE ENFIN, JE NE REVIENDRAI PLUS. JE SUIS LIBRE.

Il y a du vent à la station Strasbourg-Saint-Denis et nos pas résonnent contre les carreaux de faïence blanche devant et derrière nous, nos pas partout.

— L'Asiatique qui était aux puces avec toi quand tu m'as pas dit bonjour, c'était qui ?

— Thuan, et sa sœur on l'appelle Cristal Palace parce qu'elle fait des strip-teases dans les palaces à New York pour des congrès de psychanalystes… Et toi t'as beaucoup voyagé ?

— Pas assez… Je connais l'Espagne, l'Italie, Londres beaucoup, l'Allemagne, la Suisse, la Belgique et les États-Unis, j'y suis restée longtemps tu sais quand j'étais enfant.

— Ah ouais… ?

— Ouais San Francisco… ma grand-mère habitait là-bas mais elle est morte dans d'étranges circonstances… Elle s'est suicidée la tête dans le four…

Mon passé aventureux l'attire. Les lumières sont blêmes et il y a cette odeur particulière de hot-dog sucré qui est celle de Piccadilly Circus. On se prend la main, prêts à emprunter l'escalator en bois quand une bande de blousons noirs surgit à contre-courant et s'approche méchamment.

— Eh Marylin tu viens avec nous…

Je m'échappe, mais un squelettique qui n'a plus qu'un œil me rattrape, deux autres nous poussent contre une affiche de chez Codec, je vois la fin, j'imagine la balafre ralliant mon oreille à mes lèvres, Christian adossé contre le mur claque des dents.

— Et tu vas nous filer tes Gégènes, Blanche Neige ?

— Non !

Le borgne s'apprête à le dépouiller de ses pompes quand une poignée d'autochtones très vieille France se déploient en rang nous permettant l'évasion. Dans le taxi en direction de la rue de l'Université, le vent de la nuit m'ébouriffe les cheveux. Il a posé sa tête contre le creux de mon épaule, nous haletons encore de peur, les lumières de la ville défilent à la vitesse de l'éclair, tous les feux sont verts.

— Coup de bol !

— Yes !

— On aurait pu se faire massacrer, imagine l'enfer !

L'adrénaline était montée si haut et soudain alors que je n'ai ni frère ni sœur, je comprends ce qu'une fille peut ressentir pour son frère perdu, son frère qui se fait battre, son frère tout court.

— Tu dis rien, tu la fermes ?

— Promis.

La rue reflète des mystères inconnus, le quartier est chic et paisible, me renvoie au bonheur. Soudain, le sentiment de déborder d'une si grande et inutile allégresse, Christian joue à l'insecte attiré par les fenêtres des appartements allumés.

— BZZTTTTT

— ZZZZT…

— Bzzt bzzzt bzzt…

Au balcon d'un immeuble des bourgeois boivent des drinks sous les lustres et les lambris damassés d'un spacieux salon d'ambassadeur, les femmes portent des robes maxi, les hommes se meuvent lentement autour d'elles dans une curieuse danse nuptiale que font normalement les oiseaux tropicaux.

— C'est pas là la fête punk mais on n'a qu'à s'incruster, on mate et on se tire ?

J'aime sa soif de curiosité, la jubilation après l'agression.

— OK brother !

Le sol blanc laminé par les rayons de lune réverbère des décisions aussi inéluctables qu'énigmatiques, nous changeons de trottoir et nos pas se dérobent à jamais derrière nous. Timothée accompagné d'Apolline me procure l'illusion de flotter dans la nuit comme deux figurines enfermées dans une bulle de savon nacrée. Il est punk, élégant, d'une beauté magnétique. Au fur et à mesure qu'ils s'avancent je remarque qu'il tient en laisse son long corps d'ivoire, nu, iridescent, enrubanné de plastique transparent, son visage en amande percé d'une paire d'énormes yeux couleur d'acier, entouré de boucles d'or m'éblouit. Apolline me paraît tout droit sortie d'un conte d'Andersen. Elle esquisse un sourire figé découvrant des dents un peu lapine un peu merveille. On s'est tous embrassés comme à un goûter d'enfants.

— Bonjour Timothée ! ai-je dit.

Christian ricane vraiment méchamment.

— Timothée, comme la souris dans *Dumbo l'éléphant*, la honte !

— En vrai, je m'appelle Vincent.

— Bah alors qu'est-ce qui t'arrive t'es pas en tee-shirt Mickey à Tahiti-Beach…

Christian se retourne brutalement vers moi et s'esclaffe : Imagine, il met de la crème sur les mains et dort avec des gants blancs, argh !

— Ta gueule t'es même plus drôle.

Vincent encaisse mais s'assombrit tout en fixant avec intérêt ma robe.

— Et vous vous connaissez depuis longtemps tous les deux… je savais pas… hein ?

Vincent, soudain piqué de jalousie, ne peut s'empêcher de remettre bien en place chaque pierre de mon décolleté.

— Alors ?

Il me lance un regard plein de reproches.

— Écoute, figure-toi qu'on est tous dans le même lycée, ai-je balbutié pour m'excuser.

— Quelle chance vous avez c'est incroyable !

— Incroyable mais vrai ! ajoute Christian.

Apolline s'était assoupie contre un mur gris.

Et sans raison Christian optimiste, animé d'une grande désinvolture exécute une série de galipettes et Vincent en liesse se met à faire des claquettes. Christian réalise des shuffle, stomp, brush, tap, une véritable chorégraphie de comédie musicale alors je danse dans la rue.

— Prosper youpla boum c'est le roi du macadam, Prosper youpla boum c'est le chéri de ces dames…

La voix de Vincent s'était métamorphosée en celle d'un Noir de La Nouvelle-Orléans, il tombe, se retourne, marche sur les genoux et d'un geste mécanique monte et descend son calot.

— Venez avec moi les amis ! Venez suivez-moi !

Une autre voix plus profonde jaillissait de lui, une voix nasillarde de ventriloque de foire. J'ai sonné à la porte, une géante en tunique turquoise nous a ouvert en souriant. Les femmes souriaient sur un fond de musique cubaine, les visites improvisées, si faciles. Certaines plus âgées que d'autres et trop maquillées ont la peau cireuse, elles sont belles de près, très musée Grévin. Vincent danse en grimaçant à l'excès avec Apolline en laisse et l'assemblée prend peur mais ne nous met pas à la porte, du coup on assiste au spectacle *bourgeois*, on boit leur alcool, on avale leurs petits fours. Dans la rue coulent des rayons argentés de lune, XRAY ON MY MIND. Alors que nous nous dirigeons à l'oreille *Now I wanna sniff some glue* se fait entendre de plus en plus fort, j'adore les Ramones. Rue de Lille quelques punks bien sournois dont une sans menton rasent les murs chargés de pénombre.

À l'intérieur de la galerie désaffectée quelques poufs en mousse et en guise de cendrier des boîtes de bobines de films 35, des stroboscopes qui clignotent et de la Valstar, quelques intellos de gauche et des punks qui vomissent d'autres se forcent en enfonçant leurs doigts bien profond au fond de leur gorge. Un garçon habillé de blanc traîne l'air débile. Alain Pacadis saoul papote avec Maud Molyneux et Michel Cressole tous deux journalistes à *Libération* (je connais leur prénom parce que le soir ils s'interpellent d'une table à l'autre à la Coupole). Après les Ramones, *Cherry bomb*, Christian discute avec Michel. Vincent m'attrape pour me secouer frénétiquement, on pogote comme des zombies qui reviennent à la vie et les punks pleins de hargne nous reluquent avec une brûlante adoration. The Heartbreakers, j'aime Johnny Thunders que j'ai repéré sur une pochette de vinyle aux Halles chez Harry Cover. Je rejoins Apolline qui distribue non pas des bonbons mais des belles gélules pastel.

— Prenez, c'est des amphètes, du Fringanor…

Fringanor, Captagon, Mandrax, tous ces noms formidables, de magiciens ou de superhéros.

Elle nous en met un à chacun dans la bouche.

— C'est un coupe-faim !

— Un crève-la-mort !

Les pupilles de Vincent entièrement noires pétillent de malice. Un grand blond zone hargneusement devant les murs blancs où sont adossées les filles. A-t-il une petite amie ? Alain titube, l'entraîne aux vécés et j'imagine pas pour faire pee pee. Vincent saute en l'air, tombe par terre et recommence. Très *Jack in the box*.

— Eh Vincent c'est qui le grand mec en blanc ?

Il me montre ses dents, me pousse rageusement et crie.

— Va-t'en chienne laisse-moi danser le pogo !

Christian me tend mécaniquement une bouteille de vodka, on se vautre sur un pouf pour mieux la siroter. Le temps n'a plus aucune importance. Vincent s'affale sur nous s'empare de la bouteille, lape le goulot l'air vicelard, on se bidonne, ça tangue dans ma tête et autour de moi.

— Vincent, c'est qui le garçon en blanc ?

— Cyrille Putman ! Qu'est-ce que tu lui veux ? Tu ferais mieux de le laisser tranquille, tu vas pas le draguer il est complètement défoncé.

Et j'ai pensé, de toute façon nous aussi.

Lorsque nous sommes entrés dans l'appartement de Vincent, rue Boulard, il faisait encore nuit. Je me souviens du macramé et de l'odeur âpre de la marijuana qui flottait dans le salon mais plus du tout du couloir. Christian a gardé son slip kangourou, Apolline et moi nos dessous bien fifties. J'essayais de comprendre comment j'avais atterri dans sa chambre, il y a un trou dans ma tête, Irène avait raison dans la ville il y a des grands trous, de ceux-là qui vous engloutissent à jamais. Vincent est apparu en pyjama à rayures blanches et grises avec des lunettes noires très James Bond contre Dr No.

— C'est horrible on va jamais arriver à dormir... pour ceux qui veulent j'ai laissé allumé dans les toilettes...

On s'est faufilés sous la grosse couette, un garçon à chaque extrémité et les filles au milieu. Apolline me chatouille la nuque avec ses cheveux, l'omoplate de Christian est osseuse, elle dit d'une voix flûtée :

— On pourrait prendre de l'Eau écarlate ?

— C'est quoi ?

— Un détachant pour vêtement mais malheureusement chers amis je n'en ai pas en ce moment, a répondu Vincent.

Ma bouche est sèche, impossible de déglutir.

— Je flippe !

— Eva dis-toi qu'on est tous pareils, c'est les amphétamines, essaye de fermer les yeux !

Vincent piqué de coquetterie se coiffait la mèche avec un peigne en écaille et Christian s'est levé pour aller aux cabinets, on l'a tous entendu vomir des litres jaunes et tout glaireux, on a rigolé lorsqu'il est revenu. Vincent, furieux, a bondi.

— On va étouffer t'es pestilentiel va te laver t'es diabolique !

Christian a écrasé direct. Dans le but de masquer l'odeur du vomi Vincent l'a méticuleusement enveloppé dans un sac poubelle et bien scotché, qu'est-ce qu'on a ri. J'avais envie d'aller aux toilettes, les croûtes de vomi sur la lunette m'ont obligée à uriner debout. Dans la chambre Apolline et Christian ronflaient profondément, je me love contre l'épaule de Christian et j'entendais comme au fond d'une autre pièce d'un autre songe des pas de femme allant de pièce en pièce et Vincent ricaner. La nuit presque blanche décousue due au speed resserre profondément le temps avec l'impression que la douleur et les mots se sont déplacés ailleurs. Contre la fenêtre un mannequin de couture de l'entre-deux-guerres très Louis Jourdan ressemblait à Vincent, lui aussi côtoyait des doubles de lui-même, *jeune et fétichiste.* Sous une housse trônait une machine à coudre et contre les murs de fins rouleaux de tissu entamés. La chambre donnait sur une cour où le matin rose s'est levé aussi rose que mes lèvres entre mes cuisses mouillées ou le rose sous mes ongles coupés court, l'été n'était pas encore fini – été indien d'une éternelle jeunesse. Désir de puissance, le monde derrière les voilages est si attirant. Je n'avais pas faim, les stars de mon livre préféré *Hollywood Babylone* non plus. La douche glacée me fit du bien, ma peau se tendit et je sentais un regain d'énergie chimique et brutale qui me brûlait, je dépensais des calories inutiles, mon ventre s'était aplati. Dans la cuisine alors que Vincent se moquait de l'affaire du sac à vomi Christian ne mouftait pas. Après un café noir nous avons décidé de partir en expédition à Montreuil. Apolline devait rentrer chez ses parents, elle est sortie brusquement du wagon. C'était la première fois que je traversais Paris en métro avec des garçons, tout est ancien, tout est chagrin et si beau. En parcourant la ville comme on vole rapidement dans les rêves, j'avais la certitude que nous serons amis pour toujours et que nos songes d'enfants nous réunissaient dans un même dessein. Les puces poussiéreuses et le périphérique bruyant et déjà malgré la saison une odeur de marrons chauds et de terre mouillée. Des fringues, des meubles, des appareils ménagers, des disques, des animaux empaillés, des pièces auto. Je fouillais dans les tas tandis que Christian s'immobilisa devant la pochette d'un disque d'Oum Kalthoum. Vincent venait d'acquérir un filet de pêche et quelques étoiles de mer qu'il agite frondeur sous le nez de Christian. D'un coup ils ont déguerpi vers un stand, se disputant joyeusement deux conques que Christian finit par obtenir à force de pugnacité. Il s'éloigna et acheta pour trois francs une boîte laquée noire.

— C'est quoi ? Tu l'ouvres ?

— Tu rêves.

Alors Vincent s'assombrit.

— T'es idiot, qu'il dit.

— Pourquoi tu veux pas montrer ?

Il persévéra dans son entêtement, opine négativement du chef.

— Non.

Nous marchions en silence, à mon tour d'extirper un bustier à rayures, un corsaire à pont et une paire de créoles. L'épopée marine nous ravit, nous avons amassé des trésors. Au loin Vincent reconnut Paloma Picasso et Karl Lagerfeld entourés de beaux mecs, ils déambulaient entre un lit capitonné, une coiffeuse et une armoire crème Art déco tout droit sortie de l'appartement d'une comtesse de la Gestapo.

— C'est des mannequins américains, des amis d'Andy Warhol… Les regardez pas trop sinon ils vont croire que je leur fais de la lèche.

Vincent change d'allée, nous marchons à cadence régulière, nous n'arrivons pas à nous séparer. Nous avons bu un café au Cadran de Montreuil, appuyés sur le zinc nous apprécions les vieilles femmes tirées à quatre épingles, les militaires musclés, les travailleurs en bleu de travail, les hétéros en costume trois-pièces, un faux Belmondo ressemblant à celui de *Pierrot le fou* et le vent qui souffle jusqu'à nous, c'est un vent méditerranéen, c'est la belle vie, c'est enfin la belle vie.

Dans la cuisine Christian m'a appris que pour ne pas casser bêtement les biscottes, il suffit simplement de les doubler, tandis que j'en tartinais des pelletées il enfumait la cuisine de merguez grillées, il en raffolait tant qu'il m'a forcée à en manger. Nous dégustons les saucisses rouges et épicées, il réfléchissait en mastiquant, une violence sourde émanait de ses pensées.

— Tu sais mes parents sont blancs et je suis noir.

Je n'arrivais pas à m'imaginer qu'il était noir. Je fixe mon attention sur sa peau et vois qu'effectivement il est métissé.

— Ouais… et ?

— Je me suis toujours posé la question, et ce que je pense, c'est que j'ai un arrière-arrière-grand-parent des îles et que ça a sauté des générations…

— Tu crois que c'est possible ?

— Évidemment… J'en ai parlé à ma mère mais je n'arrive pas vraiment à savoir…

— Et ça te gêne ?
— J'y pense…
— En tout cas tu ressembles à ta mère.
— Tu trouves ?
— Archi…

Mes yeux se fermaient de sommeil et Christian intarissable refusait que j'aille me coucher sous prétexte que si on allait au lit dans l'après-midi on ne dormirait plus de la nuit. Je pensais au film *Belle de jour*, à Catherine Deneuve dans son imperméable de vinyle noir, à sa frigidité et à la relation masochiste qu'elle entretient avec Pierre Clémenti dans l'appartement de passe où elle se prostitue l'après-midi. Christian m'attire dans sa chambre. Devant les voilages clairs la cité rouge se dérobe, Christian joue avec les hippocampes extirpés de la mystérieuse boîte de laque noire, mon cœur bat fort le quartier de mon enfance regorge de sens, c'est dur dans le ventre et irréductible.

— Ça s'appelle un cheval des mers, la forme c'est sublime tu trouves pas ?
— Évidemment !

Le poisson en dentelle sableuse et au long museau évasé couronné d'une crête qui lui court le long du dos jusqu'au bout de sa queue recourbée m'évoquait les animaux fantastiques qu'on rencontre dans la mythologie.

— En fait ce qui est insensé c'est que c'est le mâle qui est fécondé et qui expulse les petits…
— Non ?
— Si c'est incroyable la nature, c'est comme ça genre la nature incroyable… Essaye tes fringues…

Tandis que je me déshabillais ses yeux effleuraient mon corps, je n'arrivais pas à accrocher les agrafes de mon bustier qu'il estimait être *Brigitte Bardot à mort*. Je ne sais plus ce qui s'est passé, il s'est parfumé d'eau de Cologne 4711. La frondaison des arbres si verts et le bruissement des feuilles, nous marchions dans le ciel, nous remontions la rue de Wattignies pour nous rendre chez Apolline dans sa maison qui se trouvait derrière un nuage de brume enfermé au fond d'un hangar d'import-export de produits alimentaires, ananas, mangues, bananes, *salades de fruits jolie jolie jolie tu plais à mon père tu plais à ma mère, salade de fruits jolie jolie jolie un jour il faudra bien qu'on nous marie*. Apolline dansait dans sa chambre sur la stupide chanson de Bourvil.

— Regarde on dirait un ananas sa coiffure d'ailleurs on l'appelle l'ananas volant…

— Si tu savais comme je m'en fous Christian d'être un ananas, une poire ou même une banane écrasée.

Elle a posé un nouveau disque sur la platine et aux premières notes de *X Offender*, Christian et moi on s'est mis à danser dans tous les sens. Christian chantait faux les paroles de Blondie, il s'amusait à les chanter encore plus faux dans le but de nous titiller puis Apolline m'a proposé de me faire visiter son domaine hanté. Nous déambulions dans de longs couloirs de guingois, des réserves au plafond bas et aux vues cubiques donnant sur les toits du quartier. Les salles disposées en étoile rayonnaient en coursives autour du hangar encombré de Fenwick et de caisses et toujours ces fenêtres basses et partout des télex posés sur du mobilier en bois de style Régence se mêlant à d'autres 1950 et danois restés intacts, curieusement figés dans le temps.

— Voilà ! a ânonné Apolline.

Elle s'est allumé une clope, la fumée de sa cigarette voilait son visage marmoréen et filait sur le plafond pour stagner dans sa couronne aux cheveux d'or qui touchait le plafond. Le domaine dont elle était la fée sans âge lui seyait à la perfection, mon amie danoise ressemblait à s'y méprendre, dans un format géant, à la femme blanche des noces alchimiques de Jérôme Bosch. Christian ne lui prêtait pas la moindre attention, il réfléchissait buté, reculant dans les confins de sa pensée, les mains dans les poches il devenait presque brutal et me regardait les yeux bridés comme si nous ne nous connaissions plus.

— Tu devrais faire groupie !

— Pourquoi tu me dis ça ?

— Genre Sable Starr ou Bebe Buell. En même temps, elle c'est une playmate... miss chepaouak...

Christian critique se durcissait et Apolline n'écoutant plus piquait allégrement du nez laissant tomber sa cendre.

— C'est pas si con groupie de rock mais pas de Patrick Eudeline genre des Rolling Stones, de David Bouilli, d'Iggy Pop ou même des Cramps... Tu vis avec une rockstar dans les grands hôtels genre Muse et tu fais les tournées géantes... C'est d'enfer !

— Tu le penses vraiment... ?

— Au fond c'est pas débile, c'est une solution pour toi... réfléchis...

Je me balançais désarçonnée d'un pied sur l'autre, il me toisait avec tant d'insistance.

— Tu sais à Londres je les ai vues les groupies qui dorment devant les chambres des Rolling Stones, c'est un trip…

— Être la meuf de Keith Richard ou de Mick Jagger c'est pas nul !

— Ouais, ouais…

— Ouais… genre t'as la grosse flemme…

— J'ai pas la flemme.

— Si… c'est évident…

Il me souriait mi-figue mi-raisin.

— En tout cas tu marches pas tu cours… hihi !

— Comment ça ?

— Je plaisante… Tu avales tout ce qu'on te dit… pitié, on change de sujet.

Il est reparti guilleret en sifflotant, puis Anne est discrètement arrivée, elle nous a questionnés sur la soirée, alors Christian a tout amplifié pour bien la faire enrager et j'en ai rajouté et l'obscurité est tombée comme un rideau de velours noir parsemé de diamants. La rue de Fécamp déserte, en passant devant la boucherie chevaline j'ai fait un vœu : je veux être une star.

Nous avons fait la course dans ses escaliers, pris possession du salon et dégusté des pâtes à demi assoupis sous des couvertures et regardé rien du tout sauf la mire à la télévision et d'un air débonnaire et sûr de lui il m'a récité, sans que je ne puisse l'interrompre puisqu'il continuait à les énumérer, toutes ses tables de multiplication et de division ainsi que tous les numéros de téléphone d'amis qu'il connaissait par cœur et s'est vanté d'être le premier en mathématique puis on a bu du sirop d'orgeat et on a roté.

— C'est con qu'il y ait pas de fête ce soir je serais bien sortie danser…

— Il y en a plein qu'on pourrait crustman mais c'est juste qu'on ne les connaît pas.

— Cricri, je peux t'appeler Cricri ?

Il hésitait, soupesant le pour et le contre.

— Mmh, oui… tu peux !

— Ça veut dire quoi cruster ?

— Bah t'es conne ou quoi ? Tu sais pas ? Comme des moules sur un rocher, elles s'incrustent… elles bougent plus.

Il aspirait ses lèvres vers l'intérieur de sa bouche faisant un bruit de succion épouvantable puis il est parti sur la pointe des pieds dans la chambre de ses parents, là il a littéralement explosé de rire.

— Chérie ? Chérie ? Tu viens te mettre au paddock ?

Les rideaux orange fermés laissaient filtrer les lumières électriques jaunes de la cité rouge, projetant sur le lit un parfait carré lumineux. Il se déshabilla le premier, je l'ai suivi jetant pêle-mêle toute mes affaires au sol, strip-tease improvisé, j'étais si harnachée. Sa peau encore bronzée avec des marques de maillot de bain, je ne connaissais pas la taille du sexe des hommes donc je ne pouvais pas juger du sien mais il me parut plus que normal et même assez long et avec des poils – à un moment j'ai eu peur qu'il n'en ait pas du tout, comme Ken le fiancé de Barbie. Il se mit au lit me tournant le dos, j'ai délacé ma guêpière, les lanières cinglaient dans l'orange, les paroles de *Cherry bomb* me traversaient la tête sans que je ne leur demande rien.

Can't stay at home, can't stay at school
Old folks say "You poor little fool"
Down the streets I'm the girl next door
I'm the fox you've been waiting for

Nue à mon tour, je me suis introduite sous les draps frais et nos bustes se sont rejoints à cause du matelas creusé par le corps de ses parents, sa peau était si fraîche et douce, on s'est marré, j'avais mal au ventre tellement on riait.

— Je fume une dernière cibiche.

— Tu fais comme tu veux mais moi je pionce.

Il m'a tourné le dos, il ne dormait pas, il m'écoutait fumer dans l'obscurité se refusant au plaisir et je pensais que c'était de la folie mais je voulais qu'il m'embrasse. Je me suis assoupie dans une volupté.

— Tu as lu Scott Fitzgerald ? *Tendre est la nuit*, *Gatsby le magnifique* ?

J'étais dans sa chambre allongée sur son lit, enveloppée de son peignoir en éponge blanche.

— Pff, pff, non…

— C'est génial tu devrais le lire…

Il avait mis une paire de lunettes noires à bord jaune spaghetti et un grand short bleu pétrole Le Coq sportif, on s'était levés si tard bien après le déjeuner et le soleil éclairait la poussière d'or et d'argent qui miroitait à chacun de ses mouvements, il faisait des exercices de gymnastique qui consistaient à toucher ses pieds, ses genoux et à se retourner d'un coup de bras à gauche à droite pour affiner la taille.

— Je vais le faire et toi pff, pff, pff, tu as lu *La Vie* pff pff *des douze César* de Suétone ?

— Non…

— Pff pff, c'est la vie des tyrans romains c'est in-sen-sé et très bien raconté, pff pff pff, quand tu l'as lu tu piges plein de trucs… Caligula est sanguinaire et fou, et Néron qui persécute les chrétiens est poète et acteur, il se fait construire des théâtres pour se donner en représentation et un jour il tue sa mère, pff pff, et brûle Rome… Il y a plein de détails hyper croustillants et drôles… Pff pff pff, lis-le et moi je lis Scott Fitz… Pff pff, t'as pas intérêt à le perdre sinon je te tue…

Tout en continuant son sport il m'a tendu le Suétone et le téléphone a sonné, c'était Irène qui nous menaçait d'aller porter plainte pour disparition à la police si je ne rentrais pas mais Christian futé a immédiatement arrêté sa gymnastique pour la prendre en ligne. Il s'est étendu près de moi et l'a entretenue sur son week-end à elle afin de l'amadouer, ce qui la charmait puisqu'elle redevenait le centre de l'attention et sentant une brèche il lui a tendrement déconseillé de nous dénoncer puisqu'il n'y avait là, de toute évidence, aucune raison valable de le faire. Irène, sans voix et démunie face à cette vérité, percevait dans les silences que je lui échappais. Son angoisse augmentait distillant jusque dans la pièce une atmosphère de putréfaction venimeuse mêlant fantasmes nauséabonds, odeur de sexe, jalousie extrême et surtout intérêt personnel car j'étais plus que jamais son gagne-pain quotidien pour ses photos. Irène était tombée dans un marasme inextricable, surtout depuis qu'elle s'avalait du LSD à la maison. Il venait de raccrocher le combiné, j'avais cru entendre.

— Madame, Eva va rentrer.

Il s'était levé et me regardait ébahi.

— Bouge-toi oh... Tu dois rentrer chez ta mère.

— Je ne l'aime pas...

— Peut-être mais tu rentres chez toi ma fille.

Je m'étais retournée vers la fenêtre, je sentais mon visage gonfler, un poison violent et brûlant coulait dans mes veines, j'eus du mal à déglutir, à respirer, il sondait ma douleur.

— Tu n'as pas d'autre solution... est-ce que tu en as une autre ?!

Son ton était cassant, alors je lui ai fait face, me sentant défigurée. Parler d'Irène dans sa chambre tenait de l'insupportable, il s'éloignait sous l'émotion, devenant flou, incertain et gris.

— Tu veux plus me revoir ?

— Évidemment si, t'es conne ou quoi ça change rien entre nous !

Tandis que je m'apprêtais rapidement, rangeant mon sac en tremblant, les parents de Christian sont arrivés avec des plantes dans des sacs, j'ai à peine eu le temps de les embrasser que le téléphone a repris son tintamarre infernal. Alors Christian s'en est emparé pour le faire habilement glisser et il a raccroché à nouveau, il était temps de partir.

Irène semblait mourante sur son lit, les fenêtres fermées tendues de noir, autour de son corps émergeaient des couronnes mortuaires se reflétant dans des miroirs poussiéreux, ils donnaient l'illusion de remonter de l'abîme et de ses cercles infernaux. Derrière les murs persistait le vrombissement étouffé et incessant du périphérique. L'air était vicié, seule la flamme d'une lointaine bougie posée sur un plateau en verre biseauté 1930 oscillait déraisonnablement, elle paraissait relever d'un phénomène paranormal et m'inquiétait. Irène ne s'était pas changée, ses cheveux et son visage entièrement enduits d'huile d'Alès suintaient, des perles d'eau grasses surgissaient de part et d'autre, des petites bulles explosaient sur son front et ses joues. Elle n'avait pas de maquillage et plus de sourcils, son faciès presque émacié à cause de sa position de gisante était comparable à celui d'un bébé monstre gluant venant de l'espace pour mieux me dévorer et tout d'un coup, sans réfléchir, une phrase m'a traversé l'esprit, « Son hostilité n'a d'égale que sa supériorité ». Ces mots n'avaient aucun sens ou peut-être les avais-je lus dans le temple de Satan ? Je m'égarais. Son carnet d'adresses recouvert de miettes de biscotte démontrait son épanchement virulent pour jouer les affolées, se confondre en plaintes, en lamentations, elle avait passé sa nuit à appeler la terre entière.

— Tu ne me refais jamais ça, ingrate, vilaine qui ne respecte pas sa maman dans le désarroi le plus profond, le plus extrême !

— J'ai le droit d'avoir des copains, toi t'as bien Tata Gabor !

— C'est vrai et d'ailleurs je m'en félicite d'avoir Tata Gabor, mon bon Gabor ! Mais c'est pas la question, tu dois poser pour la couverture d'un magazine, tu sais bien qu'on a besoin d'argent ? Tu m'as promis de faire Barbarella la rédemptrice du futur…

— Ouais !

Le téléphone s'est mis à sonner, elle s'est précipitée pour s'accroupir sur le combiné dans une position indécente, m'exhibant son string vert fluorescent d'où pendaient disgracieusement des fesses à la chair blette et les lèvres de son sexe flétri.

— Allô Gene… Je te rappelle, ma fille vient de rentrer je te remercie de t'inquiéter pour elle, elle est ici… Gene je t'embrasse baiser du dragon de feu haacccchhhrrhaaa… !

Après son borborygme ponctué de hoquets, elle a raccroché brutalement et pris le soin de bien reprendre sa position de gisante.

— C'est qui ?

— Ça ne te regarde pas, il s'intéresse à moi et à mon désarroi… il était prêt à aller te chercher n'importe où si tu ne rentrais pas… Heureusement, ça sert encore à ça un mec, à faire régner l'ordre ! Bon ! Maintenant que tu as dévasté mon week-end et empêché de faire bouillir la marmite, retourne chez mamie… Dis-toi que si tu ne poses pas, ne compte plus voir Christian, Vincent, Apolline !

— Comment tu sais pour Vincent ?

— Parce qu'Andréas son petit copain m'a donné son numéro et j'ai eu sa mère au téléphone figure-toi, je ne savais pas qu'elle s'occupait du planning familial pour les femmes, elle est active !

L'atmosphère crépusculaire de chez Irène empestait le soufre et bien sûr, la mort.

*

Christian venait me chercher à la sortie des classes ou bien c'était moi qui l'attendais devant le local des pions, se séparer était un risque que ni l'un ni l'autre nous ne voulions prendre. Après les cours, j'aimais me promener autour du lac plutôt désert en fin de journée, des bourrasques de vent faisaient voler les feuilles mortes et rider l'eau noire où glissent les cygnes méchants, les nuages défilaient dans le ciel de manière hallucinée comme poursuivis par le temps intrépide et il y avait au fond de l'air un parfum particulier, le même qui flottait parfois sur les Champs-Élysées ou derrière l'église Notre-Dame du côté de l'île Saint-Louis. Il m'évoquait les années 1950, les grands appartements luxueux et surannés de la rue La Boétie ou de la rue Boissy-d'Anglas, l'institut de beauté Coryse Salomé, la vitesse en voiture la nuit lorsqu'il pleut et l'eye-liner posé sur mes yeux. Christian aussi ressentait ces impressions tout aussi impalpables qu'entêtantes, retenues dans le bois et visualisait parfaitement ces grands appartements, celui d'Alain Delon pouvait en faire partie, mais surtout les Folies-Bergère et le Lido. J'ajoutais la place Pigalle et celle de Clichy. Christian grelottait dans sa veste de tweed et réveilla le loueur de barques au nez rouge qui sommeillait au fond de sa guérite, il m'assurait que ramer c'était bon pour développer les biceps, les triceps, les trapèzes et les mollets. En silence nous avons glissé jusqu'au Rocher aux amours là où des fantômes rebelles agitent les courants d'air. Au loin se dressaient, derrière une palissade de bambou, les toits de chaume du temple bouddhiste drapés de fumées mauves. Il a fait tomber sa veste pour être plus à l'aise, je l'ai prise pour m'en recouvrir les épaules, elle ne sentait pas que son eau de Cologne 4711 mais une odeur indienne et rose.

— Christian… ?

— Ouais ?

— Est-ce que tu crois qu'il y a une vie après la mort ?

Il continuait de pagayer l'air sérieux presque grave, son regard froid me surprit, voyant qu'il me devenait inatteignable il s'amusa à laisser échapper un soupir d'ironie qui sans doute répondait à ce qu'il estimait être ma crédulité.

— Il n'y a rien après la mort si tu veux mon avis… T'as intérêt à en profiter le plus tôt possible et au maximum, avant d'avoir des mioches et d'être casée à la baraque parce qu'après la mort il n'y a rien, finito, kaputt !

Je ne lui connaissais pas ce trait de caractère sentencieux, il avait soulevé un de ses sourcils laissés en suspens tout comme sa phrase et ne ménageait pas ses effets qu'il finissait de savourer dans un rire glouton. À force de coups de rame nous avons échoué contre le saule pleureur face au Chalet du Lac et sa terrasse déserte où s'étalaient en rang régulier des tables et des chaises aux pieds rouge tomate, nous étions si empêtrés dans les longues franges de l'arbre que la barque a failli chavirer.

— On se prend un Cacolac ?

— Au Chalet du Lac jamais ! C'est des fachos, ils m'ont couru après avec une batte de base-ball pour me fracasser la tête. Je me suis enfui… jamais je n'y retournerai, t'as fait quoi ? T'es vachement cernée, je rêve ou t'as du fond de teint dans les tifs.

— Rien.

— Comment ça rien ?

Il devinait ma condition d'enfant-objet abusé à mon impossibilité d'en parler, il plissait les yeux.

— Mhh mhh.

Sans doute il mesurait là toute l'importance de m'accueillir car en m'hébergeant pour sortir et partir à l'aventure, il me sauvait. Assis dans la barque il me semblait qu'en tant qu'enfant nécessiteux il aidait tacitement les autres enfants et j'eus la certitude que Dieu voulait que je reste enfant. Puis je songeai aux enfants cruels et sans cœur, existaient-ils vraiment ou était-ce une légende comme dans les contes de fées ? Un homme vicieux est-il un enfant inachevé ? La barque tanguait. L'envie irrépressible de me jeter dans ses bras pour m'évader complètement me traversa l'esprit mais au lieu de cela je pris un air détaché qu'il imita. Arrivés bon gré mal gré sur la rive opposée, il m'arracha la veste avec laquelle je m'étais recouverte et me laissa en plan dans le vent glacial, il partait seul vers la sortie j'ai dû crier son nom pour qu'il m'attende.

De retour dans sa chambre il s'est lentement effeuillé et il a ondulé des hanches très Joséphine Baker en faisant au passage claquer son sexe contre son ventre dans un bruit mat et régulier tout en poussant des soupirs d'extase, je continuais à crier, il a appelé ça « faire le super satyre » puis il a carrément hurlé d'une voix étranglée et fausse et a entamé avec une contenance assumée et une certaine nonchalance *Cherry bomb*, sa main droite mimait le micro.

Il a aboyé en revêtant un peignoir de soie col châle pour mieux envelopper sa nudité et doucement a glissé ses pieds dans des talons aiguilles recouverts de Tipp-Ex taille 40 et s'est assis à son bureau pour croiser les jambes très haut, à la Marlene. Les yeux fermés il a brandi son poing en signe de contestation. Après un long silence recueilli il a crié et dans un geste sec à la Tina Turner, il a sucé le micro : « Sssurp haha haha ha hello you ! »

Hello, daddy. Hello, mom.
I'm your ch-ch-ch-cherry bomb !
Hello world ! I'm your wild girl.
I'm your ch-ch-ch-cherry bomb !

Il s'est levé d'un bond pour déposer un tendre baiser sur le bout de mon nez, il a susurré à mon oreille « Nounouchette ». Il n'était pas homosexuel mais bi-sexuel et peut-être même hétéro, il ne pouvait pas être qu'homosexuel c'était inimaginable. Était-il possible que je sois amoureuse de Christian ? Amoureuse du premier garçon rencontré ? Moi qui depuis mon enfance n'avais été entourée que de travelos et de pédés, au fond, je ne connaissais rien d'autre.

*

Christian et Vincent s'appelaient énormément, Christian aimait débattre de tout et de rien, prendre des nouvelles fraîches, décrypter les caractères, sonder les intentions, détailler les vêtements dire du mal et se moquer. Il me tendait volontiers l'écouteur et parfois me laissait le combiné pour discuter avec Vincent en attendant de se faire un frichti, étudier sa tenue ou se rendre aux cabinets pour faire caca bruyamment. Les conversations atteignirent le record inquiétant des quatre heures, durant ce temps je bouquinais Suétone dans son lit ou je m'exerçais à élaborer ma choucroute à la Bardot faite de sucre et de bière avec à l'intérieur un boudin de chiffon épinglé sur ma tête que venaient recouvrir mes cheveux crêpés. Je me souvins qu'il en existait au pied du Sacré-Cœur une vendeuse de frites réputée pour son chignon démesuré d'extravagante. Christian ne la connaissait pas, alors je l'ai traîné jusqu'à Anvers avec ma choucroute sur la tête pour la lui montrer. Le quartier d'Anvers était anormalement désert comme s'il s'était produit un cataclysme. Assise, impavide, gonflée d'orgueil, sur un tabouret dans son échoppe donnant sur rue avec son chignon laqué de plus de cinquante centimètres, la dame nous stupéfia. On s'est payé une barquette de frites le temps de se distraire et se sentant observée elle devint teigne. « Qu'est-ce que vous me voulez petits merdeux ? » Sa vacherie perçait le jour blême et nous lui tenions tête comme si elle ne s'était pas adressée à nous.

— Elle fait bigoudène à l'ancienne…

Sa remarque abolissait le temps, accusant l'aspect pittoresque du quartier.

— Fichez le camp !

— Elle se fout de notre gueule je suis breton. Je m'appelle Louboutin !

— Dis-lui !

— À quoi bon ?

— Partez je vous dis…

— J'ai bien le droit de mater ta tignasse ?

— Dégage !

— Connasse !

— Tête de nave !

Le boulevard de Rochechouart populeux, avec ses enseignes au néon, ses stands de tir, ses baraques à striptease, ses voyous et ses prostituées et ses quelques rues désertes où réside l'empreinte fraîche du crime et de la prostitution, où s'attardent comme dans une mare stagnante les fantômes abolis d'extases voluptueuses et de concupiscences mortes, affûtait notre attention et aiguisait notre fascination docile et malléable, éveillait en nous le goût du danger et de l'interdit. Pigalle et ses alentours étaient le voyage des voyages et nous nous sommes arrêtés pour boire un café au Pigall's pour admirer la clientèle des habitués, le va-et-vient insensé des maquereaux, des putes et des danseuses de cabaret *night and day*. Frénésie, marée humaine alors que nous marchions, j'entendais s'élever les rires tranchants de la jeunesse, répondre à notre impétuosité. Notre soif de vivre me paraissait inextinguible, comme lorsque enfant on ne cesse de grandir dans des journées infinies et que brille en nous l'intelligence du monde, la connaissance innée qui partira un jour. La rue pavée des Trois-Frères semblait mener à la mer mais en passant par le ciel, là-haut rue Berthe la vue imprenable sur tout Paris, et près de l'église Sainte-Rita nous avons découvert avec émerveillement la boutique de souliers Ernest, le spécialiste du talon aiguille des tapineuses et des fétichistes, dont faisait partie Molinier avec sa poupée. Je désirais ardemment en acquérir une paire en python mais elles étaient onéreuses, secrètement j'ai envisagé de voler un bijou de Mamie pour le vendre au poids de l'or du côté de la Bourse de manière à me les offrir. Les baraques foraines clignotaient et des odeurs sucrées de crêpes et de guimauves nous entêtaient. Enfermées dans des vitrines, d'anciennes revues *Paris Froufrou*, *Paris Tabou*, *Paris Zazou*. Les Noctambules et l'Omnibus, hôtel tout confort eau chaude eau froide chambre à la semaine à la journée à l'heure, et parmi la prostitution clandestine, des élégants flânant sur le trottoir, sortant des bouges, et place de Clichy la belle Académie de billard avec ses boxeurs de tous âges s'éparpillant docilement dans les salles.

Je sais que tu l'adores
Et qu'elle a de jolis yeux
Mais tu es encore trop jeune encore
Pour jouer les amoureux
Et gratte, gratte sur ta mandoline
Mon petit bambino
Ta musique est plus jolie
Que tout le ciel de l'Italie
Et canta, canta de ta voix câline
Mon petit bambino

Je voulais sortir danser, boire et m'amuser beaucoup être positivement négative, faire un *black out* et tout oublier.

Christian avait repéré un concert au Gibus et Vincent rêvait d'aller au Sept, mais au Sept personne ne nous laisserait entrer à cause de notre jeune âge (moi 11 et demi et Christian 13). Ils avaient fini par se mettre d'accord entre eux que si j'étais ultra maquillée, bien habillée et avec des talons hauts on n'y verrait que du feu de plus il était plus facile, voire indispensable, d'être avec une fille qui attire l'attention pour franchir la porte des night-clubs. Vincent se vantait de s'être fait, dans une fête punk, deux nouvelles copines : la petite Justine (13 ans et demi) et Olivia Putman (12 ans et demi), la sœur de Cyrille qui paraît-il coupait sa veste Chanel et le bout de ses tatanes aux ciseaux. Vincent déchaîné nous rapporta que la petite Justine, dont la mère fréquentait des rastas, affirmait qu'une boîte de nuit de sapeurs blacks avait ouvert, comme à Harlem mais à Montreuil, et s'appelait la Main bleue. Malheureusement aucun d'entre nous ne connaissait l'adresse et personne n'envisageait de zoner à Montreuil après minuit, aussi il fallait attendre d'en savoir davantage : en sortant du côté des Halles quelqu'un nous refilerait forcément le tuyau.

*

Je portais un imperméable de vinyle aussi brillant qu'un diamant noir. Une prostituée de la rue Saint-Denis m'a crié « Salut beauté ! » Ils étaient fiers, nous marchions au même rythme, en cadence régulière tandis que le soleil déclinait rose orangé dans le ciel tourmenté. Devant Joe Allen, dans une odeur de frites et de burgers, des pédales en bombers discutaient entre eux, leurs sexes et leurs culs moulés dans leurs jeans. La Buick de Gene rôdait, elle est repassée deux fois en ralentissant à mon niveau sans que je puisse discerner son visage, mais seulement sa guitare Fender qui brillait sur la plage arrière. Le Royal Mondetour à deux pas du trou refoulait du monde en bataille jusque sur le bitume, des flashs au tungstène crépitaient, c'était la fin d'un défilé d'Adeline André. On ne voulait rien rater, Vincent et Christian poussaient la foule comme des malades. Une jeune femme arabe animale et sexuelle répondant au nom de Djemila portait une minirobe en nappe à carreaux, elle avait une énorme bouche, écarlate, les cheveux courts, et arpentait la salle du restaurant, un poste de radio contre son opulente poitrine d'où sortait à tue-tête Radio Alger. Difficile de détacher mon regard de cette créature ressemblant à Little Richard. C'était au tour d'une Japonaise de déambuler en robe éponge, elle aussi charriait en guise de collier Radio Alger. Je reconnus une transsexuelle du Front homosexuel d'action révolutionnaire, journaliste à *Libération*, Hélène Hazera, qui pleine de dérision se déhanchait avec nonchalance la radio sur la tête, vêtue d'une minirobe en rabane. Une collection très salle de bains mais aussi très cuisine. Une bande de jeunes gens enthousiastes lançait des bravos.

— C'est con on a tout raté !

Vincent s'est rué au bar pour boire cul sec un verre de vodka tonic, avec Christian on a fait pareil et les applaudissements se sont éteints. Alain Pacadis, une veste perforée de badges Richard Hell et de Bowie me souriait doucement, agitant imperceptiblement sa main collée contre sa taille, j'identifiais ce mouvement inconfortable à celui qu'aurait pu faire un paralytique ou un enfant gêné de dire bonjour à sa copine dans une cour de récréation. Au loin, il y a la sublime travestie Marie-France, très Marylin elle discute enveloppée d'un flair hystérique en se regardant dans la glace avec un homme en pourpoint de marquis. Il me semble reconnaître sous le maquillage outrancier le visage de David Rochline qui l'année dernière jouait *La Vie de Cécile Sorel* à l'Olympic Entrepôt. Une femme brune aux cheveux courts en blouson rouge et aux lunettes bandeau siffle dans ses doigts. Maud Molyneux la surnomme Paquita, elle agite tel un drapeau un casque de moto, avec un accent des faubourgs : « Allez on y va ! En route ! Allez les gars en avant et que ça saute ! » Sur le terre-plein, elle enfourche une mobylette, elle s'est engagée dans la circulation en pétaradant et les autres se sont tous dispersés.

— C'est con, on ne sait même pas où ils vont grailler. Si ça se trouve il y a une vraie fête : au lieu de faire le pique-assiette t'aurais dû demander !

Vincent prit son air dépité :

— Et pourquoi t'as pas demandé toi-même au lieu d'accuser stupidement toujours les autres ?

Christian, outré, tirait la tronche dans le métro, ils ne s'adressaient plus la parole et les gens nous regardaient inquiets. Au Gibus une queue effrayante et la punk sans menton avec deux hommes qui poireautaient en tenue de la Première Guerre mondiale.

— C'est Titus et Blaise, la honte, je veux pas les voir !

Vincent plein de prétention leur a tourné le dos.

L'entrée était chère, trente francs consommation comprise, un barbu en salopette m'a violemment tamponné la main. L'escalier où étaient scotchées des affiches du festival du Mont-de-Marsan sentait la pisse et la bière chaude, les filles agressives exhibaient des peaux acnéiques et des kilos en trop.

— Arghh c'est la *lose* c'est la soirée des boudins ! a crié Christian.

— C'est la fin du monde ! a hurlé Vincent en ricanant.

— Rien à foutre ! a surenchéri Christian.

Et j'ai rajouté *No future !* d'une voix aiguë et ampoulée.

La scène était étroite, la salle petite, obscure, est suintante de sueur. Je me suis lancée de toutes mes forces dans la mêlée, le son tuait les oreilles, les gens pogotaient en hurlant autour de nous. Une petite blonde décolorée a surgi de nulle part, mignonne, les cheveux coupés au carré, l'allure d'un lutin mutin, elle répondait au nom de la petite Justine et nous a filé des cachets de Fringanor. Puis elle nous a fait la bise avant de retrouver Cyrille Putman qui sautait de plus en plus haut, l'air débile. Quelques solitaires gardiens de l'ennui s'étiraient en rang, adossés contre les murs, blasés, tout en fumant des clopes et buvant des bières en évitant de croiser le regard des filles. Je regrettais qu'il n'y ait pas une bonne vieille bagarre aux tessons de bouteille, la France bien pépère, rien à voir avec l'Angleterre.

— On se barre !

Christian autoritaire a pris les devants, ensemble on est partis pour traverser Paris à pied – le Sept, on ne devait pas y être avant minuit, on aurait fait tapisserie. L'avenue de l'Opéra, gommée, huileuse et sombre, et ses enseignes blanches sépulcrales qu'auréolaient des boutiques fermées, des agences de voyages, d'assurances, des salons de beauté et les lumières des taxis qui allaient et venaient en quête de clients du côté de la rue Sainte-Anne ou des Capucines, draguant les gens à la sortie des cinémas. On s'est assis en rond autour d'une table en terrasse du Royal Opéra et on a compté nos pièces pour se prendre trois verres de vin blanc. Derrière les vitres, assis debout au bar, des gigolos marquant la trentaine, des vieux, apprêtés pour la nuit. Les plus âgés portaient des manteaux de loup sur leurs épaules et sur leur visage se dessinaient de longues pattes, ils tiraient la fumée de leur cigare, encerclant un garçon de 15 ou 16 ans puisqu'il était imberbe, moulé dans un pantalon de cuir et un pull de soie à col roulé, le tout en noir, même les lunettes. Il souriait à pleines dents, s'exhibant bien salope. Nous l'observions intrigués tout en sirotant le petit blanc. Vincent était doucement intimidé et Christian, piqué d'une pointe de jalousie, se laissait guider par le masque d'insensibilité qu'il venait de revêtir.

— Il est minable !

— J'trouve pas, il fait Alain Delon.

— Alain Deloin, il a mis des chaussettes dans son slip.

— Comment tu sais ?

— Parce que c'est évident il a toujours la gaule.

— C'est vrai, la bite est énormaus. Toi tout de suite sexuel, moi j'le trouve pas mal on dirait un personnage du réalisateur italien…

— De série B…

— Oui non enfin celui qui a été assassiné l'année dernière.

— Pier Paolo Pasolini, dit gravement Christian.

— Voilà… Pier Paolo Pasolini.

Ils continuaient de parler des éphèbes du Royal Opéra, ou d'un autre encore plus jeune blond très *Mort à Venise*. Leurs voix devenaient diffuses, elles se rétractaient dans l'écho des carrosseries des voitures et de la fraîcheur qui survient dans la nuit. Coccinelle, la transsexuelle en robe de lurex noir carbone fendue jusqu'à mi-cuisse, venait de s'asseoir dans un angle et fumait, une lumière défectueuse éclairait sa solitude. Vincent parlait, je n'entendais plus bien ce qu'il disait, qu'elle ressemblait à une diseuse de bonne aventure ou à Cruella es-tu là ? Il lui a demandé du feu, elle a répété FEU FEU et je l'ai entendu dire de sa voix gutturale :

— Madame est d'époque !

Imperceptiblement, je revenais comme sensible à la disparition du présent.

Rue Sainte-Anne les voitures klaxonnaient, le long des trottoirs des hommes moulés de cuir, de fourrures, d'imperméables, de jeans clairs, de paillettes, de fausse panthère, de nylon rose ou bleu, attendaient qu'on les aborde, c'était la rue des tapins masculins. Je ne la connaissais pas de nuit, de jour je m'y rendais avec Irène pour déjeuner de poisson cru et cher le dimanche midi au restaurant japonais Isey. Les prostitués de tous âges se mélangeaient harmonieusement à la foule bigarrée, cosmopolite et sélecte qui se précipitait au Sept. La rue pentue s'élevait et s'arrondissait pour se perdre vers la gauche, là-haut les fenêtres des immeubles encore noircis de suie renvoyaient dans des éclats d'argent la lune et les lumières des boulevards. Je captais, accrochée au creux de son bras, les regards et la flamme des âmes du passé. Notre lente ascension, à cause de l'heure – car il n'était pas minuit – et de mes souliers trop hauts, nous propulsait dans un étrange ralenti saccadé, les fortes lumières jaillissaient pour mieux nous alpaguer vers l'obscurité et les mystères de la rue. Un homme en costume à paillettes, les cheveux teints en roux très clown, courait pour disparaître au Pim's. Nous entendions couler vers nous, suave et douce, la voix de Donna Summer *Love to love you, baby*. Le speed nous procurait une forte sensation de chaleur, allié au vin blanc il accélérait notre rythme cardiaque, je sentais battre le cœur de Christian dans la paume de ma main, faisant jaillir mon désir au moment où il la retirait. Devant le Sept des gens attendaient que le physionomiste les fasse entrer, un homme aux lunettes carrées est descendu d'une voiture entouré de mannequins vêtues d'or, de rouge, d'orange, de rose, de rubans de velours noir, de turbans, de chapeaux-tambour. L'homme marche à tout petits pas, il sourit. Vincent, hypnotisé, s'avance.

Christian, curieux, a rejoint Vincent.

— C'est Yves Saint Laurent.

— Non ?

— Si…

Des femmes en robes de voile fauve et foulard de soie remontaient pressées la rue au bras d'hommes en chemise ouverte sous des vestes claires, c'était bientôt notre tour de nous présenter à la porte. D'un geste vif, Vincent a défait mon imperméable de vinyle noir, dessous je portais une robe collant imprimé léopard. La rue irradiait et chacun d'eux me tenait le bras, on a franchi la porte, c'était si furtif. Les escaliers étroits aussi bleutés que des ailes de scarabée en plein vol menaient à une piste mouchoir de poche et, tout autour, des banquettes et des tables et des miroirs se réfléchissant à l'infini et, au-dessus de nos têtes, des barres de néon de couleur comme on en trouve sur les devantures de Broadway, les cinémas, les théâtres et dans les drugstores. Derrière un carré découpé, retranché dans une cabine qui m'évoquait le guignol, un massif disquaire brésilien passait The Ritchie Family, *The best disco in town*. Quelques hommes solitaires accrochés au bar appréciaient les filles sophistiquées presque nues dansant gaiement, donnant leurs corps à la musique, certaines étaient plus timides et d'autres, possédées, montaient sur les tables, jouant avec leur robe et faisant crier la foule. Deux filles, la brune Djemila et la blonde platine, la coupe en brosse, dansaient ensemble, glissant en rythme régulier leur entrejambe sur la cuisse de l'autre, les bras en l'air, les mains toujours plus haut vers les néons multicolores. Djemila semblait prendre son expression ultime dans la danse et attirait autant les regards que sa consœur, une amazone en blouson de cuir et collier de chien d'un mètre quatre-vingts. Son regard en amande fixait le sol et ses joues légèrement rosies par l'ivresse trahissaient une délicate pudeur de jeune fille, inconsolable et effrontément moderne. Nos regards se sont croisés, il y avait dans le sien un doux désespoir et de l'espièglerie, elle était tellement belle et fascinante, totalement perdue comme le sont les stars au destin brisé. Je pensais être la seule à recevoir son flux empli d'une énergie négative quand Vincent est arrivé pour me dire que c'était Edwige Grüss, qu'elle s'était coupé et teint les cheveux en platine juste après une tentative de suicide qui avait eu lieu pas plus tard qu'hier soir et que Loulou de la Falaise la trouvait si sublime qu'elle venait de lui offrir le collier de chien qu'elle portait au cou. Je ne savais pas quoi répondre. Il m'a quand même autorisée à boire quelques gorgées de son gin tonic – les bruits couraient à la vitesse de l'éclair –, puis Vincent m'a pris le bras et on a dansé sur *Do you wanna bump* de Boney M., et Yves Saint Laurent a exhalé la fumée de sa cigarette dans notre direction. Christian a bondi aux premières notes des Bee Gees, *You should be dancing*, et il m'a empoigné la taille. On s'est donné à fond et bien en rythme régulier, on a dansé collé serré devant l'assemblée du coup on a eu hyper soif. Personne n'avait assez d'argent pour se payer les drinks à trente-cinq balles du Sept alors on a fini les verres en douce mais ça ne faisait pas assez d'effet. On a tenté avec Christian de faire le sac de la mannequin Pat Cleveland qui se trémoussait sur la piste mais ce n'était pas évident à cause de l'exiguïté, alors Vincent a extirpé de sa poche des soutiens-gorge cône chinés aux puces et en a donné à deux filles près du bar qui se sont précipitées pour aller les essayer dans les toilettes. Un des serveurs a déboulé pour comprendre de quoi il retournait, il est même entré dans les vécés pour rejoindre les filles. Quinze minutes plus tard, on a tous eu des gin tonic gratuits. Vincent a immédiatement pigé que tous les serveurs étaient des hétéros et non pas des homosexuels. Il a dansé avec Djemila et de mon côté je me suis lancée. *On my own – So sexy baby to dance with me alone.* Une des filles aux soutiens-gorge de couleur s'appelle Betty et l'autre Frederika, Christian danse avec Betty, une belle brune aux yeux violets, elle est saoule et s'ingénie à accuser pour mieux se faire remarquer son côté peste débridée des années 1960. Yves Saint Laurent n'a même pas bougé un pied et a regardé ses propres mannequins évoluer sur la piste en souriant et puis il a disparu avec un garçon aux allures de raclure. Il est si tard, l'avenue de l'Opéra est déserte et glacée, nous attendons un taxi, il n'y en a qu'un et c'est Christian et moi qui le prenons en premier, Vincent furax reste sur le trottoir. Alors que nous partons je me retourne et il me fait un au revoir. Nous empruntons les quais de Seine, Bastille, Montgallet, les camions poubelle s'arrêtent, les gens partent travailler en métro. Christian n'a pas un rond, j'ai juste gardé de quoi payer la course avec mes sous, je grelotte. Dans la férocité du silence l'avenir me paraît incertain.

Nous nous sommes couchés ensemble collés serrés dans le lit une place de Christian, j'attendais qu'il s'extirpe de son sommeil, sa respiration était lourde et profonde, je n'étais pas arrivée à trouver le sommeil. Nous avions éparpillé nos vêtements sur le sol dans l'obscurité pesante de la pièce alors que dehors se levait l'aube. À présent le jour envahissait complètement la chambre. Derrière son oreille joliment ourlée se dressait dans une coupelle d'église des cônes d'encens violine et dans un porte-plume des stylos et des crayons fantaisie, l'un d'entre eux était le même que le mien, en or pâle et métal brossé, une fille en maillot de bain se retrouvait nue lorsqu'on inclinait la pointe bille vers l'avant pour écrire. Le réveil bleu acier à fond en relief muraille de Chine indiquait onze heures et les voilages se décollaient doucement des fenêtres, laissant entrevoir entre chacun de leurs mouvements indolents et fragiles la Cité interdite et sa succession de façades rouge brique, de ce même rouge qu'ont les interminables routes en terre battue d'Afrique traversant des villages, des montagnes, des plaines et des forêts tropicales et je m'imaginais marchant dessus à la découverte du monde. Secrètement je caressais le projet de devenir un jour ethnologue. J'entendais la mère de Christian dans le couloir, elle mettait son manteau, son père n'était plus là mais au travail à la SNCF, la porte d'entrée a claqué et les talons de sa mère ont résonné pour finir par disparaître dans la ville.

— Ça va ?

Il restait tapi sans bouger.

— On va dans le lit de mes parents, elle ne reviendra pas pour déjeuner…

Puis il a tiré son dessus de lit en chenille de velours vert émeraude pour s'en draper le corps, à mon tour je me suis emparée du drap retenant le tissu froncé sur l'épaule comme la palla des Romains. La fraîcheur du linoléum m'envahissait, en franchissant la porte j'eus la sensation d'être à bord d'un bateau au milieu de la mer Méditerranée. Nos corps se sont rejoints dans le creux du lit et nos fronts se sont heurtés, il rigolait les yeux clos, s'obstinant à rester dans le sommeil.

— On se fait une mandoline ?

— C'est quoi ?

— Une mandoline. Fais pas l'idiote… on se branle !

Il a retiré sa culotte et s'est caressé, c'était un jeu. J'ai soulevé le drap, il tenait ferme son sexe dans sa main et une de ses cuisses relevée, il râlait doucement le nez dans son aisselle. À mon tour j'ai plié une jambe et glissé ma main sur mon sexe et écarté mes lèvres, mon clitoris était dur et je me le suis frotté brutalement, le bruit liquide s'écoulant de mes lèvres l'intriguait nous avons ri, prêts à arrêter. J'ai dit « bon… ». Il a dit « continue ». J'ai continué cambrant mes reins, je me suis branlée encore plus fort, à cause de la nuit et de l'alcool je transpirais davantage. J'eus une violente bouffée de chaleur et l'envie de pisser mais je me retins. Il se concentra et sa respiration s'accéléra, je gémissais à peine d'une petite voix, il est venu le premier et je l'ai suivi et j'ai joui mais n'osais pas continuer mon plaisir jusqu'au bout après lui et je me suis interrompue. La fraîcheur du matin sentait le bois de pin et l'eucalyptus, sur mes lèvres se pressait la chair sucrée des figues mûres et j'entendais au loin le ressac des vagues et le soleil se lever sur la mer, Christian s'est retourné et il a dit :

— Maintenant dodo !

L'hiver précoce promettait d'être rude. Christian cherchait l'adresse que Vincent nous avait laissée sur le répondeur : Olivia Putman, 3 rue Séguier, elle habitait les beaux quartiers, un ancien hôtel au fond d'une cour pavée. C'est Vincent qui nous reçut, Olivia s'entretenait avec sa mère dont la voix rauque et asthmatique résonnait à travers un dédale de pièces sans qu'on puisse en comprendre un seul mot. On s'assit chacun dans un Chesterfield accommodé d'une table de bistrot en marbre gris où était posée une orchidée d'un blanc rosé glissée dans ce qui devait être un tube de prélèvement d'analyse sanguine. Il flottait dans l'air une odeur de pain grillé, le temps tournait à la pluie, des gouttes d'eau tapaient aux vitres aux bordures colorées d'orange et de bleu nuit. Vincent portait un col cassé, une fine cravate noire descendait pour se perdre sous un gilet étroit, une veste anthracite et cintrée au-dessus de la taille dans un style Empire accentuait sa fragile maigreur et lui donnait l'air d'une cigale, de ces dessins où sont représentés des hommes toujours bien habillés dont la ressemblance avec des animaux est frappante. Il me regardait haussant un sourcil un peu compassé, la bouche boudeuse et je me rendis à l'évidence de son extrême beauté, il était bien plus beau encore que Gérard Philipe ou Jean Marais et sans l'ombre d'un doute pouvait prétendre à jouer les Armand Duval, Dorian Gray et le petit Lord Fauntleroy. Christian feuilletait nonchalamment un ouvrage sur les châteaux et leurs jardins quand Cyrille a brutalement fait irruption par une petite porte traversant le salon à dominante blanc et noir, parcimonieusement recouvert de photos à tendance structuraliste et de tableaux abstraits de Bram van Velde, les mains dans les poches il a opté pour un étrange slalom entre les tables en métal et verre dépoli d'Eileen Gray et des chaises de Jean-Michel Frank. Son arrogance naturelle m'impressionnait et lorsqu'il s'est approché l'idée de l'embrasser m'est apparue, il a détourné la tête en riant et avant de disparaître dans ce que j'imaginais être ses appartements il nous a dit « Salut » d'une grosse voix de muppets, ce à quoi on a tous répondu en chœur. Une dame en tailleur noir Saint Laurent, la mèche blonde crantée lui couvrant la moitié du visage, est arrivée suivie d'une belle jeune fille un peu boulotte et pleine d'aplomb vêtue d'une robe kilt en laine écossaise. Nous les écoutions qui organisaient le planning des semaines à venir en se vouvoyant, quand Olivia a dit : « Maman je vous présente mes amis, Vincent… » d'une même grosse voix que son grand frère et Vincent a rajouté : « Christian et Eva. » Olivia m'ignorait, montrant là que nous n'étions pas du même monde. Olivia nous présenta sa mère Andrée qui nous salua d'une main ferme et nous dit : « Amusez-vous mes bébés d'amour et restez ici tant que vous voulez », puis elle repartit d'où elle était venue. Vincent nous a remémoré sa rencontre avec Olivia et Justine à la soirée punk et elle a ri sans retenue, découvrant des dents courtes et carrées légèrement jaunies par la nicotine :

— Ça craint… J'ai des devoirs, je dois vous quitter et m'enfermer dans ma chambre… En attendant que la pluie cesse Maman a raison, vous pouvez rester, il y a du cake et du pain perdu dans la cuisine…

Sa main rabattait ses cheveux châtains et lourds d'un côté puis de l'autre pour mieux en observer les éventuelles pointes fourchues.

— On sort ce soir ?

— Tu m'appelles ? Dédé part pour New York… alors, je serai libre, a-t-elle chuchoté sur un ton de confidence.

— OK, a dit Vincent, et ils se sont tous embrassés et Olivia m'a furtivement lancé un regard rond et poli avant de claquer la porte d'entrée.

Christian, intrigué, n'a pas pu s'empêcher de fureter dans les pièces et je suis restée seule avec Vincent qui s'est emparé à son tour de l'ouvrage sur les châteaux. Christian téléphonait, sa voix étouffée par l'épaisseur des murs empêchait d'en comprendre un traître mot. Il est passé par la cuisine pour revenir guilleret et s'écrouler, une assiette de pain perdu dans les mains, dans le même fauteuil que Vincent.

— Qu'est-ce qu'il y a de rigolo, raconte ?

Vincent s'exprimait d'un ton exigeant.

Christian se retenait de délivrer sa réponse, papillonnant des cils ce qui agaçait Vincent, qui lui prit son assiette pour mordre dans son goûter mais

Christian agile le lui retira avant même qu'il ait pu planter ses crocs dedans.

— Hors de question… J'ai, j'ai, j'ai… rendez-vous avec un keum !

— Qui ? Arrête de faire le mystérieux, sois simple, dis-nous la vérité !

Christian redoublait le battement de ses cils haussant une épaule un poil salope et laissant tomber sa mâchoire qu'il faisait trembler d'émotion comme possédé sexuellement par l'impossibilité de parler, tout à son rendez-vous illicite.

— Ah euh euh !

Et il mangea son pain perdu avec volupté.

— Qu'est-ce que t'es agaçant, mon Dieu !

Vincent s'essuyait du bout de ses doigts de poupée les commissures des lèvres puis son humeur tourna caustique, malgré son rire qui perdurait. Je ressentais dans son cœur une profonde blessure. Il n'osa durant quelques instants relever ses paupières lourdes d'émotion. Christian distant se leva d'un coup et prit soin de bien s'emmitoufler le cou de son écharpe anglaise, s'approcha d'un pas sec.

— On avait dit qu'on irait voir Paper Moon à la cinémathèque, t'as changé d'avis Cricri ?

— C'est trop tard, on n'y sera jamais, on se retrouve à 19 h 30 au Royal Mondetour ?

— Tu me lâches en pleine après-midi ?

— Je vais et je viens…

Je piquai un fard et repoussai Vincent.

— Laisse-le faire ce qu'il veut, on reste ensemble… il nous rejoindra plus tard, conclut Vincent d'un ton indifférent.

Soudain Christian s'est hâté, je l'entendais cavaler sur le pavé de la rue Séguier tandis que je suivais Vincent dans la cuisine qui de bonne humeur se réjouissait d'avance de déguster son quatre-heures. Il s'en léchait les babines tout en s'appliquant à faire tourner en rond sa main sur son ventre. L'appartement me paraissait vidé de ses occupants, les carreaux projetaient gaiement leurs ombres colorées sur le mur. Les pas de Christian avaient complètement disparu, le tic-tac s'extirpa du silence moderne et froid dans lequel le lieu semblait s'isoler. Vincent tout en dégustant son pain perdu a sorti de son cartable de cuir un grand cahier de travaux pratiques qu'il a cérémonieusement ouvert. Sur les pages blanches il avait finement dessiné des robes longues ornées de cages à oiseaux et sur celles à carreaux étaient collés d'anciennes photographies et articles.

— Regarde c'est le bal noir et blanc de Truman Capote et ça c'est le bal oriental d'Alexis de Redé, t'as vu, c'est insensé ?

Sur une des images des femmes masquées se prélassaient sur un palanquin, d'autres agglutinées contre un mur dans des costumes extravagants et chinois semblaient expulsées en plein rêve. Vincent ferma son carnet d'un coup sec et tranchant, ce signe m'apparut aussi funeste qu'inattendu.

— Tu sais voler ?

— Voler comment ?

— Dans les magasins… Je suis à la chambre syndicale de la couture.

— Et ?

— J'ai envie de faire une robe serrure, tu m'accompagnes au BHV ?

L'adrénaline générée par le vol me ferait oublier le départ impromptu de Christian. Aussitôt dit, aussitôt fait, nous sommes sortis, les trottoirs étaient secs, il n'avait peut-être pas plu ou bien nous nous sommes attardés dans le salon noir et blanc d'Andrée assez longtemps pour en oublier les heures qui s'écoulaient.

Place des Innocents dans un ciel couleur d'indigo s'étiraient de fins nuages noirs flottant au-dessus d'immeubles formant une bande brumeuse sombre et frémissante, telles les fumées d'un incendie. Des punks pétrifiés squattaient les marches de la fontaine. En passant devant la boutique Fiorucci j'ai eu l'envie de m'enfuir à Rome avec mes camarades pour me promener sur le Trastevere. À présent j'aimais secrètement Christian… Au rayon bricolage du BHV j'ai pinaillé sur des serrures, envoyant le vendeur en réserve pour qu'il en ramène une dizaine, alors je piquais des cadenas et des loquets les fourrant dans mon sac en nylon panthère (très fifties, acheté chez le marchand de couleur de Nation). Vincent s'occupait des poignées de porte à faire disparaître, des crochets en tous genres qu'il planquait dans son imperméable à multiples poches, exalté par le vol il tremblait ne se cachant plus, il a même arraché deux sonnettes sur des présentoirs dans l'idée de les coudre sur mes nibards ce qui nous a mis dans un état de surexcitation totale.

— Ça tombe de partout !

— Grouille-toi si on se fait prendre on va aller chez les flics !

Il s'est dépêché de partir et je l'ai suivi, rue de Rivoli il galopait alors que personne ne le pourchassait, toute la ferraille engloutie dans la doublure et les poches de son pardessus brinquebalait et il m'a fait penser à un automate détraqué près d'Oxford Street ou à l'homme en fer-blanc, l'ami de Dorothy dans *Le Magicien d'Oz*, lorsqu'ils essayent d'échapper à la sorcière de l'Ouest. Dans une flaque boueuse la lune se reflétait et j'y voyais se détacher le visage d'Irène folle de haine et grimaçante et l'odeur de son sexe me soulevait le cœur. Dans les vespasiennes des hommes pissaient sur des baguettes de pain. Le ciel enténébré faisait reluire les étoiles au firmament. À côté de la tour Saint-Jacques dans une ruelle sombre j'eus envie de mourir en lui refilant mon butin.

— J'te ferai une belle robe, tu veux ?

— J'veux bien !

Il faisait nuit noire boulevard Sébastopol, il marchait vite.

— À quoi tu penses ?

— À rien, j'ai encore faim.

*

— Deux verres de blanc limé.

— Montrez-moi vos papiers.

— Bah dites donc !

— Qu'est-ce que vous croyez, je ne m'appelle pas Madame Bonenfant pour rien, et je ne tiens pas à avoir des ennuis avec la police. Servir de l'alcool à des mineurs c'est interdit ! Toi t'as 17 ans, je t'autorise ; toi, la gamine, que des sirops ou de la limonade et uniquement au bar.

Des rockers assis à une table en salle me reluquaient tellement assidûment depuis le moment où j'avais franchi la porte que mes talons aiguilles oscillaient gravement.

— Psst, psst, eh baby ?

— Commencez pas à foutre le bordel vous là-bas… Je vous ai tous à l'œil !

Ils se tordaient.

Tout était bleu tout était rose tout était jaune, c'étaient les couleurs de l'enfance avec le sentiment agréable et un peu fou d'être perdue dans les années 1950. Les entrelacs de néon au-dessus des bouteilles d'alcool entre les colonnes de miroirs à facettes transformaient Vincent en Bébé Cadum tout droit sorti d'un bain de vapeur, ses joues luisantes prenaient des teintes acidulées. Il se figea :

— Pourquoi tu me regardes comme ça ?

Je n'osais pas lui demander s'il avait couché avec une fille pourtant c'est le genre de question qui rapproche et que tout le monde pose, parce que tout le monde veut savoir qui couche avec qui.

— T'as couché avec Christian ?

Ses yeux me fixaient il n'y avait de place que pour moi et les cacahuètes salées.

— Un soir on est rentrés ivres morts et on ne pouvait pas faire ça chez ses parents alors…

Le souvenir de cette nuit semblait extravagant et si peu sérieux, il passa sa main dans son toupet.

— Bah… on est descendus à la cave avec une torche et on a baisé comme des chiens sur un tas de charbon, imagine !

Je visualisais la scène chaotique, enfantine.

— Et…

— … rien après il a voulu poser sa tête sur mon épaule, il demandait que je sois tendre avec lui mais bon j'en avais pas envie ça me dégoûtait et il m'en veut… je crois qu'il est jaloux…

— De quoi ?

— Depuis le premier jour où je l'ai rencontré à Arles avec David Reol. Il frimait diabolique en minishort panthère rose et des lunettes de Lolita… et il m'a regardé tout de suite super méchamment, genre le rival de la mort… n'importe quoi…, tu lui en parles pas… Ça sert à rien ça et il va t'en vouloir.

Je me faisais la réflexion qu'il ne me disait pas tout, il préférait cacher ses sentiments, ne faire reluire que leurs aspects drolatiques.

Tandis que Madame Bonenfant allait et venait en cuisine dans des odeurs de pot-au-feu, je profitais de boire dans le verre de Vincent.

— Au fond du café, il y a Edwige…

— Ouais je sais elle est tellement belle elle a ce physique à la Arno Breker pareil que ses sculptures.

— Donne-moi des pièces d'un franc.

— Pour quoi faire ?

Ses yeux s'attardaient sur ma robe de satin lilas impression anneaux de Saturne. Brusquement un des rockabillies portant le nom de Nick la mort s'est redressé :

— Tu veux écouter quoi ? a demandé Nick.

J'ai fait la sourde.

Au juke-box beaucoup de chansons françaises et quelques standards américains d'Eddie Cochran *Jelly bean*, *C'mon everybody* ou d'Elvis Presley *My way*, *Blue suede shoes*.

Edwige attablée avec Paquita, Freddy et Little Richard s'était retournée dans ma direction et avec deux doigts posés sur la table, se balançait sur sa chaise nonchalamment comme un garçon.

— T'as qu'à mettre *Tous les garçons et les filles de mon âge*.

Elle avait une voix de canard.

— J'aime pas Françoise Hardy…

— T'es conne c'est la mieux !

— Je vais pas me forcer si j'aime pas !

L'atmosphère vibrante ressemblait bizarrement à un épisode de la série de sitcom américaine *Les Jours heureux*, j'ai glissé une pièce dans la fente, optant pour Chuck Berry, *Roll over Beethoven*, Vincent a pris ses aises, il a commencé à se trémousser. Au passage il m'a habilement attrapé la main pour mieux me faire swinguer et Edwige a sifflé comme un train. Le vent du soir s'est introduit et avec lui Gene, il venait de rentrer au Royal Mondetour et sans aucune raison je me suis immobilisée.

— T'arrête pas surtout !

Les rockies riaient tandis qu'il se penchait vers moi.

— Une bise ?

— C'est Gene, j'ai dit.

Machinalement je lui ai fait la bise.

— Tu fais quoi ici ?

— Je répète avec mon groupe…

— Bah dis donc, et c'est quoi le nom de ton groupe ?

Vincent ironique attendait une réponse qui tardait, Gene mâchait lentement son chewing-gum.

— Les Asphalt Narcissus !

— Comme dans la boîte à strip-tease à Pigalle ?

Sa voix s'animait gouailleuse et je retrouvais en lui l'héritage forain.

Gene transpirait dans son trench, il devait prendre un truc comme de la benzédrine et refoulait le whisky.

Il a tiré sur sa clope en inclinant son visage. Sa mèche huileuse est tombée.

— Voilà !

Il dégageait une charge négative, être rocker c'était avant tout semer la terreur. Derrière lui sa belle Buick bleue me tapait dans l'œil.

Il a rejoint ses copains et ils se sont dispersés dans les couleurs acidulées et tout est devenu flou et la porte de la cave a claqué comme un clapier. Vincent m'a poussée d'autorité vers les filles, il fanfaronnait avec élégance captant d'un coup toute leur attention, montrant sa ferraille volée, buvant dans le verre de Betty, et tirant sur la cigarette à Djemila. Après des saucisses frites rue Saint-Denis, elles iraient toutes danser à la Main bleue, pour s'y rendre il fallait sortir porte de Montreuil prendre la rue de Paris et ensuite entrer dans Montreuil jusqu'au grand carrefour aller tout droit rue du Général-Gallieni et là c'était dans le centre commercial.

— Ça fait une trotte ! j'ai dit.

— Bah ça se mérite ! a répondu Paquita.

— Christian, il est avec qui ?

— Nulle part, t'inquiète, si c'était bien son plan il nous l'aurait dit.

Aux toilettes les murs jaunes et la cabine de téléphone tomate me renvoyaient aux étés brûlants de Saint-Tropez. Tandis que je me maquillais les lèvres de Rouge Baiser face au miroir Gene est entré les deux mains dans les poches.

— Si tu veux je t'emmène faire un tour en Buick ?

Il s'était trop avancé, la possibilité de filer en Buick m'est immédiatement montée à la tête, mes tétons se sont durcis.

— Je sais pas…

Penser à autre chose qu'un tour *nowhere* en Buick devint impossible.

— Tu ne sais pas ce que tu rates…

— Une autre fois.

— Je répète tous les soirs dans la cave, tu me trouves quand tu veux ici…

Ses histoires de cave et son imper d'Assas m'évoquaient les Rats noirs ou des mecs du GUD, instantanément son visage séduisant devint celui d'un rongeur avec des dents légèrement proéminentes et ses pupilles marron foncé dilatées, des yeux découpés au cutter deux gommes rondes enfoncées avec les pouces. Il devint si vilain alors qu'il était beau gosse – les Halles schizoïdes au possible. Il frôla rapidement de sa main gantée son oreille, son bras relevé laissait entrevoir, accroché au revers de sa cravate noire, une minuscule tête d'épingle ornée d'une croix gammée.

— À bientôt ! qu'il m'a dit sûr de lui.

Il s'est ostensiblement retiré vers la salle dans une étrange reptation.

Je n'osais plus bouger et suis restée tapie contre le mur aux couleurs de Saint-Tropez. Lorsque je suis revenue les filles avaient toutes disparu, quelques tables étaient prises par de nouveaux arrivants pour le dîner tandis que Christian et Vincent négociaient avec Madame Bonenfant qu'elle garde caché sous son bar le cartable de Vincent et toute la quincaillerie volée.

Danse machine

On s'était bouffé pour trois francs cinquante une soupe gratinée à l'oignon chez Chartier, on fumait assis et écroulés dans la vieille rame verte, ça nous occupait à passer le temps, à flouter l'ennui de la ligne 9. À la station Nation, des Africains sont montés, ils touchaient le plafond avec leur Borsalino à large bord et portaient sous leur gilet ajusté et échancré en arrondi sous la poitrine, à la manière des danseurs de tango, des chemises à jabot cascadant de couleurs vives et des pantalons à taille haute excessivement moulants enserrant leurs fesses sculpturales et leurs hanches étroites, montant à la lisière des seins mais s'évasant en parfaite corolle tubulaire sur des chaussures à plateforme en python ou en vernis et partout des talons hauts. Deux d'entre eux, pas peu fiers, paradaient dans des costumes à veste longue jusqu'aux genoux, à multiples poches et larges revers de satin. Les doublures roses ou rouges rehaussaient le tissu brillant bleu pétrole, vert printemps ou jaune acide de leurs vêtements. D'imposantes montres de gousset accrochées à des chaînes passaient d'une poche à une autre et n'empêchaient nullement et la montre au poignet ni les doubles lunettes, l'une sur les yeux et l'autre sur le chapeau.

— Zazous dans le métro, j'ai dit.

Alors le plus musclé de tous qui fumait un cigare bien chargé au goût fruité m'a regardée dix secondes bien tassées, ne se privant pas d'un sourire dévoilant ses dents énormes, toutes en argent.

— Putain le keum !

J'avais parlé trop fort, ma voix lui était parvenue. Il a roulé des épaules faisant jaillir le tigre en lui et, d'un coup d'un seul et sur une seule jambe, il a exécuté plusieurs tours sur lui-même tout en jouant d'une canne de music-hall qui pouvait bien être une baguette de magicien puisque les bouts arrondis en plastique translucide étaient remplis de neige et d'étoiles dorées.

Il m'a tendu la main, il portait en bague une tête de mort.

— Magic Williams hello !

— Hello, ai-je répondu.

— Le piranha géant, imagine s'il te mordille là où je pense, a dit Christian.

— C'est insensé ! répondit Vincent.

Subrepticement l'homme s'est agilement baissé et les deux premières phalanges de ses doigts se sont recroquevillées d'un geste sec et vif imitant la patte du tigre, dans cette position il a poussé un beau cri bien agressif et puis ses doigts se sont rétractés vers la paume de sa main et son pouce a disparu. À ce moment, il a émis un feulement des plus sauvages. Tout en tension ondulante il s'est reculé en rythme alors l'ancienne rame ne brinquebalait plus tant ses mouvements imposaient silence et force ancestrale. Vincent l'observait totalement envoûté, la tête rejetée en arrière contre la barre métallique son regard est devenu aussi soyeux que son foulard de soie.

— C'est dément imagine quand ils vont tous danser ensemble ce que ça va être !

— Imagine si on rentre pas ?

— Je meurs, dit Christian.

Intriguée je me demandais où se cachaient tous ces hommes dans la journée, et ce qu'ils faisaient. Rue de Paris il neigeait, de fins flocons qui virevoltaient comme dans la baguette de Magic Williams. Au loin sous les halos des réverbères, des femmes à la peau si noire attendaient sous des manteaux en fourrure synthétique aux longs poils irisés, elles ont des bottes compensées, leurs jambes sont immenses et leurs cuisses sont fines et ciselées, ce sont des géantes. Le centre commercial, bien que neuf, paraissait vétuste, totalement déglingué. Le froid cinglait et le parvis en béton était plus que glissant, Christian à ma gauche et Vincent à ma droite pressés d'arriver me soulevaient du sol pour aller plus vite. Je n'arrivais pas à me figurer qu'au fond derrière une porte il y aurait Harlem.

— Allez la grosse, grouille ! a tonné Christian.

Pour vaincre le froid qui se condensait sous mon trench de vinyle et convaincre Christian que je n'étais pas grosse, j'ai relevé ma robe pour courir cul nu vers la discothèque sachant qu'ils hurleraient au scandale. À l'entrée de la Main bleue, beaucoup de Noirs et ils étaient bien plus chics que les Blancs. Un groupe très Batman portait des capes de panthère, de velours rouge, de fausse fourrure ou de cuir avec des chapeaux melon, des hauts-de-forme, des derby de la City. Quelques-uns arboraient la parfaite coupe afro, la boule totale et Christian a flashé, d'autres aux cheveux coupés année 1930 courts derrière et bien plaqués avec la raie sur le côté aspiraient la fumée dans un fume-cigarette, de très jeunes garçons en costumes à rayures géantes ou à carreaux préféraient marcher en dansant comme sur un runway de défilé, je regardais mon bustier et ma robe Saturne désappointée. À chaque fois que la porte de la Main bleue s'ouvrait une lumière bleue phosphorescente jaillissait, rendant les gens fluorescents. On entendait chanter James Brown : *Make it good to yourself* de l'album *Black Caesar*, un disque précieux que Christian détenait dans sa collection. « Écoute », a-t-il dit en levant l'index et avant même d'atteindre la piste ses pieds dansaient, des petits pas glissés sur le sol en béton gris. Un homme maquillé de blanc a ouvert brutalement son manteau j'ai cru qu'il allait me montrer son sexe et j'ai crié mais c'était là une ruse, il affichait en guise de doublure et cousues entre elles deux bonnes centaines d'étiquettes de marque de vêtement.

— Tu as cru que j'allais t'montrer mon goulougoulou pas vrai ? Je t'ai bien eue, et vous aussi !

— Fais voir, c'est quoi ?

Vincent ébahi souhaitait en savoir davantage sur toutes ces griffes de vêtement. Alors qu'il était sur le point de tâter la doublure Christian nous a poussés jusqu'au portier qui ne nous a pas prêté la moindre attention. Désespérés et mortellement déçus nous étions sur le point de repartir, mais Paquita a surgi de la lumière noire et avec autorité naturelle a convaincu l'Africain de nous faire entrer et l'Africain s'est plié à son commandement. Des grands escaliers, des murs et une piste en béton. Difficile de mesurer à l'œil nu les dimensions exactes du night-club tant il semblait se perdre dans le noir profond de la galaxie. En descendant les marches, pour ne pas tomber je me retenais à la rambarde rouge sang et partout du bleu coulant sur nos peaux blanc fantôme, celles des noirs, brillantes, se teintaient délicatement d'un *glow* argent music-hall. Un rayon vert fluorescent très science-fiction surgissait du néant pour répandre son faisceau sur les danseurs, qui à son contact se plongeaient dans une transe des plus anormales.

— C'est le laser, a dit Christian.

— Le quoi ?

— Le laser vert, c'est super fort, c'est chimique !

— Mais non ?

— Si tu vois bien il s'agite partout, ça rend les gens fous, c'est dangereux, c'est évident !

Vincent prenait sa voix de gouape. J'appréhendais la piste pensant que quand le rayon vert que je n'avais jamais vu de ma vie effleurerait ma peau je deviendrais prisonnière de la Main bleue. Vincent perplexe tordait sa grande bouche en une grimace enfantine, se dandinant d'un pied sur l'autre.

— On y va ou on n'y va pas ? Moi j'hésite on ne connaît pas les effets secondaires, il paraît que ça file la gerbe et même le cancer.

Christian les mains derrière le dos était gris, méfiant presque suspicieux de ses yeux avides du monde se libérait une étrange fièvre.

— Matez, qu'il a dit.

Un beau jeune homme très Cab Calloway revenait de la piste en titubant, son costume ample et blanc ondulait en vagues souples le long de son corps. Un sosie de Fats Domino, habillé de lurex doré, gravissait les marches affichant un sourire statique, les yeux clos comme atteint par la grâce. Une odeur de ganja mêlée au parfum Amérique de Courrège ou de First se joignait à celle, plus pugnace, acide et âcre de la sueur. Tous trois dans l'ombre des spotlights, adossés contre le mur de béton nous assistions au spectacle insensé des danseurs s'agitant frénétiquement, quelques-uns possédés exprimaient une grande beauté abandonnée, ils devaient danser avec joie depuis des heures, sans discontinuer, pour dépasser la souffrance, l'injustice, le viol, les mauvais sorts, les sorciers, oublier le prix de la carte Orange, le refus de la carte de séjour, le métier d'éboueur, la famille au bout du monde et l'insalubrité du foyer d'accueil. Danser en habit de lumière pour oublier, c'était donc ça le grand talisman que le destin m'offrait, le trésor de la nuit. C'était la danse. Mes jambes tremblaient tant je pressentais qu'elle allait m'achever délicatement et avec grâce. Le bras d'un ange est passé sur mon visage et j'ai pensé *Monnaie de singe* sans savoir d'où me venaient ces mots. Depuis que je sors la nuit des mots qui ne m'appartiennent pas me traversent la tête.

— Superfunk, de Inc., vachement bien !

C'est la voix de Djemila, mais je ne la vois pas. Magic Williams saute devant les baffles, lance son bâton lumineux en l'air pour mieux le faire virevolter, retombe au sol en grand écart, rattrape habilement la baguette pour la glisser sous son bras et entame une marche militaire, monte haut les genoux, cherche avec son autre main à attraper des pouvoirs dans le ciel qu'il pose sur son cœur, les gens autour de lui l'acclament. Un grand Africain coiffé d'un chapeau démesuré en patchwork enlaçait tendrement Paquita en adoration devant les mâles, le laser inonde son beau visage quand il devient d'une pâleur blafarde, celle des zombies, des vampires et des morts-vivants.

— J'ai soif.

— Tu m'étonnes.

— À boire !

Péniblement on s'est faufilés jusqu'au bar inaccessible et ruisselant d'étoffes aussi brillantes que chamarrées, des chevelures crépues exhalaient une odeur apaisante de lavande. Sur une estrade le disquaire noir en lunettes noires entouré de filles frétillantes venait de poser sur la platine la voix de Tina Turner, *Sexy Ida*. Le serveur nous servit des doubles gins que nous bûmes cul sec.

J'ai dit :

— On va danser !

Et Christian m'a répondu :

— Absolument, on s'en tape complètement des coups de laser, au moins on aura dansé avant de mourrrrir c'est ce qui compte !

La chaleur de l'alcool m'envahissait. Des hommes sérieux et graves me firent l'effet d'être soit des politiciens ou le Baron Samedi, la même personne décuplée en plusieurs et ils cherchaient quelqu'un dans la galaxie. Nous avons dû jouer des coudes pour nous faire une place sur la piste. Et lorsque le laser frôla l'épiderme de Vincent, j'entendis sortir de sa bouche des petits cris de jouissance musicale et amusée. Christian abandonné sur *Sexy Ida* offrait sans restriction sa figure au laser, les yeux en demi-lune. Il s'est emparé de ma main, me faisant onduler au bout de son bras. Les Africains autour de nous nous regardaient avec grand intérêt.

— Mate le keum derrière toi, j'te dis pas le body perfect.

L'homme au *perfect body* moulé d'une veste panthère aux couleurs criardes me souriait l'œil vif tout en ponctuant avec ses mains le rythme de la musique et Christian s'est retiré pour se fondre dans le cercle alors l'Africain l'a remplacé. Sous la peau calleuse de ses doigts je sentais sa douce fragilité, il tremblait d'émotion. Après être rentré dans sa cadence, il s'est honnêtement fondu dans la mienne. Alors nos corps se sont réunis sur la voix grave de Barry White et longtemps cela a duré. Je frémissais, chancelais hors du tempo, n'en pouvant plus je me suis extirpée du cercle, ses yeux sombres me scrutaient. Royalement Christian m'a rejointe.

— Alors c'était comment ?

— Super bien.

Je ne savais pas quoi répondre, la musique était si forte qu'il aurait été inutile de parler davantage. La petite Justine, Olivia Putman et Vincent, assis sur les escaliers se partageaient un rhum coca. Mes pieds blessés me faisaient mal alors j'ai ôté mes souliers pour danser encore. Autour de nous les Africains nous considéraient avec bienveillance hormis ceux à grande cape à la Batman, violents, brandissant leur canne en signe de contestation secrète. Au loin, Alain Pacadis évoluait à contretemps sur la piste, il a rejoint Betty qui poussait des hurlements de sirène de police puis nous nous sommes tous retrouvés aux vestiaires pour récupérer nos affaires.

— Vous voulez pas venir tous chez moi ?

— Et t'habites où Betty ? a demandé Vincent.

— Rue Léopold-Bellan, aux Halles.

— J'ai pas une thune, a dit Christian.

Aux abords de Paris les trottoirs immaculés et recouverts de neige semblaient sertir la ville, elle brillait doucement comme New York depuis le pont d'un ferry. La lune cachée éclairait le ciel poudreux et opaque d'où tombait dru des flocons de neige.

— Génial ! C'est de la poudre partout, a dit Betty.

— Taxi ! criait Christian.

Le taxi froid sentait la cigarette. La rue Léopold-Bellan blanchie de neige immaculée Alain Pacadis avait disparu. Un métis en costume sombre répondant au nom de Philippe Krootchey et ressemblant à Henri Salvador époque *Joie de vivre* se moquait méchamment de Betty qui cherchait affolée son *Paca*. Christian pissait contre un mur tandis que Vincent rêveur, la tête en arrière offrait un visage extatique.

— Alain ? Alain où es-tu ? criait Betty désespérée.

Et un fin filet de voix pâteuse à peine audible s'élevait entre deux voitures.

— Ma bête humaine... Ma bête humaine... Betty.

Un bras tragique surgit sous une Renault.

La lumière de la salle de bains filtrait autour de la porte pour venir dessiner sur la colonne vertébrale de Christian, qui s'était endormi sur un des multiples matelas posés au sol, une parfaite arête lumineuse. La douche coulait, Vincent se lavait des rayons du laser. Philippe assis près des fenêtres buvait du vin blanc en regardant la neige tomber, au loin les lumières du boulevard de Bonne-Nouvelle tapaient contre le ciel. On entendait Alain et Betty remuer dans la cuisine.

— Tu me laisses une ligne mon Paca, je t'ai sauvé… Je suis ta bonne maman…

— Non ! grognait Alain.

— Allez file-m'en…

— Il me reste presque rien juste une pointe !

Philippe torse nu nous a enjambés pour aller les rejoindre.

— N'entre pas, laisse Alain faire son shoot s'il rate !

— T'inquiète j'en ai mais je ne fais tourner à personne, a ponctué Philippe d'un ton perfide.

Vincent était revenu vêtu du pyjama trop court de Betty pour s'allonger par terre.

— Même pas moi, pour goûter ?

— Moi aussi, je veux goûter, ai-je dit et Philippe disait « Hors de question » d'un ton encore plus dur.

Betty en reine des lieux avait dormi seule dans son grand lit et nous à ses pieds, il n'y avait pas beaucoup de couvertures alors on s'est tous serrés les uns contre les autres. Dans mon sommeil j'avais cru entendre Vincent et Philippe qui s'embrassaient et Christian ricaner.

Lorsque je me suis réveillée ils prenaient le petit déjeuner assis autour d'une table dans un coin de la pièce.

— Eva viens prendre ton café, m'ordonnait Vincent d'un ton poli.

Dehors il ne neigeait plus et certains carreaux givrés et borgnes me rendaient triste. Alain piquait tant du nez qu'il est tombé de sa chaise, Vincent aidé de Betty l'a relevé. Puis il a recommencé mais cette fois personne n'a eu le courage de le soulever.

— C'est toi Eva Ionesco ? a demandé sournoisement Philippe.

— Pourquoi ?

— Parce que t'es plus belle sur les photos qu'en vrai.

Ils ont tous ri de sa méchanceté, Philippe s'est vivement redressé, léchant sa lèvre supérieure, ondulant son corps il a exécuté une galipette, ramenant son sexe en semi-érection l'avalant dans sa grosse bouche. Puis, sous l'étonnement général, il s'est aussitôt relevé.

— Moi je sais me faire des pipes tout seul… je te fais tourner une ligne, tu veux du Brown Sugar Eva ?

— D'accord !

— Elle en prend pas Philippe, c'est niet !

Christian autoritaire s'était opposé si fermement, on se regardait les uns les autres dans un silence méfiant.

— J'en prends pas !

— Tu fais tout ce qu'il te dit ?

Betty me cherchait des noises.

— Ouais pourquoi ça te froisse les fesses ?

— J'm'en fous, rien à péter !

— Vous avez lu *Le Bal du comte d'Orgel* de Radiguet ?

Vincent tentait de changer de sujet mais personne ne répondait.

— Vous l'avez pas lu ?

— Bien sûr tu nous prends pour des ânes bâtés ? s'insurgeait Philippe. Radiguet et surtout Cocteau !

— T'es belle !

Alain toujours assis par terre se pâmait pour Betty.

Elle se coiffait d'un chignon banane, ses yeux changeant étaient couleur parme, avec son nez pointu elle ressemblait tellement à Elizabeth Taylor, elle s'habillait d'un faux tailleur Chanel bleu Orly.

— T'es belle mon Elisabette Tailleur.

— De pipe... Ah Ah, il faut que j'aille au strip-tease, il fait très froid dans la baraque à Marcelle, j'ai la flemme d'aller bosser à Pigalle c'est horrible j'ai envie de mourir, en même temps après je pourrai acheter de l'héro, ça fait une consolation hein mon Paca ?

— Ouais maman...

La tendresse de leurs effusions chaotiques inspirait ma compassion.

Alain se peignait ses cheveux gras, c'était l'heure du déjeuner.

Alain nous avait promis de nous offrir des cartons d'invitation pour se rendre à des cocktails de mode et assister au festival super Punk à la MJC de Crépy-en-Valois où devaient jouer les Stinky Toys, des manifestations qu'il raterait à regret puisqu'il devait s'envoler pour Londres dans le but d'écrire un article sur la new wave pour *Libération*. Il nous a demandé si on connaissait Nico et on a répondu que non, pas en chair et en os. Nous l'avons accompagné en taxi chez lui rue de Charonne dans l'intention de récupérer ses invitations. Dans le taxi Alain chantonnait une chanson des Kinks, *Schoolboys in disgrace*, et draguait Christian sans espoir. Dans la rue il marchait en crabe.

— Merde c'est la zone internationale, j'ai un putain de chtarbe ! a braillé Christian.

Sa langue a roulé sous sa joue d'où émergeait autour de quelques rares et nouveaux poils hirsutes un bouton d'acné. Le froid perdurait, la neige le long des trottoirs s'était transformée en boue.

— T'as le Palais de la femme juste en face c'est pratique ! m'a lancé Alain. On ne sait jamais…

Le bâtiment qui hébergeait des filles-mères et des femmes abandonnées me déplut, avec cette impression qu'un jour il m'accueillerait volontiers. L'atmosphère était tendue, noire et blanche. Christian haussait les sourcils, agacé, empruntant un air faussement naïf.

— J'suis pas certain d'avoir envie d'aller chez lui Eva.

— On mate.

— Voilà on prend les cartons et on se barre !

Alain a franchi le pas-de-porte d'un immeuble aussi pauvre que vétuste, on le suivait en se moquant, il s'en foutait éperdument. Il a ouvert son antre tapissé de tissus ramenés d'Inde et de centaines de vinyles et de livres, agrémenté d'une alcôve sombre et rougeâtre jonchée d'une boule de draps si sales que j'ai cru un moment qu'un clochard y dormait. Au sol des tapis arabes entièrement cramés à la cigarette et sur le rebord d'une cheminée au miroir recouvert d'une épaisse couche de poussière, deux angelots en plâtre dorés. Les fenêtres obstruées par des rideaux en velours dévorés par les nuits de défonce laissaient à peine la possibilité au jour de s'introduire dans la pièce. Il ne restait plus une seule parcelle de libre sur les murs entièrement recouverts de photographies de rock stars, de divas, d'amis, d'articles de presse et de photos d'Alain lui-même. Au détour d'un fauteuil gothique gisait un magnétophone et son micro.

— Vous voulez un café les enfants ?

— Non franchement merci et sans façon !

Christian, prudent, restait debout tandis qu'Alain cherchait mollement des cartons d'invitation à nous donner et ne les trouvait plus.

— Ça c'est pour l'ouverture de Beaubourg, ça c'est pour le dernier film de Garrel, ah, elles sont toutes à mon nom : Pacadis, Pacadis, où est-ce que je les ai mises ? Je les ai peut-être données faut d'abord que je me fixe j'approfondirai après…

Il empoigna sur sa table près de sa machine à écrire Remington un nécessaire d'infirmière en métal serré par un gros élastique. À l'intérieur une seringue en verre, des cotons sales. Il versa dans une cuillère déformée un peu d'eau d'un vase ainsi que le reste d'une cocotte.

— Je me shoote… et après ça ira mieux.

Il garrota son bras et d'une main habile suça les cotons imbibés d'héroïne avec l'aiguille de la seringue croûtée de sang.

Christian les mains dans le dos grimaçait.

— Vous n'êtes pas obligés de regarder si ça vous dégoûte…

Christian s'est retourné, j'ai maté. Alain a fébrilement cherché la place d'un nouveau trou dans ce qui lui restait de veines parcheminées, elles saillaient énormes tels des serpents sur du marbre et roulaient sous l'effet des frappes de ses doigts. Alain tirait plus fort sa cravate qu'il tenait ferme entre ses dents et planta l'aiguille dans sa veine, la scène me souleva le cœur jusqu'au moment où je crus voir en Alain Igor le serviteur de Frankenstein.

— Han !

Christian fit volte-face alors que le nuage de sang remontait dans la seringue pour repartir aussi sec avec l'héroïne subitement Alain s'est écroulé de tout son long, il restait immobile.

— Putain, il a fait une OD !

— Tu crois ?

— T'es conne ou quoi… Gifle-le, moi je peux pas ça me répugne… gifle-le sinon il va crever… c'est évident !

— Non ?

— Si, c'est une OD ! Vas-y !

Je me suis jetée sur Alain, je lui ai filé une de ces grandes baffes à lui retourner la tête, mais il ne bougeait pas, j'ai recommencé derrière ses lunettes ses yeux se sont ouverts comme ceux des poupées anciennes.

— Espèce de connasse ! qu'il a hurlé. Tu te prends pour qui connasse ?!

Christian s'est penché sur Alain.

— Pauvre connard toi-même, ducon !

Christian s'est barré furax et je l'ai suivi, il ne descendait plus les marches normalement mais quatre par quatre, une vindicte colère, une hargne vengeresse jaillissait de lui décuplant ses proportions.

— Il peut crever la bouche ouverte ! J'en ai rien à battre, qu'il crève t'entends !

J'émis un faible cri à peine audible.

Dans le métro Christian tirait la tronche, je le sentais triste et il n'aimait pas la tristesse, il comptait à chaque station supplémentaire les publicités pour les machines à laver le linge, j'ai étendu mes jambes sur ses cuisses, j'ai crêpé mes cheveux.

— Je suis claquée mais j'ai pas sommeil…

— On n'a qu'à aller au musée des Colonies c'est beau… C'est toujours ça que les Russes n'auront pas !

Un carré de verre sablé posé au plafond envoyait une lumière sépulcrale couvant de ses rayons jaunâtres les bébés alligators et leurs parents. Une chute d'eau, quelques rochers artificiels et des palmiers tropicaux que venait lécher une lumière verte fluorescente étaient circonscrits dans la grande fosse ronde comme une soucoupe volante avec autour, pour ne pas y tomber mais apprécier le spectacle, six rampes métalliques formant un garde-fou incliné et écrit sur un panneau en lettres d'imprimerie *Interdit de nourrir les animaux*. La chaleur chaude et humide nous obligea à ôter nos pardessus puis l'un à côté de l'autre on s'est couchés dangereusement sur les grilles suspendues les bras en croix au-dessus des crocodiles ouvrant vers nous leur gueule aux dents pointues. Christian prit d'un rire irrépressible n'arrivait plus à articuler, il en avait les larmes aux yeux.

— C'est la Main Bleue.

À mon tour je fus prise d'un fou rire impossible à arrêter.

— C'est une arène on va être mangés tout cru !

— Galère à l'horizon !

Nos rires redoublaient quand, après un long moment, un gros gardien est arrivé lentement.

— Descendez de là immédiatement !

— Oui monsieur, a dit Christian.

Et on s'est redressés, autour de nous et se poursuivant dans des couloirs déserts ponctués régulièrement de petits traits de néon violines, de grands aquariums remplis de poissons tropicaux, ils renvoyaient leurs lumières bleues, douces et ondoyantes.

— *Le Voyage à la drogue* c'est atroce !

— Quoi ?

— Tu l'as pas lu ?

— Si, ma mère elle a le livre dans ses wawas, c'est des jeunes beatniks qui partent à Katmandou se défoncer dans des fumeries, des temples et des bordels et ils finissent en prison ou à l'hôpital, dans la rue…

— En Asie, en Inde, à Istanbul et ils ne reviennent jamais, Alain Pacadis il ne reviendra plus…

— Je ne sais pas.

— C'est pourtant pas compliqué à comprendre…

Au fur et mesure que l'on naviguait dans les méandres des couloirs, le sentiment de m'enfoncer dans les profondeurs de l'océan m'envahit.

— Si tu te shootes, tu t'accroches et après j'te dis pas...

— J'ai pas l'intention de me shooter...

— Je te crois pas...

— Arrête.

Fatiguée j'ai posé ma tête contre son épaule, nous avancions doucement bras dessus bras dessous. Médusé, il s'immobilisa devant un immense poisson tacheté de pois noirs aux myriades de nageoires ondulantes, il planait vers le haut puis vers le bas au milieu d'autres aux couleurs vives et phosphorescentes et l'animal est venu à sa rencontre.

— C'est mon préféré ! a déclaré Christian.

À l'étage supérieur le jour déclinait subtilement. Les masques africains des salles du milieu enfermés dans des vitrines poussiéreuses m'effrayaient, ceux chargés de puissances maléfiques aux lèvres et aux paupières cousues entre elles et criblés de clous me jugeaient et je compris sans comprendre avoir été choisie comme offrande par une main invisible me guidant vers l'autel des sacrifices, j'étais la proie d'une loge ésotérique mais fallait-il croire à la magie pour l'entendre pleinement ?

Un couteau
Un ticket de métro
Le fer
L'électricité
Le jour et la nuit

Les titres des articles dans les journaux
Les non-dits
Le chant des oiseaux
La pluie sur mon visage

Tout me renvoyait à cette impossible vérité.

L'armoire à glace de la chambre des parents de Christian reflétait une partie de son corps enveloppé de son peignoir de soie rouge, j'étais invisible, perdue dans l'autre moitié. L'allumage émanant de la chaudière à gaz s'arrachait au silence paisible dans lequel l'appartement semblait se confiner.

— Une mandoline ?

— Bambino, bambino…

Il riait cachant son visage osseux dans le creux de son bras frêle, il avait gardé ses chaussettes cauteleuses et je ris aussi. Je me suis caressée la première, il s'est retourné vers le mur nous avons pleinement joui chacun pour soi. Je tremblais sous la douche, les carreaux vert amande blessaient ma rétine, j'entendais la voix de Lou Reed chanter *Heroin*. On s'est fait du riz Uncle Ben's, on a bien ri. J'avais par mégarde ouvert une boîte de sardines à l'huile ce qui a déclenché une scène atroce. Il s'est pincé le nez, il a couru se cacher dans sa chambre et puis il est réapparu pour m'ordonner vigoureusement de ne jamais recommencer ou même tenter d'essayer de manger du poisson devant lui tant le goût et l'odeur pestilentielle l'insupportaient. Hébétée j'ai bazardé à regret la boîte de conserve Capitaine Cook à la poubelle.

Après nous sommes allés dans sa chambre qui pour moi était celle des Enfants terribles, sa mère et son père absents amplifiaient ce sentiment. Il me souriait, s'éventant d'un cahier de travaux pratiques Clairefontaine.

— Tu ne veux pas qu'on se fasse frères de sang ?

Il me regardait intensément.

— Comment ça ?

— On se coupe un peu la peau du bras et on mélange notre sang, c'est frères de sang.

Il a réfléchi tout en rangeant rapidement sa chambre.

— D'accord.

Je détenais un Opinel en bois en cas d'attaque, il n'était pas plus grand que la paume de ma main, la lame en était affûtée. J'ai fermé les rideaux, je l'ai rejoint sous l'éclairage de la lampe-cage, cette fois-ci je me voyais dans son miroir et c'était lui qui avait disparu du reflet. Je me suis cisaillée la première, la vue du sang l'épouvantait réellement, il a dit « beurk ». À son tour il a pris le couteau, d'un coup il a taillé sa chair, rapidement nous avons frotté nos avant-bras l'un contre l'autre et puis sans se parler alors que c'était l'après-midi nous nous sommes longuement préparés, tandis qu'il se rasait je me maquillais. L'odeur du Pento m'enivrait et mon serre-taille laissait des traces d'agrafes et de pressions sur mon ventre qui m'évoquaient au toucher des lettres Braille et les fils pour coudre les yeux et les bouches des masques et des totems et mon ruban de velours noir Betty Page autour de mon cou, une femme dans un tableau de Gainsborough ou un chat et son collier devant des rideaux fermés dans une vitrine de Pigalle. Une enseigne lumineuse et verte parcourait le salon en l'irradiant, c'était Christian en chemise de satin émeraude. J'avais une envie folle de l'embrasser mais ma jupe en cuir noir trop entravée m'en empêchait, de plus elle jurait avec mon bustier Brigitte Bardot. J'ai allumé une Player Special, maculé le filtre de Rouge Baiser, approché mon visage de la fenêtre ouverte à l'espagnolette, je sentais le vent piquant et froid sur mes joues, j'ai baissé les paupières.

— T'as déjà couché avec une fille ?

— Non.

— Avec des garçons ?

— Ben oui, t'es idiote dans ton village ou quoi… ?

— Et avec moi pourquoi tu veux pas ?

— C'est pas que je veux pas, c'est que c'est comme ça, me dis pas que tu comprends pas… Ma mère va m'acheter un scooter pour Noël, fini le métro.

— Quelle couleur ?

— Bleu pétrole.

Je le suivais, abattue, avec cette impression d'avoir été emportée par une vague, j'ai jeté ma clope par la fenêtre, je me suis assise sur son lit en rentrant mes deux jambes comme la queue d'une sirène.

— Qu'est-ce qu'on fait Cricri ?

— Plus rien, hi, hi… Tu connais le réseau ?

— Nan c'est quoi ?

— C'est l'horloge parlante et derrière les heures et les minutes qui s'écoulent des gens cachés sous des pseudonymes se parlent pour mieux se rencontrer.

Il tourna cérémonieusement le cadran avant de me tendre l'air hyper sérieux l'écouteur.

Soudain l'effet de passer de l'autre côté du miroir, l'appel ésotérique me propulsait dans les mystères de Paris.

Une voix de femme enregistrée résonna.

— Dans quinze secondes il sera exactement 19 h 30 ici Prince blanc, Prince blanc cherche Rouge Alpha. Ici Rouge Alpha, tu m'entends Prince blanc... C'est Protector, ici Protector pour Maybelline, tu es là Maybelline ? Oui, je suis là Protector.

Les voix se cherchant dans la nuit semblaient émaner de l'au-delà pour se retrouver dans le creux de mon oreille et Christian me questionnait du regard.

— Insensé !

— Écoute !

— Dans trente secondes il sera exactement 19 h 30 et quinze secondes, Rahan tu me retrouves rue de Maubeuge ?... Oui Chien jaune je serai là dans une heure... Allô, cherche Fantômas, allô Belphégor cherche Fantômas...

— Belphégor m'entends-tu ?... C'est Fantômas, c'est moi, je suis là !

Christian masquait sa voix qui devint masculine et méchante.

— Je t'entends Fantômas, qu'est-ce que tu veux ?

— Ça va pas c'est moi je suis Fantômas, t'es qui toi tu n'es pas Fantômas et tu vas périr...

L'énorme voix de Fantômas se répandait comme propulsée par un vocodeur. Christian n'y tenant plus a raccroché le combiné et nous avons couru dans l'appartement en riant puis nous avons joué aux monstres lents et la sonnette a retenti, c'étaient Anne et Apolline. Elles avaient acheté une bouteille de mousseux, si on buvait avant de sortir, on aurait moins besoin de picoler. J'ai avoué aux filles que nous étions frères de sang et Anne a dit :

— N'importe quoi, pourvu que ça mousse !

On s'est fait la roteuse. Anne avait des airs à la Natalie Wood dans *La Fièvre dans le sang*. Je lui ai prêté mon Rouge Baiser, elle n'arrivait pas à se peindre les lèvres alors je les lui ai dessinées, elle était belle et son sourire radieux et éclatant m'apportait la joie, nous avons dévalé les escaliers à toute allure.

Place Daumesnil le taxi refusait obstinément de nous charger à quatre à cause du berger allemand qui sommeillait à l'avant, mais lorsque le chauffeur remarqua les longues jambes d'Apolline il nous a acceptés et elle s'est assise à la place du mort.

— Si tu remontaresses complètement ta skirt c'est la coursaresse tisgra ziva Popo.

Christian n'en revenait pas lui-même de sa provocation.

— Le monstre absolu !

— Faut pas pousser ! j'ai dit.

— Toujours pushy !

Anne amusée s'indignait.

Et il a ajouté d'une voix niaise :

— Pushy, pushy mémé dans les orties, hi hi hi !

Apolline défoncée sommeillait, on roulait rue de Rivoli et le berger allemand haletant de soif laissait couler des gros filets de bave sur les cuisses d'Apolline offerte, presque attirante.

— C'est méchant de me dire ça !

Elle parlait si gentiment et on a tous éclaté de rire. On est entrés au Sept les doigts dans le nez, le portier m'a dit bonjour.

Assis dans la salle du restaurant laqué noir et entouré d'Asiatiques, Mick Jagger envoyait la fumée de sa cigarette dans ma direction. Je crus un moment qu'il me zieutait mais me tenant dans l'ombre il ne pouvait me voir, simplement me sentir. Les escaliers puaient la sueur on se serait crus dans le métro à l'heure de pointe. Fabrice le patron, une grande folle blonde qui, avant de se lancer dans le métier de limonadier et d'obtenir des protections de la police, s'occupait d'un salon de coiffure en province, remontait du dance floor tout sourires. La présence de Mick Jagger nous électrifiait. La boîte contenait trop de monde, la condensation d'eau coulait sur les miroirs embués. Diane de Beauvau-Craon habillée en Loris Azzaro s'est levée d'une des banquettes, à ce moment Christian a littéralement bondi pour prendre sa place et quand nous sommes toutes retombées sur son corps, il a crié :

— Au secours, je meurs ! À moi !

À cinquante centimètres de nous une pléiade d'hommes torse nu portant casquette, pantalon et gants de cuir se produisaient sur la piste dans un équilibre précaire mêlant mouvements de friction et de répulsion, jouant du poing kangourou, cambrant les reins, montrant leurs fesses musclées et se donnant des coups de hanche d'où pendaient à droite à gauche des bandanas ou des chaînes. Ils se ressemblaient curieusement les uns les autres malgré des différences de morphologie, avaient soit des moustaches soit des colliers de barbe. Ou bien étaient-ce des postiches ? Car je voyais dans ce déguisement à cause de l'accessoire de la casquette très *équipée sauvage* la panoplie parfaite du gendarme. C'étaient des homosexuels précédés par leur réputation sulfureuse, connus pour fréquenter avec dévotion les boîtes hard de New York du genre l'Anvil. Christian gloussait amusé, l'air volontairement bovin.

— Ce sont des monstrachus et des barbachus, a dit Christian.

J'ai dit :

— Ils sont atroces.

Il m'a répondu : *Atrocity kill the cat ! Darling !* et il s'est élancé pour parler à un lunetteux dont le visage m'était à cette distance indiscernable.

— Il y a le sac de Diane elle est aux chiottes !

Vincent en veste de groom rouge pomme m'obligeait à faire rideau le temps qu'il chourave derrière mon dos le fric dans le sac de Diane. Guy Cuevas, le disquaire, passait *Money money money* de Abba. Dans les vécés fermés Apolline se shootait clandos, je paniquais derrière la porte, j'avais peur qu'elle crève. Un homme en spencer à la peau vérolée m'a percutée, il avait une voix sirupeuse et habitait aux Halles à côté du Royal Mondetour, il était plus âgé et devait venir d'une bande plus ancienne sans doute celle du Drugstore.

— Je m'appelle Serge Kruger si tu veux comprendre quelque chose à la vie viens danser avec moi.

Serge dirigeait bien, à l'ancienne, il bandait furieusement en dansant.

Dehors le jour rose et bleu se levait. On est allés se boire un dernier verre au Royal Opéra, des gens dont on ne connaissait pas le nom s'étaient joints à nous. Christian se tenait à l'écart parlant à l'homme adossé les bras contre un pilier, il était pas mal rien de plus, l'air d'un jeune homme de bonne famille. Ils sont passés tout près de moi.

— Ciao Mao cocotte !

Ils sont sortis du café. Vincent attentif m'observait de près.

— Laisse tomber, on va aux puces, tu t'en fous, on va te trouver une belle robe avec les sous qu'on a volés à la Diane, dit Vincent d'un ton aussi léger qu'insouciant. Allez, viens, on prend un taxi.

Et, avant de partir, il a payé le coup à toutes les filles.

Le mal

Mamie qui aimait tant me préparer des boulettes d'herbes moitié veau moitié bœuf cuites dans un bain de bouillon de poulet légèrement citronné s'était régalée et moi aussi et elle finissait de me reprendre une robe noire afin qu'elle devienne crayon.

— Toc toc toc !

La voix grave de Christian accompagnait les trois coups.

— C'est qui ? demandai-je, crédule.

— Christian.

Mamie une main sur son front a feint l'affolement lorsqu'elle a vu Christian s'introduire chez elle. Il découvrait, prudent et légèrement perplexe, la chambre de bonne et ne fut pas surpris par son étroitesse même s'il plissait les yeux se demandant bien quels esprits rôdaient par ici.

— Avale !

Il a goûté une boulette qu'il a adorée tandis que Mamie le détaillait derrière ses lunettes de la Sécurité sociale. Christian par son instinct de survie a tout de suite senti la haine de Mamie pour les hommes. De mon côté, je comprenais à sa mine de dédain scrupuleux nuancé d'ironie que la solitude de Mamie parmi les Blancs l'avait de surcroît rendue raciste. C'était comme une vengeance, mais de quelle vengeance s'agissait-il ? Bon gré mal gré, et parce que c'était ma Mamie, il lui a claqué la bise.

— On s'en va vite, t'inquiète Mamie…

J'ai enfilé rapidement mon manteau tandis que d'un air peiné il balayait la chambre de son œil vif, mon lit de camp, l'antenne de la télévision coincée avec une fourchette, l'icône et tout le toutim.

— J'ai un gros pétard de beuh !

— On le fume au cimetière, au zoo ou sur la voie ferrée intérieure ?

— On essaye la pagode du bois de Vincennes ? J'y suis jamais allé.

— Moi non plus.

Les portes de la pagode étaient fermées, elles le sont toujours alors nous sommes montés dans le temple aux amours, il dominait le lac. C'était de la ganja presque pure qui me brûlait la gorge et sentait fort.

— T'as fait quoi avant-hier soir Cricri ?

— J'ai dormi chez le keum du Sept dans le XVIe et j'ai raté les cours, je me suis réveillé à trois plombes !

J'ai entouré de mes deux bras une colonne où étaient crayonnés des cœurs, des dates et des noms d'amoureux.

— J'aimerais avoir un fiancé à moi. C'est dangereux de sortir dans la nuit quand on est une fille et qu'on n'a pas couché, une fois que t'as couché t'es tranquille.

Il tirait sur le joint avalant sa salive par-dessus la bouffée.

— Si c'est le fiancé que tu veux il faut que tu attendes le fiancé sois pas débile, ça sert à rien de te forcer si tu le sens pas… Si c'est l'amour que tu attends, sois patiente !

La vie était une série d'épreuves, plus mes expériences seraient violentes plus je serai forte et tout ce qu'Irène m'infligeait depuis des années m'apparaîtrait de la gnognote et alors ce serait du miel.

— Je dois y aller.

Christian observait les noms des amoureux inscrits dans des cœurs sur les colonnes du temple.

— Où ?

— Au Louvre j'ai rencard avec Michel Cressole dans la salle égyptienne, il fait un article sur Dalida.

Je l'ai raccompagné en silence jusqu'au métro Porte- Dorée, je n'arrivais plus à parler, j'aurais voulu qu'on soit ensemble et que ça ne bouge plus.

— Et toi tu vas faire quoi ?

— Des devoirs et du hula hoop.

Soudain Christian a dévalé les marches du métro, je n'avais pas d'autre solution que de retourner chez Mamie avec ce désir d'entreprendre mon baptême du feu, mais mon double noir m'a rattrapée. Il se tenait à distance, c'était un mauvais ange. Secrètement je l'avais invoqué et comme par miracle Mamie somnolait. Elle ne pouvait voir que je me maquillais d'eye-liner, de rouge à lèvres et de porte-jaja en dentelles. Elle n'entendit même pas lorsque je lui dérobai ses cinquante francs dans son porte-monnaie. Le vol des siens dans un but malfaisant a un prix, quand j'ai refermé la porte mon cœur s'est serré et ma tête s'est déplacée dans l'autre monde.

C'était la première fois, me suis-je dit, que je traversais la ville seule avec cette impression fatale que mes pieds ne touchaient plus sol et que l'ange du mal me devançait. Au Royal Mondetour les couleurs de l'enfance ressortaient si vivement, c'était impressionnant, tout en technicolor, mieux qu'un film. J'eus cette fois l'autorisation d'une consommation en salle, une menthe à l'eau.

— Ils répètent en bas ?

— Exactement, je vois que Mademoiselle est au courant.

— Ils en ont pour longtemps ?

Madame Bonenfant a regardé l'horloge murale, il était dix-sept heures, la cuisine refluait des odeurs de blanquette, en salle des hommes rougeauds s'ingurgitant de l'alcool à tout-va.

— Non, plus pour longtemps.

Dehors la nuit était tombée, la Buick métallique sur le terre-plein rutilait *for a ride somewhere*, ne sachant quoi faire de mon corps je suis allée dans les toilettes pour m'examiner et je vis une rombière et la chance brûler si vite en se retirant m'éclairant tout sur son passage jusqu'au tréfonds des temps. Mamie m'avait pourtant bien avertie de ne pas poser de question, de ne pas réfléchir devant les miroirs après le coucher du soleil. Gene est arrivé en blouson noir. Comparé à mon ange du mal il était caricatural.

— J'étais sûr que tu viendrais Eva.

— Qui c'est qui te l'a dit ?

— Mon petit doigt. Ça te plairait de faire un tour en voiture ?

— C'est pour ça que je suis là ! *For a ride !*

Nick la mort le beau gosse aux boucles brunes a franchi la porte dans l'intention de se laver les pognes, au passage il a lancé à Gene :

— On reste pas, vieux…

Gene n'a pas daigné répondre, c'était le leader et les événements flottaient jusqu'à ce qu'il prenne une décision. Nick la mort a rejoint fissa le groupe dans la salle, ils se sont éparpillés l'atmosphère tendue devenait gênante.

— J'ai pas envie de les voir, Gene.

— Je vais leur dire de partir.

Gene est sorti et j'ai fermé les yeux le temps qu'il leur parle, puis en silence j'ai baisé le miroir histoire de laisser l'empreinte de ma bouche quelque part.

Dehors il pleuvait des cordes alors j'ai couru pour ne pas me faire tremper et rejoindre dans la Buick ma mauvaise fréquentation, Gene Jungle. Assise dans la voiture haute, spacieuse avec ses sièges en cuir blanc, Gene buvait de petites gorgées au goulot d'une bouteille cachée dans un sac en papier kraft, le buste appuyé contre le volant. Son blouson de cuir noir couinait à chacun de ses mouvements.

— Bois !

J'ai avalé un peu de whisky. Je n'avais pas encore pris l'habitude de boire des alcools forts, j'aurais préféré du Malibu coco, il attendait que je finisse en me regardant d'un intérêt inhospitalier – quel mélange !

— Donne, faut planquer la booze !

Avant de démarrer et de tripatouiller la clef et toutes sortes de leviers compliqués autour du volant Gene a enfilé ses lunettes noires. Sortir des Halles avec un tank semblait une affaire délicate, pendant qu'il vérifiait la circulation dans son rétroviseur je pensais à *l'intention particulière de la booze cachée* dans le sac en papier. Les Américains buvaient dans la rue de cette façon pour ne pas se faire pincer par les poulets – avec ou sans mineur, nous n'étions pas aux États-Unis. Au feu rouge il me reluqua plus franchement.

— Ça va ?

— Bah ouais, ça va bien.

— Elle te plaît la bagnole ?

— Oui.

Il esquissa un sourire que je lui rendis en creusant mes joues. Il tourna boulevard de Sébastopol. Furtivement il glissa son bras derrière mon dos, sa nervosité prenait le dessus et nos corps éloignés l'un de l'autre mais je n'osais pas m'approcher davantage car ce n'était pas lui mon fiancé.

— Tu viens chez moi ?

Il était convaincu que je ne dirais pas non et j'ai dit oui en souriant tristement. Je songeais en évitant mon reflet dans le pare-brise que si je couchais pour la première fois avec un homme que je n'aimais pas, les conséquences seraient moins graves qu'avec un homme que j'aimais. Parce que l'amour pourrait me détruire dès la toute première fois, surtout si pour une raison ou une autre, il y avait séparation brutale. Il me parlait de musique je crois d'un concert à la Boule noire et moi de films noirs que l'on voit dans les salles obscures et inondées par la Seine du côté de Saint-Germain-des-Prés et du Mazet où traînent encore indéfiniment ces jeunes filles vieillies, droguées et teintes au henné.

— T'as quel âge ?

— 11 ans et demi…

Il a accéléré dans la nuit et mis *Blue moon*. J'ai claqué des doigts, là il s'est arrêté pour se garer dans une allée morne menant au lac de Vincennes. Discrètement il a ressorti la booze. Il tenait dans le creux de sa main un cachet.

— C'est quoi ?

— Un somnifère pour éléphant, si tu bois de l'alcool avec, ça te met juste bien.

J'ai avalé le somnifère avec une gorgée de booze, la voix d'Elvis Presley si suave. En passant devant l'hippodrome éclairé, le président de la République Giscard d'Estaing m'a effleuré l'esprit. Je me rappelais un soir de brume à Londres aux fenêtres du Savoy avoir vu des hommes courir nus, ils avaient parié au sujet d'un match de football, je ne craignais pas Gene ni son sourire vainqueur posé en équilibre au-dessus de ses 24 ans, même si la ronde en bagnole sentait la préméditation et les paris entre hommes. Et il a répété entre ses dents : « 11 ans bordel. » Il roulait plus vite encore et je fumais dans le silence et l'habitacle froid.

— T'as déjà été voir des courses de chevaux ?

— Non et pourquoi tu me demandes ça ?

— Rien, parce qu'on passe devant ce stade.

— C'est un hippodrome.

— Je sais…

Sur les bords de Marne il a ralenti, un attroupement de voitures américaines des années 1950 stationnait devant la guinguette Chez Gégène, des filles en blouson teddy et jupon de tulle m'ont salement dévisagée.

— Cache-toi on va te voir !

Je me suis planquée sous le tableau de bord.

— On va chez Gégène ?

— Non je connais trop de monde et t'es pas dans ton état normal.

Il roulait à nouveau.

— Je peux me relever putain !

Au bout d'un moment il a dit :

— Oui mais gueule pas !

— Il y a un bowling, on va pas au bowling ? J'ai assez envie d'aller au bowling !

— Non on va chez moi.

— C'est où chez toi ?

Arrivés à une certaine distance de chez Gégène il m'a gueulé :

— Relève-toi !

En me relevant, j'ai senti, sans le comprendre, le guet-apens.

— C'est là, c'est l'hôtel de mes parents, ils sont partis aux sports d'hiver.

Ma tête tournait, je ne sentais plus mes pieds ni le bout de mes doigts que je frottais pour en raviver le sang. Il a ouvert le portail, s'est garé dans la cour, seule une piscine bleue allumée semblait flotter au milieu de nulle part.

— Qu'est-ce que tu fous, tu viens ?

Mes talons s'enfonçaient dans la terre grasse.

— Je vais la refaire en forme de cœur.

— Comme Elvis…

— Oui viens donne-moi la main il fait froid.

Et nous nous sommes serrés l'un contre l'autre furtivement, la buée s'échappait de nos bouches mais sans la moindre tendresse, et je le sentais désappointé. De quoi m'en voulait-il au juste ?

Le hall sombre et brillant pareil que dans un film de Clouzot me fascinait. Derrière la réception un modeste tableau avec les clefs des chambres, il a mis une Lucky dans sa bouche.

— Il n'y a qu'un client dans l'hôtel. Heureusement il est sorti, c'est un obèse quand il est là il dort presque tout le temps. Les chambres ont toutes un thème différent, Hawaï, California Dream, Megève, Saint-Tropez, Tiki, Mars, Rubyland, vert prairie…

Il articulait mal, il cherchait son briquet dans ses poches, de petits gestes convulsifs.

— Elles doivent être bien, tu me les montres Gene ?

Il a retiré sa cigarette et soufflé, ma présence l'agaçait encore davantage que dans la Buick et j'ai senti monter en lui une telle violence haineuse.

— Si tu veux je t'en montre quelques-unes…

Au passage il faucha avec dextérité quelques clefs, puis nous nous sommes enfoncés dans un couloir opaque et sans fond. Il a ouvert la première porte, Megève, entièrement tendue de tartan à dominante vert et jaune. Au-dessus d'un fauteuil recouvert de cretonne l'ombre d'un massacre de cerfs s'étirait dramatiquement sur le mur et seules les appliques en bois forme glacier renvoyaient un halo de lumière jaunâtre éclairant faiblement nos pieds. Il portait des semelles de caoutchouc lui permettant de ne faire aucun bruit en marchant.

— Et ça c'est la Hawaï !

La chambre décorée de mobilier en bambou possédait un minibar agrémenté d'un abat-jour en raphia derrière lequel se trouvait le dessin d'une pin-up en pagne les seins nus. Au-dessus de son oreille irradiait une fleur de tiaré blanche semblable à celles imprimées sur le dessus de lit sur lequel était posé un jean à revers teddy pour obèse.

— C'est la chambre de l'obèse ?

— Oui.

Il s'est emparé d'un Marcel malodorant dont j'aurais pu me faire une robe molle.

— C'est dément, j'ai dit.

Il s'est contenté de le remettre bien en place sur le lit, clope au bec.

— S'il nous voit, il né va pas être content du tout.

Il m'a fait sortir la première en grommelant dans le couloir poussiéreux et soudain j'ai eu la certitude comme dans un cauchemar que nous étions ensemble pour de terribles raisons et j'ai fait un pas en arrière mais il avait refermé la porte.

— File-moi une bouffée.

Il m'a tendu sa Lucky dans la pénombre.

— On en voit une autre ?

— Non ça suffit.

— Et pourquoi ?

Il m'a arraché la cigarette des mains.

— Chut, fais pas de caprices ! Sinon…

Il me poussait froidement, l'idée extravagante qu'il allait me buter m'a traversé l'esprit je ne marchais pas droit, malgré moi je me cognais contre les parois des murs moutonneux.

— Aïe !

— Viens ici t'endors pas.

En me reculant je me suis à moitié évanouie contre son épaule. Abasourdi, il m'a traînée comme un corps mort.

— Bois sinon tu vas t'endormir !

Il m'a servi un grand verre de bourbon Four Roses trop sucré que j'ai avalé sans rechigner – quel tord-boyaux. Il possédait un appartement avec une estrade, dessus trônait un lit king size et un grand living donnant sur une véranda, les stores vénitiens étaient baissés à peine pouvait-on deviner les bords de Marne floutés. Ruban d'eau gélatineuse aussi sombre que l'onyx. Des rais de lumière striaient le linoléum à carreaux noirs et blancs. Les ombres alanguies des yuccas me faisaient penser à l'Amérique du Sud. Il s'est assis à côté de moi me regardant l'œil vitreux et réprobateur tout en me caressant le bout des seins il a remonté ma jupe pour mieux m'embrasser, nos langues et nos salives se sont mélangées, il s'est sauvagement retiré en souriant sa bouche était maculée de rouge et j'ai détourné mon visage vers le miroir biseauté et vu nos visages barbouillés, nous étions deux clowns fous.

— On en a partout ! j'ai dit.

Il s'est essuyé à l'aide d'une grande serviette blanche parsemée de taches qu'il est préalablement allé chercher dans la salle de bains, de l'autre côté de l'estrade.

— Il est bien ton juke-box.

— C'est une pièce rare mais ma collection de disques elle est sensationnelle, elle vaut de l'argent maintenant.

— Tu collectionnes aussi les bas, Gene ?

— Oui je les achète chez JB des Messageries, pourquoi tu me demandes ça ?

— Parce qu'il y a plein de bas dans le cendrier.

— C'est ma fiancée Dora qui les a portés, on se connaît depuis le lycée mais c'est plus vraiment ma fiancée… elle est malheureuse parce qu'elle veut que je l'emmène aux États-Unis… Je fais pas que de la musique, je fais aussi Sciences-Po.

— Et tu veux aller où aux États-Unis ?

— Sur la côte Ouest, where else baby to go ?

Il parlait mal l'anglais.

— Tu regardes les bas et tu demandes pourquoi ils sont dans le cendrier avec des trous. Figure-toi que c'est parce que Dora elle aime bien quand on partouze avec les Hells elle a des nichons énormes pas comme toi et elle met des bas, qu'on arrache pendant les tournantes… parfois on reste deux jours à boire et à baiser…

Il passait un doigt entre ma peau et mon porte-jarretelles. Une déflagration où je n'accrochais à rien, c'était connu les Hells Angels attachent leur old lady.

— Dora aime le bondage, je te mets un disque, vas-y celui qui te plaît.

— Eddie Cochran.

— Lequel ?

— Ce que tu veux j'm'en fous.

— Si tu aimais vraiment Eddie Cochran tu connaîtrais ta chanson favorite, les teddy elles connaissent leurs titres par cœur…

— Tu m'en diras tant ?

Après avoir mis *Jeannie Jeannie Jeannie* sur le disque il a dansé et s'est recoiffé, je n'en avais plus pour longtemps, bientôt je serais dans son lit désillusionnée, il se dégageait de Gene un tel condensé de mal, tout ça m'ennuyait, quel spleen.

À nouveau il m'a embrassée, de sa main gauche il a soulevé ma jupe pour caresser mes fesses.

— T'aimes ça ?

— Ouais.

— Tu veux dormir ici ?

J'ai haussé les épaules et dit, soumise :

— Oui, il a l'air confortable ton lit.

— C'est un hôtel Madame ici, c'est confort trois étoiles.

— Three stars !

Rien ne m'empêchait de faire un vœu, devenir une star.

— Tu vas te laver ?

— Non.

— T'es sûre ?

— Oui.

— Alors attends-moi au plume.

Gene disparut dans la salle de bains.

Après avoir ôté ma robe crayon et glissé mon corps dans des draps de percale impropres, l'intranquillité me tenait en éveil avec la sensation qu'elle éclairait mon espace mental. C'était une drogue, bien plus forte que la booze et le Quaalude. Seuls les états critiques et malaisés permettent de penser correctement, le confort est l'ennemi juré de l'homme. La tête de lit capitonnée de satin et les tablettes de chevet miroirs renvoyaient deux carrés de lumière sur le plafond jauni léché par les fumées de cigarette. En jaugeant ma robe noire en tas au sol avec au loin l'odeur de naphtaline de sa maman, je mesurais ce qu'était une robe de mariée et qu'il n'était pas naturel pour une femme de se marier ni, au fond, d'aimer ses enfants. J'ai avalé de la booze. Des mites volaient malgré l'hiver. Gene est sorti de la salle de bains en demi-érection sous un peignoir de soie bleu nuit à pois rouges, son ventre et ses épaules musclés légèrement hâlés, il a retiré sa montre alors j'ai étendu mes jambes avec ce sentiment d'avoir grandi malgré tout. Il s'est accoudé pour mieux poser son maxillaire dans la paume de sa main et empoigné ma taille. Elle était si fine et mes hanches si étroites. Gene m'a embrassée farouchement, puis j'ai tiré mes cheveux en arrière et je me suis cambrée alors il s'est mis à genoux pour mieux se branler en me fixant et lorsque n'y tenant plus mes yeux se sont fermés, il s'est rapidement allongé sur mon corps, il pesait lourd. Il a écarté mes cuisses à l'aide de ses doigts, il n'arrivait pas à s'introduire dans mon sexe avec le sien alors il a craché dans sa main pour les humidifier ce qui lui a permis d'entrer. Il allait et venait à cadence régulière et je n'éprouvais aucun plaisir, sauf un peu quand il m'a relevée me tenant dans ses bras, puis à nouveau il s'est effondré sur mon corps s'efforçant de se concentrer les yeux crispés en m'empoignant un sein. J'imitais le râle et la jouissance. Il a émis un long cri d'orgasme, son sperme s'est déversé sur mon ventre. Il s'est jeté violemment la tête dans son oreiller et j'ai pensé ça y est c'est fait. Lorsque son souffle a retrouvé un rythme normal, il m'a fait face tout en fumant et se caressant du bout du pouce sa poitrine imberbe, luisante de sueur.

— T'as joui ?

— Un peu...

— T'as pas joui...

— Si, si...

— Non.

Il a tourneboulé pour se mettre à mes pieds en tirant la couverture, et une main curieuse tâtonnait les draps.

— Mais t'es pas vierge ?

— Pourquoi ?

— Normalement une fille elle saigne la première fois, t'as déjà couché avec quelqu'un ?

J'avais envie de tout dire, dire que je m'étais déflorée toute seule par peur d'être dépucelée par un homme mais je me suis retenue. Il était si déçu de ne pas être le premier. Cependant, le sommeil m'a avalée tout entière.

La lumière du matin m'aveuglait, il déambulait une tasse de café fumant dans les mains, je n'arrivais plus à bouger ma tête, j'étais abasourdie, une gueule de bois abominable.

— Un café sans sucre et un croissant ?

— Ouais.

— Je suis désolé, le croissant il est un peu carton, l'hôtel est fermé.

Il m'a servi le petit déjeuner sur un plateau danois, depuis combien de temps me regardait-il dormir assis dans son fauteuil crème ?

— Ça va, pas trop triste ?

Il clopait, le café était d'une rare amertume, je me demandais jusqu'où irait son cynisme. Il réfléchissait dans l'absolu, il admirait ses ongles.

— Tu t'es déjà fait enculer ?

— Non.

— Dora elle aime bien mais…

— Mais quoi… Finis ta phrase, je t'écoute.

— Elle aimait avant, depuis qu'elle m'a chié sur la bite elle a honte, elle n'ose plus.

— Ouais je comprends que ça peut devenir un problème.

— Une douche ?

— Volontiers.

— Allez, va te laver.

La douche était trop chaude, je préférais ne pas appeler Gene pour la régler, la vue donnait sur la piscine qui bientôt aurait une forme de cœur, avec autour deux palmiers faméliques. Mon corps retenait des teintes écarlates. Je me suis rapidement habillée, il avait mis un disque de Buddy Holly. Le jour, l'appartement paraissait plus grand. Il lisait un vieux *Paris Match* aux couleurs saturées avec de Gaulle en couverture.

— J'aimerais bien rentrer chez moi.

— Je peux pas te raccompagner, je dois filer à Sciences-Po, mais il y a un RER pas loin, tu tournes à droite et c'est après le pont.

Mes cuisses me brûlaient.

— Tu m'emmènes pas jusqu'au RER ?

Il a opiné du chef négativement.

— Non je peux vraiment pas, je suis désolé bébé…

En quelques instants sa veulerie s'est déversée pour mieux prendre possession de tout l'espace. Lentement je suis partie, longeant les bords de Marne, avec ses péniches et ses hôtels désuets. Je pensais à ma grand-mère Margareth, morte à San Francisco. Elle détenait dans les années 1950 une de ces maisons des bords de la Marne.

En fin de matinée le froid sec perdurait mais avec un grand soleil dans le ciel bleu, je n'osais pas rentrer chez Mamie de peur de chialer alors je suis me suis installée au tabac de la porte Dorée pour y boire un chocolat chaud, penser à tout sauf à ma nuit chez Gene qui n'était qu'un cauchemar et admirer la statue d'Athéna. Apolline est entrée pour s'acheter des cigarettes et elle m'a vue, elle était blanche comme un camée.

— T'es pas en cours ?

— Ça y est j'ai couché avec un garçon, j'arrive plus à marcher…

— C'est normal la première fois c'est comme si tu avais fait du cheval…

Elle s'en foutait de savoir qui était le garçon, elle ne m'a posé aucune question, elle est repartie et moi aussi. J'ai fait le tour du quartier, je pensais aux cercles vicieux, à l'époque désabusée, à la mort, à l'amour qui ne viendrait peut-être jamais. J'ai remonté malaisément le boulevard Soult en rentrant chez Mamie j'ai déplié mon lit de camp sur lequel je me suis effondrée, pour y lire *La Vie des douze César*.

Christian n'était pas au lycée. Une fois installée au fond de la classe du cours d'histoire-géo, je vis sur le bois du pupitre des chaussures à talons aiguilles gravées à l'aide de la pointe d'un compas, nul doute qu'il s'agissait des dessins de Christian. L'empreinte des souliers me surprit comme les fois où je l'attendais et qu'il venait sans me parler, rien que pour me narguer maquillée avec mes yeux charbon. Ce signe de lui m'apaisait. Les souliers représentaient quelque chose de positif, qui *marche* et fonctionne. C'était un mot de passe secret, un clin d'œil, à nous les nanas. En sortant j'ai croisé Anne devant le lycée, elle allait à une manifestation féministe, elle ne savait pas où était Christian et lorsque j'ai appelé chez Vincent sa mère m'a répondu qu'il était occupé à son cours de claquettes. Rester seule avec l'aventure de Gene dans ma tête m'indisposait. J'ai traversé Paris en taxi en espérant trouver la bande au Royal Mondetour. Dès que j'ouvris la porte de ce que, crédule, je m'imaginais être le plateau de cinéma des jours heureux, je vis Gene Jungle siroter un baby au bar en veste crème col châle. Madame Bonenfant m'a littéralement crucifiée du regard avant de courir en cuisine rejoindre son hachis parmentier.

— Je pensais pas que tu répétais si tôt.

— J'étais sûr qu'on se reverrait.

— Il y a personne…

— Il y a moi bébé.

Autour de nous rien que quelques habitués du quartier, des livreurs, des putes en pause, des vieux en bleu avec la casquette et la bastos au coin des lèvres.

— Allez tu viens nous écouter ?

J'avais cru entendre *jouer poupée*, certains mots ne sont jamais loin de l'enfance, les mots doux peuvent en faire partie, mais Gene n'était pas un tendre et le mal en lui m'attirait comme un pôle magnétique. En descendant à la cave les néons roses se sont collés à ma peau ils se sont allongés pour mieux me vampiriser. En bas, le remugle, la terre humide des Halles fleurait les champignons. Les trois garçons dévisageaient Gene.

— T'emmènes une gonzesse aux répètes ?

— Où est le problème ?

— Gene on avait dit pas de filles c'est la règle.

— On s'était mis d'accord…

Trois hyènes acculant Gene alors j'ai dit : « Si ça vous pose un problème je peux partir », et Gene a beuglé :

— Tu t'assois et tu bouges pas… Je te présente Nick la mort, Sunset Romulus et Lucky Bannana.

Et Bannana a accusé d'un filet de voix :

— C'est qu'une gamine Gene, bon sang…

— T'occupe et joue !

Gene a glissé ses doigts sur les cordes de sa guitare électrique il a entamé une chanson en français se trouvant quelque part dans la galaxie entre Mink DeVille et Bijou, mais très crooner à la papa avec un humour franchouillard. Il articulait vraiment mal des paroles où il était question d'avoir *toutes les femmes* et ça me révoltait, de plus il cavalait sortant du tempo. Devenu malgré moi groupie d'un groupe que je n'admirais pas, je fulminais. Heureusement, il n'a pas chanté longtemps puisqu'ils ne savaient pas exactement quand ils allaient jouer en concert à la Boule noire.

— Tu viens ?

— Où ?

— On va rouler.

Gene fait le plein d'essence en bas de la rue du Louvre, juste après Duluc détective, nous empruntons les berges. La place Daumesnil, la porte Dorée. En traversant le bois de Vincennes, il me dit d'un ton un peu dingue de confidence :

— Je voudrais mettre des vitres fumées dans la Buick, comme ça on pourra baiser en roulant et s'amuser avec les Hells Angels et personne ne nous verra, on se défoncera, on sera les rois du monde !

— Les vitres fumées c'est une bonne idée.

— J'ai raison hein comme les voitures des corps diplomatiques bébé.

Le soleil n'est pas encore couché, il s'enfonce dans une allée verdoyante, se gare sous la canopée des arbres et je m'imagine la Louisiane et ces États d'Amérique où il est possible de vivre avec une très jeune fille comme Jerry Lee Lewis avec sa cousine. Il sort de sa poche la booze qu'il a cette fois versée dans une flasque d'argent gravée à ses initiales, il boit, me la tend.

— Montre-moi tes cuisses…

Je relève ma jupe, il se caresse par-dessus la toile rêche de son pantalon, pas beaucoup juste un peu, et je m'approche dans le but de l'embrasser mais il me repousse.

— Remue pas.

— Qu'est-ce qu'il y a ?

— J'ai un plan.

Il ouvre la boîte à gants et en sort un revolver, j'ai peur qu'il me tire dessus.

— T'as vu ?

— C'est quoi ?

— Un Beretta, je peux t'apprendre à tirer.

— Pourquoi pas.

— Mais il faut que tu sois très sage.

— Et c'est quoi ton plan ?

Il laisse tomber sa main armée sur une de ses cuisses, prend son temps en appréciant le paysage, un cul-de-sac avec un rond-point bordé d'arbres, le jour décline rose-orange et bleu *sweet dream*.

— Je fais des casses avec deux mecs dans des supermarchés, on braque la caisse en fin de journée, on a prévu d'en faire un dans un Trois Mousquetaires. Si ça te dit tu nous accompagnes et tu restes dans la voiture à l'arrière ?

Je réfléchis, les arbres complices nous enferment sur notre secret, c'est un gangster.

— Oui d'accord.

— Je savais bien que t'allais pas dire non bébé, et tu fermes ta gueule, ça reste uniquement entre toi et moi ?

— Oui.

On s'est embrassés, il a baissé son pantalon, il bandait alors je lui ai fait une fellation, j'ai préféré, surtout dans la voiture en cuir blanc. Il me chatouillait le bas du dos avec le canon du Beretta. Il a vivement repoussé mon visage et n'a pas joui dans ma bouche mais sur un kleenex qu'il a rapidement sorti d'un vide-poche latéral, puis il a rejeté la tête en arrière sur le cuir blanc de la Buick.

— On fait quoi Mister Jungle ?

— Je te ramène.

— On va pas chez toi ?

— Non ce soir impossible, Dora me rejoint plus tard, on doit s'expliquer elle et moi, faut qu'on se cause. Elle devient maboule, je ne l'aime plus c'est fini, touche eject.

Le boulevard de ceinture noir aussi luisant que du Zan, avec la pluie les halos réguliers et compacts des réverbères me paraissaient appartenir à une piste d'atterrissage clandestine.

— Je te dépose où ?

— Là devant chez mon arrière-grand-mère, c'est ma crèche.

— Tu me laisses ton téléphone ?

Il a sorti de la boîte à gants un magazine porno de bondage des années 1950. J'ai griffonné mon numéro dessus et dit :

— *Fucking nuts !*

— Descends !

Au moment de partir il m'a retenue :

— C'est moi qui t'appelle pour les Trois Mousquetaires, tu le sauras au dernier moment, tiens-toi prête et ferme-la, sinon…

Il a levé sa main gantée de cuir noir en signe de menace.

J'ai couru sans me retourner, franchi la grille de mon immeuble, traversé la cour dans l'idée d'enfin prendre un bain chez ma mère. Derrière des voilages des postes de télévision allumés et rassurants me prouvaient qu'il existait une vie normale. J'ai sonné chez Irène, elle a mis du temps à m'ouvrir.

— Qu'est-ce que tu veux ?

Elle était sur ses gardes, comme les hommes qui se sentent la responsabilité d'un travail pour la société.

— Je fais des photos avec un nouveau modèle, Dora.

Derrière ma mère, Dora se profilait nue en porte-jarretelles avec un petit boléro à sequins sur ses énormes seins. Ses lèvres étaient peintes en noir.

— Va-t'en chouchou tu vas lui faire peur !

Je ne me suis pas fait prier. Quelle était la connexion entre Dora, Gene, ma mère, moi et le casse ? Qui était le maître du jeu ? Et n'y en avait-il qu'un seul ?

Le lendemain et le surlendemain le téléphone n'a pas sonné, je me suis enfin rendue au lycée et Christian a couru vers moi dans la cour l'air inquiet.

— T'étais où ?

— Je t'expliquerai.

— T'as un keum ?

Ce n'était pas l'endroit pour en parler.

— Je termine à quatre heures tu me rejoins rue de Fécamp après ?

J'hésitais puisque je devais attendre le coup de fil de Gene pour les Trois Mousquetaires, et la Buick en cuir blanc m'obsédait totalement.

— Impossible aujourd'hui je dois m'occuper de Mamie, elle a beaucoup de tension, je t'appelle !

J'ai planté Christian, un chapelet de nodules autour de mon cou tel un collier de tripes m'asphyxiait au point de m'empêcher de respirer normalement.

En rentrant chez Mamie j'ai attendu habillée dans une robe de satin verte 1950 faite en Californie le coup de fil de Gene pour le casse des Trois Mousquetaires. Je reluquais tant le réveil que j'ai fini par le mettre sur mes genoux.

— T'inquiète pas Mamie bientôt je t'offrirai une pendule avec un coucou.

À treize heures, alors que défilait le flux des informations au journal télévisé, le téléphone émit son tintamarre.

— Allô ?

— Gene ?

— Je peux venir te chercher ?

— Oui...

— Je passe dans une demi-heure... et je te klaxonne trois coups... et tu fais vite ça va ?

— C'est entendu.

— Bien.

Et il raccroché le combiné.

— Je monte chez Maman.

— Fais ce que tu dois faire.

C'était pas compliqué. J'ai entendu les trois coups de klaxon sur le boulevard Soult et j'ai déguerpi.

Je suis montée si rapidement dans la Buick que j'ai failli perdre mes groles et lâcher mon sac et je me suis planquée illico sous le tableau de bord.

— Reste comme ça jusqu'à ce qu'on soit engagés sur le périphérique.

Le bruit du moteur dans mes oreilles et en haut sur les côtés les nuages qui défilaient dans un ciel bleu, la carlingue d'un avion.

— Remonte !

J'ai refait surface.

— … que je t'explique.

— Quoi ?

— Te bile pas, le Trois Mousquetaires on l'a fait sans toi. Les deux mecs ils étaient pas chauds pour que tu restes dans la caisse, faut les comprendre ils avaient les foies…

— Mais pourquoi c'est con ?

— Remonte ! Je comprends que tu sois déçue mais boude pas…

Je boudais, assister à un casse à l'arrière de la Buick quelle aubaine ! Tout ce trac pour des prunes.

— On va manger une frite chez Gégène mais tu causes à personne et si on te demande qui t'es eh bien tu dis que t'es ma petite cousine.

Je me suis rassise les jambes entrelacées comme une sirène.

Et il s'est marré, il ne riait pas souvent.

— Comment ça s'est passé avec Dora ?

— Je suis content, on a percé l'abcès, il était gros elle chialait, elle croyait vraiment dur comme fer que malgré ce que je lui avais dit j'allais quand même l'emmener aux States, je l'ai plaquée.

— C'est parce qu'elle t'aime Gene…

— Mais c'est fini et elle le sait et elle s'agrippe.

— Mais…

— Il faut la laisser se baigner dans le caniveau de ses désirs bébé.

Le fait qu'il me confie d'avoir largué sa copine dans la Buick veut dire qu'il attend de ma part une exclusivité, mais ce n'est pas ça non, puisque tout est dingue. Il est dégueulasse, ce qui l'excite c'est la faire chialer, se montrer lâche vil et cruel dans toute sa splendeur.

Gene m'a payé une barquette de frites chez Gégène, on se l'est tranquillement boustifaillée à deux. Sous la boule à facettes du dancing, personne, il était bien trop tôt. Au loin, rien d'autre que quelques teddy girls à lunettes bien grassouillettes qui léchaient des sucettes et des teddy boys qui se contentaient de se tenir à distance respectueuse tout en lorgnant à fond, ils devaient renifler et même savoir par les voix d'Orléans que Gene était un truand. En partant je les ai ignorés et Gene aussi. Partout sur les murs en grande pompe Yvette Horner, avec son bel accordéon. On a repris la Buick, il l'a garée devant la piscine qui bientôt sera en forme de cœur. Chez Gene, il y avait eu du remue-ménage, des bières vides gisaient au sol, des cendriers pleins de mégots maculés de rouge et des piles de cartons.

— C'est des ânes, ils ont pas réussi à se faire la caisse du Trois Mousquetaires, ils l'avaient déjà rangée alors ils ont pris des cartons avec des pyjamas en polyamide c'est un coup à se faire pincer bande de brêles !

Je m'imaginais attendre sur le parking entre les cartons de pyjamas… J'ai rougi.

— T'as fait chou blanc !

Il s'est vivement dévissé sur ses pieds pour me soulever de terre littéralement, il m'a balancée sur le lit.

— Aïe…

— Allez déshabille-toi !

J'ai exécuté docilement ses ordres tandis qu'il avait filé dans la salle de bains pour réapparaître en peignoir de soie bleue à pois rouges, il s'est glissé tout contre mon corps, il avait de la fièvre même ses yeux étaient jaunes comme ceux d'un chien malade, il a sorti de sa poche un tube de vaseline déjà entamé.

— Tourne-toi !

— Ah non ça sûrement pas !

— Non ?

— Non si tu me touches je hurle !

Il a bazardé de toutes ses forces le tube de vaseline qui est allé s'exploser dans les yuccas et il a écarté mes cuisses pendant que je le repoussais.

— Détends-toi…

Il allait et venait brutalement, mécaniquement, quelques vagues se déversaient parcourant d'ondes mon corps, mais aucun plaisir, si ce n'est la vue de la terrasse intérieure fermée par un bow-window m'évoquant le Panama et au loin la brume de chaleur. Après, il s'est endormi ce qui m'a permis d'arpenter son appartement, fouiller dans ses papiers. Il ne s'appelait pas Gene Jungle mais Alexandre Granville, je me suis laissée choir sur un rocking-chair pour songer à la civilisation qui changerait de plus en plus et mieux valait rester enfoui, *lost in the fifties*. À peine commençais-je à élucubrer, qu'il s'est relevé indolent une Lucky coincée entre les dents.

— Tu peux pas rester ici.

— Pourquoi ?

— Parce que mes parents sont rentrés plus tôt et qu'il y a la bonne, tu m'en veux pas mais je vais te raccompagner…

— On peut pas dire, t'es pas un romantique.

— Romantique, pour quoi faire ?

— Tu me détestes ?

Il aspira une grande bouffée.

— Tu n'es pas une femme, quand tu seras une femme je t'aimerai peut-être et je dois t'avouer que j'ai couché avec ta mère, je ne l'aime pas mais elle aime bien se faire enculer.

Les cauchemars et la réalité, le bien et le mal sont la même chose pour Dieu. Le trouble m'avait dépossédée de mes moyens.

— Ramène-moi…

— Tu connais *American Graffiti* ?

— Je ne l'ai jamais vu.

— On va aller au cinéma ensemble.

— Ouais et pour quoi faire ?

— Ça nous fera un souvenir.

American Graffiti

Quelques jours se sont passés sans que je puisse parler à personne. Je n'allais pas au lycée et me promenais au-delà de la rue de Fécamp, du côté des entrepôts de Bercy. Je suis même montée dans un wagon de marchandises en marche rempli de volaille pourrie. Je m'imaginais le Mississippi, Tennessee Williams, *27 wagons full of coton* et tout en haut dans le ciel, le soleil chaud comme une boule de feu brûlant dans mon ventre.

Une de ces après-midi alors que je restais hébétée sans savoir quoi penser à mon sujet, sauf à me sentir comme un ruban adhésif attirant les mouches, Gene a téléphoné pour me proposer d'aller au cinéma aux Trois-Luxembourg voir *American Graffiti*. Il fallait que notre relation se termine, ça ne pouvait plus durer. On s'est donné rendez-vous à 17 heures à la sortie du périphérique, après le musée des Colonies, j'ai encore une fois menti à ma mère et dit que je retrouvais Christian chez lui. J'en avais marre de me planquer dans la Buick pour un oui pour un non et sans doute tout cela n'avait ni queue ni tête mais je ne voulais plus qu'il me touche, je me tenais à distance contre la portière avec des lunettes noires entourée de ma blondeur.

— Tu vas faire quoi aux États-Unis ?

— Je vais travailler pour une banque.

— Je savais pas que t'avais couché avec ma mère.

Impavide, je songeais en fait c'est ça son truc, se taper et la mère et la fille.

— Ta mère ne compte pas pour moi… et c'est pas mon genre de femme, elle est trop vieille.

— Ah ouais et c'est quoi ton genre de femme ?

— Un jour il y aura un endroit où tout le monde pourra se rencontrer par affinités, les couples s'aborderont comme ça, si tu veux une fille rousse aux gros seins qui parle japonais ou une riche masochiste à qui tu peux mentir, tu pourras les rencontrer *easy* tu choisiras le modèle que tu veux !

— Je te crois pas.

— Tu verras… et c'est rien à côté de ce qui va se passer après.

Et je pensais : *fucking nuts*.

Au cinéma du Luxembourg il n'y avait pas beaucoup de spectateurs dans la salle, quelques hommes âgés qui toussaient, juste derrière nous Pauline Lafont trônait en robe bustier imprimée au milieu de jeunes rockers admiratifs. Quand les lumières se sont éteintes des blousons noirs talonnés de jeunes lunetteux avec des toques et leur queue de raton laveur à la Davy Crockett se sont introduits dans la salle accompagnés de teddy girls.

Et des hurlements au loup ont commencé, Pauline se faisait remarquer tant elle claquait les bulles de son bubble-gum façon *Tempest storm*.

Quelques derniers arrivants buvant des alcools dans des sacs en papier sont arrivés entourant Dora vêtue d'un tailleur blanc optique à la Lana Turner. Elle a pris place devant nous avant de se retourner.

— Gene tu ne peux pas me faire ça, disait-elle doucement…

Son visage ravagé par l'alcool avec ses yeux décavés m'épouvantaient, ils m'ont fait comprendre dans quelle débauche les hommes peuvent mener les femmes.

— Pourquoi tu ne veux plus me parler Gene et tu sors avec cette enfant ?

Sa voix cassée était celle d'une femme brisée et il l'ignorait. J'ai emprunté un air hautain sans pour autant la mépriser, c'était abuser. Lorsque les scènes de course de voitures sont apparues sur l'écran les garçons se sont mis à sauter les rangs en criant et un bel homme en blouson d'aviation s'est penché vers nous dans l'obscurité.

— Tu me présentes Eva, Gene ?

— Casse-toi !

L'aviateur est reparti. Bon gré mal gré on a assisté à la séance et nous sommes sortis avant que les lumières ne se rallument. Tandis que nous descendions la rue à grands pas j'ai dit :

— Salut Gene !

J'ai fui en direction des jardins du Luxembourg bifurqué, couru rue de l'Odéon et pris le métro. Je voulais voir Christian immédiatement, je le sentais furieux.

Amore mio

Christian, les cheveux en boule afro, m'attendait en marcel et short sous un long peignoir indien rose et noir, si rêche et piquant qu'on aurait dit ces manteaux de bergers des montagnes pour garder les biquettes de mon pays. Il sentait le bois de santal et portait des chaussettes blanches montantes dans une paire de baskets, il tenait d'une main baguée d'une améthyste sertie de pierres de lune Marie-Claire.

— J'aimerais bien partir avec toi en vacances en Grèce cet été.

— Moi aussi.

— Qu'est-ce que tu as ?

— Rien.

— Menteuse, t'as une histoire ?

— Ah ouais j'ai rien, je suis la femme qui n'a rien.

— Tu te fous de ma gueule !

— Non.

— T'as pas envie d'en parler ?

— Non mon chéri.

— Comme tu veux.

Je le sentais vexé à mort que je ne lui fasse pas de confidences.

— Je peux pas.

— Carrément méchant.

— On peut parler d'autre chose ou c'est pas possible ? Sinon je m'en vais…

— Calmos !

J'ai allumé une cigarette tandis qu'il me montrait une photo pleine page représentant la main d'un hindou tenant une théière éléphant aux grandes oreilles, la photo devait être prise quelque part à Londres, c'était une publicité pour les thés Lipton.

— Et alors ? j'ai fait.

— La théière elle est géniale je la veux !

— Elle n'est pas à vendre ce n'est que pour la photo.

— Écoute…

Il extirpa de la poche de son peignoir un papier qu'il déplia avec le plus grand sérieux.

— Chère Madame, je suis un grand amateur des thés Lipton ce sont mes thés préférés au monde, j'ai treize ans et j'en bois depuis que je suis petit, j'ai vu votre publicité avec la théière éléphant et j'en suis tombé amoureux tant elle est belle, non seulement parce que l'éléphant est l'emblème de votre maison mais aussi parce que l'éléphant est mon animal préféré…

— C'est pas vrai c'est l'hippocampe !

— On s'en fout je la veux ! Ce serait un grand honneur pour moi de la détenir je suis conscient que je ne l'aurai peut-être pas et cela m'attristerait. Je souhaiterais l'acheter si c'est possible. Je vous joins un chèque de cinquante francs que ma mère m'a fait, dans l'espoir que vous me répondiez. C'est bien non ?

— Tu l'auras jamais !

— Pourquoi !

— C'est évident !

— On verra.

Agacé et content il rangea la lettre dans sa poche.

— Qu'est-ce que tu veux faire ?

— Voir les vitrines de Noël.

— Bonne idée.

Devant les magasins illuminés pour Noël, on s'est partagé des marrons chauds à l'angle du boulevard Haussmann et de la Chaussée-d'Antin. Plus bas, l'Opéra et ses toits, ses marches.

— Tu sais ce que ça fait un Chinois qu'on écrase ?

— Nan !

— Une ligne jaune !

Je riais comme ça, nos haleines se transformaient en buée ça nous amusait. Nous sommes allés voir de plus près les vitrines des galeries. Un immense circuit de train traversait des montagnes enneigées.

— On dirait la Suisse c'est beau !

Derrière les arbres des oursons de toutes tailles s'activaient dans un chalet coupé en deux.

— Ils sont mignons.

— Hyper mignons.

Et puis ce fut la vitrine des poupées en faïence devant un château, il lui restait quelques photos d'un jetable, il a demandé à un beau touriste hypermusclé de nous photographier.

Le soir nous avons dormi par terre, Christian avait mis un matelas supplémentaire. Quand on s'est réveillés, il était tard, sa mère était partie travailler, on avait encore une fois raté le lycée. Sur sa tablette de nuit un livre écorné : *La Peau* de Malaparte. Je me suis allumé une cibiche, il a posé sa tête sur mon épaule, je respirais très mal, je n'étais plus qu'une boule d'angoisse.

— J'ai couché avec Gene…

Il s'est emparé d'une de mes cigarettes pour en couper le filtre et l'allumer, lorsqu'il a inhalé la fumée, il grimaçait.

— Le type des Asphalt Narcissus… ?

— Oui.

— Et il t'a pénétrée ?

Gêné, il évitait de croiser mon regard puis il m'a fixée sérieusement tout en fumant obstinément.

— Oui…

— Et alors ?

— J'ai rien senti… ou presque, il a dit que c'était normal que j'étais trop jeune pour sentir…

— Il a peut-être pas totalement tort… Les filles ça vient plus tard…

Il gardait ses nerfs, je ne lui disais pas tout.

— Et il a aussi couché avec ma mère.

— Avec ta mère quelle horreur !

— Je savais pas, je l'ai su qu'après…

Il me toisait ironique.

— T'es conne ou quoi ?!

— Oui.

— Tu te fous de moi ?

— C'est la vérité Cricri.

— Tu l'aimes ?

— Non.

— Ce type est un pervers et un sale con, tu vas arrêter j'espère ?

— Oui.

— C'est juste une pure ordure !

— En tout cas c'est fait.

Il s'est levé, il a écrasé sa cigarette, le silence hanté par la catastrophe se calmait, il a haussé les épaules.

— Terminé rideau.

Il est parti vers la salle de bains – « Ce soir on va chez Apolline » et il a fait couler la douche. J'ai téléphoné à Gene, il a décroché.

— C'est fini entre nous.

— T'es où ?

— Ce soir je vais chez Apolline, rue de Wattignies.

— Je peux te rendre visite ?

— Tu fais comme tu veux… moi j'ai plus envie de te voir Gene…

Et je lui ai raccroché au nez.

Le soir Apolline avait préparé un couscous Garbit avec du boulaouane, et Anne qui répétait dans son école de danse une belle chorégraphie sur *Black is black* a ramené une grosse bûche de Noël sous plastique, c'était sympa et festif. Elle a fini la bûche *lichette* par *lichette* et tout en sourires.

— T'as tout mangé la bûche ! j'ai dit.

— Arrête avec les bûches tu vas grossir sinon, fini *Black is black*, clamait ironiquement Christian.

— Vos gueules ! Toi tu vas arrêter ta gestapette !

— Je rêve !

Christian se retournait vers moi amusé.

Une sonnette a retenti, la porte n'était pas fermée et Gene, Lucky Bannana et Nick la mort se sont introduits ivres munis de bouteilles de vodka, immédiatement ils ont pris possession des Fenwick.

— Eva, EVA, où es-tu ?

Groupés derrière les fenêtres basses on les observait jouer à la horde sauvage, défonçant les piles de cartons, se percutant les uns les autres comme aux auto-tamponneuses. Le sang de Christian n'a fait qu'un tour. Fou de rage il est descendu, nous l'avons toutes suivi.

— Stop ! a hurlé Christian et Gene a foncé pour écrabouiller le pied d'Apolline.

— Aïe !

— Putain !

Christian fou de rage s'est emparé d'une barre de fer, il est monté dans la cabine de Gene.

— Salaud je te fends le crâne en deux connard si tu te casses pas… ! Casse-toi !

Tandis que Gene ne mouftait pas, Christian tapait de toutes ses forces contre la carrosserie, ça faisait un boucan de tous les diables et Gene et ses acolytes ont déguerpi en zigzaguant.

Dans la cuisine Christian, Anne et Apolline se sont assis en face de moi, Apolline ne pouvait plus poser son pied par terre tant elle souffrait et Christian a joint les mains l'air sévère.

— Alors ?

— Quoi ?

— Pourquoi tu leur as filé l'adresse ?

— Ils ne sont pas venus par hasard ? accusait Anne triomphante.

— J'ai rien fait Christian.

— C'est faux je te crois pas, mais t'es idiote ou quoi ?!

— Pardon, dis-je et j'ai fondu en larmes.

Happiness is easy

C'était Noël et Irène qui ne voulait pas fêter la naissance de Jésus se tourmentait pour des raisons obscures et incommunicables à l'idée que le petit sapin rabougri acheté à la dernière minute chez le fleuriste de l'avenue Daumesnil perde toutes ses épines en une nuit. Elle ne lui avait trouvé aucune autre place qu'attaché, ligoté contre le radiateur trop chaud du salon et se lamentait du sort de l'arbre et du sien. Décoré de jolies boules en verre translucides et de guirlandes métallisées rouges et vertes mais sans aucun cadeau, il me déprimait. Irène allait et venait le corps mal enveloppé d'une vieille robe de chambre, elle couinait me proposant pour tout repas du pâté végétal sur des biscottes grillées et une demi-bouteille de Moët et Chandon, rien que pour nous deux. Il y a des années, Mamie avait découvert avec stupéfaction qu'Irène me convoquait chez elle pour me photographier nue alors elle avait imploré le ciel que Dieu lui vienne en aide pour chasser Satan de la maison mais Irène lui avait confisqué ses clefs. Jamais Mamie ne nous rejoindrait. Cette soirée confuse faite de désarroi accusait notre inimitié, creusait inexorablement notre éloignement. La jeune adolescente rebelle que j'étais la remplissait de gêne, Irène a disparu dans la cuisine, m'a laissée désemparée devant le sapin hideux. À nouveau elle m'abandonnait. Elle détestait tellement tous les enfants, les trouvait inutiles.

— Tu as couché avec Gene le rocker fou des bords de Marne… ? Dis-moi la vérité.

Sa voix asthmatique et nasillarde traversait les murs.

— Qu'est-ce que ça peut te foouutre putain de conne ?!

— Je dois le savoir !

— Pooour quoi fairrre ?

— Parce que tu n'es qu'une enfant et que c'est un individu nauséabond, un psychopathe dangereux, si la police s'en mêle on va être marron.

J'ai donné un coup de pied dans son sapin, les boules toutes fines se sont instantanément réduites en poudre de verre.

— Ça fait longtemps que je ne suis plus une enfant Maman ! Avec ce que j'ai vécu je suis dix fois une femme, t'entends !

Elle se taisait, embêtée.

— Et toi Maman tu vas le revoir ton amant chéri ?

— Après ce qu'il nous a fait, je ne crois pas !

— Il paraît qu'il t'encule ?

— Et après tu m'en diras tant…

L'eau de son thé glougloutait dans la casserole en fer cabossée, elle a longtemps farfouillé dans son sac, elle est revenue pour me tendre une enveloppe blanche armée d'une étrange charge médicale, je n'osais pas toucher le pli.

— Tiens, prends c'est des sous pour ton Noël, t'iras t'offrir des gaufres aux Tuileries avec Christian et récupérer ta veste en fourrure au Renard bleu, Mamie n'est pas là, Noël sans elle c'est pas Noël.

Elle maintenait sa distance tout en me caressant les cheveux du bout des doigts contenant mal un sourire méprisant, ma détresse l'attirait tant – elle m'angoissait. Immédiatement elle a réprimé son geste quand j'ai vu au fond de son regard rayonner sa belle jalousie.

— Ah là là... Calme-toi ma douce, on va bientôt partir à Rome pour la promotion de *Maladolescenza*. Tu adores cette ville, et on retournera dans le palais de Dado Ruspoli, t'es pas contente... c'est pas donné à tout le monde la belle vie ?

Ma tête est partie frapper la sienne, elle a émis un râle sourd en tombant sur le canapé.

— Me frappe pas, t'as pas le droit de me frapper !

Elle s'est figée recroquevillée un bras tiré en arrière comme si elle tendait un arc invisible.

— Et pourquoi... Moi aussi j'ai le droit d'être un monstre si ça me plaît hein, tiens !

Je lui ai filé des coups de pied dans le ventre et les côtes, elle se débattait mollement, je m'imaginais Gene en train de la latter avec ses santiags.

— Pourquoi tu t'intéresses à mon cul hein Maman ?

— Et toi, pourquoi tu vas coucher avec Gene ?

Hébétée, j'ai continué à la cogner dans tous les sens. Je me suis aperçue que je tenais dans le creux de ma main une grosse touffe de ses cheveux décolorés, c'était grisant. J'étais agréablement surprise, elle n'avait pas du tout crié, je ressentais un grand réconfort, elle se tenait toujours recroquevillée mais bien exposée et j'ai compris avec stupeur qu'en réalité elle était masochiste. D'un coup tout s'est écroulé et ne sachant que faire j'ai rangé cette touffe de cheveux décolorés dans ma poche.

*

C'était la fin du déjeuner de Noël et j'ai retrouvé Christian, sa mère son père et sa grande sœur que je ne connaissais pas, il me l'a présentée. Elle s'appelle Christiane, m'a-t-il dit, et je n'ai pas su quoi répondre tant ils se ressemblaient, c'était Christian tout craché avec du maquillage sur une peau claire. Il m'avait montré une photo d'eux à Londres, Christian et Christiane *at a crossroad*. Anne a déboulé avec une bûche extra large un véritable lingot de chocolat blanc sous plastique et Christian a dit : « T'exagères avec les bûches pas chères, c'est parce qu'elle est auvergnate. » Elle a râlé, je ne comprenais pas le rapport après j'ai pigé – elle est un poil radine – et j'y sondais une intention sympathique. On a trinqué, bu du champagne et mangé de la bûche grasse et sucrée puis Christiane s'est retirée sans explication. René désirait s'allonger car sa mère était pompette, ils sont allés se coucher bras dessus bras dessous dans leur chambre nous laissant dans le salon où on a écouté Patrick Juvet chanter *Paris by night* à la télévision.

— On y va ?

Anne était pressée.

— Où ça ?

Il ne savait plus de quoi il s'agissait, il buvait un petit verre de vin doux l'œil rond.

— Chez Guattari dans le XIVe, il y aura Guy Hocquenghem !

— No way ! Ras le bonbec c'est des has been !

— Anne c'est quoi le plan, là ?!

Elle m'a fait son sourire enjôleur.

— Rien… Tu les connais pas c'est des philosophes hyperintéressants Deleuze et Guattari, je vais suivre leurs cours et on les a rencontrés, j'aime bien les intellectuels, chacun son truc figure-toi !

— Menteuse t'es qu'une minette ! Rappelle-toi minette c'est ton jour de fête là là là là là ! Allez, on danse avec Patrick là là là là là…

Il s'est mis à danser autour de la table avec entrain pourchassant Anne qui criait il a dansé jusqu'aux fenêtres de sa chambre qu'il a ouvertes.

— Dis-toi qu'ils n'ont plus de pétrole et plus d'idées… Matez plutôt en bas le scooter bleu il est à moi !

— Tu viens ou pas ?

Christian souriait à pleines dents en guise de réponse, et au bout d'un moment, folle de rage, Anne a tourné les talons et claqué la porte sans dire au revoir, on a ri.

— Elle est furax max !

Impossible de s'arrêter.

C'était bien après les vacances de Noël et nous ne faisions plus rien du tout à part s'habiller en personnages de la mythologie, se peindre les ongles, fumer des joints, lire et rêvasser. J'avais réussi par miracle à m'échapper des griffes d'Irène qui me pourchassait d'innombrables coups de téléphone auxquels nous raccrochions systématiquement et lorsque nous ne répondions pas, sa voix sur le répondeur nous parvenait époumonée et incompréhensible comme dans les rêves car Christian avait étouffé la machine avec des coussins. Un jour elle s'était déplacée, mais ne sachant pas où Christian logeait exactement elle s'était contentée d'errer parmi les locataires au milieu de la cour telle une somnambule et sans leur poser la moindre question elle s'en était allée, j'avais eu alors le sentiment que mon ami la tenait à distance par un charme puissant. Depuis que la mère de Christian s'était saignée aux quatre veines en trimant à faire des ménages de tous les côtés pour lui offrir le scooter de ses rêves, Christian n'était plus le même, il avait pris de l'assurance, gagné en sérieux et son naturel candide s'était amplifié au point qu'il me semblait nimbé d'une auréole de saint ce qui ne l'empêchait nullement de m'exhiber sa belle fierté, qui au fond était celle d'un caïd. Étalés par terre comme deux étoiles de mer, joue contre joue nous regardions depuis des heures à l'aide d'une loupe des *Ciné Revue* et des *Cinémonde* en pagaille, les stars nous fascinaient sans limite. Nous revenions sans cesse sur des images déjà vues pour nous assurer d'en avoir bien capté tous les détails. Le vieux *Ciné-Miroir* datant de 1934 en noir et blanc nous plaisait particulièrement. Mae West posait en couverture pour la sortie du film *Lady Lou* tiré d'une pièce de théâtre écrite de sa main. Vêtue d'une toilette entièrement noire, sa robe faite de différentes matières savamment juxtaposées était féminine, boudoir, des manches gigot mêlant le tulle, des plumes et de fines franges de satin venaient orner une robe bustier en dentelles moulant ses formes courbes, sous la robe nous devinions des paddings pour accentuer sa taille fine, augmenter le volume de ses hanches. Son chapeau magistralement haut, très perruche, honorablement penché sur l'œil, façon meneuse de cabaret de saloon lui donnait l'air d'en savoir long sur la vie. Son sourire retroussant ses lèvres peintes laissait découvrir de jolies quenottes, insolentes en diable. À l'intérieur du magazine, Mae porte un fourreau de couleur chair parsemé d'étoiles de strass argentées, le vêtement a été cousu sur elle, elle paraît nue, alors qu'elle est terriblement habillée. Nous apprenons que la costumière du film est Edith Head. Ses chaussures cothurnes ont une forme étrange de sabot ou de fer à repasser, le talon aiguille et la semelle sont soudés sur un plateau en bois pour mieux en rehausser le volume et nous évoquent les plateaux des geishas. Plus bas une photo de Mae avec son partenaire, Cary Grant s'approchant énamouré de son visage aux sourcils épilés, entièrement redessinés, et aux faux cils recourbés. Les légendes sont des répliques qu'elle s'est écrites :

« Là, dans ta poche c'est ton revolver ou tu as juste envie de me voir », « Un homme amoureux est comme un coupon de réduction, il faut le faire passer à la caisse sans plus attendre », « Quand je me conduis bien, je suis très bien, quand je me conduis mal, je suis encore mieux ».

L'aplomb de ses phrases, piment indispensable de la comédie dont elle est la reine, nous fait exploser de rire. Nous inspectons toutes ses coiffures peroxydées et remarquons qu'à chaque fois elles sont différemment crantées et souvent travaillées de manière à entourer un bijou de diamant.

— Dans le genre *moon face*, elle est quand même mieux que Jean Harlow tu trouves pas Cricri ?

— Rien à voir, elle est tellement plus drôle et en plus elle chante et danse et elle écrit ses pièces de théâtre… tu sais qu'elle est toujours vivante, j'aimerais bien qu'elle soit ma grand-mère… imagine ?

— Tu ne trouves pas que je lui ressemble ?

— Oui c'est vrai… le côté années 30 tête de lune.

Ses yeux sont descendus sur l'accroche de couverture, *Mae west's sensational life story.*

— Imagine. Son père était boxeur avant de devenir policier puis il a tenu une agence de détectives et sa mère était fabricante de corsets… La vie est incroyable non ?

Il riait infiniment et son rire radieux me communiquait la joie et l'allégresse. Soudain il redressa son torse imberbe, se mit en position de lotus et souleva des deux mains l'imposante théière en biscuit blanc en forme d'éléphant de la maison Lipton qu'il venait de recevoir le matin même. La trompe diffusait de la vapeur d'eau ondoyant sur son visage résolument recueilli, n'osant pas interrompre cette célébration du thé je restais immobile, enveloppée jusqu'aux pieds dans la couverture en chenille tel un linceul de poupée. Il apposa la théière sur son front, la tendit à nouveau vers le ciel et avec la plus grande des précautions servit du Earl Grey from London.

— Tu ne vas plus au lycée ?

Sa mère s'était glissée dans la lumière orange et douce, les deux mains bien à plat sur son tablier fleuri.

— Non… mais au fond tu sais, ça ne me sert pas à grand-chose Maman… le lycée Paul-Valéry… je perds mon temps…

— Si tu le dis fiston, c'est que tu dois avoir raison au fond… Le père rentre déjeuner… j'ai repassé ta chemise jaune et ton pantalon de jean…

Elle s'est détachée du papier peint délavé.

— Maman ?

Alors qu'elle s'en allait, elle s'est retournée.

— Tu peux me donner de l'argent… ?

Elle a disparu dans sa cuisine, il s'en est allé la rejoindre.

— J'ai quinze mille francs…

— Merci.

Nous nous échappions de la Cité interdite, les murs de briques rouges m'évoquaient Londres, la Hollande, la Chine et les oiseaux chantaient – Christian poussait sa Vespa, rue de Fécamp, il démarra d'un coup de pied agile. Un homme en bleu de travail de la SNCF marchait la boyard aux lèvres, une baguette dans la main, la tête dans ses pensées.

— C'est ton père.

— Grouille.

Je suis montée sur la selle, j'ai serré la taille de Christian de mes deux bras et lorsqu'on a démarré son père a levé les yeux vers nous.

Fleurs de Paname

Boulevard de Clichy je marchais à petits pas dans ma jupe grise entravée le visage reposant sur ma veste au col de renard, le bruit de mes talons martelant le bitume m'entêtait. C'était la pleine journée et la marée humaine sur les trottoirs se déplaçait vers les baraques foraines de strip-tease, les stands de tir, de gaufres et de pommes d'amour. Les prostituées menaient leurs clients dans les hôtels sordides, les vieux Arabes se tenaient assis buvant leur café au pied des portes des hôtels et les gitans gominés se frayaient plus rapidement que les autres un chemin à travers la foule. Les enseignes aux néons du Narcisse et du Pigall's allumées dans l'intensité blafarde du jour m'obligeaient à brider les yeux, de honte et de respect mais aussi de plaisir me procurant le goût franc de l'ineffable. J'étais une enfant des rues et le sang qui passait entre nous comme s'écoulant d'un corps à un autre me condamnait à l'éternité. Des odeurs de barbe à papa et de pralines grillées et caramélisées s'échappaient des camions étincelants, à l'intérieur des hommes et des femmes en bonnet de papier, aussi blancs que si on les avait peints à la main, battaient l'appel : « Guimauves, pop-corn, glaces, frites, salé sucré, venez approchez ! » Je grelottais à cause du froid alors je proposai à mon ami de nous jeter un petit blanc vite fait au Chat noir, ce que nous fîmes. Tandis qu'on traversait le boulevard pour se rendre sur le versant du milieu là où s'accumulaient toutes les belles caravanes, des policiers en civil encerclaient deux gamins en cavale, comme si au monde ils n'auraient pas voulu être pris ailleurs que dans ce quartier malfamé réputé pour son vice, ses boutiques obscènes, ses repaires de bandits et ses pédés maquillés. On disait que le gang des postiches tenait le pavé et s'y planquait avec sa bande mais aussi le Prince Bada, Claude Genova un loulou de Montreuil prétendant au trône de la pègre, Lily jambe de bois, ceux de Marseille et de Corse et qu'ici s'opérait la traite des blanches, par une porte dérobée derrière un rideau gris d'une cabine de chez Tati. Nous cherchions hardiment la baraque à Marcelle, elle tenait une des caravanes de strip-tease des rues, elle n'employait pas que Betty mais aussi Paquita et paraît-il autorisait sous le manteau les mineures à s'exhiber. J'y songeais en furetant le nez au vent, c'était l'occasion de m'acheter mon propre vélomoteur, à moi la liberté. N'étant plus une fillette comme les autres puisque ma mère m'avait corrompue et souillée, la fange me protégeait et je ne la craignais pas, pour certains elle n'était que valeur esthétique, louvoiement sordide, pour moi elle détenait des vertus morales, j'y retrouvais une forme de fraternité, un équilibre tacite, une humanité. La foule se pressait devant la baraque à Marcelle qui faisait l'article, trapue et brune elle hurlait : « Approchez Mesdames et Messieurs, approchez venez admirer les plus belles femmes de Paris pour dix francs seulement approchez vous ne le regretterez pas ! Allez venez vous en aurez pour votre argent elles sont audacieuses et vous donneront du plaisir, allez venez palper avec les yeux ! Et voici Mimi la blonde ! » Marie Beltrami une des filles qui traînaient au Royal Mondetour avec la bande ondulait son corps serré d'une robe fuseau blanche tout en jouant avec un gros tube de plastique épousant ses mouvements. « Applaudissez-la Mesdames et Messieurs, c'est Mira BHV vous ne regretterez pas son corps souple de Vénus, elle va vous étonner, approchez ! » Poussés par la foule qui nous entourait nous nous rapprochions du praticable en plein air festonné d'ampoules colorées. Le micro de Marcelle grésillait lorsqu'elle parlait, d'autres voix d'autres femmes faisant l'article sur le devant de leur caravane résonnaient, cette polyphonie me fit l'effet d'un chant radieux. « Et voici Miss Taylor ! Applaudissez-la. » Betty apparut de derrière un fin rideau rouge, en tailleur vert pomme, ses seins contenus dans un soutien-gorge pigeonnant rebondissaient à chacun de ses pas. « Miss Taylor la secrétaire qui vous ensorcellera ! » Et Betty balançait des hanches sous des applaudissements mêlés à des sifflements, nous reconnûmes Edwige en perfecto dans la foule bigarrée. Betty repartait à l'intérieur de la tente tandis qu'apparaissait Paquita tout en cuir et casquée. « Voilà Carmen elle va vous donner des frissons Carmen la pétroleuse ! » Paquita ôtait son casque à la manière des catcheuses, prête à bondir sur sa proie, nous l'avons chaudement ovationnée. « Bravo

Carmen ! À poil ! » criait Christian puis arriva Marie France en Marylin tourbillonnant sur elle-même, sa robe dorée se soulevait laissant voir sa culotte blanche.

— Et voici Marylin la plus coquine, applaudissez !

— J'y crois pas elle est folle ! a hurlé Christian subjugué.

Immédiatement, Marie France l'identifia dans le public et plus séductrice que jamais lui fit un clin d'œil dont il se réjouissait. Une autre fille à la peau noire qui répondait au nom de Dior s'est présentée, habillée d'un boubou elle tournait ses fesses à toute vitesse exécutant la fameuse danse du ventilateur. « Venez, entrez, c'est dix francs, c'est pas cher et vous en aurez pour votre argent, plaisir des yeux Mesdames et Messieurs, plaisir des yeux ! » Le spectacle commençait, j'hésitais car il ne me restait en tout et pour tout que la modique somme de dix francs que je gardais dans l'intention de me payer des frites avec mes Francfort.

— J'aurai plus rien !

— Tu feras régime…

— On aurait pu rentrer gratos…

— Allez…

À la porte le mastodonte identifiant notre âge nous a formellement empêchés d'aller au-delà.

— Elle est où Marcelle ?

— C'est pour quoi fillette ? a marmonné la brute aux poignets de force.

— C'est personnel je dois lui causer !

Pas la peine de le prier pour qu'il comprenne, il est allé la chercher. Nous entendions Marylin Monroe chanter *Diamonds are a girl's best friend*.

Christian impatient perdait ses nerfs, devenait méchant.

— Rien à foutre démerde-toi je rentre…

Marcelle s'est plantée devant nous.

— Qu'est-ce que tu veux ma belle ?

— Faire des strip-teases mais pour ça il faut qu'on voie le spectacle d'abord.

L'œil professionnel, elle m'a inspectée de pied en cap trente secondes bien tassées.

— Laisse-les entrer, va…

Contents de l'entourloupe nous avons franchi la porte plastifiée d'une tente de fortune placée derrière la caravane. Le bitume était froid, un petit canon à chaleur disposé sur l'estrade réchauffait Marie France qui ôtait avec dextérité sa robe devant un parterre composé de travailleurs en bleu, de Nord-Africains et de quelques couples grivois. Planquée dans un coin, Edwige spectaculairement belle et prétentieuse nous ignorait à tout-va. Des voyeurs qui en voulaient pour leur argent s'agglutinaient au premier rang, c'était la foire avec ses créatures. J'étais soulagée, je n'étais plus la seule. Aidée par le vin blanc qui m'étourdissait je m'accolais langoureusement à l'épaule de Christian qui n'en démordait pas.

Aussitôt Marie France nue, elle se couvrit à peine d'un manteau de vison et descendit les trois marches de guingois qui la séparaient de son public pour faire la quête à l'aide d'un chapeau de fortune – « Mesdames et Messieurs donnez pour les artistes ! » puis ce fut au tour de Paquita de s'effeuiller, le temps de *La Rue de notre amour* de Damia. Le spectacle ne durait malheureusement qu'une vingtaine de minutes. Des cageots de bois recouvraient le sol en terre battue, les coulisses étroites aux murs en contreplaqué rafistolés ne permettaient pas qu'on se glisse facilement jusqu'aux loges pourvues de miroirs Hollywood aux ampoules éclatantes. Les filles tendues se remaquillaient, buvaient du potage Knorr assises sur des tabourets.

— Restez pas là les petits loups on est crevées on enchaîne depuis le début de l'aprèm et Marcelle va nous gronder !

Paquita nous chassait gentiment, en sortant Marcelle m'a alpaguée.

— T'as quel âge fillette ? Montre tes papiers.

J'ai sorti ma carte d'identité, elle a sifflé.

— Ici je peux pas, t'es beaucoup trop jeune mais à Soissons le week-end… chez les Picards…

— Et c'est combien ?

— Cinq cents francs pour deux jours, l'hébergement est compris.

Vincent surgit l'air hypnotisé de derrière un rideau en lambeaux, il marchait sur le bout des pieds tenant entre ses mains une planche de fakir, la tête enturbannée. Les filles riaient, elles l'interpellaient du petit nom de Vichnou, par quel miracle s'était-il introduit dans la caravane ?

— On se rejoint ce soir à la Coupole hein Cricri et Eva ?

Il nous parlait d'un ton volontairement snob. Marcelle agacée par son manège a passé ses nerfs sur nous, elle nous a foutus à la porte.

Nous avons arpenté le boulevard de Rochechouart, sommes passés devant la Cigale là où jadis Mistinguett se produisait alors que la Goulue vieille difforme et sans le sou tentait encore d'alpaguer du beau monde en vendant des cacahuètes des allumettes des cigarettes. Ma perception n'était pas la même que d'ordinaire, le monde me paraissait intéressant, le bruit de la ville, les lumières des sex-shops et celles des hôtels aux chambres minables et toutes ces putains. Une rue pavée menant vers la Butte, une bonne sœur en cornette et un groupe d'enfants en tablier se bousculant gaiement. La dentelle noire des arbres se détachait furieusement du ciel. Christian me proposa pour tuer le temps de s'enfermer dans une des salles obscures de Barbès. Nous avions le choix entre le Delta qui passait des films indiens ou le Louxor spécialisé dans les films égyptiens, j'étais d'accord pour le Louxor car je ne le connaissais pas.

La salle dans laquelle nous avons déboulé en pleine projection, était une merveille ressemblant dans mon imagination enfantine à un temple de Toutânkhamon à la gloire du cinéma hollywoodien des années 20. Des palmiers, des dorures, des laçages ornaient le haut des murs ainsi que la scène. Les spectateurs participaient pleinement à l'action du film tout en discutant entre eux comme dans la rue. Il y refluait une saisissante odeur de pieds, de sueur âcre, et de tension sexuelle.

— Putain je suis la seule meuf c'est ouf !

— On s'en fout drôle !

On s'est assis en plein centre, l'écran immense nous dominait, on y voyait se profiler des rues du Caire, un couple chantait l'amour.

Le son trop fort irritait mes oreilles, les sous-titres étaient énormes et les têtes se retournaient vers nous à tout-va.

— Fais gonfler tes cheveux…

J'ai fait bouffer mes cheveux platine, les têtes se dévissaient de plus en plus dans notre direction, dans l'obscurité ça faisait film d'horreur, tous ces yeux noir et blanc, luisants.

— Encore !

— Arrête !

Sur le côté droit, issue de secours faiblement éclairée, de l'autre la porte des toilettes, elle n'arrêtait pas de s'ouvrir et de se fermer, c'est dingue ce que les hommes avaient envie de pisser.

— I come back.

— Où tu vas ?

— Faire pipi…

Je suis restée seule à l'attendre parmi les frères, les copains qui chahutaient, les pédés qui se draguaient, quelques hétéros se sont rapprochés ostensiblement émettant des « pstt pstt la gazelle » et le voilà qui revenait dare-dare et hilare, c'étaient les salles obscures de Barbès. Il exagérait passant les limites de mon impatience, je me suis barrée, il m'a rattrapée. Dans le sas de sortie des graffitis sur le mur représentaient deux personnes en train de baiser et juste à côté, le grand A de l'Anarchie.

La Coupole remplie de femmes et d'hommes gais et joyeux en tenue de soirée. À l'entrée côté dancing là où vont danser les vieilles avec les taxi boys, près des étals de poissons des gens attendaient impatiemment qu'on les place et partout une lumière ruisselante et le bruit continu de pas de verres de couteaux et de fourchettes. Chlack, chlick, chlock ! Bim ! Boum ! Et le ballet ininterrompu des serveurs allant et venant tourbillonnant dans les allées avec leur plateau d'argent. La multitude me comble d'allégresse, je la recherche pour m'étourdir et la joie simple qu'elle me procure. J'étais alanguie aux côtés de Christian, en face Vincent portait sa serviette de table autour du cou, il était assis entre Paquita et Marie France puis Maud Molyneux très maquillée et tout en bout de table, Michel Cressole. Je buvais du vin blanc je m'amusais à picorer des frites. Tina Aumont est apparue au bras d'Alain Pacadis, elle était splendide, le visage légèrement soufflé, les bras revêtus de longs gants de velours noir comme les femmes dans les tableaux de Domergue. Christian m'a susurré à l'oreille :

— Les gants c'est parce qu'elle se shoote à l'héroïne.

— Non ?

— Si évidemment c'est pour cacher ses veines, a furtivement répondu Vincent avant de lui confesser d'un ton enjoué et admiratif : Il paraît que tu es géniale dans le *Casanova* de Fellini, j'ai hâte de le voir tu dois être sublime Tina ! Ma mère m'avait emmené une fois sur un tournage à Rome à Cinecittà quand j'étais tout petit, il m'avait permis de rester regarder… c'était incroyable ?

Elle a souri, lasse, et embrassé le bout de ses doigts nous envoyant des baisers d'amour.

— T'es à quelle table beauté ?

Paquita sardonique mais Tina ne répondait pas, elle se contentait de sourire. Alain a répondu :

— Tina est avec Helmut Berger, il a pissé partout dans les toilettes, c'était extraordinaire !

Des rires fusaient, on s'est soupesées Tina et moi, la profondeur de son regard s'ouvrait sur d'étranges palais faits de ruines, d'appétits charnels abandonnés et de blessures béantes. Je pensais que si elle venait de Rome elle aussi, comme moi, avait été présentée à Dado Rupoli.

— On est là-bas au fond !

La voix de Tina rauque et ses yeux charbon de gorgone soudain entièrement noirs et emplis de méchanceté prenaient une expression traquée. Vincent s'est levé sa serviette autour du cou, je me suis dévissée, derrière les feuilles de palmier poussiéreuses au loin, Helmut Berger, Yves Saint Laurent, Paloma Picasso, Pierre Bergé, Antonio le dessinateur, Rafael López-Sánchez un metteur en scène sud-américain et des mannequins enturbannés.

— Vous venez danser ce soir au Sept ?

Un bel homme châtain clair la mèche sur le côté en spencer croisé à boutons dorés tirait sur sa cigarette, il portait une Rolex.

— C'est Joël Lebon !

Paquita piquait la hanche de Joël du bout de sa fourchette.

— Hello, a dit Christian.

— Hello, a renchéri Vincent.

— Hello, ai-je dit.

— Venez les enfants, il y aura Andy Warhol au Sept ce sera amusant !

Et Joël a rejoint la table des Saint Laurent. Alain et Tina tendrement enlacés se mamouraient sur la banquette.

— Il y a un autre Helmut c'est Newton et il est avec son coiffeur regardez !

Maud exaltée zozotait. Deux assiettes de profiteroles sont arrivées on s'est tous jetés dessus.

— Marie France chérie ?

— Quoi Alain ?

— Tu commences quand ton spectacle de Marc O. ?

Il parlait doucement.

— En mars au Nashville toujours avec Orla je suis tellement saturée des plumes, des strass, des paillettes et des play-back en Marylin chez Marcelle, je préfère quand même le théâtre c'est mille fois plus intéressant et puis c'est la chance de lutter pour des opinions et de dîner tous les soirs gratis sur le plateau, j'espère que les straight vont aimer !

— Tu crois qu'ils se sentent outrés parce que tu es un travesti ?

— Évidemment Alain quelle question !

— C'est pour *Libé* chérie…

— Ah alors ça change tout, tenez buvez un coup !

Maud soudain conciliante servait à boire, Tina avait retrouvé Helmut Berger.

— J'ai rencontré Jean Genet, dit Marie France qui parlait plus fort en faisant de grands gestes. Il réalise un film et veut parler de tous les courants marginaux, du monde de la nuit étrange et provocant… et je dois jouer une pièce en alexandrins au fond du jardin de Françoise Sagan, j'ai le trac !

— Bravo ma chérie, bravo on a hâte !

Paquita hilare donnait l'impression de se moquer alors que c'était là un compliment.

— Je pourrais venir… ?

Marie France ne répondait pas à Vincent elle a préféré se lever et Christian s'est englouti ma part de profiteroles en traître.

— Je vais me repoudrer le nez !

— Moi aussi !

On est partis illico, Christian me tenait le bras et Vincent celui de Marie France. Jamais la Coupole n'avait été aussi luxuriante, les gens riaient comme si une grande fête folle emportant tout Paris allait bientôt commencer pour ne jamais s'arrêter. Une femme aux cheveux courts en robe de cuir s'exprimait avec un accent suisse allemand tout en caressant une très jeune fille le torse griffé, à côté d'elle Rassam, un producteur que j'avais rencontré avec Edith Cottrell mon agent dont le mari avait produit *La Maman et la putain*. Marie France les embrassait.

— C'est qui ?

Vincent se retournait vers Christian.

— Non conosco !

— Je m'appelle Susi Wyss !

— C'est le vice ! a dit Vincent.

— Mais oui, très drôle, elle boude la petite ?

— Non je suis super désabusée c'est pas pareil !

Rassam m'a brutalement tourné le dos, il n'appréciait pas l'intérêt que cette Susi me portait. Vincent questionnait Marie France du regard.

— Elle fait beaucoup pour les belles femmes qui veulent rencontrer des hommes riches, ça rapporte un petit magot un vrai bas de laine !

— Génial carrément le bas de laine ! s'est esclaffé Christian. Viens, on passe devant la Deneuve.

Ils sont partis émoustillés dans les allées de tables. Je me repeignais les lèvres et Marie France se repoudrait le nez devant le miroir des toilettes pour femme, rien qu'une seule pisseuse, tout était vide.

— Tu n'as rien ?

— Comment ça ?

— Un trait de Corinne ou d'Hélène ?

— Bah non j'ai rien Marie France.

— Je plaisante, viens on va rejoindre la bande.

Maud Molyneux était remontée à bloc contre les forces de l'ordre et narrait son arrestation boulevard Raspail alors qu'elle était habillée en femme et que c'était interdit pour un homme de se déguiser sauf le jour du carnaval.

— Ils ont la trouille qu'on transmette l'homosexualité, comme on peut transmettre la syphilis, eux seraient des saints et nous des dégénérés, c'est une idéologie fasciste et on est en plein dedans !

Maud intense zozotait de plus belle.

— Moi je me suis fait courser dans la rue parce que je portais un pantalon de vinyle et traité de pédé…

Christian la ramenait mais je savais qu'il ne risquait rien, une part de morale le tenait constamment en éveil.

— Heureusement que j'ai organisé une pétition pour libérer Maud de sa garde à vue !

— Mais oui c'est grâce à toi Paquita merci ma chérie !

La table tachée de vin, de graisse et de cacao marquait la fin du banquet. Alain avait subitement disparu et Michel Cressole qui jusqu'ici s'était tenu en retrait le sourire en coin s'est lancé dans une conférence sur les lois de l'homosexualité. Celle sur l'outrage public à la pudeur qui a été votée après le retour de De Gaulle au pouvoir en 1960, nous expliquant que lorsque l'outrage consiste en un acte contre nature avec un individu du même sexe, la peine est un emprisonnement de six mois à trois ans et une amende de quinze mille francs. Est puni quiconque aura pour satisfaire ses propres passions commis un ou plusieurs actes impudiques ou contre nature avec un mineur de son sexe âgé de moins de 21 ans !

— C'est cher mais au fond là-dessus c'est quoi, c'est plus ou moins permis quoi quand même, tacitement je veux dire ! s'est esclaffée Paquita tandis que Michel redressait un sourcil cynique.

Nous avons tous explosé de rire, après avoir donné mes dix francs pour les frites, il ne me restait cette fois plus un rond.

Ce soir-là le boulevard du Montparnasse avait ce côté incisif et hasardeux qu'il prend la nuit, le Select et la Coupole flamboyaient et le va-et-vient incessant des hommes, des femmes et des voitures me procurait par une étrange frénésie un bonheur scopique.

Maud marchait devant moi à côté de Christian.

— *Le Plaisir* de Max Ophüls c'est le romantisme allemand dans une porcelaine de Limoges. Et c'est aussi l'impressionnisme français dans un miroir de Vienne.

Michel Cressole prenait la main de Christian, j'entendais des bribes de leur conversation. Michel ne pouvait pas aller au Sept, un article à finir. Ils se sont embrassés du bout des lèvres sous l'œil torve de Maud.

— Arrêtez salopes, vous excitez les bourgeois, criait Vincent... Allez on va guincher !

Maud traversait en courant la circulation du boulevard tandis que Vincent et moi étions montés dans le taxi froid.

— Ta mère n'arrête pas d'appeler la mienne... elle est angoissante... Irène nous harcèle.

— Me parle pas d'elle !

— Non mais elle est horrible j'ai jamais vu une mère pareille, c'est un monstre !

— Je sais !

Paquita et Alain hilares nous ont rejoints et Christian a démarré en trombe sa vespa.

— Au Sept ! Rue Sainte-Anne, s'il vous plaît ! scandait Vincent dont rien au monde ne pouvait ébranler la bonne humeur.

Andy Warhol tirait une sale tronche un appareil photo dans une main molle. Sa perruque platine en plastique de travers sur son crâne et sa peau grasse acnéique cruellement alvéolée reflétait joliment les éclats de lumière que renvoyaient les néons multicolores du plafond du club. Edwige est allée embrasser furtivement Andy, avec Christian et Vincent on les regardait méditatifs. Andy bougeait bizarrement comme un robot, il s'est photographié à travers le miroir fumé. Une femme dynamique blonde aux cheveux lisses perchée sur des échasses un papillon d'argent écartelé entre ses seins et son sexe a rejoint Andy.

— C'est Patti D'Arbanville, elle est habillée en Ossie Clark…

Vincent semblait la connaître ainsi que Christian.

— Elle est pas mal, elle a du chien…

— C'est qui le chien ?

— C'est une actrice elle a joué dans *Flesh* d'Andy Warhol, c'était la copine de Cat Stevens celui qui chantait *My Lady D'Arbanville*, tu vois pas ?

— Si… je sais où je l'ai vue c'est dans *Bilitis* le film de David Hamilton

— Voilà, c'est tout basta…

Christian dodelinait de la tête. Joël les a retrouvés, Andy anxieux devenait paranoïaque, il s'est dirigé vers la sortie, Joël s'est précipité pour nous dire :

— À plus tard… Je les raccompagne jusqu'à un taxi. Andy veut acheter de la crème à la pharmacie pour sa peau… une prochaine fois avec Andy… c'est promis !

— L'arnaque, a braillé Christian.

La voix de David Bowie chantant *Heroes* nous a extirpés d'un coup du canapé. Je me suis mise à gigoter frénétiquement, genre maladie contagieuse. On copiait tous nos mouvements les uns après les autres de façon crétine comme si on était des trolls traumatisés c'était super bien. Edwige qui s'était fait photographier la veille dans une usine désaffectée par Andy Warhol descendant d'un trait son whisky-coca. Sûre d'elle, Eddy s'est plantée devant moi, elle m'a attrapé la main, un pas après l'autre, nos coudes venaient toucher le genou opposé, nos mouvements saccadés étaient accompagnés d'un saut. Nous étions concentrées, sérieuses, unies dans une même gravité, nous plongions dans quelque abri de l'Atlantide. Nos regards se sont croisés, elle a rougi, baissé les yeux, mes seins ont touché les siens, nos cheveux se sont entremêlés, un appétit sexuel irrépressible me dominait.

— Arrête !

Une voix de canard et un sourire de Daffy Duck, des fossettes partout, sur le menton, aux coins des lèvres, elle m'a sauvagement embrassée me tordant amoureusement les doigts avant de disparaître. À cet instant j'en tombais amoureuse, une tristesse m'envahit tandis qu'Alain me tirait une langue vipérine, s'appliquant à en faire remuer le bout comme le serpent dans *Le livre de la jungle*.

— Viens vite mon Paca il faut partir, il y a le dealer qui nous rejoint à la maison !

Bette était hystérique.

Chez Betty la porte d'entrée ouverte sur le corridor et son unique ampoule renvoyait un rai de lumière dans lequel Edwige mélancolique faisait les cent pas les deux poings enfoncés dans ses poches, sa fine cravate de cuir noire oscillait entre ses seins opulents tel un pendule macabre et je songeais en observant la cadence régulière de l'accessoire masculin qu'elle devrait l'utiliser pour sa prochaine tentative de suicide. Elle me lançait des œillades tandis que j'étais allongée sur le lit de la bête humaine avec Vincent qui, brusquement d'humeur sombre, est devenu taciturne. Les copains regroupés dans la cuisine sniffaient. Edwige arrogante a passé sa main dans ses cheveux.

— Dur dur la vie sans confiture, hein Eva ?

— Je voudrais bien goûter, a dit Vincent.

— Moi aussi, j'en ai jamais pris, j'aimerais bien…

— Ah ouais mais toi t'es qu'un bébé…

— Alors une dose de bébé chat…

Le ciel d'ardoise avec ses bâtiments blancs, irréels et derrière l'agitation continue des grands boulevards. Nous restions tapis, le plafonnier de la cuisine diffusait à travers une frise en carreaux de verre dépoli un parfait rectangle lumineux et rassurant sur le mur du salon. Edwige avait rejoint la joyeuse bande dans la cuisine, Joël faisait péter le champagne tandis que la bête humaine criait d'une voix stridente de sirène d'alarme :

— Champagne champagne, hourrrra Joël ! Champaaagne !

— Allez, arrose là-bas faut que ça pousse !

Paquita et Joël ont déboulé avec des coupes de champagne pour Vincent, Frederika et moi. Médélice le dealer les suivait de près, il portait un beau tee-shirt fraîchement signé Andy Warhol, Médélice charge.

— T'en veux combien Joël ?

C'était un Antillais si défoncé qu'il n'avait plus de couleur.

— Deux de chaque…

— Santé à l'amitié ! a dit Joël.

Nous avons tous trinqué après ils sont repartis s'agglutiner dans la cuisine à faire les tapirs.

— C'est pas assez dans la cuillère Joël, grommelait Alain.

— Il est en manque le pauvre, il faut lui en donner plus ! Il ne va pas bien du tout il est en manque !

La voix de la bête humaine si irritante et insupportable qu'elle a fini par nous faire rire rendant à Vincent son entrain. Edwige est revenue pour me tirer par la main.

— Allez une dose de bébé chat pour toi !

— Et moi ?

Vincent me talonnait grimaçant, l'œil crépitant de malice.

— Toi aussi, allez !

Dans la cuisine on avait le choix entre Corinne ou Hélène, j'ai préféré prendre l'héroïne, la cocaïne me paraissait alors totalement superficielle et sans danger, une consommation pour publicitaire, Vincent a fait de même et Joël qui était au speed-ball nous a servi du champagne et nous sommes tous retournés sur le lit sauf Alain qui cherchait un bon disque à mettre sur le Teppaz. Frederika était éperdue dans les bras de Médélice tellement raide, j'ai tourné le dos. L'héroïne était chaude et agréable pareille qu'une bonne mère et me protégeait immédiatement de la douleur comme un talisman, avec elle je pourrais faire tout et n'importe quoi, mes yeux se fermaient doucement, un grand panier avec plein de bébés chats.

— J'ai été voir l'exposition Man Ray à Rome elle est extraordinaire, c'est la plus belle et la première depuis qu'il est mort...

Joël légèrement pédant s'éventait avec un vieux numéro d'*Actuel*.

— Ah oui ?

Vincent se grattait de partout.

Lorsque j'ai ouvert les yeux, Christian était là.

— Et moi ?

— Viens !

J'ai senti Joël se lever du lit.

— Moi aussi encore ! a dit Vincent.

Ils ont disparu dans la cuisine, je les entendais rire d'un rire aigre-doux et il y eu la voix de Billie Holiday chantant *Strange fruit*, elle aussi se droguait à l'héroïne et je pensais à New York, ses belles avenues aux building miroirs et ses rues inondées de soleil avec toutes ces femmes en noir et leurs ombres qui s'allongent jusqu'au bleu du ciel puis je me suis souvenue que je n'y étais jamais allée. Christian et Vincent étendus sommeillaient sur le sol de coco se tenant par la main et Edwige belle comme une image et si sombre évitait précautionneusement de rencontrer mon regard, elle m'a pincé le nez.

— Bas les pattes !

Surprise, Edwige a reculé et s'est statufiée, l'immobilité lui allait si bien car elle était mannequin, j'éprouvais un certain plaisir à la voir se figer et d'un coup elle s'est emparée de son perfecto, elle a disparu dans la ville. En fermant les yeux pour échapper aux pudiques ébats de Christian et de Vincent, je visualisais New York depuis l'Empire State Building, l'air était doux et mielleux et Edwige m'appelait « son petit bijou ».

Le soleil matinal d'hiver gagnait la rue faisant reluire le toit des automobiles, Christian et Vincent marchaient serrés l'un contre l'autre sur le trottoir étroit, je trottinais derrière eux et semblable aux noyées qui essayeraient de reprendre un contact suprême avec le monde j'entrouvrais les lèvres pour respirer l'air qui me manquait.

— Qu'est-ce que t'as ? s'enquit Vincent.

— Rien, marche continue et surtout ne te retourne pas !

— Elle tire la tronche j'y crois pas !

Christian s'attendait à ce que je me transforme en mégère puisque j'étais complice de leurs baisers de la nuit et que je lui en veuille pour qu'il puisse lâcher sa dose de fiel mais je me retins et pris un air de sainte impassible. Une fine larme invisible s'écoula sur ma joue car je songeais que notre amitié pourrait un jour être détruite, empoisonnée, spoliée.

— Fais pas attention ça va passer…, conseillait Vincent.

— Tout lasse, tout casse sauf les glaces !

Ils en riaient mais ne se retournèrent en aucune manière, ils sautillaient puis d'un coup Vincent se figea devant le porche où se profilait une cour pavée.

— Au fond, c'est le studio Berçot, c'est l'école de mode où je veux aller l'année prochaine... et toi Christian, Paul-Valéry... ?

— Je crois qu'ils vont finir par nous virer on n'y va plus...

— Christian ?

Ils firent comme si je n'existais pas. J'eus le sentiment qu'à deux ils formaient un tribunal contre moi et que bientôt ils allaient me juger et m'exclure à jamais de leurs jeux, Christian attrapa le bras de Vincent et sans me prêter la moindre attention héla un taxi. Durant tout le trajet, bouleversée mon front posé contre la vitre et Paris qui s'enfuyait.

— Je suis encore défoncé, clamait Vincent.

— C'est vrai que c'est fort, chuchotait Christian.

Ils allumèrent deux cibiches. Aidés par l'élégance naturelle de leurs gestes et de leurs âmes, eux qui ne connaissaient encore rien à la vie et aux yeux de qui le taxi représentait une forme de luxe eurent soudain le réflexe de paraître habitués à tout.

Enfermés dans la chambre de Vincent aux volets clos, assis pieds nus sur le lit ils buvaient du café et se délectaient de croissants au beurre complices du même climat enfantin.

— Miam miam.

— Miam miam sirop pam pam, pique et pique et colégram.

— Qu'est-ce qu'elle a ?

— Eva veut coucher avec moi, imagine !

— Non ?

Emmurée dans un mutisme dédaigneux je m'assis en face d'eux croisant les jambes, je méprisais Christian puisqu'il trahissait notre secret.

— Elle a couché avec le type des Asphalt Narcissus, et imagine, sa mère aussi !

— Non c'est insensé ! Vraiment l'enfant du scandale c'est toi !

Christian amusait Vincent pour mieux m'avilir, je résistais difficilement à cette nouvelle attaque.

— Va te faire foutre Christian !

— Va te faire foutre toi-même et supporte ta jeunesse !

Écœurée je me jetais par terre les bras en croix, en pâture aux lions féroces, les yeux fixes.

— Ras le bol de tout et vive la mort !

J'entendais au sol les pas de la mère de Vincent qui rôdait de pièce en pièce, il flottait une forte odeur de marijuana.

— Allez viens, arrête de faire la folle !

Vincent me rapatria sur le lit avec eux et je me mis à rire comme on grelotte, échappant à ma mort la vie n'était plus que dérision, eux aussi riaient et je compris qu'une amitié fatale nous liait à jamais. En vérité Vincent aimait la légèreté et l'insouciance et craignait de se laisser absorber par un spleen puissant qui le tourmentait autant que les enfers desquels on ne revient que ravagé et abruti, par des descentes pareilles que des retours d'épilepsie qui le laissaient exsangue.

— Vous avez vu mes chapeaux en papier ?

Et il bondit guilleret. Animée d'une étrange superstition, je le rejoignais laissant Christian régner seul en pacha sur le lit. En regardant ses chimères, ses temples romains, ses frises grecques et ses femmes costumées pour un bal invisible, tous ses dessins punaisés sur le mur, je me rendais à l'évidence qu'il vivait sous l'influence d'un puissant sortilège. Ses yeux noirs brillaient d'un éclat sinistre lorsqu'il déposa sur ma tête un chapeau pointu orné d'étoiles, de lunes et de signes kabbalistiques. Rendre Christian jaloux en me parant de ses colifichets n'était pas difficile, aussitôt il perdit sa belle morgue.

— Hihi c'est un bonnet d'âne parce qu'elle est punie au coin... c'est pour quoi faire ce costume ?

— Je ne sais pas encore on verra, c'est pas terminé tu sais...

— On pourrait aller à Versailles demain les garçons et tous bien s'habiller, le parc est sublime en hiver... j'en rêve...

— Je n'ai rien à me mettre de chaud pour aller à Versailles et c'est loin, a dit Christian.

— Si on va à Versailles il faut le préparer sinon ça ne sert à rien Eva a raison... ! a ajouté Vincent d'une voix blanche.

Épuisé, il m'a poussée d'un doigt, j'avançais comme une condamnée vers le matelas et nous nous sommes tous recouchés. Le soleil perçait les volets, au fond de l'appartement la sonnerie du téléphone a retenti, la voix d'Irène angoissée s'est élevée :

— Elle est où ma fille, elle est en extrême danger, elle doit revenir, Eva ? Est-ce que tu es là ? Tu sais que tu peux mourir ?

Le lendemain nous étions gris sans détenir aucun carton d'invitation pour l'inauguration du centre Georges-Pompidou à Beaubourg. Alain Pacadis, Hélène Hazera et Andrée Putman qui se trouvaient devant le musée nous firent entrer. « Amusez-vous mes bébés d'amour ! » qu'elle nous dit de sa voix gutturale d'espionne du KGB. À l'intérieur nous continuâmes à boire beaucoup de champagne tout en traversant les fastes de la République. Des présidents africains, des généraux, des têtes couronnées, Baudouin et Fabiola, Rainier et Grace de Monaco, le prince Poniatowski mais aussi Loulou de la Falaise en robe longue et Joël Lebon, Diane de Beauvau-Craon, Françoise Giroud, Claude Pompidou tout en Cartier. Cela nous distrayait de les détailler de près, n'étions-nous pas au musée ? Puis liés par un fil invisible qui nous unissait nous courions exaltés dans les salles de cubistes, de fauvistes. Aux toilettes, une queue immense et pas d'autre solution pour nous soulager Christian et moi que d'uriner derrière un pilier sous les escalators Vincent riait si nerveusement que nous craignions qu'il attire l'attention de la garde républicaine sur nos méfaits. Au dernier étage du Pop Art, Roy Lichtenstein, Andy Warhol avec ses boîtes de lessive Brillo et soupe Campbell's et la fameuse chaise électrique devant laquelle je retrouvais Edwige tenant amoureusement la main d'une jeune fille fifties brune, arrogante, un sosie miniature d'Ava Gardner qui répondait au nom de la petite Gigi et qui plaisait beaucoup à Christian et Vincent. Mon sang ne fit qu'un tour, le temps que mes amis prennent la fuite Edwige malicieuse m'a tendu son poignet.

— Regarde Eva !

Emmailloté d'une bande Velpeau avec écrit dessus au feutre noir *La petite Gigi*. Gigi se trémoussait sur des talons de 12 cm et sa taille plus fine que la mienne accentuait la rondeur féminine de ses seins et les courbes de ses fesses, une mouche à la Pompadour au coin de sa bouche me fit frémir. Elles m'ont tourné le dos de concert me laissant seule complètement livrée à moi-même. Dans la salle Duchamp j'errai désespérément, envahie d'un sommeil qui suit les catastrophes ou les très grands bonheurs, je me glissais dans une file, au bout il fallait se pencher à un trou de serrure derrière lequel se trouvait une femme nue, sans tête, les jambes écartées exhibant un sexe sans poil et tenant dans une main un photophore, son corps gisant parmi les décombres d'un jardin en ruine.

Rome

Dès mon plus jeune âge, à 4 ans, j'ai projeté de me faire embaumer, l'inoculation du poison de son vivant dans le corps participait au perfectionnement de l'étrange alchimie permettant la splendeur du cadavre, ainsi la vie se prolongerait dans la mort, accepter de souffrir pour rejoindre le royaume des poupées mortes. Derrière cette idée une autre se profilait, le condensé d'éternité, il devait y avoir un pacte rendant possible le condensé d'éternité. Je consignais mon dessin d'Edwige mon amoureuse morte près de mon cadavre embaumé dans un cahier. J'avais eu brièvement Vincent au téléphone, les communications dans les hôtels sont si onéreuses. Il s'amusait à attiser ma jalousie en me parlant d'une fête incroyable que je n'aurais jamais dû rater chez la princesse Soutzo dans l'appartement de Paul Morand où, paraît-il, Christian ivre s'était fait jeter dehors par un majordome après avoir uriné derrière un rideau puis avait pleuré de désespoir assis sur le trottoir – des méchancetés dont l'ambition mondaine est incapable de se priver. Par la suite, Vincent évoqua de façon plus lapidaire le mariage d'Alain Pacadis et du travesti Dinah qui après avoir fait l'amour au pied de la tour

Eiffel étaient allés se défoncer avec Cyrille Putman et Sid Vicious dans une tour du XIIIe.

Je détenais deux cartes postales la première pour Vincent, l'autre pour Christian représentant l'une le Colisée et l'autre la *Louve* de Rome je ne les avais pas encore envoyées.

Cher Vincent

Je suis allée déjeuner à Cinecittà avec mon producteur il y avait là Laura Antonelli on m'a proposé de jouer dans un film d'Alan Bridges et d'être la partenaire de Claudia Cardinale dans La Petite Fille en velours bleu. *Le producteur de* Maladolescenza *pour qui je fais la promotion et qui est aussi le producteur de Visconti est débile, il n'a lu qu'un seul livre dans sa vie :* Emmanuelle. *Ce soir je suis invitée chez Dado Ruspoli. Rome est fait pour nous, ici tout est 1960 je retrouve ton goût dans la beauté fanée des jardins, au fond des fontaines, dans les yeux des vestales et ceux des satyres.*

À bientôt, ta Louloute

Cher Christian,

J'espère que tu vas bien, attendez-moi pour aller à Versailles, je fais interview sur interview, le film Maladolescenza *va faire un scandale ils espèrent à la sortie dépasser* Rocky *et le mettre K-O. J'aimerais qu'on parte en Italie sur la côte amalfitaine, à Capri, j'aimerais qu'on voyage beaucoup ensemble. Je pense à toi baisers d'amour.*

Evita

Les cartes postales étaient consignées dans mon sac lorsque j'ai parcouru le salon de l'hôtel pour me rendre à ma last interview. J'étais épuisée à l'idée de rejoindre Irène et Paolo, mon metteur et père de mon petit frère mort, puisque ma mère avait avorté de cet homme. Paolo identique à lui-même portait une perruque acajou et un pantalon beige trop court.

— Alors Eva ça va aller, tu tiens le coup ?

Il n'était pas sûr de lui, parlait poliment d'une voix fluette pour attendrir la jeune fille de 12 ans que j'étais. L'assistant trottinait à mes côtés jusqu'à une porte où Paolo avant de lâchement m'abandonner avec Irène dans un minisalon tendu de tissu jaune me fit les doigts de la fortune ou bien étaient-ce les *corna dal diavolo* pour conjurer le sort car il me reste clairement en mémoire qu'il se touchait les couilles en faisant ce signe ou bien est-ce moi qui délirait. Pourquoi le sexe a-t-il autant d'importance ? sexe, sexe sexe sexe sex, sex se sessss. Le ruban magnétique du magnétophone se rembobinait sous l'œil torve du journaliste à sensation.

— Avez-vous vraiment couché avec Laura et Martin vos partenaires de *Maladolescenza* ?

— Non.

— Avez-vous déjà fait l'amour ?

— Non.

— Portez-vous une culotte ?

— Non.

— Vous ne portez pas de culotte ?

Mon corps se remplit de larmes, prêt à exploser.

— Mais pourquoi vous me posez cette question ?

— Laissez-la elle est fatiguée...

— Madame c'est un film scandaleux il faut bien que j'écrive mon article pour faire un scandale...

— Lorsque j'avais l'âge de ma fille j'ai couché avec mon professeur de piano et je ne m'en suis jamais plainte, il m'a tout appris très tôt, j'étais armée…

— Brava !

Il me photographia en chaussettes sur le canapé afin d'obtenir un meilleur angle de vue, lorsque le flash se déclencha en rafales je repensai à Christian et aux *Ciné-Miroir*.

Fini les interviews, nous roulions vitres ouvertes dans les rues de Rome, les linges s'agitaient aux fenêtres comme autant de mouchoirs pour me saluer, des femmes paressaient aux balcons en nuisette et des hommes lisaient des journaux d'une taille extraordinaire.

— *Stronzo !*

— *Ti amo !*

— *Basta, vai vai.*

Le producteur me regardait dans le rétroviseur, Paolo qui était à côté de moi ne disait rien, nous sommes rentrés dans les embouteillages, Irène avait posé ses pieds enflés sur le tableau de bord. Partout des scooters de toutes les couleurs et des coups de klaxon. Nous roulions vers celui qui a un sexe gros comme un bras d'enfant et qui passe son temps à coucher avec des jeunes actrices et fumer de l'opium. Assis en tunique blanche dans le jardin odorant il m'a saluée du bout des doigts.

— Ciao ce regard, viens près de moi Eva… Bellissima piccola, beauté.

Je me suis accroupie à côté de Dado, il me caressait les reins avec le bout de son index.

— Vous êtes arrivées de Paris il y a longtemps ?

— Je suis roumaine…

En répondant autre chose qu'à sa question j'eus le sentiment de tout rater.

— Et tu sais que la Roumanie était la prison de Rome ?

Le prince préservait sa beauté racée de play-boy hédoniste.

— Non…

— Demain il y a une fête indienne il faudra être là, Roman va passer.

Il partit et, voulant être seule, je m'engageai dans une allée obscure et verdoyante. Une vieille femme aux yeux bridés et vêtue d'un sarong émeraude vint à ma rencontre.

— Je peux marcher un peu avec toi ma petite ?

— Oui.

En me perdant dans le jardin j'eus la sensation de l'anéantissement du temps et impossible de savoir où je me trouvais, la vieille a pris place sur la margelle d'une fontaine creusée dans la pierre, elle paraissait sans âge comme le sont les fées ou les sorcières et pourquoi m'attirer dans un coquillage ? L'eau suintait des murs.

— Tu vas connaître un grand amour.

— Quand ?

— Il faut que tu sois patiente, c'est un poète.

— Un poète ?

— Oui un poète.

Sa voix se perdait dans un écho.

— Tu dois écrire un souhait sur une feuille et le poser sur le corps de ta mère quand elle dormira, le retirer et le brûler.

Puis elle a passé sa main sur mon visage et m'a laissée seule dans les ténèbres.

Durant la nuit du lendemain j'avais posé le papier où était inscrit le mot *Amour* sur le corps de ma mère et pensé à moi puis je l'ai retiré et brûlé comme me l'avait suggéré la femme en sarong. Ma mère s'est réveillée aux aurores, il faisait encore sombre près de la gare Termini, c'était paraît-il le seul endroit à cette heure matinale où elle pouvait trouver un kiosque à journaux ouvert achalandé des premières éditions du quotidien. L'article était diffamatoire et obscène. *La mère maquerelle et sa progéniture sans culotte*… La pègre romaine nous entourait, Irène s'est fait voler son porte-monnaie. Elle ne marchait pas droit et se cognait contre les murs lépreux. Nous avons dû fuir Rome à cause du scandale qu'avait provoqué le film qui, dès les premières séances avait accompli les vœux du producteur, *Maladolescenza* avait battu *Rocky*.

Outrages

J'étais de retour à Paris tandis que m'acheminant vers le tabac le scandale tournoyait dans ma tête pour mieux m'annihiler. En passant devant le marchand de journaux, je me vis faire la une du journal à scandale *Ici Paris* je n'arrivais pas à déchiffrer les lettres et pourtant en gros titre *Baby porno. À l'âge où les petites filles font leur communion elle pose toute nue pour sa mère. La photographe Irina Ionesco vient encore de reculer les limites de l'inavouable en jetant en pâture aux regards des obsédés et des vicieux l'image de ce qu'on croyait le plus sacré et le plus protégé : le corps de sa propre fille. Découverte par Polanski le metteur en scène qui vient d'être incarcéré pour le viol d'une fillette. Et c'est lui qui a découvert la nouvelle venue du porno.* Je pose le corps nu à peine recouvert de dentelles macabres les mains jointes prenant la pose de la prière, à côté encadré dans un médaillon le portrait de Roman Polanski. Je cherchais une comparaison entre ce malheur et un malheur ancien ou un futur et fermais les yeux et percevais l'immoralité des grands de ce monde et la pédophilie, manne céleste. Je voulais fuir comme le font les assassins, les étrangleurs, les voleurs qui jamais ne se font arrêter et passent leur chemin, traversent les rivières et montent au paradis soulevés par la force d'une gloire éternelle. En me retournant Christian venait à ma rencontre.

— Regarde Christian, regarde c'est fini !

Mes émotions me brûlaient et Christian en apparence placide mesurait l'horreur de la situation, comprenait le préjudice, l'injustice, les conséquences d'*Ici Paris*. D'un coup il sauta et s'arc-bouta sur le panneau arrachant de toutes ses forces les affichettes pour les déchirer.

— C'est ignoble, ce sont des porcs !

Soudain le papetier la tronche écarlate surgit sur le trottoir. « Bande de vauriens foutez-moi le camp ! » qu'il criait. On s'est débinés, on a cavalé jusqu'à la Foire du trône. Elle était déserte à cette heure du jour. Certains manèges illuminés tournaient à vide et quelques forains graillaient attablés dans l'allée principale où se trouvaient la Grande Roue, la Chenille, le Chunking Express, le Tagada, l'Extrême, le Terre-Lune. Christian m'a pris la main, lentement nous avons marché côte à côte en silence et jamais ce terrain de jeux ne m'avait appartenu aussi pleinement qu'en ce moment de violence et de grande injustice.

— On y retourne ce soir, je te paierai des tours, tu veux ?

Les larmes me coulaient sur les joues, la perspective de se coltiner du tragique déplaisait à Christian alors il s'est arrêté de marcher.

— D'accord chérie, mais si c'est pour chialer, ça sert à rien, c'est juste niet.

— Je ne pleurerai pas promis Cricri.

Irène recluse dans sa salle de bains poussiéreuse tordait son visage de détresse devant son miroir, derrière elle, la fenêtre s'ouvrait sur les tombes du cimetière. Sur son petit plateau en verre, *Justine* de Sade, *Anthologie de l'humour noir*, de l'encens, une souris morte et quelques clous rouillés.

— Je suis dévastée, il y a un individu nuisible qui s'est introduit dans cette maison pour me voler les clichés dans l'intention de les faire paraître dans *Ici Paris*, ce torchon immonde, ce n'est pas moi qui leur ai vendu les images…

— Donne-moi du fric.

— Et pour quoi faire du fric ?

— Pour la foire.

C'était la nuit. J'attendais Christian dans le petit square à l'orée du bois devant la foire, là où des vagabonds et des vagabondes gisent sur des bancs et volent les passants. La lune, les étoiles de diamant et les néons virevoltaient dans le ciel et l'herbe ici était aussi hérissée qu'un pelage de grosse bête pour écrin de beauté.

— Hello darling !

Habillé d'une chemise noire à jabot échancrée, pieds nus dans ses mocassins blancs, il me parut plus grand qu'à l'habitude, mon cavalier idéal, avec lui je vais me jeter dans le vide.

— Et on ira se bouffer des merguez-frites ?

— Ouais et de la guimauve à la pistache ?

— Et des glaces à l'italienne…

Le menu l'alléchait tant qu'il tira une langue rose.

L'aventure de la Foire du trône équivalait à l'épopée marine, à la traversée du désert, à entrer dans une église. En passant sous le portique incandescent un magnétisme subtil s'établissait entre mon corps, ceux des loulous de pacotille, des gitans, la nuit, la peur, la destruction et immédiatement ma mémoire cristallisait ce moment, sans doute pour mieux m'en souvenir comme d'autres gardent l'habitude de porter pour toujours les vêtements de leur jeunesse. Intrépide il avançait avec entrain, les stands ouverts attiraient ce soir-là peu de monde, quelques bandes de voyous, des couples de tous âges, des femmes solitaires se perdant dans les lumières, et perchée tout là-haut la grande roue qui tournoyait avec ses nacelles vides nous émerveillait. Enfin je pouvais me perdre dans la nuit. Christian tenait mordicus à se faire un carton. Tandis qu'on tirait à la carabine sur des ballons colorés agités par un souffle permanent, des cris stridents d'enfants égorgés émanaient de la maison hantée d'à côté, ils nous saisirent d'effroi – mes émotions étaient contradictoires mais la foire me grisait et l'humanité de Christian me protégeait.

— Mesdames et Messieurs ici on ne perd pas, on gagne toujours ! s'époumonait la grosse manouche en choucroute dans son micro pailleté.

Avec ma carabine, j'avais pété un ballon, j'eus droit d'office à un mini porte-clef torche quant à Christian il se contenta d'un bonbon Krema. En passant devant l'attraction pour enfant la Barque enchantée, la voix de Chantal Goya s'évadait de la gueule d'un nounours géant.

— T'es pas cap de monter dans une barcasse ?

— Nan c'est pour les tout-petits.

— Tu vois ?

— Si, si tu montes avec moi ?

— No way…

Les autotamponneuses plus violentes m'attiraient bien davantage.

— Faut faire gaffe si on te percute là-dedans, ça peut faire le coup du lapin et là je te dis pas c'est la minerve à vie.

— Non ?

Ma moue réprobatrice l'amusait. Chacun dans une auto et Johnny qui chante *Derrière l'amour*. Les voyous en blouson noir étaient au rendez-vous, à peine commencé qu'ils nous rentraient dedans en hurlant, puis nous nous sommes percutés l'un l'autre. Une fois le tour terminé on est sortis rapide et la voix de Sylvie Vartan, « Qu'est-ce qui fait pleurer les blondes ? », nous immobilisa le temps de choisir une nouvelle attraction, on hésitait à voir les Freaks, mais c'était un spectacle onéreux, alors on s'est décidés pour les lacets de l'enfer. Sous une tente à rayures rouge et blanc on s'est morfalés à toute berzingue une saucisse-frites, une gaufre chantilly croustillante onctueuse faite maison tout en détaillant vite fait des filles aux yeux de biche perchées sur des talons. Ma douleur se consumait tandis que j'appréciais la beauté de la foire, les pacotilles, l'illusion, la vitesse, le danger.

Au pied du Grand Huit se pressait une bande de loulous des plus pauvres, le pantalon retenu par une corde, leur Marcel troué rehaussait leur teint cuivré, ils me rappelaient ceux des bords de mer désolés, les apaches de Montmartre, et de vieilles photos de

Brassaï. Ils s'occupaient les mains à jouer avec des chaînes et des crasseux sans cesser de nous narguer.

— Ne te retourne pas sinon ils vont nous tabasseman.

Je n'ai pas pu résister tant l'un d'eux aux yeux clairs me reluquait.

— Allez viens j'te dis on monte dans le Grand Huit !

Dans le petit train nous contenant tous les deux j'étais à l'avant, il grinçait un peu plus à chaque cran.

— Imagine il se décroche ?

— Tant mieux qu'on crève !

— Arrête la honte, tu fermes les yeux ?

— Nan.

— Regarde bien.

C'était si beau la foire à la verticale, l'ascension magique avec les loulous qui sifflaient, j'en avais la chair de poule. Celui qui me dévorait du regard ne me lâchait pas.

— Ahhhh !

— Ahhh !

Nous criions ensemble et nos voix ondulaient dans le vent, mes cheveux frappaient le visage de Christian.

— On fait la Grande Roue après ?

— Of course…

Les loulous en guenilles étaient encore là, ils nous talonnaient, tout juste si nous avons pu rentrer calmement dans le manège. Ils sont montés aussi, de-ci de-là bien disparates, prenant rudement possession des nacelles. Lorsque le manège atteignit son point culminant pour s'immobiliser nous avons crié. Vu d'en haut, notre quartier se découvrait tout entier, le bois de Vincennes, le musée des Colonies, le zoo, Paul-Valéry.

— C'est génial on voit jusque chez moi rue de Fécamp et la place Daumesnil.

Les loulous sautaient d'une nacelle à l'autre, jouant aux orangs-outans, il y eut un gros coup de sifflet, le propriétaire muni d'un porte-voix s'exprimait :

— Et les zouaves là-haut, je descends plus le manège si vous continuez… compris les gars ?

D'un coup la lumière s'est éteinte, bloqués dans l'air, nous admirons tout notre saoul le trafic des forains et l'arrière des caravanes, les portes ouvertes sur des intérieurs miteux et éclatants laissant échapper des femmes, des enfants et des chiens pelés.

— Un petit marteau quand on redescendra du ciel ?

Christian me proposait le manège le plus dangereux.

— T'es ouf mon vieux t'es ouf ouf.

— T'as les chocottes ?

— Nan.

Au bout d'un temps infini à se cailler les miches, les loulous se sont assis permettant à la Grande Roue de redescendre.

— Tu les ignoraresses chérie…

En bas, ils nous ont emboîté le pas en poussant des cris de chacals affamés. L'atmosphère de la nuit si magnétique, on s'est pris la main. L'air était si doux.

— Ziva cocotte… !

Au bout d'une allée sombre donnant sur le bois se profilaient une grue et ses deux cages, c'était le Marteau, le manège à sensations extrêmes, une exclusivité réservée aux durs de durs.

Une corne de brume indiquait la fin du tour et lorsque le premier client descendit de sa cage métallique, il tituba et s'écroula, les badauds qui les regardaient la gueule ouverte émirent un murmure sourd d'essaim d'abeilles. Christian me lisait une pancarte :

— Interdit aux mutilés de guerre, aux femmes enceintes et aux cardiaques…

— J'ai plus envie !

— Tu te dégonfles ?

— Mais non.

— Ah quand même, on aura essayé, il faut tout essayer à fond…

— C'est ça… avance…

Le loulou aux yeux clairs me pourléchait du regard, épaté par mon audace.

— Let's go.

Je suis montée la première on ne pouvait qu'être seul dans la cage. Un homme tatoué d'une sirène à l'épaule m'a fermement attachée avec un harnais de cuir pour mieux claquer la porte. Sur les parois cabossées des insultes. Partout il régnait une odeur de pisse, de merde et de vomissures.

— Adieu Berthe c'est fini ma fille tu vas mourir ! hurlait Cricri.

— Ferme ta gueule ! Je veux plus !

Christian se marrait. La cabine a décollé de terre me propulsant vers le ciel avec une violence effroyable. Ma cage s'est immobilisée tout en haut, en bas les gens retenaient leur souffle, en fermant les yeux pour ne plus voir, j'ai quand même vu le dos rond de Christian dans son cachot. La descente si brutale qu'elle faisait mal dans la poitrine et mes jambes et mes bras qui s'échappent comme des bouts de barbaque et ma grolle qui se débinait et ma boucle d'oreille qui s'envolait.

— Putain nooooonnnn !

La force centrifuge m'a catapultée vers les étoiles, envoyée valser contre la paroi, mon dos, ma nuque recevaient un grand coup pathétique.

— Au secours Eva !!!

J'ouvrais les mirettes pour voir Christian à l'autre bout, il hurlait dans sa petite boîte.

— C'est l'horreur… Jamais plus !

Et à nouveau projetée encore plus vivement vers le sol à cause de l'emballement du manège, j'eus encore plus mal mes membres devenaient violets et ma peau en vaguelettes frissonnait et toute la camelote qui brinquebalait avec cette formidable impression que tout va se détacher dans un grand boum ! Paf, vraoum padaboum ! Le marteau repartait vers l'atmosphère et à nouveau le supplice tout l'intérieur de mon ventre m'est remonté dans le nez et m'est ressorti en dégueulis la chantilly, le magma de frites.

— Nooon… !!!

En passant près du sol mes jambes bleues et flageolantes se sont écrabouillées contre les barreaux de la cage, toute la machinerie craquait et il y eu des crépitements de flammes léchant les poulies et les spectateurs ébahis criaient « hou » « han » et ça grimpait, grimpait pour chuter vers la mort le néant la fin du voyage. Mon cœur battait à tout rompre, je suffoquais dans ma bouillie, j'en bavais et j'ai eu peur que mon cerveau se décolle et que mes yeux sortent de leurs orbites et tout devenait flou et tout me brûlait dans une grande puanteur copulante.

— Vacherie !

Je suis descendue du manège la première le visage barbouillé de larmes, de boustifaille. Christian zigzaguait les mains en avant, les yeux fermés, les loulous nous mataient sans broncher, celui aux yeux clairs s'est renfrogné comme un poing. Christian s'est rué illico sur une caisse, je l'ai rattrapé, nous suffoquions, c'était terrible comme on pouvait suffoquer à deux. Et dans un mouvement spontané nous avons plongé ensemble dans l'herbe kaki.

Le scandale en moi était présent sur le boulevard, dans les cafés, la nuit, dans le métro, sous les toits en zinc, dans mon verre, sur mes ongles, à Saint-Germain tandis que j'arquais acoquinée de Cricri et de Vincent si gais et joliment accoutrés de couleurs vives et éclatantes de vestes à rayures et de chemises à petits pois. Mais tout le scandale ne m'empêchait pas de me faire cette belle réflexion : le seul moyen d'éviter l'horreur de l'horreur est finalement de s'abandonner à elle. Rue Jacob, Nico et Garrel main dans la main marchaient en serpentant sur le trottoir, elle était maigre, défoncée, la gueule décavée, elle nous a bien ignorés.

— Elle fait peur, a dit Vincent.

J'ai répondu :

— C'est dans son strict intérêt !

Ils se sont poilés. Plus nous rentrions dans les entrelacs des ruelles sentant tantôt le pain bis ou la fiente de tourterelle, plus se détachaient des murs Edwige et Andy Warhol en affiche de *Façade*

Magazine, exactement là où dans le passé, Edie Sedgwick retournait vers les cieux ses pupilles en tête d'épingle ourlées d'une triple bande de faux cils.

— C'est une star !

— C'est une superstar !

Christian adhérait à l'idée mais avec une pointe d'ironie goguenarde et son regard m'apparut aussi doux que celui d'un bon chien familial.

— C'est la reine des punks, elle est hyper flashante.

J'étais d'accord et j'ai dit :

— C'est même la reine des ténèbres.

Vu qu'ils s'émerveillaient, j'ai été lécher son visage à grands coups de langue, Vincent se tordait et Christian a fait mine d'hésiter.

— Ça sufixaresse tu vas t'empoisoneman !

Christian m'a tiré le bras sous son aile. Rue de Buci on a eu un étonnement à l'unisson en passant devant la boutique de chaussures Sacha, Vincent m'a confessé plein d'émotion :

— Tu te souviens c'est là qu'on s'est rencontrés pour la toute première fois.

— Bande de gogols devant Sacha au secours !

Christian aux aguets s'est retourné :

— Matez plutôt là-bas...

La petite Gigi et une jeune Asiatique en talons aiguilles moulées dans leur Levis attifées de lingerie froufroutante rose et jaune fendaient hautaines la foule des badauds pour s'introduire au Buci.

— J'ai envie de me faire pousser des pattes, vous trouvez que c'est une bonne idée ?

— Pour quoi faire ? demanda Vincent d'un petit air incrédule.

— Pour faire plus keum !

C'était réel que le Christian il avait le format d'un asticot, Vincent éclatait de rire et les gens se dévissaient la tête pour essayer de s'introduire dans nos pensées les plus intimes et moi je comprenais par là que ça faisait déjà un paquet de temps qu'on passait pour des enfants et qu'enfin c'était là une grande injustice. Mon cœur battait fort à cause du monde et du printemps. Dans le zinc, la petite Gigi et la jolie fille asiatique étaient accoudées au comptoir, elles s'accrochaient des pendeloques aux oreilles, avançaient leur pampine rouge, redressant leurs cheveux sur leur tête, se sirotaient du vin blanc comme on boit du thé, à petites gorgées précautionneuses dans une odeur de tasse fraîchement javellisée. On ne savait pas s'il fallait les visiter ou s'étendre l'air crâne en terrasse, on faisait mine de regarder partout et nulle part et j'ai dit :

— J'ai mal aux nougats !

Le serveur est intervenu pour nous demander ce qu'on désirait – Du vin blanc ! Et on s'est docilement assis à une table en terrasse face aux beaux bouquets de roses, de tulipes et de marguerites disposés sur les gradins du fleuriste.

— Oui… J'ai rendez-vous avec quelqu'un mais je me souviens pas avec qui…

Christian soucieux devenait nerveux, un poil grognon.

— T'as un trou ! j'ai dit.

Gêné, il se perdait en suspicion et ses bons gros yeux se fermaient à demi tapant le bitume tandis que Vincent les mains derrière sa nuque tendait son visage vers le soleil.

— Dur !

— C'est agaçant de plus se souvenir !

Vincent souriait ironique histoire de narguer.

— Dis-toi que ça va passer bois ton vin blanc que Monsieur nous sert… tu verras après.

Le vin âpre, un tord-boyaux.

L'Asiatique accompagnée de la petite Gigi sont venues, leurs seins pigeonnant, soudain la petite Justine est apparue les cheveux platine coupés en brosse.

— Mais Justine tu t'es fait la même coupe qu'Edwige ma parole ! hurlait presque Vincent.

— Pourquoi c'est pas bien ?

— Si, mais on voit que t'as copié.

On a rigolé, Justine s'est assise, Paquita a brusquement pilé devant nous avec son solex, elle a rabattu d'un doigt sa casquette.

— Salut la jeunesse et dites les filles ce soir je fête mon anniversaire à la Main bleue ça vous dirait de faire un petit strip-tease sur la scène, je préviens c'est pas rémunéré mais qu'est-ce qu'on va rigoler et faut choisir son propre morceau de musique et l'emmener.

Justine a immédiatement accepté, j'ai dit « oui-oui » et les garçons ont pouffé.

Gigi frimait :

— Moi et Lotus on ne pourra pas on a rendez-vous avec nos papas chéris.

— C'est dommage une fête ratée c'est une soirée gâchée, à ce soir alors !

Nous regardions tous Paquita disparaître sur son solex puis Vincent curieux creusait pour savoir où créchait Lotus et tout en mines étirant ses yeux d'Extrême Orient Lotus nous a dévoilé l'adresse de son logement, c'était chez René Schérer dans le XIVe, elle se plaignait de la recrudescence d'adolescents habitant à plusieurs dans une pièce. Je m'imaginais un ogre enfermant les jeunes gens, un gourou. J'ai dit tout fort :

— Ma parole c'est un tripot ce vieux Schérer, il les enferme tous.

Vincent redoublait en rires et en charmes examinait du bout des doigts la montre-bracelet de Lotus étrangement identique à celle de Gigi.

— Dis Lotus ça vient d'où hein ça doit coûter cher c'est de l'or ?

— C'est mon papa-gâteau qui me l'a offerte.

— T'as un micheton ?

— Et Gigi aussi !

— Et ils sont où ?

— À Lyon.

— Et ils font quoi ?

— Ils sont horlogers ils ont plein de magasins dans le Sud-Ouest mais aussi en Belgique – Gigi parlait avec une voix de cafteuse.

— Vous en avez de la chance, ça c'est chouette hein ?

Justine et moi nous avons échangé un regard narquois plein de sous-entendus.

La petite Gigi s'est penchée tirant son épingle des cheveux, laissant complètement dégringoler sa longue tignasse, posant d'autorité son pied mignon sur le tabouret, arrangeant bien droit le petit cœur de sa chaîne de cheville tout en roulant ses iris noirs de manière sournoise et extatique comme les actrices au cinéma.

— Excusez, on serait bien venues mais le travail c'est la santé.

J'ai balancé à Gigi :

— C'est con il y aura forcément Edwige ton amoureuse !

La petite Gigi a fait une drôle de grimace puis elles ont filé fissa juste un petit *bye bye* de loin et Justine s'est levée et Christian a dit : « Ça y est je me souviens j'ai rencard avec Olive », puis plus personne, que quelques pièces trébuchant sur la table et Vincent m'a prise à part, il m'a chuchoté :

— Tu veux une pointe j'en ai ?

— Non ?

— Si.

Les vécés aux carreaux jaunes refluaient si fortement la Javel, Vincent accroupi m'a tiré une ligne sur le rabat de la lunette des chiottes et on s'est chacun sniffé l'héroïne brune, douce et tendre, et si forte aussi puisqu'en marchant dans la rue nos paupières se fermaient à demi.

Rue Boulard Vincent m'avait prêté pour ce qu'il appelait le strip-tease des mineures le disque de Françoise Hardy *Tous les garçons et les filles de mon âge* et offert un de ses maillots de bain sixties, puis nous avons repris de l'héroïne, tout semblait flotter sous l'aile d'une fée. Main dans la main nous sommes allés à la Main bleue, là nous avons dansé sur un vinyle géant aux reflets d'argent. Edwige paradait masquée d'un bas en résille, elle me braquait armée d'un pistolet futuriste en plastique lumineux.

— Dépêche-toi il faut te préparer !

Paquita m'a harponnée. Au passage j'ai juste eu le temps d'apercevoir la bande danser, Christian,

Apolline, Olivia, Alain, Betty, Philippe Krootchey et même Magic Mike en tête d'une horde de grands Africains en salopette de satin, en cape de velours bordé d'hermine, des tout en zèbre ou en panthère et même impression girafe. Certains portaient des manches plissées en forme d'ailes immenses sortant de leur dos aussi iridescent que des carapaces de coléoptère, au centre de la piste un groupe de filles sculpturales très Foxy Brown rivalisait avec les hommes. Les deejay n'étaient plus des Africains mais Djemila et Serge Kruger. Dans la loge Pierre le brun aux yeux d'apache et Gilles le blond collés serrés comme deux canaris amoureux.

Hélène Hazera, des Tampax accrochés au bout de ses dreadlocks, et la petite Justine les cheveux calamistrés, c'était un strip-tease à trois, on devait se présenter au public en se tenant les mains, Serge et Djemila diffusaient ma chanson. *Tous les garçons et les filles de mon âge.* Avant qu'on se lance sur scène clic-clac, Pierre a sorti son appareil photo pour nous immortaliser. Ma robe vichy rehaussée de jupons me déplaisait et surtout les lumières aveuglantes sur la scène m'empêchaient de voir clairement Edwige qui me pointait avec son pistolet en me sifflant. À poil par-ci, à poil par-là, ça criait de partout. J'ai tout enlevé comme à la visite médicale et dans un désordre des plus grands, mais pas mon maillot de bain, soudain Edwige s'est rapprochée si près, il n'y avait plus qu'elle au monde, Edwige.

Eddie chérie

Elle m'emprisonnait dans ses bras d'airain, sa beauté égalait celle d'une divinité teutonique, sa mystérieuse mélancolie à jamais solitaire, celle des prisonnières, sourdait à travers sa chair et sa puissance vagabonde dans laquelle je me reconnaissais dépouillait sa valeur esthétique, elle tremblait. Mes pieds contre les siens et ma tête entre ses seins, toutes deux allongées, habillées et frissonnantes dans le petit lit une place de son salon. Son regard fiévreux de féline reflétait l'insondable, l'illumination et la misère, l'apanage des drogues dures. Elle s'échappa d'un coup, furtivement se déshabilla, plia chacune de ses fringues de garçonne et les rangea sur une des chaises de bistrot. Je remarquai sur sa jambe une fine flèche tatouée qui me déplut. Elle habitait depuis peu rue des Blancs-Manteaux, dans l'ancien appartement de Pierre et Gilles qu'elle partageait avec Éric, absent à cette heure de la nuit. L'unique ampoule enveloppée d'un carton propageait un halo cubique, les murs peints d'un beige de communale d'autrefois s'écaillaient, la table recouverte d'une toile cirée africaine achetée à Barbès, le fauteuil défoncé et ses quelques menus objets contenus dans des boîtes en fer-blanc ne semblaient pas lui appartenir – détenir des biens matériels n'était pas dans son caractère et elle ne m'en plut que davantage. Il n'y avait là finalement de place que pour des émotions magnifiques qu'un souffle peut crever. Envie d'un verre d'eau. Sa chambre-salon communiquait avec une minuscule cuisine dont la vue donnait sur un puits de lumière crasseux renfermant une bouche d'aération où voletaient accrochés des sacs en plastique. Nos corps nus se sont rejoints dans la fadeur de la nuit, ses lèvres ont embrassé les miennes, sa main s'est posée sur mon ventre et puis sa langue a léché mon sexe, je l'ai caressée, mal, soudain je l'ai sentie se raidir et nos soupirs se sont étranglés. Le matin elle m'a servi un café noir dans sa cuisine, elle était nue sous son peignoir et cafardeuse avec ça, elle s'est admirée dans le miradou. Au loin une invisible poussait la goualante et un unique et flamboyant rayon de soleil me disait : nous sommes tous des misérables.

Olivia m'a ouvert la porte, elle mâchait un bâton de Zan qu'elle oublia sur un livre de Mallet-Stevens gisant sur une table en verre, Dédé était visiblement absente, elle prit un air distant :

— Galère ! Maman me dit que la futilité peut consoler de tout c'est amusant… Tu me montres ta pince- monseigneur ?

Je lui ai montré la pince qui coupe tout.

— On va jamais arriver à piquer un solex avec ce truc c'est juste pour couper les petits fils électriques…

Puis un sourcil redressé elle est partie au fond de l'appartement pour revenir avec une scie, qu'elle a sèchement enfermée dans un cabas tartan. Curieusement ses traits m'apparaissaient pointus comme les femmes dessinées par Jacques Faizant. Dehors c'était la nuit, Olivia a fumé sans arrêt durant tout le trajet. On a marché dans le silence des mauvais coups jusqu'en haut de la rue d'Assas. Rien que le martèlement de nos talons tapant sur le bitume. Dans cette partie déserte du quartier se trouvaient attachés aux grilles du Luxembourg quelques vélomoteurs. On a sorti le matériel de nos sacs, elle la scie et moi la pince et malgré tous nos efforts réunis, ni l'une ni l'autre n'arrivions à couper le moindre antivol. Dégoûtée, elle est repartie sans me faire de bise ni me prêter attention. Ce retrait conférait à la scène une véritable unité. Après, j'ai erré en pensant à l'exil. L'arc poudreux des nuages dans le ciel faisait comme une gigantesque déchirure.

— Vos papiers mademoiselle ?

— Je n'ai pas de papiers.

Le policier m'a embarquée dans le panier à salade, derrière les vitres grillagées la ville paraissait retrouver curieusement son équilibre. Un couple avec une poussette d'enfant, la librairie Shakespeare and Company, Notre-Dame et son parvis, les péniches sur la Seine. L'autre vie avec ses rues claires et agitées. Enfermée dans la cage du commissariat des Halles, à côté de moi se trouvaient deux types dont l'un soupçonnait l'autre d'être une donneuse et le menaçait de le taillader à coups de lame de rasoir avec de la merde pour l'infecter. Puis ils ont discuté en javanais et n'y comprenant rien, je repensais à Edwige à son corps à son odeur qui me manquait. Je regrettais de ne pas avoir su lui faire l'amour correctement pour la faire jouir cette nuit dernière et en fermant les yeux, l'espace de quelques instants, je nous vis allongées sur l'étendue d'une prairie verdoyante, le ciel au-dessus de nos têtes, nous tenant par la main. Deux tapineuses énervées et habillées en matière plastique ont pénétré dans la cage. J'essayais de trouver un semblant de repos, le front contre le mur, j'eus le sentiment troublant d'être faite pour cette vie-là. Mais de quelle vie s'agissait-il ? Au petit matin Irène est venue me délivrer. En sortant du commissariat elle me disputait, de fuguer sans papiers avec de surcroît sa pince-monseigneur lui servant à fermer correctement l'eau de l'évier de la cuisine qui fuyait, de la rendre inquiète.

— Est-ce que Christian peut venir avec nous à Mykonos ?

Elle ne m'écoutait pas pourtant je répétais par-dessus ses paroles :

— J'ai jamais eu d'amis, j'ai jamais eu d'amis, j'ai jamais eu d'amis, j'ai jamais eu d'amis, j'ai jamais eu d'amis, c'est mon ami !

Les tourterelles s'envolaient dans le ciel gris de Paris.

Et puis, aussi démunie que moi, elle a dit :

— Oui, oui bien sûr, emmène ton ami !

— Tu parleras à la mère de mon ami ?

— Oui je lui parlerai.

Bette lisait *Junky* de William Burroughs, l'histoire d'un drogué qui ne pense qu'à sa drogue. Le côté extatique répétitif en ligne de basse était pur, sonnait drôlement juste. Dans la salle de bains Philippe Krootchey rasait au rasoir électrique la nuque d'Edwige tandis qu'Éric la dessinait. Punaisée sur le mur, une photo jaunie d'une Chevrolet Bel Air me renvoyait à Gene Jungle envolé à jamais pour la Californie. Vincent a déboulé de son studio Berçot, il s'est précipité vers la fenêtre pour l'ouvrir :

— On devrait aller nager à la piscine Deligny il fait si beau, elle flotte à l'air libre sur la Seine, elle est bleu blanc rouge 1950, ça nous ferait du bien ?

— Pourquoi pas un peu de bronzette…

Bette toujours prête à se la couler douce. Edwige me regardait en coin à travers le miroir de la salle de bains et dit de son ton de canard :

— Dacodac.

— À quoi tu penses Eva tu te radines… ?

Et j'ai filé avec Vincent. Dans les ruelles claires, le soleil anormalement fort me rappelait que le bonheur existait. Le plan de Vincent consistait à s'incruster dans un cocktail privé chez des banquiers, des grands collectionneurs d'art de la haute société. Boulevard Saint-Germain, on a rejoint Christian et Olivia rue de Seine, ils étaient parfaitement habillés, elle d'une robe Courrège et lui d'un costume étroit. Dans l'hôtel particulier se trouvait une flopée de ministres en grande pompe, il y régnait une chaleur accablante, les murs couleur aubergine, les dorures Louis-Philippe, les petits-fours trop crémeux et le champagne tiède nous ont vite écœurés. Des cheveux laineux de Christian s'échappaient de grosses gouttes de sueur. Un jardin intérieur diffusait une lumière d'aurore, où s'agglutinent des femmes trop coiffées assises sur du mobilier en rotin laqué blanc, elles nous dévisageaient et une rage indicible, une violence sourde m'a brutalement envahie. Les hommes sentaient cette fureur surgir, inquiets ils s'écartaient sur mon passage, nous déambulions comme hypnotisés, Vincent excité en ricanait de plaisir. Une bande de fifties s'était invitée, ils s'extasiaient devant les bibliothèques. Tout s'accélérait comme dans un film de Mack Sennett. Au premier étage, Vincent étalé sur le lit des propriétaires vidait à toute allure les sacs, les poches, à la recherche de quelques billets, Christian guettait et Olivia en retrait dégustait un sandwich triangle au cresson de fontaine, tandis qu'accroupie derrière le rideau, je déféquais, quelle joie ! La maîtresse de maison est apparue et s'est statufiée, on a pris la fuite. Cachés en boule, serrés sous un porche adjacent, nous l'entendions convaincre son mari, elle accusait à notre place les fifties.

— Hyper craignos, c'était moins une, j'te dis pas le coup de bol…, a dit Christian.

Nous avons détalé, Paris semblait se soulever sous nos pieds tant nous étions gais et les hommes se retournaient vivement sur mon passage.

Ce soir-là la Coupole à demi pleine reflétait une ambiance d'hôtel à mystère. Notre maigre butin nous permettait de nous offrir un bon dîner et quelques taxis. Christian insatiable scrutait la clientèle et dans le fond vers les boiseries une grande femme la peau sombre la tête rasée jouait à onduler ses bras et en se redressant se décupla.

— La black incroyable, les guiboles géantes !

Christian médusé.

— Où ? demandait Olivia.

— Là, avec Jacques Chazot !

Vincent intrigué.

— Oui… Mais on dirait un homme, elle me dit quelque chose.

Vincent cherchait mais ne trouvait pas.

— Elle est connue ! Oui !

Christian, catégorique, opinait du chef.

— C'est une danseuse du Moulin-Rouge, elle est partout sur les affiches dans Paris !

Je criais presque.

— Absolument c'est Li-sette Ma-li-dor, souriait Christian, vainqueur, voilà c'est Lisette Malidor ! Elle est vachement bien !

Nous avions insisté auprès du serveur pour avoir une des tables sous la rotonde de la Coupole au fur et à mesure que nous avancions des mains joyeuses s'agitaient dans notre direction.

— C'est Gigi et Lotus !

Vincent frétillant a pris les devants.

Gigi et Lotus entouraient un homme corpulent chauve faisant bombance d'andouillettes.

— Alors tu nous le présentes ?

— … C'est lui mon horloger, a dit Gigi.

— Bijoutier ! a rectifié le michton jovial.

Gigi le bécotait je n'osais pas questionner Lotus sur son sugar daddy qui était sans doute le même.

— Asseyez-vous tous autour de moi là, et trinquons à Gigi et Lotus !

— À Gigi et Lotus !

Chaleureusement nous avons trinqué et bu, fièrement il a sorti son portefeuille pour distribuer à chacun d'entre nous un beau billet de cinq cents francs qui nous a réjouis, nous l'avons tous embrassé.

— Merci papa !

— Le roi de la montre-gousset !

— Merci !

Un homme ivre à grande bouche, les narines frémissantes, nous lorgnait tout en titubant gentiment.

— Oh François ! a dit Vincent et immédiatement l'homme a chuté de tout son poids sur une chaise.

— Rébou, dit Christian.

— Larsou, j'ai dit.

— Geuleta !

Vincent me pinçait le bras et le papa qui saisissait le verlan me clignait de l'œil et François grognait mollement entre hystérie et méchanceté.

— Vous en avez fait de belles tous les trois j'en viens de chez les Rothschild... Ah là là, mais avant j'étais dans un endroit bien plus exquis et totalement divin rue de Constantine un hôtel qui a appartenu à la comtesse de Fitz-James qui a très bien connu Charles Haas, qui figurez-vous, a pris une place incroyable dans la littérature, car Charles Haas c'est Swann, il fréquentait le Jockey club et était l'ami du prince impérial et du prince de Galles, eh !

François jeta d'un coup brusque son whisky qui s'étala en flaque sur sa chemise car il avait raté ses lèvres, nous l'observions alors il émit dans un silence incommode un petit *pop* discret, un bruit de bouchon de champagne des plus curieux.

— Mais personne ne vous demande de lire Proust mes pauvres enfants !

Il s'insurgeait d'un ton mêlé de mépris complet et de commisération puis Vincent nous entraîna dans son rire le questionnant du regard :

— Bon et alors et après qu'est-ce que tu as à nous dire François ? Parle !

— Oh… je suis passé dans cet endroit charmant, cet îlot parisien du côté de la rue François-Ier, là où jadis il y eut chez la comtesse Laure de Clermont-Tonnerre le fameux bal persan qui eut sur la mode une influence des plus considérables, surtout chez Paul Poiret, et quand je pense qu'à deux pas se trouvent toutes les petites mains de Christian Dior et ses mannequins… Et puis Balmain, formidable Balmain, il a longtemps occupé l'hôtel d'un comte Walewski, et puis c'est toute la Pologne n'est-ce pas, le prince Lubomirski.

François jeta un regard confit de sous-entendus à Lotus et Gigi qui se poilaient…

— Et cætera, et cætera… et de la Pologne on passe à la Roumanie, hein petite oie, je parie que tu ne connais pas le prince Stourdan, toi la Ionesco ?

— Nan, ai-je répondu.

— Toutes des écervelées !

— Monsieur veuillez quitter cette table !

Et François glissa pour mieux s'effondrer sous la table.

— C'est qui ? ai-je demandé.

— François Baudot un directeur artistique…, a répondu Vincent. Un copain de Philippe Starck.

— On va danser ?

Christian debout prêt à en découdre avec la nuit nous attendait de pied ferme sur le boulevard de Montparnasse, il avait plu, presque rien, le bitume renvoyant sa fraîcheur.

Devant la Main bleue une foule intrépide, beaucoup de blancs impatients de se mêler aux noirs. Une grande femme rousse en robe Yves Saint Laurent de crêpe jaune canari, une autre en fuseau de sarong vert scarabée et des smokings portés sur la peau nue et partout des petits pages de velours noir en chapeau tambour et escarpins à boucles Richelieu. En passant je remarquai plus aisément les visages maquillés presque phosphorescents des bourgeoises sorties des beaux quartiers, des Américaines agglutinées jasant très fort entre elles, dans la ferme intention de passer un *wonderful evening*, parmi quelques transgenres je crus reconnaître Holly Woodlawn impossible de franchir le mur humain.

— Galère !

— No way !

— On n'a qu'à faire les nab's !

Vincent s'accroupit le premier et comme des gamins intrépides on s'est habilement ratatinés pour se faire encore plus petits et se faufiler en rase-mottes à toute berzingue entre les guiboles et les pignards jusqu'à la porte où, d'un coup, l'on a surgi devant Paquita qui entamait une carrière d'hôtesse de luxe. Elle nous fit entrer devant les gens furieux, criant à l'imposture en demandant à ce qu'on retourne dans la queue derrière eux.

Partout du monde, une myriade de jeunes hommes au pied des escaliers créaient un embouteillage autour de Karl Lagerfeld les cheveux longs en lunettes noires, il était encore plus gros que sur une des photos de Newton où il pose en talons hauts moulé dans un maillot de culturiste 1900. La piste enfumée transformée en boîte à sardines et une nouveauté, des cages pendant au-dessus de nos têtes avec à l'intérieur des gogo-danseuses de toutes les nationalités.

— On n'arrête pas le progrès, a dit Christian effaré.

Fascinée je contemplais le corps des filles à moitié nues et ils ont déguerpi direction la cabine du deejay où Serge Kruger et Djemila en robe de latex claquaient des doigts face aux platines. Les Africains élégants s'adonnaient sans restriction à la musique de Eddie Harris ils dansaient avec les blancs – attraction ! Edwige en pull cagoule noir et fuseau de ski se déhanchait avec Freddy.

— Soixante à mort, j'ai pas de remords baby... qu'est-ce que tu veux hein ?

Edwige jouait à m'ignorer.

— Bah rien !

J'ai fui vers le bar comme dans un trou noir pour y descendre des Get27. Au loin, de hautes découvertes bleutées telles des ailes de scarabée, de ceux qu'on trouve sur les charognes, s'élevaient de deux côtés, comme ces espaces mis en scène dans les jardins chinois qui permettaient aux hommes d'apparaître et de disparaître élégamment des backrooms. Les heures s'écoulaient et tandis que je dansais mes pensées retournaient dans la grotte de Rome, à la prédiction mystérieuse de la femme en sarong dans le jardin de Dado, à l'amour que j'allais un jour rencontrer. Où était ce beau garçon ? Pierre et Gilles remontaient rapidement les marches vers la sortie. Christian m'a prise par surprise pour mieux m'entraîner sur le terre-plein. Au bout, un bus siglé la Main bleue, les night-clubbers grimpaient dedans.

— C'est quoi ?

Christian haussait les épaules.

— Une navette spatiale qui part toutes les heures, elle nous emmène place des Victoires… Au cas où on veut aller danser au Sept…

Au volant du bus, Jean-Louis George, dont le père était ministre à Saint-Domingue. Edwige s'était paraît-il mariée avec lui au Royal Mondetour afin de lui obtenir ses papiers, il souriait les cheveux gominés l'air sympathique. L'intérieur entièrement bleuté, un fin trait saphir courait le long des porte-bagages. On entendait sortir des enceintes un train en marche à travers l'Europe et des voix de robot chanter *Trans-Europe Express*. Gilles embrassait Pierre, Médélice le dealer, la petite Justine. Pacadis et Maud s'ignoraient, Elie et Jacno narcissiques et beaux cherchaient une place. Quelques couples, beaucoup de solitaires. Edwige désespérée visait les immeubles en béton et les derniers arrivants.

— On se croirait en apesanteur ! j'ai dit tout fort.

Edwige s'est ruée vers moi et m'a soulevée à bout de bras.

— Attention tout le monde voilà les cochons dans l'espace !

Elle m'a jetée de toutes ses forces en l'air, mon corps est tombé lourdement contre le siège pour s'étendre lourdement au sol.

— Putain tu m'as fait super mal !

Les passagers riaient si fort, j'aurais voulu la cogner mais je tremblais trop pour esquisser le moindre mouvement et Edwige s'était carrément installée près de la bête humaine qui criait :

— T'es trop drôle Edwige, c'est trop bien, t'es trop méchante, je t'aime trop ma chérie !

Edwige a souri de son beau sourire d'ange maudit.

Le bus a démarré, Montreuil si sombre avec Kraftwerk, c'était l'Allemagne. Christian assis devant avec Olivia, à côté de moi, Vincent élevait exprès la voix :

— Alors Eva, il paraît que t'as couché avec Edwige ?

— Ouais.

— Et c'était comment ?

— Bah franchement j'sais pas !

Le bus entier a rigolé ça n'en finissait plus et puis Jean-Louis, plein d'ironie et d'imagination, nous a décrit Paris micro en main.

La toute petite chambre de Mamie était étouffante. Elle ne dormait plus depuis que j'avais tambouriné à sa porte en pleine nuit et retrouvé mon lit de camp. Elle se tordait les mains d'inquiétude, elle rôdait tel un fantôme entre le lit et sa fenêtre craignant que la guerre recommence. Au fond je ressentais un tel désamour, le chat Bulle a sauté sur mes genoux alors n'y tenant plus dans l'obscurité profonde je l'ai attrapé par la queue et tourné au-dessus de ma tête. L'animal miaulait et s'agrippait à mes mains, sortant ses griffes pointues, mais je redoublais mes tours comme les manèges à la Foire du trône et puis je l'ai balancé de toutes mes forces contre l'armoire. L'animal a hurlé de douleur et Mamie s'est agenouillée. Les mains jointes, elle a prié pour moi dans l'obscurité j'entendais « *dumnezeul meu Salvează acolo Eva Eva* ».

Ultra lux

Les rues blanches et noires hostiles et politiques me parlaient sans rien me dire de précis, je devais réfléchir, répondre, agir, il en allait de ma responsabilité. C'était la ville avec les mots qui tuent. Je ne voyais de salut que dans la poésie. Un double de moi-même pouvait apparaître, j'entendrais ses pensées. Je me suis adossée contre une porte, du trottoir montaient des odeurs de remugles et de riz cantonais.

— Regarde la beauté divine de ce jeune mortel…

Christian vêtu d'un tee-shirt rose fluo papillonnait des cils.

— Ma mère est d'accord pour me payer les billets pour Mykonos, c'est presque sûr.

— Génial !

— Je vais faire des photos avec Plastic Bertrand pour *Podium* je suis dans un Caddie et il me pousse… je suis payé.

— Non ?

— Si, come on baby !

Passage des Bourdonnais au bout de l'impasse, la galerie Samia regorge de monde, Edwige plastronne en chemise western rouge, il y a Titus, Blaise, les gens de *Façade*, Djemila, Betty, Vincent, Joël, Alain

Pacadis, Yves Adrien, la petite Gigi, Marie France, quelques nouveaux philosophes, Nico avec Udo Kier qui me snobe à mort même si nous avons joué ensemble dans *Spermula*, des rockers, des Américaines, les mêmes qu'à la Main bleue entourent Andy Warhol qui se promène un polaroïd autour du cou et partout des grands portraits d'Andy. Dans quatre jours il y aura l'exposition d'Andy, *La Faucille et le Marteau*, chez Templon rue Beaubourg, il est vraiment partout. On ne pense qu'à Warhol il est le centre du monde. Des flashs, il prend des photos d'hommes et de femmes si respectueux qu'ils continuent d'errer dans la galerie comme si de rien n'était, ils sont à la disposition d'Andy. Nous sommes tous ses groupies. Je tourne autour de lui, alors que je m'apprête à partir, il me prend en photo avec son polaroïd et détourne immédiatement son regard vers quelqu'un d'autre, c'est merveilleux.

Christian tenait à faire bande à part, s'extasier de la grande vie en terrasse d'un café rue Jean-Jacques-Rousseau. On a tous bu un verre sans assez d'argent pour régler les consommations.

— On n'a qu'à payer en nature ?

La proposition de Paquita restait en suspend.

Betty chantonnait en boucle « soixante à mort j'ai pas de remords » elle insinuait avec une pointe de malice pousse-au-crime que Médélice le dealer passerait lui rendre visite tout à l'heure. Vincent suivait des yeux le serveur à bacchantes se reculant avec son balai dans l'arrière-salle. Personne dans la rue, personne en terrasse.

— C'est le moment !

On s'est tous débinés en courant, les jambes au cou, le serveur nous pourchassait, Christian prit la fuite dans le passage Véro-Dodat, là où je l'avais vu surgir mystérieusement pour la première fois et là où des années plus tard par un des plus grands hasards de la vie il ouvrira sa toute première boutique de chaussures.

En arrivant chez Irène, il n'y avait qu'à pousser la porte, c'était un capharnaüm, un bordel incommensurable, des coussins et des livres de Claude Simon, de Mandiargues, de Breton jetés à terre, des godemichets pleins de traces de rouge à lèvres sur des étagères, les miroirs sales recouverts de dentelles mitées, partout des cartes postales érotiques et dans le couloir au milieu un sac de course d'où jaillissaient des tomates écrabouillées me communiqua l'impression d'un accessoire raté en vue de jouer dans un spectacle et préparé par un être incapable de se contenir. J'entendais Irène expirer dans sa chambre. J'entrepris de me glisser dans ce qu'elle appelait son salon lumineux, autour de mon corps voletaient des milliers d'infimes particules de poussière, l'axe sur quoi tourne la Terre selon certaine cosmogonie indienne, je me suis laissé happer par le rien, une part de moi-même s'est évadée dans l'inconnu : paf ! Elle criait :

— C'est impossible ! C'est impossible ! Evaaaa ???

J'ai franchi le seuil de sa chambre mortuaire son sanctuaire et elle a extirpé d'une de ses poches une vilaine lettre bleue émanant du procureur de la République.

— Pour un coup, c'est un coup ! a-t-elle dit agenouillée, essoufflée. C'est grave, c'est la justice et c'est pour nous !

— Et ?

— Et je ne vais pas l'ouvrir, j'ai peur de ce qu'elle contient… tu comprends j'ai très peur !

Nos cœurs battaient très fort, ils n'ont jamais battu aussi fort ensemble, c'étaient des gros cœurs et ils se touchaient en emplissaient la pièce.

— Ouvre qu'on en finisse !

Elle est partie se cacher avec la lettre dans la salle de bains, comme on va se cacher en coulisse pour faire une farce alors je me suis assise sur son lit et j'ai regardé le plafond m'imaginant le ciel.

— Je suis appelée au tribunal pour enfant, une femme va venir faire une enquête sur toi et moi et… ah là là !

— Eh ben, crache le morceau !

— C'est gens-là sont des flics, il faut faire gaffe ils sont capables de tout !

— Ah ouais c'est de ta faute, c'est toi qui as façonné tous les méfaits dans lesquels tu veux me faire tomber, les photos érotiques, les films pornos, c'est toi la maquerelle !

— Pauvre fille, tu ne sais pas ce qui t'attend si tu continues à me piétiner… Ils vont venir et te mettre en prison et ce sera fini tu seras sous les verrous. Il faut te taire, t'entends ? Surtout tu leur dis rien ! Ils prétendent qu'ici je fais des messes noires mais toi tu sais bien qui je suis, que tout ça n'est que du théâtre et qu'on veut m'assassiner !?

Je l'ai regardée bien droit dans ses vilains yeux marron et j'ai hurlé pour que tous les gens qui sont dans sa tête et même au-delà entendent :

— Qu'ils viennent m'en fous, la mort j'ai pas peur ! Et toi regarde-moi. Toi, oui, toi, regarde-moi bien !

Elle a soulevé ses paupières, lourdes d'ignominie.

— Pourquoi tant de récriminations envers moi qui t'ai sanctifiée ?

— Ferme ta gueule et retiens bien ce que je vais te dire. Tu vas crever la vieille et rôtir en enfer !

— Où tu vas ?

Je suis partie, je ne pouvais en aucun cas rester avec cette femme, je ne sais plus exactement où je suis allée, je me rappelle m'être endormie seule sur le tapis rouge d'un escalier de fortune.

Avant les douze coups de midi je me suis pointée chez Christian, il s'était construit un chou-bang avec une bouteille d'eau en plastique et une forte odeur de musc régnait pour masquer celle plus pugnace et entêtante du haschich. On a aspiré la fumée et l'eau glougloutait gentiment en écoutant les Rolling Stones *Sympathy for the devil*, à mon grand regret il ne détenait pas de vinyles des années 30, 40 ou 50, il assimilait mon goût pour le passé à une nostalgie « un poil claustro », qu'il comprenait même si ce n'était pas le sien. Il appréciait pourtant les femmes totalement figées dans le temps, il y voyait une belle forme d'ascèse comparable à une sculpture vivante et même fascinante, mais pour un homme quel intérêt ? Il ne s'imaginait pas devenir rocker ou dandy. Cette affirmation me blessait, car il n'était pas sans savoir que je les aimais. Parce que je le suppliais il collabora à l'élaboration de ma choucroute, il recouvrit un pan arrière de cheveux crêpés par-dessus un boudin de crin puis il continua de m'entretenir sur les femmes si sèches et tirées qu'elles n'ont plus d'âge et cita en exemple Marlene Dietrich, la mannequin Zuleika Ponsen, Gloria Swanson, Lee Radziwill, Jane Fonda. Il me peinait volontairement car il savait que je détestais mes grosses joues enfantines, j'aurais voulu ressembler extérieurement à ma femme intérieure.

Je pensais dans le silence qui opposa le futur au présent : « Qu'allait-il rester de nos âmes ? »

— Tu fais la gueule ?

— Nan je réfléchis !

— Et alors ?

— Qu'est-ce tu veux savoir encore ?

La porte venait de claquer, j'entendais des pas dans le couloir, Christian riait anormalement fort.

— C'est quoi ce bordel ? Tu ne vas plus à l'école Christian ? hurlait son père qui tambourinait à la porte sans oser pour autant s'introduire dans la pièce.

Les sourcils de Christian prirent un accent circonflexe outré.

— Dis-moi que je rêve… Il se prend pour qui ?

— T'as entendu, oh !?

Christian a émis un gémissement d'amour, le début d'une chanson de Donna Summer *Love to love you baby*.

— On n'a qu'à faire comme si on trombinemanaresse… Concentre-toi !

Il a commencé à pousser un cri d'orgasme, c'était comme un chant d'oiseau, ensemble on a imité l'amour concentré, intense, l'air d'en avoir plus rien à foutre des autres, alors le père a tambouriné de plus belle avec ses poings contre la porte et Christian s'est marré, ça le soulageait de rire.

— C'est pas fini ce bordel oui ?

L'énervement du père montait en flèche.

— C'est dingue il croit toujours que je suis hétéro !

Dans sa voix sonnait une telle évidence.

— Tu te crois où, à l'hôtel ?

Soudain Christian devint violent.

— Bon, là, il pousse, il est vraiment trop con, on se casse !

On est partis sans dire au revoir à un moment donné j'ai cru qu'on allait tous s'empoigner dans l'entrée.

Nous nous sommes engouffrés au bois de Vincennes avec ce sentiment puissant d'y être restés enfermés, à cause de la scène d'amour simulée qu'il m'a faite, je pourrais en rire et m'en foutre, l'oublier, mais je ne peux pas car l'empreinte est forte et son parfum secret. Au loin les portes du temple bouddhiste étaient ouvertes alors que d'habitude, elles ne le sont pas.

— Tu es déjà entrée dedans ?

— Jamais.

Le soleil trônait dans un ciel azuréen que rien ne pouvait enfreindre, ses rayons d'or et de miel coulaient tel un nectar sur nos corps juvéniles, assis au milieu de la pelouse, il a sorti un stick de sa poche. Mes seins avaient grossi, ils pointaient et je sentais la fraîcheur au creux de mes reins et l'étreinte vibrante du printemps.

— Après celui-là on y va ? Hihi !

— OK.

Les bords blancs du lac, un disque de diamant, quelques joggeurs et le bruissement des feuilles qui me murmuraient : *Éternité.*

— Tu vas t'habiller comment à Mykonos ?

— Des maillots de bain forties et fifties, des robes pour le jour, la plage et d'autres pour le soir, des chaussures, des livres.

— C'est idiot tu devrais partir léger pour voyager après c'est moi qui vais devoir porter ta valise... No way, je fais pas le boy de service. J'espère que ma mère va trouver le reste de l'argent pour le voyage.

— C'est curieux le temps et l'espace : c'est bientôt, mais j'ai le sentiment que c'est hyper loin.

J'étais stone avec la chair de poule et des frissons, sous l'effet des sticks qu'on fumait. Happé par une réflexion, Christian a marché en direction du temple, je l'ai suivi. Le ciel se couvrait de nuages. Nous avons franchi le seuil. Christian était sérieux et soudain quitta sa gravité pour s'étonner du jardin les mains derrière le dos.

Derrière les hautes palissades se trouvait une allée bordée d'arbres imposants, au bout se pressait magistrale la grande pagode avec ses portes mystérieusement ouvertes, tout était désert et m'évoquait le Cambodge, le Sri Lanka et la Thaïlande. Le lieu de culte interdit au public, fantomatique laissé à l'abandon m'effrayait, le ciel s'enténébrait et personne, aucun moine safran.

— Oh l'éléphant !

— Han !

Un grand éléphant en pierre grise tenant dans sa trompe un tronc d'arbre était érigé devant la pagode, plus loin d'autres pavillons spectaculaires et en loques datant de l'exposition coloniale avaient survécu enfouis dans la végétation où il me semblait voir des yeux d'esprit.

— On se tire ?

— Non attends…

Il s'est faufilé à l'intérieur de la pagode et je l'ai furtivement rejoint face à l'immense bouddha de plus de dix mètres.

— C'est mieux que dans mon rêve…

Christian ne me répondait plus et son regard, bridé par la marijuana, se floutait.

— Regarde !

Il pointait du doigt des coussins, des coupelles d'encens, d'oranges et de fleurs, puis s'est étalé sur le sol. J'ai fait pareil et nos pieds se sont touchés. Dehors une tempête s'élevait agitant les arbres et le vent méchant s'infiltrait en hurlant, j'ai eu peur et n'ai plus bougé jusqu'à ce que mon corps s'ankylose.

— Ça caille, disait Christian – il marchait en chaussettes, rôdait affamé autour des oranges et des mangues.

— Tant pis… Je tiens plus, j'ai la dalle !

Il a chapardé une orange, je l'ai imité mais je n'aimais pas les oranges. On est partis en courant pour se cacher dans la guérite vide du loueur de barques, assis dans l'ombre sur le banc de bois il a décortiqué rapidement l'orange du bout des doigts, a englouti la sienne avec appétit.

— Tu la bouffes pas ?

— J'aime pas les oranges.

— C'est débile de la prendre ! File-la-moi, qu'il m'a dit.

En silence je lui ai remis mon orange.

Recroquevillé sur lui-même avec le fruit dans sa main, il n'avait plus rien d'humain. À nouveau, j'eus le sentiment terrible qu'on pouvait perdre celui qu'on aime. Cette découverte terrifiante m'asphyxiait et devenait insupportable au point de ne plus désirer vivre – cette idée m'obsédait. Les barques vides immobiles attachées au ponton et leur ombre qui tourne qui tourne comme les aiguilles d'une montre.

Je poireautais dans la cour assise sur son scooter tandis qu'il se changeait, envie de porter une chemise indienne de brocart puis on a filé à toute allure dans Paris avec la ferme intention de voir le plus de films possible de Russ Meyer en un minimum de temps. C'était rigolo, violent à souhait, bien filmé et choquant. Russ Meyer le réalisateur à la volonté subversive de *Sexploitation movie.*

En sortant du cinéma Djemila marchait à notre rencontre sur le boulevard de Sébastopol moulée d'une robe de velours rouge, elle dégageait autant de sexe et de violence que les actrices de Russ Meyer.

— Je viens d'un pot à *Façade*, c'était génial mais trop tard, c'est fini… Je vous ai pas vus à la fête punk chez Régine… Elle était habillée avec des tas de chaînes et d'épingles à nourrice, la pauvre Régine avec ses cheveux teints en rouge elle fait pitié, vous avez rien raté…

— Il y a quoi à la Main bleue ce soir ?

— T'es pas au courant ? C'est que le week-end, alors il paraît qu'Edwige t'a lancée en l'air en hurlant : « Voilà les cochons dans l'espace » ?

Christian riait.

— C'est bon, ça va.

— Pourquoi ? C'est mignon les petits cochons !

Elle tirait une langue rose et pointue et haletait en rythme imitant le chiot assoiffé.

— Il y a rien ce soir ? s'enquit Christian.

— Henri Flesh met des disques à Campagne-Première, mais ce sera hyper pourave !

Djemila partait sur le boulevard nous avons repris notre marche de notre côté, Christian poussait son scooter. Au fond je n'aimais pas Edwige, trop triste d'un tempérament enclin au suicide, j'aurais espéré qu'avec une fille les baisers seraient plus tendres.

Nous nous sommes promenés sous les arcades de la rue de Rivoli. Christian me citait les noms des grands hôtels qu'il connaissait par cœur. Charlie Chaplin venait de mourir, les rues feutrées, la toile des drapeaux français secoués par le vent me procure l'illusion d'être à bord d'un bateau secret dont nous sommes les seuls à connaître l'existence, à en percevoir les contours invisibles. Il nous mène aux Champs-Élysées, une vague de jouissance m'envahit, je m'assieds sur un banc prétextant que mes jambes n'en peuvent plus, il m'attend. Nous adorons les Champs-Élysées, les cinémas de notre enfance et les grandes dates de la France. J'emmène Christian à l'Astroflash qu'il ne connaît pas. Par un de ces hasards s'y trouve Pierre Bergé faisant la queue, le dos raide, anxieux, désireux sans doute de connaître l'avenir d'Yves Saint Laurent ou d'un de leurs gigolos. Nous rions, il nous repère de son œil acéré. En sortant du passage nous tombons nez à nez sur Joël Lebon, l'ami intime de Thadée, Loulou et Yves.

— Bonjour les enfants, il faudra venir chez moi, enfin chez Loulou rue Jacob boire une coupe un de ces jours, hein ?

— Avec plaisir, a dit Christian.

Pierre Bergé a rapidement pris Joël par le bras, ils sont partis vers une Mini Cooper et nous sur le scooter, ma jupe retroussée laissait voir mes jambes. Et Christian chantait à tue-tête la chanson de Brigitte Bardot : *Je n'ai besoin de personne en Harley Davidson. Je ne reconnais plus personne en Harley Davidson*.

Le Gibus plein à craquer, Johnny Thunders & the Heartbreakers inaugurent la sortie du 45-tours *Chinese rocks*. Une histoire de rêve d'opium écrite avec Dee Dee Ramone, on croise de nouvelles têtes déjà vues, on se dit vaguement bonjour de loin. Un chanteur a le pouvoir de soigner mon âme, de me faire oublier la douleur. En sortant de la salle nous avons l'impression de nous retrouver dans les années 1960, le ciel était rose et bleu.

— On continue !

— J'suis d'accord de toute façon maintenant qu'on est virés du lycée !

— Et du coup à la rentrée ?

— Peut-être le lycée technique de mode…

— Où ?

— Bah derrière chez toi celui entre le cimetière et le musée des Colonies pas glop…

On a grimpé sur le scooter, il a entonné en hurlant la chanson de Brigitte Bardot.

— *Et voici que je quitte la terre, j'irai p't'être au paradis, mais dans un train d'enfer...*

À Campagne-Première, l'ambiance était crépusculaire, la moquette pelée, et la climatisation cassée forçait à ce que les portes d'entrée donnant sur la rue restent ouvertes. Nous avions bu du Malibu, entre les morceaux de musique manquait parfois l'enchaînement tant Henri Flesh, grand et blond avec sa mèche crasseuse, piquait du nez sur les platines. Un Arabe souriant torse nu sous sa veste noire est venu s'asseoir près de nous et prétendait s'appeler Simon Boccanegra, comme l'opéra de Verdi. Il se trimballait avec une femme la tête entourée d'un foulard Hermès. C'était une accidentée une partie de son corps avait subi des dommages. Elle laissait volontiers voir sa chair brûlée sur ses jambes et ses bras. Impénétrable et énigmatique, elle cachait ses yeux derrière des lunettes noires à la Jackie Kennedy prétendant d'une voix atone bien connaître la famille Niárchos.

— Je suis photographe et danseur professionnel !

Simon s'amusait à accuser son accent arabe ce qui nous a bien fait rire :

— Une petite danse tous ensemble pour le plaisirrre ?

Nous dansions tous les quatre sur la piste minable avec au fond de la boîte un bar vétuste aux lumières cassées. Des voyous du XVIe sont arrivés avec des gourmettes en or vêtus de blazers croisés, ils ont dansé avec nous et l'accidentée. Puis sans aucune autre raison que la curiosité, nous les avons rejoints dans un appartement rue de la Pompe. La porte de la chambre à demi ouverte sur l'accidentée, elle se faisait baiser sur un lit entouré de petites bougies. Intrigués par la situation Simon, Christian et moi sommes restés tapis dans la cuisine en attendant de savoir comment les choses allaient évoluer. On s'est descendu en douce la charcutaille et le frometon dans le frigo, mais l'atmosphère malsaine et ramollo qui se dégageait de la chambre commençait à nous taper sur les nerfs, alors nous nous sommes carapatés à pas feutrés. Tandis que Simon fuyait, Christian a grimpé les marches jusqu'à une terrasse dominant Paris. La ville merveilleuse scintillait de mille feux et des nuages de cellophane glissaient dans le ciel étoilé.

C'était un petit matin, après avoir dansé toute la nuit à la Main bleue je marchais à côté de Vincent, Christian, Apolline, Anne sur le terre-plein. Nous attendions avec impatience qu'ouvre la boulange. Partout la grisaille, sur les murs de béton s'étalaient des affiches de Georges Marchais. Soudain un taxi a pilé devant nous, en est sortie une belle jeune fille arabe au visage tribal, à l'abondante chevelure, moulée d'un legging violet. Elle nous ignorait tout en se dirigeant effrontément vers la discothèque sans savoir pour autant où elle se trouvait exactement et on l'a talonnée en rigolant.

— Le legging disco de la mort, regardez c'est : Double-cuissot !

Vincent n'arrivait plus à s'exprimer normalement, il bavait.

— Mais c'est qui ? lui ai-je demandé.

— Bah… Une des sœurs Khelfa. C'est Charles le mec de Djemila, il l'a aidée à s'enfuir de la cité des Minguettes. T'imagine, elles ont toutes fugué, on m'a dit qu'elles se faisaient tabasser et que leur père les jetait aux portes des HP sans même qu'elles aient rien fait…

— Mais non ?

— Mais si !!!

Elle ne s'est pas arrêtée, elle traversait Montreuil pleine d'assurance.

— N'empêche, elle crache ! Super belle, méga flashante ! a conclu Christian à voix basse.

On riait avec la trouille de se recevoir un coup de sa valise dans la tronche.

— Faradiba, j'crois qu'elle s'appelle ! a hurlé Vincent.

— N'importe naouac, a rectifié Christian, Farah Diba, idiot du village, c'est l'impératrice d'Iran ! Elle c'est Farida, enfin j'crois.

Farida est montée dans un taxi en quatrième vitesse, on ne l'a pas revue tout de suite dans Paris. Certains disaient qu'elle avait bravé le danger en retournant à la cité de Lyon pour récupérer ses papiers d'identité que son père lui cachait pour mieux la retenir et d'autres qu'elle créchait les doigts de pied en éventail chez René Schérer au fin fond du XIVe.

Summertime forever

Nous sommes le 27 juillet. Sur la table de l'entrée, gît en boule froissée la lettre du procureur de la République. Ce pli, je le sais, m'est adressé. Il va détruire, empoisonner ma vie. Derrière se cache l'aide sociale, ses armées d'assistantes de psychiatres et ses domaines particuliers dont le nom jusqu'ici flou s'est glissé ce matin dans mon oreille alors que je prenais mon bain : *Protection de l'enfance.* Irène à moitié nue m'a annoncé de sa voix atone : « Si tu continues à ne plus aller en cours et à disparaître dans la nuit, tu vas finir dans un centre d'accueil. » Il est vrai que depuis que j'avais des camarades j'arrivais à m'opposer aux séances photos et à m'y soustraire. Le dessin de Molinier accompagnant *Hôtel des étincelles*, poème de Breton, est percé d'une fleur de métal. En franchissant le seuil de son appartement je sais que j'oublierai ma mère dans le tumulte de la ville, je retiens ce titre qui m'illumine, *Hôtel des étincelles*.

L'avenue des Champs-Élysées est rutilante et de bonne humeur ! Christian m'aide à élaborer ma choucroute sous les arcades du Lido, la laque Elnett nous entête.

— Tu crois qu'on va pouvoir rentrer ?

— No idea darling…

— Sans carton ?

— Grouille, il y aura Jojo la boniche !

On a couru sur les Champs-Élysées. Avenue Marceau, un monde fou s'est déplacé pour assister à la collection haute couture dite « chinoise » d'Yves Saint Laurent. Le soleil tape sur les vitres des fenêtres et renvoie des faisceaux d'opaline couleur du temps. L'atmosphère aérienne et cosmopolite me ravit. Des hommes classiques tout droit sortis de la Cinquième République accompagnent des femmes riches au goût du jour, certaines se sont enchinoisées pour l'occasion et voilà un an que Mao est mort. L'Asie rêvée et les voyages immobiles d'YSL c'est ce que titreront les journaux dans le monde entier, Paris est une fête. Au loin je discerne la figure familière d'une femme aux gros sourcils, Madame Muñoz. Je suis surprise de la voir dans ses fonctions de directrice des studios YSL, je me remémore qu'enfant je me rendais dans son appartement du boulevard Saint-Germain visiter sa fille, Marie, que nous allions patiner aux alentours du Luco, écumer les surplus, et parfois le soir je restais à dîner et toutes les belles filles de l'entourage d'Yves surgissaient si bien habillées. Madame Muñoz répond à mon signe de main mais accompagne Catherine Deneuve vêtue d'une saharienne sable. Les flashs crépitent. La lumière déjà claire, éblouissante est celle d'une bulle de savon, d'un fragment de cristal. Christian captivé étudie plus qu'il ne regarde et me surprend par son sérieux. Zizi Jeanmaire se montre dans une robe impression plume et Paloma Picasso tout en rouge est accompagnée d'un homme portant le chapeau andalou. Il y a Thadée Klossowski, l'amant de Loulou. Il y a tant de monde. On me pince le bras, c'est Vincent en calot et spencer.

— Venez, vite venez ça va commencer vite, vite...

Joël Lebon nous fait entrer au défilé. Nous sommes les plus jeunes. Joël nous surnomme *Les castors juniors*. Andrée Putman est assise, François Baudot qui a beaucoup grossi se plie en deux pour l'assaillir de paroles. Olivia nous a rejoints, nous sommes autorisés à rester debout derrière les grandes personnes au fond après les rangs, les protocoles ici plus qu'ailleurs se font terriblement ressentir. L'atmosphère est électrique, je retiens mon souffle et chaque mouvement des uns et des autres paraît disproportionné à cause du trac qui a tout envahi.

Joël s'avance sans cacher son attirance pour Vincent d'un coup de tête, il jette sa mèche en arrière :

— Il faudra venir chez moi rue Jacob, je viens d'acheter à Drouot un petit tableau de Christian Bérard, une femme sur une plage et ce qui est incroyable c'est que j'ai appris que c'est son autoportrait ! C'est amusant !

— Non ? J'adore Bérard ! Et aussi ses scénographies... bien sûr !

Au loin François-Marie Banier en combinaison de pompiste s'entretient avec une femme en robe noire ornée d'un oiseau qui polarise l'attention et dont la chevelure est ramassée en un énorme chignon surmonté d'une rose.

— C'est Hélène Rochas, elle est incroyable !

— Absolument et là, Jacqueline de Ribes, belle.

— Elles se coiffent chez Alexandre.

— Drôle !

— Ça y est Christian part avec moi à Mykonos !

Le sang de Vincent s'est glacé d'un coup, il a pris une voix guindée et blanche où se lisaient quelques idées d'intrigues malicieuses :

— Vous avez de la chance c'est magnifique la Grèce je rêve d'y aller elle est vraiment gentille ta mère, Christian, de te payer des vacances, elle est incroyable…

Le défilé a enfin commencé. Un peu partout des femmes s'éventent et le froissement incessant des tissus me provoque une vive émotion. Des ensembles damassés de soie rouge et or à la carrure pagode, des chemisiers rouges aux arabesques d'or comme des intérieurs de boîtes de décor en laque rouge. Des manteaux matelassés inspirés de cour bordés de fourrure, des toques de renard, des bottes laquées miroitent, des vestes de mandarin, des robes papillons, des robes dragons et des cheveux gaufrés, des broderies soleil levant, cygnes endormis dans un jardin d'été, aux portes des pagodes comme autant de poèmes invoqués. Des cols Mao, des robes inspirées des années 30 et des fumeries d'opium, de l'empire du Milieu, suscitent dans l'assemblée béate un seul et même tremblement. Du vert, du jaune, du rouge, du bleu, des vestes en satin laquées façons Han, des robes de courtisane et des tissus à la manière des vases d'anciennes dynasties m'étourdissent. Des chapeaux, des jupes sarongs, et encore des robes et des manteaux de brocart d'or et d'autres en crêpe de Chine me font penser à *Shanghai gesture* et à la dame de Shanghai, aux peintures de Delacroix, à des femmes secrètes, à des espionnes sorties de la cité impériale. Les tenues se succèdent et se déploient sans jamais s'arrêter dans une débauche d'opulence et le final est une robe de mariée papillon en soie cloquée qui tourbillonne et Yves sort et tout le monde se lève et l'applaudit dans une grande frénésie. J'imagine les femmes parées dans la nuit, marchant dans les jardins, tourbillonnant dans les fêtes, dans les chambres d'hôtel. Nous nous regardons et nos yeux s'écarquillent et nous prononçons dans un seul souffle :

— C'est beau !

Joël a fini par nous recevoir la veille de notre départ pour Mykonos dans l'appartement de Loulou rue Jacob, il fait très chaud et il y a beaucoup de fleurs, des jaunes, des roses, des bleues et du jasmin blanc odorant. Des rideaux de taffetas et des baignoires lilas, des petits cadres partout exposés sur une table ronde avec Loulou en photo en compagnie d'Yves Saint Laurent, dans des parcs, des intérieurs chatoyants à Marrakech. Joël s'intéresse à la jeunesse, il nous questionne sur nos goûts et nos envies, nos lectures, lorsqu'il parle c'est avec chic, un mélange d'insouciance désinvolte et de gaieté. Vincent admire avec Joël le petit Bérard accroché au mur. Christian et moi dégustons des macarons, les voilages se soulèvent, la chaleur est plus qu'accablante. Joël entraîne Vincent vers une chambre au fond d'un couloir.

— On revient ! lance Joël.

— Let's go, on va pas tenir la chandelle !

Dans les escaliers on croise Médélice le dealer.

— Salut…

— J'ai rien pour toi, je dois tout apporter rue de l'Université.

Il chuchotait les dents fermées. Tout de suite j'ai pensé à Karl et à sa petite bande puisque Vincent m'avait appris qu'il habitait rue de l'Université. Place de Furstemberg, Christian s'est arrêté.

— Sublime, j'adore cet endroit… Tu sais ce type c'est un dealer… il t'en a déjà donné ?

— Une pointe…

— Quand ?

Je ne réponds pas.

— Réfléchis, tu réfléchis pas… si tu réfléchissais un peu, tu ne tomberais pas dans un piège aussi sordide. Ce type il file de l'héroïne aux filles gratos pour qu'elles s'accrochent il les baise à mon avis plutôt moins que plus, il les embrouille et le jour où il a un problème avec les keufs ce qui inévitablement arrivera, paf il te balance…

— Tu crois ?

À nouveau il s'est arrêté et il m'a fait des yeux ronds.

— C'est gros comme une baraque !

Son expression, sympathique, familière, convaincue m'intimidait.

Les affiches d'Edwige et Andy avaient disparu des murs.

— Edwige n'est plus là !

— C'est la vie, un jour t'es là et l'autre bah t'es plus là !

Mykonos

Les souvenirs sont des bijoux précieux que je ne cesse de regarder briller et qui chaque fois me révèlent un éclat différent.

Les maisons blanches et cubiques accrochées à flanc de colline, les cris des enfants, le ressac de la mer et les bateaux navigant sur les flots petits et grands, les yachts de luxe amarrés au port nous intriguent. Le *Prince Youssouf*, sombre et énigmatique, suscite en nous, sans même avoir besoin d'en parler, le goût immédiat, violent et périlleux de l'aventure, de l'infraction. J'entends encore cette ritournelle « *pince-mi et pince-moi sont dans un bateau, pince-mi tombe à l'eau, qu'est-ce qui reste ?* » Christian aime dire *sublime de beauté sauvage*. Tu as appris quelques mots de grec et te lies facilement avec les hommes de la marina. Tu ris de notre courte escale à Délos, l'île sacrée aux bites géantes, le stibadeïon. Je me souviens de la poussière s'élevant en nuée sur la voie des lions, des minuscules femmes en noir et des croix sur leur poitrine et de l'ouzo. Ici les souvenirs d'autrefois m'entêtent et parfois tout se mélange dans ma tête, des membres de toi apparaissent sur le sable clair, tu offres ton corps au soleil et je suis vieille dans mon lit, et ressuscite les mots qui n'ont pas été dits, ceux qui comptent double. Dans la chambre nous sommes face à face devant le miroir ma peau est plus bronzée que la tienne, j'étais là depuis plus longtemps que toi parce que tu t'étais perdu à Naxos, trompé de bus. Nous dormons dans le même lit, cette fois il est tout à fait défoncé par les anciens touristes qui l'ont tant utilisé, il fait si chaud. Il y a un jour de souffrance en hauteur, il laisse échapper les odeurs de café et de halva qui remontent de la ruelle étroite et des larges fenêtres s'ouvrant sur un petit balcon puis l'étendue de la mer plate immense bleu marine frappée par un soleil milliardaire. Nous étions revenus plus tôt de la plage pour faire des emplettes, acheter des babioles et des merdouilles. On est nus j'ai grossi à cause de l'alcool, on se frotte le sexe. Le mien sent fort, tu te concentres sur le tien. On se branle comme des copains. Hier, de l'autre côté de la rue, dans une maison, deux jeunes frères *maricones* se sont branlés les fenêtres ouvertes et après ils nous ont insultés, quelle rigolade. Le besoin que tu rentres en moi, je te le dis, mais tu te retires : « Impossible d'insister j'y arriverai pas, on a déjà essayé ça sert à rien. » Tu as dit ça et je suis partie pieds nus avec mon sac de nylon dans les rues et j'ai couru comme une folle. Je me suis toujours sentie perdue et cette idée d'abandon m'envahit dans cette rue peuplée d'oiseaux bavards : l'amour, le besoin d'être comblée, la prédiction que l'être aimé arrivera, si je ne meurs pas avant. Je suis si souvent passée près de la mort. Mon ami. Toutes ces fois où j'ai failli mourir. Dans le minimarket les lumières scintillent je m'achète de la laque Elnett, pour me fabriquer une choucroute à la Modesty Blaise avec un bandeau noir, inspirée par l'héroïne du livre que tu as amené à Mykonos. Irène et Danièle sont parties laver leur linge, elles se sont effacées de ma mémoire. C'est plus tard, c'est enfin la nuit. Les odeurs de viande, de jasmin et de fioul se mélangent, on a dîné devant des hommes qui ont dansé le sirtaki, on a dansé avec eux et tu adorais leurs multiples pompons colorés et on a crapahuté. Au-delà de la marina se dresse une palissade en bois où vont les hommes, tu me demandes de t'attendre, je m'assois sur un tas de cagettes, je t'attends, je porte une jupe carioca, j'allume une cigarette ça ne marche pas et puis ma carioca prend feu, je me suis roulée dans le sable et tu es revenu.

C'est le jour, nous nageons dans la mer et parlons des aventures de Modesty Blaise le voyage s'écourte, cette perspective nous attriste mais ne restreint pas nos désirs. C'était un autre voyage plus tard je ne sais plus, nous rentrions à l'improviste dans les maisons pour les visiter comme des cambrioleurs. Nous sommes montés sur le *Prince Youssouf* et nous avons volé le sextant et l'avons apporté dans la chambre pour mieux nous l'accaparer et par peur d'être pris en faute tu l'as jeté dans l'eau noire. Sur la place devant le *Prince Youssouf* se trouvait une Rolls Royce. À qui pouvait-elle appartenir ? Je suis remontée sur le yacht en guenilles, les cheveux trop laqués pour me prostituer, ils hésitaient, ils me trouvaient laideronne alors je suis descendue à terre. La nuit les rêves se mélangent dans l'infini. Pierre et Gilles allaient venir sur l'île après notre départ, c'était trop nul de les rater. Je me suis acheté une tunique de bazar *one shoulder* avec une frise grecque.

Lorsque nous sommes arrivés au Pirée le jour n'était pas encore levé et les ombres s'étiraient derrière chaque chose, les palettes de bois recouvertes de filets de pêche et des containers crasseux et les immenses cargos si noirs et mat me forçant à lever la tête vers le ciel étoilé.

— Donne-moi la main Christian.

Le prix du danger

Le seul lycée à m'accueillir était celui de Saint-Mandé, en y allant je passais près du bois de Vincennes et des rues cossues et désertes aux maisons en pain d'épice, aux volets clos – les demeures d'Adrienne Mesurat. Je pensais encore à l'amour, j'étais trop jeune pour être aimée de cet amour dont sont aimées les femmes alors je fis volte-face et m'engageai dans la station Liberté. Rue Léopold-Bellan, Betty était revenue de Nantes et se glorifiait d'y avoir pratiqué tout l'été le tennis, son sport préféré. Elle se promenait svelte et bronzée, en tenue de joueuse sa raquette à la main et portait deux couettes comme la sensationnelle Tracy Austin qui avait soulevé les cœurs à Wimbledon à l'âge de 14 ans. Une petite valise en skaï et tartan pleine de 45-tours gisait ouverte au sol, elle la dédaignait allant jusqu'à lui donner des coups de pied rageurs tout en arpentant les trente-cinq mètres carrés de son studio.

— C'est fini j'arrête la poudre et j'apprends la sténo, je me trouve un boulot de secrétaire, c'est décidé je bosse, quelle horreur !

Dégoûtée Betty envoya valser sa raquette à travers la pièce avant de se jeter de tout son long sur son lit.

— Pourquoi t'es pas au lycée ?

— Parce que c'est loin et que j'ai pas envie.

— C'est où loin ?

— À Saint-Mandé, après le zoo…

— Oh là là, ma pauvre quelle galère !

Djemila et Frederika sont sorties de la salle de bains défoncées, en minijupe et bustier bandeau, Djemila me narguait :

— Alors comment va la petite guenon ?

— C'est toi la guenon !

Freddy a posé un 45-tours de Devo, *B Stiff,* puis elle s'est déhanchée vrillant sa tête d'un côté et de l'autre laissant ses cheveux raides et blonds venir caresser en cadence régulière ses yeux mi-clos, Djemila a sifflé dans ses doigts et j'ai crié :

— Soixante à mort j'ai pas de remords !

Et Freddy a répété d'une voix éraillée :

— Soixante à mort j'ai pas de remords !

On a dansé toutes les trois ensemble, elles se sont embrassées sur la bouche si tendrement. Le soleil perçait les carreaux sales et Betty en boule se roulait sur le lit et d'un coup Djemila à la fois douce et perfide s'est penchée, je sentais son parfum musqué, elle m'a susurré :

— Si tu veux je te fais ton premier shoot, tu veux ?

— D'accord Djemi.

La salle de bains à dominante jaune anisette me tapait dans la rétine, à genoux dans la baignoire vide et Djemila qui n'arrivait pas à percer ma veine avec l'aiguille pour me fixer.

— J'espère qu'elle va pas nous faire une OD la petite !

— En même temps avec ce que tu lui as mis ça risque pas ! clamait méchamment Bette se dandinant à califourchon sur les cabinets avec sa cuillère pleine d'héroïne rose dans la main.

— Après c'est mon tour, youpi ! Djemi, dépêche-toi j'ai trop envie !

Mon sang s'est retiré dans la seringue formant un nuage rouge pour repartir avec l'héroïne dans ma veine.

Je voulais profiter de mon état, me promener seule aux Champs-Élysées, quelqu'un m'y attendait, c'était l'homme que je rencontrais dans mes rêves. J'ai arpenté les Champs, le soleil a traversé l'Arc de triomphe irradiant les fenêtres des immeubles de ses faisceaux d'or et je me suis assise sur un banc, j'avais du mal à respirer et je forçais mes paupières à se fermer à demi et j'ai attendu, attendu jusqu'à ce que la nuit vienne.

Je cours chercher Christian, il s'est inscrit au lycée technique Élisa-Lemonnier, en CAP de couture industrielle, apprentissage rapide, dessin-coupe-assemblage, utile pour travailler dans une usine comme petite main. Il ne peut pas rester déscolarisé, ses parents ne sont pas fortunés, il doit gagner sa croûte. Le ciel est d'un gris Trianon et il tombe une pluie d'orage, l'avenue Armand-Rousseau sent une odeur de fond de pupitre. Le musée des Colonies et ses façades de pierre animées représentent des indigènes à demi nus sculptés en plein labeur agricole s'enchevêtrant dans des jungles grises et foisonnantes, le long du cimetière lugubre s'alignent des carcasses de voitures et un mobil-home où dort l'homme barbu se nourrissant uniquement de boîtes de Canigou. L'arrière-cour de mon immeuble en briques rouges avec la fenêtre de la chambre de ma mère obstruée par son drap de lit en satin noir vole au vent tel un pavillon pirate et les angles de mon ancienne école maternelle petite et basse qui après avoir brûlé par un acte de vandalisme garde encore des traces de suie et là-bas au fond, l'immense parking du lycée Paul-Valéry. Toute cette partie du XIIe contient notre enfance et marque la fin de Paris, après c'est le périphérique et avant les boulevards de ceinture. Les simples passants évitent cette enclave désolée, mais l'îlot ondoyant m'ordonne avec puissance de le mémoriser. Je l'attends, adossée au mur de la maternelle drôle d'enfants surexcités. La pluie s'est arrêtée net, j'entends les pas des élèves dévaler les escaliers, quelques jeunes filles en blouse de nylon sortent en ravaudant des pièces de jean, d'autres rigolent en sweat couleur banane ou pistache et parmi toutes ces futures ouvrières, Christian en spencer blanc. Durant quelques instants, il laisse échapper le jeune homme sérieux pour qui la vie ne peut être que d'un luxe inextinguible. Il me repère, son regard soudain agressif est rapace, deux billes furieuses jetées sauvagement hors de lui.

— Alors ?

Il retrousse ses lèvres et serre les dents.

— Ah, ah… Tu sais quoi ?

— Nan !

— La couture a cantine avec l'école technique de boucherie !

— Le soleil a rendez-vous avec la lune !

— Écoute, quand je te parle au lieu d'en faire qu'à ta tête, je ne rigole pas, je suis le seul garçon de ma classe de couture, je peux pas foutre un pied à la cantine, on bouffe avec les mecs de l'école de boucherie et putain, ils sont super agressifs et me traitent de pédé !

— Lâche mon bras, je les connais tes bouchers, mamie et moi on habite en face j'te signale.

— T'y vas pas ? Alors tu connais pas ! On ne parle pas de ce qu'on connaît pas, basta… No way, no way, no way !

Nous sommes montés sur le scooter, mes bras l'encerclaient, partis en quatrième vitesse direction sa chambre où le temps évoluait si doucement me procurant ce chez-moi protecteur qui m'avait tant manqué. Le comprendre révélait le choc ourlait la fêlure de chair, le reconnaître creusait la brèche laissant insidieusement y pénétrer la faim et le vide inextinguible, ou ce qu'on appelle, plus communément, le désir ou le néant.

— N'empêche que si t'as un vrai mec sérieux qui assure et qui te protège dans la vie c'est mieux pour toi fillette.

— Tu crois ?

— Me regarde pas genre Angélique marquise des Anges…

— Tu le penses ?

— J'ai raison, point barre, maintenant tu fais ce que tu veux… Eve Barre…

— Pourquoi Barre ?

— Tu te fous de ma gueule ?

— Eve Barre la femme de Raymond. Hihi elle est hongroise !

Aujourd'hui encore je garde de ces échanges un souvenir brutal, je suis celle qui n'en revient pas, je n'en suis jamais revenue, je suis restée coincée à l'âge de toutes mes premières fois. Ces premières fois d'où toute chose émane. À présent que je suis vieille la puissance évocatrice de cette scène où Christian me peine profondément alors qu'il me conseille comme un frère sur mon avenir me procure le vertige. Je pense à l'abîme du temps, à la concaténation du souvenir, à ce moment où l'on franchit le miroir de la jeunesse.

Je fumais jusqu'au filtre et le ciel plombé, j'ai écrasé ma cigarette dans le verre Duralex et pas le courage de voir le chiffre inscrit au fond – d'habitude c'était notre âge 72 80 120 19 et on en riait. Tandis qu'il se rasait, je tentais de trouver la définition du courage, rien ne me convainquait, à part vivre, ce qui était énorme. Je tirais une de ces flemmes.

— Je n'ai que trois poils de barbichette qui font mal mal mal et c'est moche moche moche... De quoi t'as envie ?

— De rien et de tout... mettre le feu à une poubelle...

— Qu'est-ce qu'on glande... on devait pas rejoindre Vincent ?

— Au studio Berçot il termine *at five*...

La cour pavée couvée par un ciel d'ardoise et dans les rigoles des pigeons se suivaient en file indienne batifolant, buvant l'eau de pluie, se lissant les plumes, roucoulant. Les ombres d'améthyste sur les murs douces et profondes et partout des jeunes gens virevoltant gaiement, des mannequins de couture dans les bras. Dans le grand atelier du cours Berçot, Vincent en peignoir de soie damassé marquait la pose, l'œil vaguement alangui comme embrumé par de puissantes vapeurs d'alcool. Une main élégante figée en l'air et l'autre, index tendu droit comme un I sur la joue, la scène m'évoquait les photographies improvisées du jeune Cecil Beaton. À notre approche, il s'anima de petits pas aussi légers que ceux d'un chat.

— Life is wonderful ! Lovely, hello beautiful day ! Tiens, s'il te plaît Eva, essaie-moi ça.

Vincent souleva du sol un long fourreau noir, une mue badigeonnée de blanc, un dallage peint, un escalier en colimaçon s'enroulait autour de la robe, conduisant à un improbable chapeau cage à oiseau retenu sous le menton par un ruban de velours noir. La directrice, Marie Rucki, en twin-set une épaule molle, écroulée contre la porte, relevait le coin des lèvres, choyant fièrement du regard l'élève prodige.

— Je vois Vincent que tout va à merveille, et surtout amusez-vous bien !

Et ses pas pointus s'en allèrent dans les couloirs martelant le plancher tel un brigadier de la scène.

« Amusez-vous bien ! » Cette phrase, injonction de se divertir, résonnait différemment une fois le long fourreau revêtu. Son extravagance outrée, bricolée, de goûter d'enfants, qu'une charge funeste électrisait saisit instantanément ma vulnérabilité. Les sentiments contenus dans la robe se déversaient dans mon sang comme un poison, au point qu'il ne m'était plus possible de me discerner dans le miroir, rien que des contours flous. Les doigts de Vincent tremblaient d'émotion alors qu'il ajustait méticuleusement le tombé des plis. Il rôdait autour de la robe s'éloignait tendu, revenait pour tirer sur les manches gigot et mieux les aplatir d'un coup de paumes plates, deux chouquettes écrasées paf !

— Han… oh j'hésite…

Il se déplaçait anxieux du résultat.

— Retourne-toi, retourne-toi vers moi s'il te plaît !

Je pivotais, il se questionnait la jambe croisée et sur le bout de son nez étaient posées les mêmes lunettes carrées qu'Yves Saint Laurent. Il s'élança avec les paddings pour rembourrer mes épaules alors je vis clairement que les lunettes n'avaient pas de verres. C'était un accessoire de jeu, à son sérieux infini, à son souffle lourd, je mesurais que la partie était sans retour.

— Fais quelques pas.

— C'est trop serré.

— Marche !

J'avançais au ralenti me déhanchant avec le plus grand soin le regard en biais tourné vers le sol, les deux bras en avant comme une somnambule et dans mon champ de vision, j'entrevoyais Christian assis en retrait derrière des rouleaux de tissu sur une malle en osier. Ses pensées s'extirpaient de lui, mat et sombre, telles des îles tropicales que l'on quitte à la nuit tombée et ses yeux brillaient. Mon personnage m'évoquait une revenante qui tente éperdument de se coucher dans sa sépulture sans jamais y parvenir.

— Tu aimes ma robe ?

— Hyper macabre !

— Ah ouais, ça me fait penser à un dessin surréaliste t'as raison peut-être qu'un collier avec des os ce serait bien… Marche plus vite…

— Je peux pas…

— Un pied devant l'autre, tu peux, allez !

Dans le silence les néons grésillaient et l'envie farouche d'aventures se substitua au sentiment tenace d'abandon. Une part maudite et insoluble se libérait de l'atelier. Vincent tenait la traîne et je maintenais la cage oiseau sur le haut de mon crâne et l'on tournait, tournait autour des machines à coudre.

— Machine !

— Machine ! répétait-il extatique.

Christian tira une bouffée de cigarette en se déchaussant et observa un moment la scène.

— Machine !

— Machine !

— Késako ?

Vincent évitait de lui répondre préférant se questionner sur la longueur de la traîne en pointe, arrondie ou courte puis s'empara d'un ciseau – clac – et fit d'une petite voix fine et cristalline :

— Tu sais Christian je vais te dire un truc, c'est tellement génial le cours Berçot je suis trop content, parce que c'est ce qu'il y a de mieux dans Paris c'est dommage vraiment que tu n'y sois pas, c'est bête !

Abattu, Christian se mit en boule à l'intérieur de la malle et laissant s'extraire une tête naïve qu'il pencha commençant à rêvasser.

— Pourquoi tu te caches Cricri ?

— Tu délires ma pauvre je fumaresse une cloparesse idiote !

— J'ai envie d'habiller des très vieilles femmes.

— Lesquelles par exemple ? Cite-nous des noms.

Christian parlait d'une voix enfantine teintée de timidité. Vincent superstitieux préférait ne pas répondre et Christian laissa tomber sa tête comme étourdi par des vapeurs qui un jour l'encenseraient.

La porte s'est brutalement ouverte.

— Ah, Simon Boccanegra, te voilà on ne t'attendait plus ! s'est écrié Vincent.

Simon déambulait un appareil photo dans les mains, nu sous sa veste et dans ses mocassins et il a twisté.

— Twist à Saint-Tropez !

Vincent à son tour se tortillait en chantant :

— C'est là que commencent / Toutes les danses / Qu'on lance en France / Pour les vacances…

— Allez fais-lui une photo avec la robe.

Christian restait tapi dans le noir, caché dans sa jungle et Simon levait son appareil.

— Vas-y beauté, pose !

Des flashs se sont déclenchés en rafales. J'ai pris toutes sortes d'attitudes, elles enchantaient Vincent qui s'est soudain crispé, horrifié :

— Oh là là, il faut qu'on arrête tout de suite, j'avais pas vu l'heure si les autres apprennent à l'école qu'on fait des séances de photos ça va faire des jalousies, je vous dis même pas ! Elles étaient bien j'espère ?

— Sublimes !

— Tant mieux !

Et une fois rhabillée, prêt à quitter les lieux, Simon m'a glissé en douce accusant l'accent arabe :

— De toute faaaçon boooté il n'y avait pas de pellicule dans l'appareil…

J'étais stupéfaite.

— La prochaine fois chérie, c'est promis !

Simon a gambadé exagérant ses pas et nous a attendus au bout du couloir les bras en l'air.

— Chutt stop ! Écoutez ! Chut, il paraît que Betty elle a de la dreu Médélice a tout laissé chez elle et qu'on peut en prendre un tout petit peu, ça se verra même pas…

— Ah ouais, comment tu sais ça ?

Vincent agacé prenait les devants.

— Elle me l'a répété.

— On va pas passer la soirée dans cette rue à la noix alors qu'il y a des défilés et des fêtes partout !

— T'as des cartons pour ce soir Christian… ?

— Non…

— Alors tu la fermes.

Simon tenait sa cigarette entre son index et son pouce vers l'intérieur de sa main, le col de sa veste relevé, son visage émacié dur, l'élégance âpre de la pauvreté dans laquelle je me reconnaissais me séduisait, il m'a tendu son bras.

— Accroche toi baoooté.

Et nous sommes partis, la rue Léopold-Bellan, pavée, crasseuse, vert et prune, jaune et rouge, et pleine de bourrasques d'automne dans la nuit.

Au Sept Justine m'a pris la tête, elle tenait mordicus à rejoindre Maxwell, un punk Neandertal des Halles avec qui elle couchottait pour faire des photomatons à Pigalle et c'était hors de question pour la bonne raison qu'un jour, traversant la place de la fontaine des Innocents, je l'ai traité de ringard il en a profité pour m'envoyer une grosse mandale. Après avoir dansé jusqu'à l'aube Vincent trouvait intéressant d'aller dormir chez la petite Justine, on ne l'avait jamais fait. Les rues du XVIe rose et bleuté tiraient leurs reflets d'un tableau de Bonnard. On y lisait la promesse d'un avenir aussi radieux qu'inatteignable, derrière les murs des hôtels particuliers se cachait une vie paisible et réconfortante que je ne connaîtrais jamais.

Pour rien au monde je ne désirais apprendre le contenu de cette nouvelle lettre « Protection de l'enfance » arrivée la veille chez Irène. Sur le chemin, un camion de laitages stationnait en double file sans son conducteur, les portes arrière grandes ouvertes offrant des plateaux de fromage aux affamés. Vincent, exalté, se pourléchant les babines, s'empara d'une gigantesque roue de Brie puis nous imposa le vol d'une seconde roue de calandos, qui était lourd, coulant et empestait. Rue de l'Alboni, les passants intrigués se retournaient mais personne ne nous a arrêtés. C'était un appartement classieux avec des grandes cheminées, des plafonds peints, des alcôves ayant appartenu aux aïeuls de Justine, les prospères inventeurs du fer à friser au charbon. Dans la cuisine on s'est régalés de tartines de fromage et nos paroles résonnaient sur les carrelages impression gibier. Vincent se faufila le premier dans le grand lit – chambre miroir donnant sur un balcon fleuri surplombant un jardin, c'était le paradis. Justine paresseuse sifflotait dans la salle de bains au fond du couloir.

— Vincent… tu veux pas m'embrasser ?

— Pour quoi faire, t'embrasser où ?

— Vincent ?
— Quoi ?
— M'embrasser sur la bouche, dis ?
— Ce que tu me demandes est impossible !
— Pourquoi ?
— Je préfère les garçons…

Ses yeux gênés se sont baissés et sa main a délicatement pris la mienne pour y déposer un baiser puis il s'est retourné. J'aurais aimé faire une excursion dans le sentiment, aller plus loin, coucher avec Vincent accroître la sensation de ravissement, d'arrestation équivoque. Il était beau et nous partagions un même goût esthétique relevant par intermittence de ce hasard objectif dont les autres étaient si souvent et inévitablement exclus. Cette force jaillissante qui nous unissait nous fascinait, mais mêler nos corps aurait été nous souiller et briser le serment de pureté. Peut-être nous aimions-nous trop, de cette amitié particulière qui excède l'amitié sans jamais se tarir, le merveilleux à profusion. En m'endormant son spectre d'ange démoniaque m'apparut brutalement, il déployait ses ailes en plein vol, sortait des pattes griffues turquoise et or comme des animaux inventés par les légendes que l'on retrouve dans les armoiries.

— Justine, il est où Vincent ?
— Parti, il déjeune avec son père et son oncle Semprun.

Elle fumait au lit, elle avait des petits seins blancs en forme de pomme, derrière elle les draps clairs de percale accrochés en guise de rideaux s'agitaient, le vent et la lumière du XVIe, une exclusivité de Paris.

— T'as eu une histoire avec Vincent ?

— Non je sais qu'il a couché avec Sophie B., une fille de Saint-Palais et que finalement ça s'est mal passé et je crois que quand il était petit c'est un prêtre qui l'a forcé.

Je le savais superstitieux, je le devinais croyant, il l'était sans doute et je me promis de ne jamais lui rapporter les confidences de Justine.

— Qu'est-ce qu'on fait ?

— On n'a qu'à michetonner ensemble… ?

Elle écarquilla joyeusement les yeux.

— C'est exactement ce que j'allais te proposer, où ça ?

— Aux Champs-Élysées !

— D'accord et on demande combien ?

— Cinq cents francs.

— Cinq cents à deux ?

— Cinq cents chacune, Justine !

Elle reniflait ses aisselles hyper poilues.

— … Et on va jusqu'où ?

— Ça dépend de ce qu'il nous demande mais aussi de combien il nous file. On n'a qu'à se dire qu'on se met nues et qu'on lui fait une pipe mais pas vraiment et s'il veut aller plus loin on rajoute un zéro et on dit que c'est pour la nuit.

— Pourquoi pas…

Justine acquiesçait, les fossettes sur son visage s'accusaient à cause de la crasse du reste de fond de teint, elle est sortie du lit, elle avait des jolies fesses. Je l'ai retrouvée dans la salle de bains en faïence blanche, elle se remaquillait par-dessus son maquillage de la veille.

— On va bientôt partir s'installer en Jamaïque, ma mère trouve que je fais trop de conneries à Paris et là-bas elle dit que la vie sera plus cool.

— Et tu pars pour toujours ?

— Ouais… ça sera pour toujours.

J'attribuais son envie de se prostituer au fait qu'elle quitte Paris.

La traversée des Champs-Élysées sous un vent venu du nord qui envoyait valser les chaises dans les jambes des passants et ébouriffait les feuilles des arbres dans nos cheveux nous amusait. On riait, de petits rires lointains comme perdus minuscules en plein milieu d'une longue digue. Le ciel d'opale filtrait des veines sombres et glacées, l'orage menaçait, il fallait encore marcher, l'hôtel n'était pas tout près. En tapinant et parce que c'était ma propre décision je libérerai mon corps et mon esprit. L'avenue grouillante, à un feu rouge Alain Delon en imperméable dans sa Bentley. Les grues en manteau de fourrure arpentant les Champs s'approchaient de nous les yeux vitreux, certaines comme ivres nous percutaient, devaient sentir à l'odeur que génère la peur mêlée à l'excitation qu'on était des novices, elles s'interpellaient entre elles. Guerlain, le Fouquet's, le Claridge et ses pédés, les agences de voyages, commodités et facilités. Les passages des Champs étaient ce jour-là d'une rare et excitante beauté.

— Yes !

— Yes quoi ? Tiens, il y a des *Mandrake* partout dans les kiosques, oh merde Baader s'est suicidé…

— On s'en tape des terroristes… tu viens ? Justine ?!

— J'hésite…

— Tu me prends pour une conne !

Dans le salon olive de l'hôtel, assises engoncées dans un profond canapé côte à côte les jambes croisées, Justine regardait vers le bar désert, seul un groupe d'Orientaux adipeux discutaient en arabe dans les couloirs, le jeune concierge boutonneux avec lequel j'échangeais de furtifs regards courtois se tenait à distance respectueuse. L'ascenseur maintenu au rez-de-chaussée restait mystérieusement allumé, petite chapelle beige couturée d'or, jusqu'au moment où aspiré dans les étages supérieurs il montait, puis redescendait sans transporter personne et mes yeux se fermaient alors que je l'entendais s'élever vers les cieux dans un bruit de poulies huileuses, de câbles et de contrepoids s'appliquant à taper lourdement contre le sol du local à machinerie tandis qu'à l'autre extrémité s'arrêtait sa course.

Dans ce flottement hasardeux, à ce seuil de volupté indécise, je me convaincs portée par la force naturelle des événements que la jouissance des femmes devait être solitaire tout comme celle des hommes qui s'ingénient à nous idolâtrer, à nous étouffer, à nous donner des ordres puis à nous abandonner, à nous trahir, pour tout pour rien, volonté de puissance. Ce plaisir il me fallait le prendre, l'arracher d'une manière ou d'une autre. Le plaisir était la force des pauvres, une part de félicité : « Je te baise, te prends ta thune et ciao Mao. » Avais-je au fond une trempe vénale ?

Comme Lotus et la petite Gigi, économes, gouvernées par l'appât du gain aux moments opportuns ?

— Il y a un michmich' mais il est pas gégène !

— Où ?

— Là, entre les deux colonnes de marbre devant le bar…

Un petit homme sec serré légèrement dégarni habillé d'une chemise blanche et d'un costume gris rêche et sobre, comme en portent certains Libanais, oscillait timidement d'une jambe sur l'autre en buvant un verre d'eau. Il nous appréciait. D'un geste brusque Justine fit glisser sa veste découvrant une épaule, de mon côté je rabattais mes longs cheveux sur la moitié de mon visage, entrouvrant une bouche aguicheuse. Le Libanais donna une succession de coups de tête vers l'ascenseur.

— Attends, j'ai l'impression qu'il veut qu'on le suive.

— Tu crois ? demandai-je, crédule.

— Je suis sûre, viens.

On s'est précipitées, effectivement il nous attendait avec une timidité timorée, il a appuyé sur le gros bouton rouge du troisième étage. Son crâne chauve recouvert de talc suréclairé se reflétait dans la glace, c'était un vieux. Les portes se sont ouvertes sur un couloir bleu ciel, je l'ai entouré de mon bras.

— Tu nous invites dans ta chambre ?

— On te plaît, pas vrai ?

Son corps maigre et parfumé m'était indifférent. Suspicieux d'être acculé par de si jeunes filles il émit un « vvoui » à peine audible et prit avec prudence la précaution de vérifier que personne ne le surveillait.

Il tripatouillait nerveusement sa clef devant sa porte sans parvenir à l'introduire dans la serrure.

— Si on vient avec toi tu dois nous payer !

À mes mots il s'affola et devint féminin et facétieux, il tapotait sa main parée au petit doigt d'une bague d'or et de saphir contre ses tempes, sa pomme d'Adam proéminente jaillissait alors qu'il déglutissait.

— Tu veux ou tu veux pas, on n'a pas que ça à faire, décide-toi !

La petite Justine ne manquait pas d'aplomb.

— Voui, voui.

Il nous regardait par en dessous l'une après l'autre, traqué mais excité comme le sont à l'ordinaire les hommes qui cherchent à jouir de très jeunes filles et, le dos courbé et méfiant, il finit par ouvrir la porte de sa chambre.

Les fenêtres de sa suite donnaient sur le ciel couleur d'huître. Au creux du lit s'étalaient pêle-mêle une multitude de bijoux, étaient-ils exposés pour attirer l'audace d'aventurières rôdant dans les hôtels et négocier leur chair au comptoir de l'or et de l'argent ?

« C'est quoi ? C'est beau », m'étais-je entendue dire d'un ton presque offensé de les voir s'offrir si brutalement à mes yeux. Les diamants et l'or me narguaient tout cela était si rapide et ressemblait à un guet-apens. Dans mes oreilles se mêlaient intimement le cri de la soie froissée par le vent et les pas des chevaux.

— Je les ai ramenés d'Iran…

Il n'était pas libanais mais iranien. Justine impétueuse parlait rapidement :

— Tu nous sers un truc à boire ? Ça va nous mettre à l'aise papy.

Sans attendre sa réponse elle s'est dirigée vers le minibar roulant des hanches, fessue, dans sa jupe rouge.

— Il y a du gin, du whisky, du Martini…

— J'ai de l'arak si vous voulez, mais moi je ne bois pas d'alcool.

Je n'avais pas très envie de m'enivrer au milieu de la journée, j'ai refusé. Justine s'enquit de savoir s'il était de Téhéran, je m'en foutais, je haussais le ton :

— Je me déshabille et c'est cinq cents chacune.

— Deux cents !

— Cinq cents !

— Trois cents en tout je n'ai que ça sur moi, je n'ai pas de cash.

— Tu mens !

— Alors tu nous files des bijoux… ?

Justine, pressée par l'émotion, transpirait une sueur âcre de jeune fille. Il hésitait et son excitation montait. L'hésitation flottante le faisait bander.

— Asseyez-vous, asseyez-vous je vais vous donner quelque chose qui vaut plus cher que cinq cents francs, je vais vous donner du caviar d'Iran.

Il a extirpé de sa valise une grosse boîte bleue que Justine a arrachée de ses mains pour l'inspecter.

— C'est bien du vrai caviar et ouais !

Elle hoquetait de la tête à vitesse mesurée.

— Moi j'aime pas le caviar, franchement je préfèrerais un bijou en or tu vois !

— Le caviar c'est bien, et vous aurez des bracelets d'argent, c'est très bien.

Mon ton de quémandeuse me surprit.

Il se jeta sur le lit en odalisque, une jambe féminine repliée sur l'autre se tortillant.

— Et tu fais quoi à Paris l'Iranien, sans indiscrétion ?

Justine trop curieuse me fit revenir à la réalité qui me déplut. J'aurais voulu simplement qu'elle se taise et qu'il m'offre un bracelet en or.

— Je suis ici pour acheter des appartements pour ma mère, ma tante et mes sœurs, elles sont dans l'industrie pharmaceutique…

De bonne humeur il jouait avec ses bagues.

— Il a de la nethu le geonpi.

— Il me aipl ap… C'est quoi les bijoux que tu nous donnes ? Montre-les papy.

Il préleva du lit deux bracelets d'argent joliment ciselés.

— Vous vous appelez comment les filles ?

— Moi c'est Lucienne, ai-je annoncé fièrement, heureuse d'avoir une nouvelle identité – et elle Thérèse.

— Et tu fais quoi Thérèse pendant que Lucienne se déshabille ?

— Je t'embrasse un peu partout ça te va ?…

Justine lui parlait comme à un enfant. Il s'est assis sagement l'air sénile. Les lèvres de Justine se sont pressées contre celles de l'Iranien, je me suis approchée d'eux, j'ai remonté mon pull, ma jupe. Je portais pas de culotte, sa main s'est approchée de la fente de mon sexe mais je l'ai repoussée. Justine caressait son crâne et il en voulait encore, bien stimulé par Justine il bandait davantage, un rictus est apparu au coin de sa lèvre, en se jetant sur mon ventre il a émis un râle caverneux, je me suis reculée.

— T'as maté eh bien maintenant c'est fini pousse-toi !

Et je me suis rhabillée.

— Montre encore Lucienne et je te donne plus ! Lucienne ?

Il m'irritait :

— C'est fini pas la peine d'insister ! C'est non !

Il me fatiguait, il était gêné, je le regardais. En pleine lumière son visage grêlé me dégoûtait.

— T'aurais pu ne pas du tout nous rencontrer, on devrait pas être là, t'imagines à nos âges tu risques gros pépé !

Il inspectait le bout de ses pieds qu'il relevait vers lui. Il était pantelant, je me persuadais sans peine que c'était facile et simple de recommencer à michtonner, il me suffirait de simuler le plaisir. L'Iranien a remis à Justine la boîte de caviar et les deux bracelets d'argent. On a filé.

— Salut.

— Restez encore.

Elle s'est introduite dans l'ascenseur, j'ai dévalé les marches mes chaussures à la main pour aller plus vite, plus vite que l'ascenseur qui redescendait avec Justine.

Sur les Champs-Élysées, elle tentait de me prendre le bras mais je n'étais pas assez couverte et je grelottais, elle piétinait seule devant moi, on ne se parlait pas. Elle s'est arrêtée devant le Fouquet's.

— Il n'était pas si terrible, on aurait pu tomber sur pire… je fais quoi avec la boîte de caviar ?

— Je la veux !

— On va quand même pas la couper en deux… T'as dit t'aimes pas ça, t'aimes ça ou t'aimes pas ça ?

— J'aime pas ça.

— Je la garde ou pas, dis-moi franchement ?

— Vas-y garde-la va… puisque t'y tiens !

— Merci et le bijou ?

— Donne !

Elle me l'a glissé dans la main, j'ai cavalé à toute allure pour descendre les marches du métro George-V. Sur le quai alors que le métro déboulait j'ai bazardé le bracelet sur les rails.

La rame déserte où s'engouffrait à cause des vitres ouvertes un air chaud m'emplissait tout entière d'un désir nouveau, une plénitude, elle me combla. Cependant je n'étais pas satisfaite, j'espérais retrouver mes amis.

Devant le Cirque d'hiver rouge et or du monde en pagaille pour le défilé Mugler et une agitation frénétique, Christian et Vincent franchissaient le portique, je me suis précipitée pour me joindre à eux, une main gantée de blanc m'a fait entrer. Le couloir bondé diapré de fumée mauve et bleu se densifiait jusqu'au fumoir où l'on ne discernait plus rien d'autre qu'un brouillard parsemé d'éclats de vif-argent. Le cirque Bouglione que je fréquentais assidûment enfant au point que les clowns et les acrobates connaissent mon nom et me saluent au bar à l'entracte était en cette fin de journée habité par des visages de plus en plus familiers que nous croisions dans Paris la nuit et qui se fendaient de larges sourires, des bouches prêtes à nous dévorer. Ces hommes qui riaient me remémoraient un événement, j'étais toute petite. J'attendais sagement assise au bar du fumoir, à l'entracte parmi d'autres enfants j'attendais Zavatta. Il venait nous saluer pour discuter. Ce jour-là, il m'interdit formellement de lui adresser la parole, j'étais confuse, blessée. Vincent en pourpoint d'officier prussien dominait la situation, nous avons fendu la foule, le sable blanc de la piste m'apparaissait derrière les rideaux de velours rouge, tous ces gens me semblaient à présent comme par un tour de magie être mes propres invités.

Nous nous sommes installés sur les gradins, un monde fou, une odeur de bêtes fauves, des barrissements d'éléphant s'échappaient des coulisses, tandis que l'orchestre jouait *L'Entrée des gladiateurs*, la belle marche romaine. En haut deux fées rose et or tout en gaze balayaient le faisceau d'une poursuite figeant son cercle blafard sur les spectateurs prenant place, certains en grande pompe pour l'occasion se laissaient volontiers photographier par des paparazzis. Mon vieux clown Zavatta déambulait ivre tout en jouant à surprendre les gens à l'aide d'un ballon, de fleurs, un cœur, un lapin et plus loin assis sur une des marches l'Auguste recouvert de diamants dominait tristement le public.

— Regarde il y a des nains ! criait Vincent tout excité, oh comme elle est belle, c'est une miniature !

Le lilliputien en chapeau haut de forme s'enamourait de sa femme acrobate exécutant la roue, l'ambiance me rappela Londres et encore plus Dickens, de ces scènes où les enfants disparaissent à jamais. Christian détaillait les gradins d'en face.

— Mate là-bas, là Jacqueline de Ribes.

— Chut ! Taisez-vous ! Le spectacle va commencer, glapit Vincent qui applaudissait à tout rompre.

Alors que les lumières s'éteignaient le vertige du cirque me reprit m'ôtant toute possibilité de réfléchir. Je ne me souvenais plus, que s'était-il passé quelques heures plus tôt ? Le public frémissant scintillait, il s'est tu. Les costumes de voile doré dans le style Renaissance italienne défilaient portés par des filles tenant à la main des colombes, Edwige est entrée en scène en blouson de cuir clouté et j'étais jalouse parce qu'elle sortait par la porte où passent les grands fauves. Mon humeur extravagante m'apparut celle d'une déesse fâchée.

Au bois de Boulogne le taxi nous laissa non loin d'un rivage noir de gadoue. Nous entendions les rumeurs de la fête de Kenzo sans jamais trouver le Vieux Galion, nous nous sommes égarés. Derrière les arbres, les prostituées transsexuelles agressives nous envoyaient des tatanes et des bouteilles vides de sirop à la codéine. Ils ont arrêté un tapin en voiture, il s'était fait casser deux dents. On a tenu gentiment le crachoir jusqu'à la place de l'Étoile où en larmes il nous a demandé de descendre avant de retrouver son protecteur au Claridge. À nouveau je me retrouvais à bourlinguer sur les Champs. Des danseuses sortaient du Lido, des couples se rendaient dans des clubs, le Fouquet's et au loin le jardin des Tuileries, que c'était beau Paris nous l'avons traversé en silence.

— Hep ! Taxi ! a crié Christian.

C'était presque la fin de la nuit et la lune avait disparu, résignée j'allais seule chez Irène. L'ascenseur sentait le moisi et des relents de pot-au-feu à sa mémère. Derrière la porte entrouverte, Irène se profilait en déshabillé. Elle s'allumait une cibiche avec la flamme d'une bougie, j'aurais voulu qu'elle flambe et brûle en enfer.

— T'étais où fille ingrate ?

— On s'est promenés dans Paris…

— Tu fugues, tu ne donnes plus signe de vie, la mère de Christian me ment, ça va mal aller, moi-même je vais très mal, un jour je vais claquer et tu me regretteras amèrement, je n'en ai plus pour longtemps, tu n'auras pas ma peau.

— Bonjour !

— Oui… Bonjour, c'est vrai, bonjour tristesse ! Ton lycée a téléphoné, ils disent que tu n'y vas plus, ils veulent te foutre à la porte où est-ce que tout ça va nous mener ?

— Ça suffit… Arrête de dire *on* et *nous*, lâche-moi la vioque…

— Sois normale et tout ira bien, hein chouchou… L'assistante sociale va se présenter le 20 novembre tu diras que tu dors dans le lit du salon et on va arranger un genre de coin pour lui faire croire que tu habites ici… Et retourne en cours, sinon je ne pourrai rien pour toi et surtout ne lui parle pas des photos qu'on fait ensemble.

Au loin mon reflet flottait au-dessus de fleurs de ruine, d'un coup de pouce je fis jaillir la flamme de mon briquet.

— Fais pas la folle, reste tranquille, ne m'approche pas, les pyromanes on les interne… éteins vite ici tout est inflammable !

J'ai résisté jusqu'à ce que mon pouce brûle. La chambre à coucher, bordel à tapin rouge, illuminée par trois petites pyramides d'Égypte en plexiglas auréolait son corps à la chair blette d'où s'était retiré tout amour filial, elle s'était dessiné la bouche de rouge jusqu'au nez.

— Ce sont des flics ne l'oublie jamais !

J'ai avalé pour tout repas un de ses crackers au sésame et suis partie chez Mamie, depuis ce jour j'ai appris à vivre de presque rien, de l'air du temps.

— Guiilili guiliguili.

— Arrête de me chatouiller.

— Guiliguiliguili.

— Arrête ou je fais pipi.

— Monstresse, tu sais comment ils appellent leur zizi dans *Orange mécanique* ?

— Non.

— Mais on l'a vu, tu te souviens plus ?

— Non ?

— Mais si ! Leur GULLIVER !

— Ah ouais, c'est vrai… qu'est-ce qu'on fait, on sort à la Main bleue ou on n'y va pas à cette fête Moratoire noir il paraît *Tenue tragique noire absolument obligatoire* de Karl Lagerfeld ?

— Qui n'existe pas, parce qu'on n'a pas de carton, il n'y aura que des pédés cuir sadomaso qui veulent faire comme dans les boîtes de New York du Meatpacking District et j'ai pas envie de me faire fouetter par des crétins habillés en nazis…

— Bon il est tard je vais me coucher chez Mamie.

— Zoubi.

— T'y vas ?

D'une main il remuait son Gulliver.

— Je me tâtaresse.

La classe petite étouffante et la cour carrée, une cour de prisonniers. Je n'arrivais pas à suivre ce que disait la professeure de français et encore moins celui de mathématiques, de géographie ou d'histoire. Je détestais l'école. Leur bouche remuait, je m'accrochais désespérément à leurs paroles mais elles étaient vides de sens. Certains mots étouffés et d'autres s'évertuaient à résonner dans ma tête puis disparaissaient sans que je puisse en retenir aucun. Mon corps tendu dans l'espoir d'assimiler, d'apprendre mais rien ne me parvenait si ce n'est l'hostilité tranchante du présent au goût métallique. Le seul événement qui m'égayait était de voir refiler les bons points pour les autres, belles images dessinées d'animaux, un couple de geais sur une branche, une autruche en Afrique, un dindon à la ferme. Dans les toilettes en bois mal chauffées je tremblais, la récréation ne durait pas longtemps, la cloche sonnerait bientôt. Dans l'angle la balayette des vécés, érodée par le temps, ressemblait à celle avec laquelle je m'étais déflorée seule dans les toilettes de chez mon arrière-grand-mère par peur qu'un homme me viole, s'accapare et me soumette à sa domination car offrir sa virginité, son innocence est un acte magique sacré de la plus haute importance.

Au fond de mon cartable une trousse entourée d'un élastique dans laquelle se trouvait une cuillère, une seringue intramusculaire servant aux photographies d'Irène et accessoirement à son traitement hormonal, un coton, un peu d'héroïne qu'Alain Pacadis avait achetée à Médélice et eu la gentillesse de me revendre pour la modique somme de trente francs. Je regrettais de ne pas l'avoir suivi à la party chez Kansai Yamamoto, il y avait paraît-il Mick Jagger et Jerry Hall. Il ne fallait pas perdre de temps. L'eau des waters sucée par le piston remplissait le tube, l'eau des noyées. L'aiguille bien trop épaisse ne rentrait pas dans ma veine et me blessait horriblement, je m'appliquais à surmonter la douleur. Le creux de mon bras noir de sang gonflait, il me sera difficile de cacher cette blessure. L'héroïne chaude envahit mon corps engourdi. Je me félicitais de surmonter la puanteur froide de ce lieu d'écoulement de vessie et d'expulsion de matières fécales et d'y réussir mon premier shoot en solitaire. La cloche sonnait, il me fallait fuir, partir avant que les portes du lycée ne se referment. Je fis un détour et passai un pont longeant une voie ferrée, le bruit tonitruant des trains et l'odeur de feuilles mouillées et les arbres roux se détachant sur un ciel bleu et plat qui m'englobait. Minuscule dans une boule de neige à souvenir. Quelqu'un brûlait du bois, ça sentait la forêt. Mes pas crissaient, je m'allumai une clope en tremblant. En m'éloignant du lycée et malgré l'indifférence que procure l'héroïne face à la douleur j'éprouvais une peine inconsolable qui se transforma en un sentiment d'injustice et de compassion lorsque je compris enfin que je n'étais qu'une enfant.

— Va te faire foutre connasse ! je me disais tout haut. Ce n'était pas le moment de s'apitoyer et que faisaient mes amis ?

L'aventure de mon petit michetonnage avec Justine avait circulé dans la bande et Christian, piqué de curiosité, s'était amusé à me questionner, j'avais répondu si timidement comme une pucelle, c'était le nom qu'on donnait jadis aux demoiselles.

Chez Angelina les bruits d'autrefois occupaient ma mémoire, les roues d'une calèche, des coups de feu retentissant place Vendôme, des robes longues traînant à terre, la voix du général de Gaulle, les cris de joie de la Libération, les pas saccadés d'une valse au-dessus de ma tête, le tic-tac d'un carillon Westminster. Mon chocolat chaud était si épais que la cuillère tenait droit dans le liquide. Ma robe Dior partait en lambeaux et mon teint pâle rehaussait ma bouche rouge et le vert de mes yeux trop cernés. J'étais caparaçonnée derrière mon abondante chevelure peroxydée, figée, tapie dans le glacis blanc et sucré de cette journée hivernale où le temps me paraissait pur et éternel en connivence secrète avec l'origine du monde.

Vincent gourmand dégustait à petites bouchées son mille-feuille et Christian un éclair au café. Tous deux si jeunes et déjà si mondains évoquaient la fête passée de Karl où des pédés habillés en SS avaient assisté à un minable spectacle fist-fucking mis en scène par l'horrible Jacques de Bascher qui se trouvait dans la salle. Ils gloussaient estimant que ces gigolos ringards n'avaient strictement rien en commun avec eux. Au-delà des rumeurs et de l'odeur entêtante des pâtisseries je pressentais la fin de mon adolescence, l'écueil de la maison d'accueil, l'enfermement jusqu'à mes 18 ans et chaque moment devint si précieux, les premières fois se heurtaient aux dernières, à celles des condamnées. Ils continuaient de deviser sans pour autant me remarquer et ne lisaient pas dans mes pensées, ils ne savaient pas, ils sauront bientôt. J'ai peur. L'amour. Peur de vous perdre, ils me sourient. Mes amis je vous aime depuis toujours. Nous marchons sous les arcades, traversons le jardin des Tuileries et se profilent, par-delà la Concorde, les Champs-Élysées à perte de vue et au bout, l'Arc de triomphe.

— Bye bye, nous a dit Vincent, à très vite !

Et il est parti à pas légers.

À la station Concorde, Christian appuyait comme un malade sur tous les boutons du panneau lumineux des lignes parisiennes de différentes couleurs, elles éclairaient son visage comme les néons du Sept. Il séchait encore les cours, comme moi, et nous n'avions qu'une seule envie, nous enfermer dans des salles obscures en attendant de grandir et peut-être un jour de travailler, mais le plus tard possible, et ce qui n'existait pas nous fascinait car ne pas connaître une chose oblitérait notre infortune. Christian avait décidé d'une règle, voir un film minimum par jour et deux si possible. La grande salle de la cinémathèque de Chaillot peuplée de ses habitués disparates captivés par *Le Guépard* de Visconti nous forçait au silence. Il étalait ses guiboles, on prenait nos aises, je tirais trop sur ma clope, ça lui foutait la nausée, il me lissait les poils des pattes.

La réalité

Irène s'était fait son brushing à la Mireille Darc. Les sols de la baraque nettoyée par ses soins exhalaient le Monsieur Propre. Les objets et photographies érotiques, cachés sous des serviettes de bain et des morceaux de tissu lamé du marché Saint-Pierre, formaient dans l'appartement des territoires proscrits. Assise, vêtue d'un sweat rose et d'une paire de jeans sur mon faux lit improvisé dans l'intention de montrer à l'assistante sociale que je détenais bien un coin d'intimité à moi chez ma mère, j'interprétais à sa demande l'adolescente heureuse et Irène la mère excentrique mais apte à abriter sous son toit sa fille adorée avec laquelle elle entretenait une relation tout aussi idyllique que fusionnelle et absolument hors normes. Un comportement trompeur adopté par beaucoup trop de femmes complices de maris virés dans l'alcoolisme, l'impuissance, le vice ou qui appartiennent à des partis politiques d'extrême droite qu'ils n'osent vanter au grand jour de peur de se faire matraquer, telle est l'attitude de ces femmes dites potiches, boniches ou mère Macmiche. L'inceste, le culte de Hitler, la pédophilie (voire les trois ensemble) sont aujourd'hui bien cachés dans les chaumières ou sous un savoir-faire habile, une esthétique de la lâcheté, une ultime tromperie. En cette fin des années 1970 la pédophilie mollement poursuivie commençait à peine à se couvrir de pudeur pour plus tard devenir l'intérêt vivace de politiciens, de personnalités entre deux rives et l'apanage d'hommes de lettres, une ribambelle de fins limiers et de faux prophètes drapés de pop culture. La pédophilie n'a jamais disparu mais proliféré car, bien plus qu'un penchant interdit, elle est une véritable manne pour qui sait s'en servir. Violer les petites filles ou enculer les petits garçons peut aller jusqu'à se passer de leur corps en chair et en os, car il suffit d'évoquer des noms d'enfants nus et leurs parties intimes comme on aboie au coin des rues pour s'en servir et lever le camp. (Parler de guerre paraît curieusement abstrait… Serions-nous folles ?)

Madame Chenu tant attendue finit par nous visiter, je souriais lui tendant une main moite qu'elle refusa de serrer prétextant d'un ton de cheftaine que ce n'était pas la peine. C'était une fausse rousse qui accordait peu de soin à son apparence physique, les racines noires de deux mois, des cheveux courts, plats et aussi gras que sa figure épaisse dont l'excès de chair entérinait son regard étrangement brillant tels deux smarties marron recouverts de paraffine fondue. Un sandwich au thon et poulet dépassait de son sac élimé en forme de teckel. Pleine d'audace, en guise de question, elle relevait un bout de nez dominateur laissant jouer son menton proéminent très Ma Dalton face à ma mère qui malgré son œil de photographe saisissait encore assez mal le personnage qui se promettait d'entrer tout bonnement dans sa vie pour la diriger. Irène, ébahie par une telle créature et ne se sentant plus maîtresse de son destin, se foulait de salamalecs grotesques allant jusqu'à se courber devant elle sur son passage, s'extasiant sur son physique de jeune femme qui ne correspondait mais pas du tout et « c'était fou ça alors ! » à l'impression qu'elle se faisait de Madame Chenu « notre assistante sociale » au téléphone à cause de sa voix grave et solennelle. Madame Chenu forçait sur ses maxillaires tout en hochant la tête. Comprenait-elle dans quels égarements Irène souhaitait l'attirer ? Mais forte de conscience sociale acquise sur le terrain elle lança à ma mère : « Ça ira comme ça madame Ionesco ! » Secrètement j'étais comblée, enfin quelqu'un s'introduisait dans son sanctuaire au nom de la protection de l'enfance pour la sonder, enquêter sur ses obsessions criminelles.

À cause de la peur communiquée par ma mère, qui se servait depuis des mois de Madame Chenu comme d'une menace punitive, j'eus du mal à me sentir à l'aise, puisque j'anticipais par réflexe les futures manipulations d'Irène. J'avais appris à l'observer depuis mon plus jeune âge – seule manière pour esquiver, devancer ou même braver ses attaques restées jusqu'ici impunies trop aisément, vigoureusement soutenues par une pléiade de monstres. Sentinelle pédophile, agent cynique et impur du monde à venir, faux esthètes, horde de vendus face à l'Éternel.

En croisant par inadvertance les yeux de ma mère je mesurais sa hargne à mon égard car c'était un peu ma faute si « on en était arrivées là toutes les deux ».

Madame Chenu inspectait scrupuleusement les lieux balançant son large derrière sous une jupe de loden vert d'où saillaient deux gros mollets enveloppés de collants blancs laissant entrevoir une pilosité anormale.

Elle caressait du doigt la commode à porte-jarretelles :

— Je peux ?

— Faites comme chez vous.

Le tiroir tiré eut l'effet d'une targette à surprises « Bonheur, partage, cadeau » que l'on trouve dans les stations de métro. Madame Chenu soulevait du bout des doigts les petites tenues érotiques, les perruques bon marché, paquets de cigarettes à bout doré, des babioles de clocharde. Dégoûtée, elle détourna la tête dans un terrible rictus lorsqu'elle tomba sur l'olisbos poisseux d'Irène. Alors elle se crispa, prit sa respiration, expira un bon coup. Abasourdie, résolue, elle pivota sur elle-même dans le fouillis inextricable où rien n'était en ordre, comme dans la tête d'Irène, et je savais que ce désordre était trompeur, seulement mis en place pour repousser l'intrus.

— Ah là là, mon Dieu c'est terrible, c'est vrai il nous faudrait plus de place pour vivre !

— Est-ce que votre fille a une armoire à elle ?

— Non je n'ai pas d'armoire et je n'ai même pas un tiroir !

Madame Chenu me considéra avec attention.

— Je vois, je vois.

Elle rabattait son cardigan en laine mal tricoté sur une chemise jaune, ramenant sur ses seins opulents son sac teckel de cuir et gardait ses distances avec ma mère qui ne se privait pas d'approcher d'un air lamentable, se mettant sans vergogne en adéquation avec ce qu'elle estimait être une situation dégradante.

— Ne m'approchez pas madame Ionesco, calmez-vous, expliquez-moi où Eva range ses affaires ?

— Dans ma penderie.

Madame Chenu tendait les deux bras en avant tel Moïse ouvrant les flots.

— Allons ! Montrez-moi la penderie puis la cuisine si vous le voulez bien !

— Vous êtes ici chez vous !

Madame Chenu s'introduisit dans le couloir peint en noir forçant Irène à ouvrir la porte du dressing. L'unique ampoule 60 watts distillait une lumière jaunâtre et trouble sur des tas de vêtements mités touchant le plafond et me revinrent en mémoire des descriptions échevelées de Kafka. Madame Chenu atterrée par le manque d'hygiène se pinça le nez.

— Ah madame Ionesco, pensez-vous que votre fille puisse chercher convenablement ses affaires pour s'habiller… Excusez-moi mais vous faites les poubelles ?

— Non, les puces c'est là que je m'équipe pour mes photos, quand Eva me le demande je plonge et cherche dans ma penderie. Ah, si nous avions plus de place !

— De toute façon tu ne trouves jamais rien, par exemple je n'ai jamais eu de jogging alors j'peux même pas aller au sport !

— Il faudra lui acheter un jogging, faire de la place dans votre penderie et laisser la lumière du jour rentrer dans votre chambre qui…

Madame Chenu n'en croyait pas ses yeux.

— … ressemble à la description qu'on nous a transmise : un lupanar.

— Les gens mal intentionnés qui ont envoyé des lettres anonymes au procureur de la République sont des salauds qui veulent ma peau, c'est un décor de théâtre et rien d'autre.

J'étais curieuse de comprendre le nouveau mensonge de son théâtre :

— Qui a envoyé quoi ? ai-je hasardé d'une voix sourde.

Madame Chenu affligée mais soucieuse d'établir la vérité a sorti de sa poche un grand mouchoir pour se moucher :

— Le procureur de la République a reçu un dossier te concernant, nous pensons que tu es en danger et je suis là pour constater, madame Ionesco, euh la porte au fond du couloir avec le portrait d'un homme ?

— André Breton of course et derrière les wawas !

— Et là ?

— La cuisine.

Nous la suivions à petits pas, lorsque Madame Chenu comprit ce qu'était notre cuisine car les crucifix, les têtes de mort, les mannequins démembrés et plantés de seringues, les bocaux de bas résille, les cartes postales d'autrefois, les mots d'amour écrits au rouge à lèvres sur les miroirs étaient restés à leur place, Irène ne jugeant pas utile de déplacer dans son sanctuaire ses fétiches adorés pour une plouc des services sociaux. Madame Chenu après avoir visé le cimetière derrière la fenêtre s'était laissée choir le cul sur un tabouret la bouche ouverte.

— C'est que ce n'est pas un cadre de vie pour une enfant… non !

— Ce sont mes outils de travail madame Chenu !

— Où votre fille fait-elle ses devoirs ?! Où sont ses livres de classe ?!

Irène, surprise d'être découverte et dans un manque total d'imagination, prenait des airs embêtés de pimbêche qui cachaient mal son abjection pour Madame Chenu, femme populaire au caractère bien trempé.

— Ma mère n'a jamais voulu me faire de place…

— C'est que ma fille dort très souvent chez ma grand-mère au rez-de-chaussée, ce n'est pas royal je l'avoue, ce n'est qu'une chambre de bonne.

— Elle a quel âge cette arrière-grand-mère ?

— 85 ans.

— L'est pas toute jeune… Faudra réellement songer à lui faire son endroit à elle, votre appartement n'est pas si petit, c'est un T3, considérez que votre fille n'est pas qu'une enfant-objet mais une adolescente qui a besoin de se retrouver dans un périmètre à elle et doit avoir son intimité…

Après un grand silence elle martelait sa jupe du poing. J'étais aux anges :

— Malheureusement ma mère elle n'en est pas capable !

— Tais-toi, pas de scandale !

— Laissez-la s'exprimer.

Irène furieuse baissait le regard de honte.

— C'est vrai Maman, j'ai jamais eu mon coin…

— Parce que je photographie des femmes nues la nuit.

Madame Chenu se renfrogna tout en nous considérant ma mère puis moi. La partie, loin d'être gagnée, promettait de donner dans la violence et les coups bas.

— Avançons, montrez-moi votre salle de bains.

Ma mère n'en menait pas large, coincée par la situation elle en perdait le contrôle et soufflait.

— Ah la vache, punaise…

— Pardon ?

— Je suis fatiguée madame Chenu, c'est que parfois il me manque de l'argent pour faire manger la petite en ce moment c'est la dèche j'ai plus un rond je vous jure…

— Écoutez, une chose à la fois, je ne peux pas me battre pour vous sur tous les terrains. D'abord votre fille, nous verrons pour les allocations et les aides au logement une autre fois, mais je ne suis pas magicienne il vous faudra de la patience, sachez que vous n'êtes pas la seule à être en demande.

— Si je peux obtenir quelque chose vous me sauvez de la mouise…

Irène pompait des deux mains derrière son dos me faisant un clin d'œil furtif, sa belle obscénité s'étalait dans toute sa splendeur. Je restais comme deux ronds de flan, ma mère réussissait à nouveau à obtenir du pognon en m'utilisant. Arrivée à la salle de bains Madame Chenu allongea le cou tandis qu'elle se frayait un chemin entre les vases, les plantes vertes, les meubles miroirs, les perlouses, les masques, les plumes, les fonds de teint pan-cake, les dentelles, les bouteilles de parfum, la cage du perroquet pleine de fientes, les encens bon marché, les ongles balinais, les têtes de plâtre peintes, les algues de la Vie claire.

— C'est ici qu'Eva se lave ma grand-mère n'a pas de salle de bains.

Madame Chenu pressée par le temps nous obligea à retourner derechef dans le salon.

— Bien, écoutez-moi toutes les deux, Eva il faut que tu retournes à l'école et vous, que vous lui fassiez de la place cela va sans dire et que vous rangiez pour un temps vos objets déroutants… La priorité aujourd'hui madame Ionesco, c'est l'éducation d'Eva son bien-être… Il lui faut une vie normale de petite fille, vous allez faire un effort madame Ionesco ?

— Je suis d'accord. Hein Maman ?

— Mais…

Soudain pleine d'amertume je reniflais et essuyais mes larmes d'un coup de revers de paume tandis que le dos d'Irène s'affaissait sous le poids des mots de Madame Chenu.

— N'oubliez pas que je dois établir un rapport au juge pour enfants, c'est seulement après le rendu de mon enquête que Monsieur le juge, car c'est un homme, prendra sa décision.

— Quelle décision ?

— Que tu restes vivre avec ta mère ou ta grand-mère qui me semble bien âgée ou bien, que tu ailles dans une famille ou un centre d'accueil, ce que nous ne souhaitons pas, car nous ne voulons pas séparer les familles…

J'étais sous le choc, ce que j'appréhendais était cette fois bien réel. L'enjeu de la situation, la nouvelle grille dictée par Madame Chenu l'envoyée des services sociaux, apitoyait Irène qui retombait en enfance et marchait en se berçant.

— Écoutez madame Ionesco je suis de votre côté alors un peu de courage, relevez la tête... Et toi Eva tu vas consulter un psychologue, c'est obligatoire pour mon rapport. Et vous aussi madame Ionesco vous devez en voir un...

— Un psy, ah oui oui, parler... avec plaisir, est-ce que c'est gratuit ?

Madame Chenu commençait à être perdue, la manipulation opérait.

— Oui...

— Madame Chenu ?

— Oui Eva ?

— Pourquoi j'irais dans un centre d'accueil ?

— Parce que nous estimons que les photographies, les films enfin la vie que ta maman t'a fait mener n'est pas celle d'une enfant... Je compte sur vous, il faut arrêter pour le moment de la photographier.

— Mais...

— Il n'y a pas de mais !

Irène descendait carrément de son Olympe elle se transformait en flaque, je n'en revenais pas. La tête me tournait, une chaleur plus forte que l'héroïne se diffusait dans mon corps. Je comprenais qu'une sentinelle allait se mettre en place autour de moi, j'étais mal à l'aise, cernée malgré moi.

— Alors comme ça, c'est une femme comme vous, hein, qui ne comprenez rien à l'art, qui va se mêler de notre vie du matin au soir et tout régenter ?

— Ah là là, parlez-moi sur un autre ton !

— Je suis navrée !

Irène se tordait les mains, je n'en pouvais plus.

— Non vous ne l'êtes pas, mais ce n'est pas grave mon travail est de vous soutenir et de vous accompagner, je comprends que ma venue puisse vous déstabiliser.

Ma mère, mue par une prétention artistique doublée d'une haine malsaine qui la dominait, ne se maîtrisait plus et levait les bras en les secouant.

— Écoutez, j'ai une famille d'exilés algériens à la rue et malades, c'est tout de même plus urgent que vous…

Irène désarçonnée, se sentant évincée par un malheur plus grand que le sien, hennissait contre le mur aux miroirs noir.

— Ah, vous vous occupez aussi d'exilés arabes ? Je les adore ! C'est la vérité, vous ne me croyez pas ?

— Je vous crois sur parole, je dois filer.

Madame Chenu est partie nous laissant dans un étrange face-à-face dénué de tout sentiment.

— Tu vas retourner à l'école ? Tu vas continuer à faire des photos elle ne pourra pas vérifier ce qu'on fait comme ça tu auras des sous pour tes soirées dans Paris avec Christian…

J'étais perplexe, je regrettais de ne pas l'avoir brûlée l'autre jour.

— Quand tu iras voir le psy je te déconseille de lui parler de nous, CE SONT DES FLICS !

— Tu as gâché mon enfance et maintenant mon adolescence… Je ne serai jamais une femme.

Je culpabilisais d'avoir prononcé le mot *femme*, je savais qu'elle utiliserait ma douleur pour m'abattre en plein cœur. Lorsqu'on devient la chose d'un prédateur mieux vaut se taire, garder la tête froide, cacher ses émotions, éviter l'attaque du Minotaure dans le labyrinthe de l'exil…

— J'ai fait ce que j'avais à faire avec toi maintenant c'est plus pareil t'es presque une femme et ça n'a pas la même valeur, allez sors si tu veux… Tiens, tu vois je suis super sympa, j'te file cinquante balles !

Enfermée dans une salle de cinéma toute seule avenue Daumesnil à voir en boucle le film : *Rocky Balboa.*

Derrière le ring où Sylvester Stallone se bat, une jungle opaque et des langues vertes qui me lèchent, poubelle-jouet renfermant la pâte gluante Slime, elle se déverse dans mes cheveux. Lames de couteau tendues au bout de mains coupées, bruits de chaînes traînant dans un couloir humide. Fièvre contagieuse, des lépreux et la conscience de représenter un immense danger, celui de tous les autres enfants abusés.

— L'amour ! Il n'y a que l'amour.

Cette phrase surgissait, je l'entendais clairement dans mon esprit.

Certains soirs je me rendais donc par obligation chez le psychologue désigné dans l'enquête afin que je lui parle et qu'il recueille mes propos pour les verser au dossier, c'était au centre Picpus. Je patientais sur un banc étroit dans une pièce peinte en vert pâle. J'y croisais d'autres jeunes filles en difficulté, on se regardait à peine, on évitait de se dire bonjour, il y avait comme une sorte de pudeur tacite. Mon psychologue, Monsieur Schlieben, un homme au trop-plein de testostérone, attendait impatient depuis des semaines que je lui livre mon ressenti au cours des séances photos, il souhaitait aussi savoir si j'avais eu des relations sexuelles avec des hommes, si j'étais en contact avec des proxénètes, si je me droguais ou si d'irrépressibles envies suicidaires ou de meurtres me traversaient l'esprit. Je me fermais, tournais autour, répondais approximativement, puis rincée par ces entrevues hostiles qui tenaient du harcèlement moral, je finis par lâcher une réponse équivoque :

— J'aime pas trop faire des photos avec ma mère, après tout je m'en fous quoi ça va… C'est bon… Je fais ça depuis que j'ai 4 ans… Elle dit que c'est de l'art…

Ce n'était pas la vérité, je haïssais les séances photos car je me sentais dépossédée de moi-même et en parler à un homme avivait ma souffrance. Je me détestais de ne pas avoir eu la force de révéler ma sincérité, de mentir à mes dépens. Mais j'étais acculée par la peur d'être enfermée dans un centre d'accueil et de ne plus pouvoir vivre ma vie d'adolescente, si essentielle à ce que je devienne une femme. De plus il insinuait que je devrais un de ces jours montrer mon hymen à un gynécologue afin de prouver que j'étais vierge. Je suis restée sans voix. Je ne souhaitais pas me confesser auprès de Monsieur Schlieben ni à Madame Chenu, ni à Vincent ou à Christian mais uniquement à Dieu.

Modernité

Sex and drugs and rock and roll
is all brain and body need
Sex and drugs and rock and roll
Are very good indeed

Ian DURY

Olivia Putman ne possédait en tout et pour tout que trois disques, *Never mind the bollocks* des Sex Pistols, *The Blank Generation* de Richard Hell et *Sex and drugs and rock and roll* de Ian Dury. Des albums appartenant à son frère Cyrille qui s'était envolé pour Londres en compagnie d'Alain Pacadis et d'un caillou d'héroïne. Andrée Putman disparue elle aussi du quai des Grands-Augustins pour fendre de son allure guindée et sa voix rocailleuse les nuits du Studio 54 bondées de bébés d'amour et sillonner le jour les avenues new-yorkaises aux buildings miroirs. Jacques Putman, le père d'Olivia, galeriste et mécène, venait d'installer sa fille dans l'atelier qu'occupait depuis des années le fameux peintre Bram van Velde, situé deux étages au-dessus de chez Dédé. L'immense pièce chargée de l'empreinte du peintre abstrait dominait cette zone du quartier que j'arpentais enfant dans l'intention de rejoindre les bords de Seine pour admirer les péniches ou de m'enfermer avec Irène à l'Action Christine pour y voir des films hollywoodiens ou du cinéma d'avant-garde. Olivia n'avait que 13 ans elle était la plus jeune et riche propriétaire de notre bande, pouvant donner libre cours à ses envies car quoi qu'elle fasse, un compte en banque bien rempli l'attendrait toujours pour la protéger de la rue ou de la fange. Quelque part je l'enviais, mais détestais en moi ce sentiment, préférant obstinément la dureté de la vie, imaginant encore et toujours qu'elle me renforcerait. Je pensais comme une bagnarde mais n'étais qu'une jeune fille. Olivia m'invitait à passer le réveillon chez elle, comme les copains étaient retenus dans leur famille, Olivia l'avait rebaptisé *Le Noël des deux pauvresses*. D'une autorité naturelle mais d'une grande paresse confinant à une oisiveté béate, elle m'intima de trouver de l'héroïne rose, une expérience pour terminer en douceur cette fin d'année hyper suicidos. À la recherche de Médélice, j'ai filé un coup de bigo à Bette qui, de sa voix aiguë de donneuse, me balança que la petite Justine était avec le dealer dans son appartement du XVIe enfermés à se défoncer et à baiser sans la moindre envie de répondre à qui que ce soit. Je l'ai répété direct à Olive qui a marqué un arrêt interloqué :

— Non l'arnaque du siècle ! Déprimos. Qu'est-ce qu'on fait, rien ?

Je l'ai convaincue de ramener un bidon d'Eau écarlate, elle était aux anges. Je me suis fendue d'un long détour chez le marchand de couleurs du côté de

Nation. À nouveau le plaisir scopique de me retrouver seule dans le flux de la circulation, les vitrines des magasins irradiant de lumières me happaient. Je pouvais enfin me perdre dans les profondeurs de la nuit.

Chez Olivia, allongées sur le tapis à des distances sidérales l'une de l'autre, le bidon d'Eau écarlate posé entre nos deux corps avec chacune dans nos mains une grande serviette blanche imbibée du détachant pour vêtement, nous sniffions ce qu'Olivia appelait nos « doudous 77 » et le monde ondulait dans un énorme écho de Ian Dury, *Sex and drugs and rock and roll*. L'Eau écarlate s'évaporait rapidement alors j'opérais une reptation vers le bidon pour humidifier à nouveau le doudou 77 avant de repartir en roulé-boulé atterrissant sur des toiles de Bram van Velde joliment disposées le long des murs. Olivia portait une robe de velours noire et courte, dont le bas relevé laissait voir la blancheur marmoréenne de ses jambes et de ses fesses retenues dans un panty enfantin trop serré. Sa chevelure auburn, lisse, épaisse, entourait son visage blafard repoussé par ses os. Toute vibrante elle est allée vomir dans la salle de bains, je l'ai suivie ensuite dans la cuisine. Nous y avons grignoté un reste de saumon jaune, des chips, bu la fin d'une bouteille de vodka. Elle me parlait et sa belle voix grave emplissait toute la pièce.

— Je vais plus en cours…

Elle s'enfournait toutes les pommes chips.

— Tant pis !

— Andrée flippe elle veut que j'aille dans une pension en Angleterre, galère.

La lumière trop forte grouillait d'impatience.

— Mais non tu ne vas pas y aller j'espère...

— Bah si, au début je me suis dit craignos à mort et tout, et maintenant pourquoi pas... Mais je suis toujours pucelle, je suis la der à pas avoir couché...

Elle riait et ses dents pourrissaient.

— Flippant !

Elle a rejoint le pick-up et sa jupe de velours restait soulevée au passage, elle a imprégné son doudou 77 et répété :

— Super craignos et tout et tout...

Le ciel était plombé, les puces s'étendaient à perte de vue et le périphérique habituellement saturé dégageait toujours une odeur d'essence toxique mêlée de poussière. Des papiers gras agités par le vent voletaient dans l'air, se collant sur mon bras ou aux mollets d'Olivia.

— Ciel de plomb pas un homme à l'horizon, c'est l'angoisse dois-je mettre mon cœur à la glace... Ciel de plomb c'est l'absence de passion qui m'angoisse... qui m'annnggoissse !

Christian chantait plus faux que jamais et traînait ses savates en balançant des hanches comme une vahiné, se cachait derrière de grosses lunettes noires et sentait lorsque je m'approchais de ses cheveux une forte odeur de sexe. Tandis que Vincent, dans sa chemise tout empesée, les traits tirés par le spleen qu'accusait sa pâleur, s'agrippait à mon bras.

— ... c'est dément, Christian il est persuadé que s'il couche avec la terre entière il va devenir connu et qu'on l'oubliera jamais il est fou !

Ses paroles perçaient le brouhaha de Montreuil, plein de joie Christian levait les bras au ciel.

— J'm'en branlaresse !

Christian continuait à jouer à la pécore sur le pont et sautait en arrière prêt à faire tomber Vincent dans la circulation, amusant les quelques Maghrébins accroupis vendant de menus objets.

— Arrête, tu nous fous la honte…

On s'acheminait vers une des allées, je me cherchais un duffle-coat bien chaud pour porter avec des chaussures Ernest et Olivia un blouson en jean Levis et une mini crade. Olivia parlait à Christian, je n'entendais pas ses paroles ses cheveux se dressaient pour s'assouplir en volutes, elle fumait une bastos, essayait la mini crade.

— Ça y est j'ai couché… Je ne suis plus pucelle !

Devant les aveux d'Olivia, Christian et Vincent restaient bouche bée, elle m'ignorait en douce puis elle ajouta :

— Médélice c'est un peu la teuh mais j'm'en tape, c'est la vie, c'est fait.

Et au fond de sa gorge montait son gros rire de Muppets.

— Mais alors c'était comment… ?

Christian prenait sa voix sèche.

— Ça va !

— Ça va… bien ?

— Ça va…

Mais Olivia, à son habitude de grande bourgeoise, se taisait. Une main cherchait dans le tas de nippes, c'était la mienne. La petite Gigi vêtue d'un manteau au col de fourrure se promenait au bras d'un beau rocker répondant au nom d'Octave. Le bruit courait que ses parents détenaient des sex-shops à Pigalle.

— Le rocker à la noix j'te dis même pas, il a l'air bête, idiot à mort.

Je le trouvais beau, Christian avait son mot à dire sur les mecs de toutes les filles qu'il connaissait.

— Vous allez où ?

Ils faisaient beau couple, j'étais surprise.

— Octave doit rejoindre Johnny Thunders à Clichy ils vont monter un groupe ensemble...

— Tais-toi bébé c'est top secret, j'te l'ai déjà dit... balance pas chérie...

Ils sont partis dans un excès de vitesse et de prétention. Christian ralentissait laissant les autres nous dépasser.

— Tu sais quoi... je vais faire un film d'après les aventures du baron Wilhelm von Gloeden ça va s'appeler *La Racedep*, et j'ai le rôle principal, le réalisateur c'est Lionel Soukaz, hi hi hi...

Difficile de répondre quoi que ce soit d'original tant il était fier de son militantisme homosexuel que sa jeunesse rendait encore plus révolutionnaire, il me bluffait alors j'ai abattu mon jeu :

— Et moi je vais jouer dans un film, *Journal d'une maison de correction*, une jeune prostituée recherchée par la police... ça se tourne à Marseille dans le Panier.

— Drôle !

Vincent s'émerveillait devant une paire d'appliques ; des bras tendus comme dans le couloir du château de *La Belle et la Bête*, mais elles coûtaient trop cher. Je me suis déniché un manteau en faille noire des années 1950 à rayures de toutes les couleurs, une belle pièce. Olivia, contente de ne plus être vierge, se morfalait une gaufre devant les grilles surplombant le périphérique, avec ses larges épaules et sa belle morgue elle avait du panache. Alain Pacadis, discret, traînait dans l'allée grelottant sous son blouson de cuir, il nous a montré son maigre butin, une chemise à motif 1970 avec un col pelle à tarte. Christian et Olivia devaient rejoindre Dédé à un mystérieux rendez-vous dans le VIIIe et Vincent est retourné bredouille chez sa mère. Alain, perdu, ne voulait pas être seul, alors il m'a invitée chez lui rue de Charonne.

— … Sable Starr, Sable Starr, Sable Starr… est la plus jeune baby groupie elle est sortie avec Led Zeppelin et Rod Stewart à 12 ans et avec Iggy à 13, et avec Mick Jagger et Alice Cooper, elle traînait au Hollywood Sunset et au Rainbow et elle a été la petite amie de Johnny Thunders… Elle est même tombée enceinte mais elle a avorté et Johnny m'a dit qu'il était dingue d'elle… Il a brûlé tous ses carnets intimes.

Dans sa nouvelle chemise col pelle à tarte il se fixait tranquillement à contrejour des fins rais de lumière hurlant entre deux rideaux de velours cramoisi. J'étais assise sur son lit à boire une canette de coca pétillant.

— Et… ?

— Tu lui ressembles un peu…

Il a eu un flash et il s'est écroulé dans son fauteuil.

— Est-ce que tu as une photo de Sable Starr… hé ho ?!

Il mit un temps infini pour me répondre.

— Sur mon mur au-dessus de la boîte de loukoums !

Une petite photo froissée de Johnny Thunders défoncé enlaçant une fille blonde extrêmement jeune totalement anorexique habillée de dentelles, de collants verts. Elle ressemblait à un ange. La dernière fois que quelqu'un m'avait assommée avec les super baby groupies c'était Christian. Alain sans même bouger de son fauteuil a levé le bras, il a mis sur son Teppaz une chanson de Brigitte Bardot, *Contact*. À ce moment j'ai eu une impression de déjà-vu.

Une météorite m'a transpercé le cœur
Vous, sur la terre vous avez des docteurs
Contact
Contact
Il me faut une transfusion de mercure
J'en ai tant perdu par cette blessure

Vers la fin de la chanson j'ai dansé et ses yeux se sont voilés de larmes.

— Tu veux pas dormir avec moi ?

— Les draps sont trop dégueulasses…

— J'veux pas être seul…

— Non Alain.

— J'ai tellement envie de mourir, si au moins je trouvais quelqu'un qui me tue…

— T'es déprimant.

— Va-t'en salope. Laisse-moi…

Et je suis partie, en passant devant le Palais de la femme j'ai craché dessus.

1978

L'appartement de Maud semblait reposer sous la protection d'esprits magiques venus d'Égypte, mon front contre la vitre givrée et au bout de la rue Vavin la Coupole, son enseigne rose se détachant dans la nuit noire. Ici, j'étais passée de l'autre côté. Un signe esthétique du destin. Enfermée dans un immeuble médical en faïence blanche conçu au début du siècle pour lutter contre le bacille de Koch et la tuberculose ils dansaient en chantant sur *La Java bleue* de Fréhel.

C'est la java bleue
La java la plus belle
Celle qui ensorcèle
Quand on la danse les yeux dans les yeux

Derrière ma tête un rêve ouaté, bientôt les douze coups de minuit retentiront et l'année sera passée. Les angles pailletés fourmillent de lumières, exposée sur la cheminée une des paires de souliers recouverts de rubis portés par Judy Garland dans *Le Magicien d'Oz*, assis sous un portrait de Marlène Dietrich, David Rocheline tout droit sorti de sa roulotte vêtu d'un costume de bohémien en velours prune, chemise de satin lilas et lavallière percée d'un bijou grenat. Le visage peint comme à la scène, il me scrutait tout en se balançant sur sa chaise. Le champagne coulait à flots dans la cuisine, finalement les cascades de rires ininterrompus ont fini par m'extirper de ma mélancolie. Les miroirs du salon réfléchissaient un avenir étincelant, les luminaires semblaient par la magie d'un cristal ancien et pur être tombés de la voûte céleste. Vincent et Christian à demi allongés sur un divan telles des idoles d'argent s'extasiaient la bouche entrouverte tandis qu'Olivia et la petite Justine s'engloutissaient à grands coups de cuillère un pot de glace au chocolat de chez Ladurée. L'agitation battait son plein, les danseurs mêlaient leurs corps avec autant de charme que de candeur subtile. Paquita flirtait avec Marie France, Djemila mi-homme mi-femme s'était dessiné une moustache, elle jouait pudiquement à s'accoupler avec Philippe Morillon sous les bons augures de Maud Molyneux qui, un hennin sur la tête, apposait sur chacun d'entre nous un coup de baguette magique. Alain Pacadis, lové contre des coussins en cygne vert absinthe, sommeillait la braguette ouverte sous une tapisserie d'Aubusson à dominante rouge et verte un rideau de théâtre s'ouvrant sur une nature morte qui par un jeu d'optique paraissait se détacher de son support et stagner en apesanteur emportant avec elle une cithare, un masque noir, une guitare, une partition de musique, des papillons et quelques cotillons imaginés pour rappeler à notre mémoire les fastes anciens d'un bal vénitien. Tout dans l'appartement se dressait sur un même plan, le dessous, le dessus, les enchevêtrements, mon ivresse – un dessin de folle. Ce soir du premier de l'an, la joie des homosexuels calmait mon anxiété autant qu'un médicament contre la dépression. Je suis une sirène dans un songe éveillé où la réalité n'a plus la moindre importance et Fréhel chantait :

Où sont passés tous mes amants,
Tous ceux que j'aimais tant,
Adieu les infidèles
Ils sont je ne sais où
À d'autres rendez-vous

Et sans doute comme Fréhel, je regretterais mes amants quand un jour, je serais vieille. Ils se précipitaient vers la cuisine, j'entrepris de les rejoindre, de-ci de-là s'affaissaient des pièces montées de pâtisserie, recettes du XVIIIe siècle élaborées par Maud trois jours auparavant. Les crèmes et ganaches fleuraient une odeur maternelle aigre de lait tourné. On trinquait, Djemila se déhanchait attirant tout le monde dans son orbite, David s'est raclé la gorge avant de déclamer d'un ton surarticulé qui était celui de l'actrice Cécile Sorel, grande coquette et consœur de Sarah Bernhardt :

— Il paraît que c'est Charles ton fiancé qui a fait fuguer ta sœur des Minguettes et qu'elle est enfin montée à la capitale c'est la vérité Djemila ?

— Ouais, j'ai pas envie de parler de Charles ni de ma sœur.

— Mais où est Charles ?

— In the moon.

Ils ont tous ri comme une boîte à musique je me demandais bien qui était ce Charles. Lorsque la voix d'Amanda Lear retentit ce fut le délire et Vincent et Christian ont lancé sur l'assemblée des boules de crème rance.

Dans la salle de bains la fenêtre donnait sur un puits de lumière dans lequel Alain envisageait de se jeter :

— J'ai vraiment envie de me tuer !

— Vas-y Narcisse, ne te gêne pas ! j'ai crié.

Et tout le monde a rigolé.

Paquita nettoyait la crème de son opulente poitrine, je fixais d'un coup de laque ma mèche à la Veronica Lake, Marie France sacrée plus belle travestie de France s'envoyait des tendres baisers dans le miroir.

— On baise avec qui on veut on se laisse pas faire, si un type nous cherche des crosses on l'emmerde, pas vrai la môme ?

— Ouais, t'as raison Marie France.

Paquita s'impatientait, toujours prête à se divertir davantage.

— Maud mon trésor montre-leur ta collection de vestes en nylon cloqué… Elle en a trente-sept !

Je suivais Maud, elle entrait dans sa chambre telle une somnambule. Des coups, nous avons eu peur que ce soient les voisins, Paquita tapait du poing contre la penderie.

— Maud tes vestes en nylon cloqué !

— Allez allez, montre-les-nous !

Vincent sautait en l'air suivi d'Olive, Justine, Christian, puis moi. Maud amusée finit par céder à nos enfantillages, elle ouvrit grand sa penderie.

— Voici mes vestes, mes chemmmises, mes coosss-tuumes, mes fouuulards en nylon clooooqué et mes méééduses…

— Oh là là, c'est beau ! s'écriait Vincent.

Ses expressions se modifiaient comme une photographie trempée dans un bain révélateur, allant de la stupeur au ravissement.

Paquita allongée sur le lit fouettait lascivement les fesses de Vincent d'un boa mauve.

— Eh… il paraît que ça y est, ils vont bientôt réouvrir le vieux théâtre de la rue Montmartre transformé en plus grand night-club du monde, mieux que le 54 à New York et que ça va s'appeler le Palace, j'ai hâte !

J'étais époustouflée. L'ouverture du Palace intéressait tout le monde, on n'a plus parlé que de ça jusqu'au moment où Vincent a crié :

— Ça y est c'est minuit !

David a subitement tiré mon poignet comme le cordon d'une cloche, il n'était pas pédé, juste terriblement sophistiqué j'aimais son allure effeminée, il incarnait le cabaret, les mystères de Paris. Subitement on s'est tous embrassés dans une grande effusion joyeuse ça y est l'année était enfin passée.

New wave

Derrière le rideau du photomaton de la Bastille, l'ange qui se découpe sur le ciel bleu, il faut que je fasse un vœu : être heureuse pleinement avec un homme parce que dans la vie il n'y a que l'amour. Les pas des passants martèlent le bitume, j'entrevois leurs souliers s'arrêter, piétiner avec les pigeons et repartir dans la circulation. J'ai mis trois balles. Dans la vitre noire mon reflet, mes cheveux masquent la moitié de mon visage, je tire un œil fumiste qui en sait long. Flash ! Maintenant les mains de sainte plaquées contre ma poitrine, les yeux révulsés d'extatique et soudain, Christian se jette dans mes bras :

— Le super satyre !

— Nan, vite ferme.

Il tire la langue les traits exorbités de folie retroussant ses babines montrant de méchantes dents. Flash ! La séance vire au drame, il m'étrangle avec des mains d'assassin, je meurs à la renverse. Flash !

C'était fini, quatre poses, qu'est-ce qu'on a ri.

— T'as des pesetas niña ?

— Nada Señor, no tengo dinero.

— Mierda.

On lambinait devant la cabine le temps que la bande sorte, sous les pieds un photomaton déchiré d'un jeune militaire, il la prend ça porte bonheur qu'il me dit. Les photos glissent, elles sèchent, elles sont du tonnerre, il se trouvait drôlement à son goût, le noir et blanc embellissait les traits, les ombres sculptaient, les expressions mièvres ou incertaines devenaient dans le photomaton des plus intéressantes.

— J'trouve que ça y est je fais keum ?

— Tu fais super zabos.

On voulait chacun pour soi garder les photos souvenirs tellement elles étaient bien, aussi bien qu'au cinéma. Il n'arrivait pas à se détacher de sa trogne.

— La prochaine fois on apportera des costumes ?

— Ouais, on prendra une valoche Cricri d'amour.

Mon frangin il n'a pas arrêté de se contempler la bobine jusqu'au métro et au-delà.

— Toi tu veux laquelle ?

— Je trouve ça naze de les découper en morceaux, ça fait un tout la bande…

Et puis avec une grande brusquerie que je ne lui connaissais pas il me les a balancées sur la jupe.

— Garde-les si ça te fait plaisir, j'm'en tape !

Dans le métro qui bringuebalait des gens aussi typés qu'à Londres, des femmes complètement retenues dans le passé avec les cheveux orange et du fond de teint barbouillé partout et des bas chair couleur de poupée brûlée et des hommes en complet trois-pièces l'air de comploter, certains portant encore la cravate noire en signe de défaite des Français en Algérie. Des adolescents en bleu de travail mâchant du bubble-gum, des adultes en manteau de skaï noir avec un berger allemand nous mataient à cause de mon lipstick et du reste de make-up de Christian.

Il s'évadait d'un long week-end éreintant où il avait interprété un jeune pâtre du baron von G., il esquivait avec tact mes questions préférant m'en poser. Je ne me suis pas étalée sur mon tournage à Marseille mais Christian me tirait les vers du nez, voulait savoir avec obstination si le metteur en scène m'avait fait une langue fourrée ou si l'éducateur m'aurait pelotée ou mis un doigt dans le cul, ce qui en l'occurrence n'était pas le cas

— Par contre fini les doches…

— Non, c'est la ménopause à même pas 13 ans j'y crois pas !

Tout le wagon entendait notre conversation.

— Tais-toi narco !!!

— Enlève ce que t'as dit immédiatement !

Et pour la première fois il a brandi la main sur moi, mon cœur explosait dans ma poitrine.

— J'enlève arrête…

Me sentais comme qui dirait fragile de l'intérieur et avec cette peur de l'abandon, une peur insupportable dans un espace infini.

— Christian, bisous ?

Il m'a embrassée sur le nez, les hurluberlus aux premières loges se levaient exaspérés par notre scène de ménage. Tant mieux, qu'ils décollent, ça fera plus de place pour nos guiboles. À la station Reuilly-Diderot dans l'autre train à l'arrêt un jeune garçon tapait du poing contre la vitre j'ai cru voir un fantôme du passé il criait « *Eeeeva* », sa voix étranglée me remémora qu'il m'avait donné contre mon gré mon premier baiser aux pieds de la cathédrale de Chartres un soir d'hiver.

— C'est qui ce ringard hallucinant ?

— J'sais pas, je le connais pas.

L'avenue Daumesnil rouge et blanche et verte, les vieux crayonnés de gris.

— Finalement je trouve que c'est mieux si on se les partage, je veux celle où je fais keum et où je t'étrangle.

Lui ai refilé la bande, on s'acheminait vers notre destin je songeais à la plus grande discothèque du monde, le Palace, elle allait ouvrir ses portes la semaine prochaine, cet événement de la plus haute importance m'électrisait. On allait s'amuser, faire la fête jusqu'au bout de la nuit, faire la fête à en mourir.

Edwige était revenue de New York et serait la physionomiste du Palace. La classe internationale. Assise sur son vélomoteur elle roulait à vive allure frôlant les voitures, elle m'avait dit « Viens bébé, je te châle poupée. » Les immeubles du quai Anatole-France défilaient au-dessus de nos têtes et au-delà un ciel nuageux reflétait ses méandres infinis dans les flaques de pluie. J'enlaçais Edwige je sentais contre mes mains le rebondi de ses gros seins. Le high thé entre copains avait lieu chez une travelotte de la bande à Marie France dans un appartement situé dans une zone lointaine. Cette traversée de Paris comme si nous étions encore et toujours en vacances en 1960. Je la talonnais dans les escaliers, elle portait dans son sac à provisions une boîte de petits pois le Géant vert. À l'intérieur une pièce ovale aux rideaux poreux et fragiles entourait une grande table dressée pour l'occasion. Alain Pacadis buvait de la Valstar narrant d'une voix faible son dîner chez Karl Lagerfeld avec Andy Warhol, Helmut Berger et des copines travelottes habillées en baby dolls, « tous ces gens qui gagnent tellement d'argent et aiment dire tant du mal ». Il m'a embrassée. Pierre et Gilles m'accostaient timidement tout en dégustant les petits pois dans des tasses à café avec des cuillères et faisaient très rockers des bords de mer. Edwige m'ignore, elle prend ses distances et se flatte d'avoir fait l'aller-retour Paris-New York rien que pour retrouver son amoureuse, Pattie Hansen. Mais Pattie n'avait même pas pris la peine de se déplacer, elle exhibait ses avant-bras profondément scarifiés au rasoir. « C'est à cause de Pattie » disait-elle, vantarde. Nous l'écoutions ragoter d'un ton puéril sur la prochaine séparation de Mick Jagger et de Bianca. Christian et Vincent m'évincent habilement de leur conversation, débriefent d'une nuit blanche passée chez un professeur du cours Berçot. Le miroir du salon me renvoie mon visage sans âge, j'avais grossi. Sur la table il y a des bouteilles de gin, j'en bois cul sec me vantant de ne pas porter de culotte, l'objectif braqué sur moi je feignais de ne pas m'en apercevoir, je tirais sur ma cigarette, croisant le regard de Christian. Philippe Krootchey impertinent, aspirait à devenir deejay. Il taraudait Edwige voulant savoir comment s'était déroulée la réouverture du Cotton Club à New York en présence de Cab Calloway, Edwige fait la sourde oreille continue de fumer, se complimente d'avoir vu sur Broadway en pleine tempête de neige *La Fièvre du samedi soir*. Alain ivre connaissait tout sur la tournée des Sex Pistols aux USA, mais plus personne ne l'écoutait, nous dérivons ensemble vers une chambre, nous nous étalons sur un matelas face à une télévision nous renvoyant des images bleutées. Il me parlait de Joy Division, de Johnny Thunders, de Siouxsie and the Banshees. Son regard intense devint couleur scotch.

— Je suis trop mal, j'ai du Tranxene et du Mogadon t'en veux ?

— Non merci.

Je le laissais s'enfoncer voluptueusement dans la pellicule du souvenir.

— Le Palace ouvre mercredi, c'est chouette.

— Ouais il va se passer quelque chose d'intéressant parce que là, il se passe plus rien dans Paris franchement c'est mort.

Et Paca s'est endormi.

Les sirènes d'alerte aux populations envahissent les rues blanches et grises de la ville, c'est que nous sommes le premier mercredi du mois. En boule sur le lit de Mamie je médite en crapotant une cigarette du bout des lèvres. L'amour peut prendre des formes aussi extraordinaires qu'inattendues. Vincent m'a confié que baiser pour baiser avec des garçons n'a pas d'importance, ce qu'il cherche c'est l'amour. Christian, plus aventureux, approfondit et multiplie les contacts charnels, son goût s'est à présent totalement affirmé, il préfère les hommes, se persuade d'avoir la capacité de faire virer la cuti d'un hétéro en pédé. Ces métamorphoses me troublent, j'aime à me fondre dans ce que je m'imagine être le corps de mon Christian. Je renvoie la fumée à sa manière, bridant mes yeux, mes jambes s'étirent, se mêlent aux siennes trop longues et maigres.

Christian mon ami, je me suis longuement préparée et vêtue d'une robe de bal très teenage en velours couleur rubis, j'ai embrassé mon arrière-grand-mère quelque peu affolée par ma tenue à cette heure déjà tardive et je suis venue te rejoindre en courant. Tu portais un costume couleur de lune. L'atmosphère dans ta chambre comme une fièvre contagieuse. Nous savons que nous allons nous perdre dans la nuit et toi, tu assures comme toujours parce que tu es un caïd et j'aime les caïds. Par terre il y a des magazines Jean Paul *avec des mecs à poil, chacun son truc, tu en raffoles. On refait les mêmes choses, les mêmes gestes et ce n'est pas une répétition mais un rituel d'esthète. Je me souviens que tout allait si vite, tu as arrangé ma robe et les filles du lycée sont arrivées, il ne faisait pas encore nuit. Sisters Midnight.*

On se demandait si cette boîte existait vraiment ou si c'était un gag et puis tu nous as parlé de pipe à la neige, une de tes copines qui était partie au ski t'en avait dit le plus grand bien et qu'il ne fallait pas mordre mais juste titiller le gland avec les dents. Puis l'une de nous a opposé à ton discours l'acronyme MLF et là ce fut la crise de rire. Et je ne sais plus si c'est ce jour-là car je reviens si souvent en rêve dans ta chambre, je te vois pleurer et tu n'aimes pas ça pourtant je connais ta fragilité, c'était à cause de l'affront d'un ami. Tu nous racontes qu'en réalité ton vrai père est un pompier égyptien qui est passé par la fenêtre pour embrasser ta mère et braver les flammes. Tout se mélange, c'était une autre fois. Ce soir-là nous avons pris le tromé tous ensemble jusqu'à la station Montmartre.

Paradisco

Rue Montmartre, les odeurs de shawarmas et de frites huileuses imprégnaient les trottoirs où piétinaient les fils, les filles et les arrière-petits-fils des curieux, envoûtés comme leurs ancêtres à traîner obnubilés, hypnotisés dans ce quartier rejoignant par un axe invisible et secret le boulevard du crime d'autrefois, là où s'alignaient les théâtres mélodramatiques dans lesquels se jouaient les faits divers les plus cruels, des assassinats horribles et des vols en pagaille. La belle enseigne rouge du théâtre Le Palace éteinte trônait au-dessus des grilles à moitié ouvertes sur une entrée cabossée d'un pourpre sombre aussi sanguinolent que les entrailles d'un animal mort. Cela ressemblait, pour mon esprit enfantin, à ces boîtes où sont enfermés des mannequins hindous à la peau suintante et parcheminée, que l'on trouve dans les foires à Londres et qui, pour quelques pennies, prédisent l'avenir de l'intéressé. Voilà que mon âme s'agitait face à l'invitation de ce lieu qui à bien y regarder n'était au fond qu'une gueule de baleine déguisée en night-club. Ils rigolaient se bidonnaient et on s'extasiait avec l'espoir de pénétrer à l'intérieur. *Maccache bono, entrez plaisir des yeux, à l'intérieur des hommes vont te toucher...* Des voix impudiques me parlaient dans le fracas de la nuit. Sur les côtés et les colonnes du Palace de vieilles affiches déchirées de chanteurs populaires et du ventriloque Tatayet qui communiquait sa voix à sa poupée. Des clodos voulaient un franc pour grailler chez Chartier et des femmes à demi nues accompagnées d'hommes en costume se précipitaient en riant dans ce terrier et à n'en pas douter m'entraîneraient vers le Styx et les enfers desquels on ne revient jamais. La nuit noire et brillante habitée par un jour éternel opérait l'éclipse énigmatique, il n'était pas minuit mais midi en plein Paris. Paloma Picasso et Xavier de Castella, Yves Saint Laurent, Loulou et Thadée et aussi des fifties, des cubains, des homosexuels en pagaille, Hélène de Rothschild, Helmut Newton, Paco Rabanne, la petite Gigi et Roland Barthes se faufilaient en courant dans la boîte. Edwige et Paquita nous avaient juré de nous faire passer mais on les attendait. Dans la rue à l'angle de la cité Bergère, Simon Boccanegra, Philippe Krootchey en chéchia et Éric Bush nous snobaient ignorant jusqu'à notre existence.

Une rumeur rapportait que jadis le Palace avait été un cinéma et avant tout un music-hall qui avait vu passer les Dolly Sisters, Maurice Chevalier et Polaire mais aussi une scène où se donnaient des revues coquines et qu'un soir de 1933 un certain Oscar Dufrenne alors directeur du théâtre avait été retrouvé mort tout nu le crâne fracassé contre son bureau et que depuis le théâtre portait malheur. Les gens s'engouffraient discrètement, un spectacle-surprise était prévu nous ne voulions pas le rater. Des personnalités du monde du cinéma, de la chanson, tellement connues que leurs noms m'échappaient se précipitaient de l'autre côté de l'entrée. En l'observant me revint le présage de la femme hindoue rencontrée à Rome chez Dado – c'est ici que je trouverai l'amour, le grand amour, le tout premier. Dans ce théâtre. Les filles sensibles sentaient mon cœur battre, leurs rires charmants, Anne si gaie alpaguant Christian. Les secondes égalaient l'éternité et dans le froid la buée de nos haleines qu'éclairaient les phares des voitures se mélangeait joliment avec les néons des négoces et à nouveau la sensation d'être à la Foire du trône ou bien au cirque. Et de pouvoir me perdre dans la nuit Vincent gambadait agitant ses mains telles des hirondelles, Paquita enveloppée de cuir a sifflé dans ses doigts et Christian nous a brusquement conduits derrière la grille, nous avons franchi la porte, abandonné nos manteaux aux vestiaires.

— Ça m'a l'air gigantesque…

— Énormaresse.

Christian m'enserra la taille, creusant ses joues.

— Avance monstresse.

J'empruntais un long couloir incurvé serti de vitrines miroirs qui gardaient en relique des photos noir et blanc d'interprètes d'un autre temps, il renvoyait si joliment notre avancée dans des éclats platine et blanc. Après la galerie des glaces, un vaste entresol menait aux portes de la salle de théâtre, une fois passé de l'autre côté l'immense parterre transformé en piste de danse me subjugua et la scène cachée par une publicité géante des années 30 représentant un bateau en pleine mer avec inscrit en dessous *Compagnie générale transatlantique* m'invita au voyage. D'énormes lustres poussiéreux d'où filtrait une faible lumière comme à travers des camés, courait sur les murs une frise avec des divinités antiques et les baffles pulsant *Dance dance dance* de Chic. Je gambadais avec Christian, repassant par l'entresol, grimpant les marches menant à un fumoir doté d'un immense bar et partout des serveurs en combinaison rouge et or Thierry Mugler. De chaque côté des escaliers sombres, je revois nos pieds, cette montée, le balcon dominant la piste et la scène se remplissant de night-clubbers excités mais encore timides explorant les lieux. Derrière nous des gradins obscurs recouverts de moquette rouge grimpaient jusqu'à un mur noir avec quelques hommes se draguant, se donnant l'air dur et dépravé et surtout de n'en avoir plus rien à foutre, c'était ça le Paradis.

— C'est des backrooms imagine… viens on va danser.

J'entendais *Hot stuff* des Rolling Stones et j'ai crié :

— Vite !

Et on s'est dépêchés, à l'entresol des hommes et des femmes en habits de lumière affluaient, l'atmosphère recelait un arrière-goût de Factory, miroir finissant, mêlé de disco dernier cri.

Edwige et Éric beaux comme frère et sœur incestueux, enfants terribles. Elle a retiré son bubble-gum pour le glisser dans ma bouche. Pierre en marin et Gilles en costume de boxe en satin mauve se tenaient langoureusement la main. J'ai dit :

— C'est génial !

D'un geste brusque Paquita abaissa une lourde main sur mon épaule.

— Calme-toi la môme, ça devait pas ouvrir c'est que ce soir après ça ferme... c'est pas aux normes, c'est trop grand, il y a des soucis, la police peut arriver à tout moment...

— Mais non ?

Vincent tremblait d'émotion.

— Vite une danse immédiatement ! a vociféré Christian.

Il m'a attirée de toutes ses forces sur le dancefloor où on a dansé, dansé, j'ai tellement dansé que mes pieds saignaient. Soudain Fabrice, le patron des lieux, est arrivé face à la foule faisant taire d'un geste de chef d'orchestre la musique et nous a solennellement présenté Grace Jones. La toile de la Compagnie générale transatlantique s'est retirée dans les cintres.

Une grande Africaine androgyne affichant un corps à la musculature saillante est apparue dans un nuage de fumée. D'une voix d'homme elle a lancé à l'assemblée « Bonjour Paris », et le public fasciné s'est resserré comme des petits soldats contre la scène. Yves Saint Laurent a bondi sur le plateau, il a disparu un moment avec Grace en coulisse lorsqu'elle est revenue emberlificotée du chiffon chic Yves Saint Laurent et elle a chanté *La Vie en rose*. À côté de nous Patrick Juvet, des teddies, Mick Jagger et des Américaines.

— Ce sont des milliardaires, me dit Christian.

— Tu crois ?

— T'as pas vu les caillasses aux doigts ?

On a dansé, comme dans *On achève bien les chevaux* jusqu'au petit matin les uns avec les autres, beaucoup de gens dansaient vraiment très mal. Puis on s'est arrêtés il était temps de partir. Sur le ticket de mon pardessus planqué dans mon soulier délavé par la sueur le numéro s'était effacé. Un jeune homme à tête de faune habillé d'un costume orange qu'on avait remarqué sous les lasers nous souriait. Christian exigea aussitôt ma redingote avec une hargne hors du commun. La dame du vestiaire la lui remit stupéfaite. Le faune qui s'appelait Dominique nous invita à petit-déjeuner chez lui.

Rue Duperré chez Dominique le faune, le pick-up tournait à vide et les bouteilles d'alcool renversées n'étaient plus qu'un champ de ruine, pieds nus face aux fenêtres en rez-de-chaussée le jour se levait et les lampadaires s'éteignaient et les prostituées du quartier continuaient assidûment à tapiner. Le premier matin à Pigalle de ma vie, j'avais toujours voulu être dans ce quartier au cœur de la pègre. Le pépiement des oiseaux s'intensifiait ravissant la conversation du faune et de Christian, étendus sagement sous les draps de la chambre lilas. Le vieil appartement de guingois et bas de plafond recelait des merveilles enfantines joliment et précairement disposés comme seuls les anges savent le faire. Un petit tableau de Raoul Dufy accroché près du chambranle d'une porte, un lustre de cristal turquoise, une colonne torsadée dans un recoin sombre, un canapé panthère éculé. Dominique insolent avait des yeux de biche, des oreilles pointues et des boucles épaisses et blondes.

— Tu veux un café ?

Il s'approchait si près que je sentais l'émail de ses dents s'entrechoquer, il souriait les mains dans ses poches la chemise sortie, un air débraillé de fils de bonne famille. D'un geste mal assuré il m'attrapa la hanche se pencha fébrilement pour cueillir un baiser sur mes lèvres, nous nous frôlions presque et prudente je me ravisai.

— T'as des tartines avec le café ?

— Oui.

— Tu m'en fais ?

Il s'en alla dans la cuisine et Christian me rejoignit, ensemble nous observions le manège de la rue, j'entrouvris la fenêtre à l'espagnolette et il ferma ses paupières.

— Écoute les bruits des talons sur le trottoir si tu fermes les yeux tu vois très bien les souliers.

Christian ressemblait à un chérubin.

— T'as couché ?

— Un peu je crois qu'il préfère les filles, il est d'accord pour aller à Versailles genre il a une voiture pour nous trimballer.

Dominique nous regardait l'air perdu une assiette de tartines beurrées dans les mains et un pot de Marmite dans l'autre, il mit un 45-tours de flamenco et nous mangeâmes les tartines salées, après le *canto Soléa* il me fallait partir, un rendez-vous m'attendait chez le gynécologue organisé par Chenu et Schlieben, mais il n'était qu'en fin de journée. Christian se grattait la tête sans doute avait-il attrapé des poux.

L'époux du faune. Je riais et il rit aussi, le faune s'autorisait un sourire humide. Je m'assis aux côtés de Christian sur le canapé en dessous du petit Dufy. Le faune frimait, alcoolique ses mains tremblaient, ses ongles longs sales de crasse me répugnaient, son cou exagérément mobile, tordu vers nous dont les muscles saillaient en palpitant et son dos voûté orange me fit comprendre par quelque ruse ésotérique que ce faune était une créature incomplète et souffrait de son statut, de plus ses gestes saccadés de bête commençaient à m'agacer car il désirait un baiser.

— Et tu fais quoi à part de la guitare à neuf cordes ?

— Parfois j'aide David Rocheline à peindre ses décors de théâtre voilà… Sinon rien.

Un long silence nous réunit, nous entendions les pas des passants s'approcher puis s'en aller dans la rue. Penchée à l'oreille de Christian j'espérais que le faune n'entende ni ne lise sur mes lèvres

— Il faut que j'aille chez le docteur.

— Le médecin pour ta ménopause !!!

Dominique avait entendu, blessé à ma place il étirait à mon intention un sourire de connivence, ma tasse de café finit par s'échapper de mes mains pour aller se briser sur le parquet, le faune rapidement se mit à quatre pattes le nez rasant le sol, nous l'observions, à un moment il s'accroupit s'amusant à poser sur sa tête un drôle de chapeau en feutre bleu clair avec deux tourelles et une étoile dorée au milieu puis énigmatique il but un doigt de porto.

— Tu nous emmèneras à Versailles dis ?

— Avec plaisir Eva.

— Tu promets ? Depuis le temps qu'on veut y aller…

Dominique me souriait bêtement en guise de réponse.

J'ai enfilé ma redingote sans plus les regarder, je suis partie.

Il était encore tôt, je m'engageais du côté de la Nouvelle Athènes dans l'intention de descendre doucement vers l'Opéra puis d'y prendre le métro. Attirée par l'avenue Frochot je me souvenais qu'elle était fameuse pour être un haut lieu de crime et, par un hasard des plus curieux, la police encerclait un cadavre. L'homme avait les yeux ouverts, le regard fixe et semblait encore vivant comme si son âme voulait s'introduire dans la mienne par mes yeux et qu'il avait encore quelque chose à usurper, égarée par cette rencontre troublante je décidais d'aller au Pigall's. Il me faudrait un petit cahier où je pourrais griffonner mes idées et parler de mes amis, il y a tant de choses que je ne peux pas leur dire. Au Pigall's jaune rouge et or, véritable décor de comédie musicale, je commandais un café assise en salle. J'observais un adolescent mexicain détenant des cartes postales pour aveugles se prostituer à une personne âgée. Le vieux bien élevé parlait avec élégance vénérant son protégé comme une divinité. Il lui offrait de l'argent, une montre, allant jusqu'à lui promettre de lui remettre une partie de sa retraite il l'appelait *mi angelito mi amor mi vida.* Lorsqu'ils s'aperçurent que subjuguée je ne perdais pas une goutte de leur conversation, ils devinrent agressifs alors je dus m'en aller. En sortant je croisais Nico, défoncée, et parce que je discernais en elle sa jalousie des femmes elle m'a craché au visage mais son mollard est tombé à côté de mes pieds et j'ai rigolé gênée comme une petite Japonaise. Furieuse elle voulait en venir aux mains mais en se reculant elle s'est brusquement cogné la tête contre la vitre.

Je m'allumais une cibiche au coin du boulevard de Clichy et de la villa de Guelma, deux hommes bruns à la mine contrariée vinrent à ma rencontre.

— C'est cinq cents.

— Qu'est-ce que tu fais là ?

— Viens avec nous…

Ils m'encadraient tout en me soulevant et nous entrâmes sur la droite dans un immeuble des plus insalubres. L'un devant, l'autre derrière, ils m'entouraient et nous grimpions ainsi les deux étages. La porte de l'appartement était ouverte et des hommes buvaient, fumaient, ils allaient et venaient dans une étrange frénésie que rien n'arrête. Ils me forcèrent à les suivre dans une pièce claire et enfumée ou d'autres hommes lisaient des journaux, jouaient aux cartes et se manucuraient les ongles. On m'assit dans un canapé bas à côté d'un homme corpulent à la calvitie prononcée.

— Elle se prostitue ?

Sa prononciation dentale le désignait comme chef.

— Tu te prostitues ?

— Non c'est la première fois.

Il a brièvement soulevé ma jupe, je ne portais pas de culotte mais des bas.

— Et c'est ce que tu as envie, de te prostituer ?

— Oui.

Ils étaient plus nombreux dans la pièce et nous sommes sortis par une autre porte pour atterrir dans une boîte de nuit vide, sale et à moitié éteinte, puis ils m'ont poussée dans une pièce jaune où se trouvaient deux jeunes filles pieds nus en pull-over mal tricoté qu'ils ont chassées de larges mouvements.

— Tu veux te prostituer et travailler pour nous ?

Le chef tirait sur ses bretelles à l'élastique distordu.

— Ben ouais…

— T'as quel âge ?

— Presque 13.

— Ici c'est pas possible, mais à Marseille on t'emmène, à Marseille elle sera bien là-bas, avec les autres filles ?

Tandis que les collègues appréciaient le jugement du chef, me revenait en tête que je venais d'interpréter à Marseille une jeune prostituée rebelle qui finit à force de pugnacité par faire tomber tout un réseau de proxénètes – j'ai eu un de ces coups de sang, un éclat du destin, une main invisible éclairait mes pensées à l'aide d'un miroir plane. Un second couteau intervint brutalement.

— T'as des parents ?

— Des quoi ?

— Des parents ?

— Ma vieille mamie et ma mère, mais ma mère elle est folle, la pauvre.

— Et t'habites où ?

— Porte Dorée.

Ils en rigolaient comme ces hommes toujours sûrs de leur puissance et qui savent joliment rire, des hommes imbus de pouvoir et qui ne pensent qu'à la force. Le sous-chef mâchouillait une allumette qu'il trimballait d'un coin à l'autre de ses dents.

— T'as d'autres gens autour de toi, un père, des amis, dis la môme ?

— Bah euh, je suis suivie par la protection de l'enfance, mon assistante sociale elle s'appelle Madame Chenu.

— Si elle est suivie par la DDASS ça va se compliquer…

L'un d'eux m'a bousculée par-derrière et j'ai trébuché par terre manquant de m'effondrer à leurs pieds.

— Elle se fout de notre gueule ? Protection de l'enfance ?

Le chef vociférait.

— Dégage, allez dégage, et traîne plus dans le coin, sinon !

Le sous-fifre m'a heurtée les autres s'y sont mis et j'eus l'impression d'une violente partie de colin-maillard. Dans la rue les jeunes travestis trop maquillés tapinaient joyeusement, lorsqu'ils m'ont vue, leur belle hostilité de pédés a giclé comme du venin mortel. En courant j'ai remonté le boulevard de Clichy, mes chaussures à la main. Soudain des policiers m'ont repérée alors je me suis faufilée derrière les baraques à strip-tease, d'une baraque à l'autre jusqu'à celle de Marcelle qui se peignait ses quatre tifs assise à l'arrière de sa tente.

— Marcelle !

— Pourquoi que tu cries ?

— L'autre jour vous m'avez dit oui pour les strip-teases à côté de Soissons, c'est toujours d'accord ?

— C'est pas le moment, déguerpis t'as le quartier aux trousses.

Il était 16 heures, c'était le rendez-vous avec le docteur Chemoul organisé par les services sociaux, le gynécologue avait une barbe de patriarche.

— Bonjour docteur.

— Bonjour mademoiselle Ionesco.

Il me recevait directement dans son cabinet sans me faire passer par la salle d'attente.

— Tu sais que l'assistante sociale me demande pour son dossier que je t'examine l'hymen, on pense que tu as eu des rapports avec des hommes…

Je suis restée interdite, il a dû répéter sa question et j'ai répondu :

— Vous savez, je ne veux pas qu'on m'observe l'hymen ni qu'on me touche, c'est mon hymen, c'est moi qui décide.

Il y eut un silence solennel et pesant plein de certitudes contradictoires.

— C'est non ! Docteur, c'est non !

— On ne le fait pas… Si tu ne veux pas on le fait pas, je suis d'accord avec ton choix.

J'étais soulagée et surprise que le docteur Chemoul n'insiste pas, il farfouillait dans ses papelards.

— Docteur je n'ai plus mes règles elles sont irrégulières, pourquoi ?

— Ce sont des aménorrhées précoces ou peut-être as-tu eu des chocs psychiques, une mauvaise hygiène de vie, tu te nourris mal, tu dors mal ?

— Ouais c'est ça… C'est des chocs… C'est possible… ?

— Oui.

— Est-ce qu'on peut grossir quand on n'a plus ses règles ?

— C'est pas impossible puisque c'est un dérèglement en pleine période d'adolescence.

Ces rendez-vous contre nature me vrillaient la cervelle.

J'étais porte d'Orléans à faire de l'auto-stop, une expérience imaginée par Christian pour rejoindre les copains à Versailles plutôt qu'en train. Dominique s'excusait de ne plus pouvoir nous y emmener, puisque cette fois il viendrait de Meudon accompagné de David Rocheline. Christian s'était caché derrière un massif attendant que j'arrête une voiture pour y monter à la dernière minute, il était persuadé qu'une fille seule aurait plus de facilité.

— Personne s'arrête, montre tes seins ou tes guiboles !

J'ai relevé ma jupe, une voiture a pilé sur la bande d'urgence mais quand l'automobiliste a vu Christian se ramener, il est reparti aussi sec dans la circulation nous laissant dans le zef et la déroute.

— Pauvre con, salaud de mes deux !

Christian avait beau crier, les plans à deux ça ne marchait pas toujours, après s'être fâché il s'en amusait avec malice. J'ai recommencé mais avant qu'il ne sorte du fourré j'ai précisé au conducteur que j'allais à Versailles et que ce serait super sympa de m'y emmener avec mon cousin qui n'osait pas se montrer.

Comme il n'y voyait pas d'inconvénient, j'appelai Christian. L'automobiliste au visage turgescent était d'accord pour nous emmener aux portes du château, à condition d'abord de faire une halte chez lui où il avait la nécessité de récupérer ses outils d'électricien pour une grosse intervention urgente. Toutefois l'homme soufflait comme un taureau. Sur le chemin, Christian intrigué s'aperçut de la taille gigantesque de ses mains rugueuses, de vrais battoirs. Une fois chez lui, il nous servit à boire de la bière et nous offrit des pommes chips à grignoter dans un salon en béton. Christian comprit rapidement que nous étions enfermés et au moment où l'électricien descendait avec des fils électriques à la cave nous en avons profité pour nous enfuir par l'étroite fenêtre. Un autre conducteur, fumeur, cégétiste et grand amateur de Jacques Brel, nous emmena au château à son rythme de pépère en passant par les hauteurs de Saint-Cloud et de Ville-d'Avray blanche et désolée. Nos péripéties curieuses changeaient la perspective ordinaire de la vie, je me rendais compte que Christian aimait l'aventure pour l'aventure, sa curiosité de comprendre l'âme humaine sous toutes ses formes prédominait dans son caractère. Alors que le véhicule du cégétiste s'éloignait je m'accrochais à son bras.

— C'était moins une avec l'électricien, si ça se trouve il nous aurait ligotés, électrifiés dans sa cave…

— Tu crois ?

— Un vague sentiment…

Les copains en rang nous attendaient devant les grilles. Le château de Versailles plongé dans la brume me parut un bijou irréel. Tandis que Christian racontait nos mésaventures j'admirais mes amis. Vincent coquettement vêtu d'un costume noir d'une chemise blanche et d'un chapeau espagnol me pinçait le cœur, Dominique toujours habillé de son costume orange mais sali de taches de vin sous un manteau de tweed que venait rehausser une couverture sentant le chien mouillé me rebutait. David trop parfumé de patchouli cintré dans un costume à rayures trois pièces gris perle d'où jaillissait une chemise à jabot en satin noir largement échancrée laissant voir sur son thorax poilu une chaîne en or aux multiples pendentifs tel un accordéon, une dent de requin, un osselet d'or, une agate, la tour de Pise, me séduisait.

— Suivez-moi ! qu'il nous dit.

Ce qu'on fit et il se mit à chanter *Non, je ne regrette rien* de Piaf, de temps à autre il se retournait en souriant l'œil gavroche sous une casquette géante, mal raccommodée de gros carreaux, de ces couvre-chefs aberrants dont on affuble les peluches que l'on voit dans les chambres d'enfant. Il tenait entre ses bras un panier d'osier rempli de victuailles recouvert d'un linge blanc.

Notre petit groupe s'aventurait dans une épaisse nappe de brouillard, sous laquelle une fumée rampante proliférait. Nous rentrions dans la blancheur prodigieuse et Dominique m'a effleuré la main, j'ai eu peur j'ai dit :

— Où on va ?

— David connaît bien les lieux, il vient souvent ici...

Et David s'est dévissé d'un air chic, il a affirmé :

— Je les connais les yeux fermés poupée.

On a buté contre un vieux muret délabré recouvert d'une mousse phosphorescente. David tenait à ce que nous l'enjambions malgré le fait que nous pouvions le contourner aisément, rien ne nous empêchait d'entrer dans le parc.

— C'est préférable vraiment de le sauter parce que c'est pareil que dans *Le Capitaine Fracasse* vous verrez !

David est passé de l'autre côté le premier. La pièce d'eau des Suisses bleu grisé par le givre se fêlait de craquelures sur ses bords, au-dessus régnait un ciel mat et sans soleil, un ciel de lait. David nous mena jusqu'au hameau de la Reine où il décida de s'installer.

— Ici, c'est absolument parfait pour pique-niquer, a-t-il clamé en souriant.

Une jambe droite, le pied dans un soulier vernis noir étroit posé sur l'herbe et une main tirant sur son accroche-cœur, il m'a fait un clin d'œil puis il dit d'un ton guilleret où tonnait l'accent de Montmartre :

— Non ce n'est pas bien ? Parce que je connais d'autres endroits aussi bien que celui-là des vachement chouettes des hyper bath et du tonnerre... Vous voulez ?

— Ou si c'est mieux, on y va ? clama Christian.

— Calmos Christian.

— C'est vrai que c'est un peu loin, il faudra marcher...

— Vous en avez pas marre ? Ici c'est parfait.

Vincent s'assit d'autorité et finalement on s'est tous regroupés sur la couverture tartan. Nous avons goûté une multitude de plats yiddish, ses boulettes au citron et safranées étaient délicieuses.

— Tu aimes Eva ?

— J'adore David tu cuisines si bien.

Vincent qui se délectait haussa le ton :

— C'est merveilleux David quelle bonne idée tu as eue d'improviser ce pique-nique c'est comme dans un rêve !!!

Dominique a posé sa tête sur mes genoux il m'espionnait par en dessous. La forme amande et mongolienne de ses yeux dans un visage blanc aux lèvres joliment dessinées comme son nez faunesque prenaient dans ce parc alors que la brume se dissipait les traits de personnages de Pétrone, il m'effleura le bout des seins. David imperturbable se racla la gorge :

— Qu'est-ce que vous préférez que je vous fasse, Marlène dans *L'Impératrice rouge*, Cécile Sorel ou Gabin et Morgan ?

Personne n'était d'accord alors il nous a joué la scène de *Quai des brumes* à la fin quand il y a la Vigue. C'était mieux que de l'imitation c'était du grand art. Le lait du ciel se délayait de sa blancheur, au loin, nous vîmes se détachant d'un buisson quelques travestis perchés sur des échasses venant à notre rencontre, alors nous déguerpîmes, Christian fumait un joint David a tendu la main :

— Fait tourner Herberte !

David dans la hâte a pris les devants. Dominique a collé son corps contre le mien séance tenante et David s'est retourné :

— Je vois, je vois Dominique ça ne peut pas m'échapper, rien ne m'échappe entre nous tu sais !

Nous étions stone. David qui connaissait très bien les châteaux des rois de France nous a conté Versailles puis il s'est longuement entretenu avec Christian de la structure des jardins pendant que je regardais le soir tomber sur le parc à travers les fenêtres. Alors que Vincent s'émerveillait du décor rocaille et des peintures en grisaille de Boucher de la chambre de la Reine avec David, Christian m'a retrouvée.

— Il est glu Dominique.

— En tout cas il est plutôt mignon, tu vas te le faire ?

— J'en sais rien.

Rue Duperré collés à la vitre nous observions les prostituées de nuit jacasser entre elles tout en nous réchauffant contre le radiateur à huile, mon maquillage délabré striait mes joues et mes cheveux, à cause de l'humidité du parc, n'étaient plus qu'un large halo frisotté.

— Vous voulez un grog ?

— Non merci !

Christian préférait s'allonger sur la banquette transformée en lit de fortune. Dominique m'attendait dans le couloir, je l'ai rejoint. Il m'a immédiatement embrassée, attirée dans la chambre lilas où il m'a déshabillée, vaincue je ne m'opposais plus à rien. Nos gestes fébriles approximatifs me lassaient, il m'embrassait beaucoup et des images de notre après-midi au parc de Versailles défilaient devant mes yeux avec cette puissante impression de traverser la blancheur. Nous avons fait l'amour pudiquement, sa timidité m'envahit en me procurant une forme de chagrin inconnu qui était le sien. Au milieu de la nuit le ventre creusé par la faim j'ai été grappiller dans la cuisine un bout de pain rassis.

— Alors ? – Christian le corps enveloppé de son drap a mordu dedans. Il est plutôt comment ?

— Je ne sais pas.

Le visage de Christian que le manque de sommeil amincissait agrandissait ses cernes et ses traits alanguis m'apparaissaient ceux d'une jeune fille.

Dominique a surgi en liquette nous proposant du potage Knorr à la tomate, ils se souriaient, c'était l'aube, j'ai furtivement quitté l'appartement. Dans les cafés des danseuses maquillées buvaient de l'alcool avec des amants d'un jour. J'ai arpenté le boulevard de Rochechouart, les baraques foraines étaient closes. Un couple grivois et hilare montait dans une Aronde. Sans le sou je m'assis sur un banc. La fraîcheur claire du matin m'enivrait, j'entendais des myriades de petits pas légers, fragiles. C'étaient des ribambelles d'enfants joyeux et bruyants, ils se rendaient à l'école. Le cœur fêlé par leurs rires, je décidais de traverser Paris à pied jusque chez Vincent, rue Boulard.

Vincent en peignoir de soie m'accueillit avec joie, il préparait une robe de bal faite de sacs poubelle pour une de ses amies – mais qui en réalité n'était encore destinée à personne –, gentiment me proposa du thé avec des biscuits que je refusais car la vie me coupait l'appétit. La lumière anormalement sombre bien que ce fût toujours le matin clair me troublait. Et durant l'espace de quelques instants je ne savais plus où j'étais, ni l'heure ni la date. Je le trouvais amaigri, sérieux et sa bouche sèche qu'un aphte venait grever gênait sa prononciation au point qu'on entendait un cheveu chuinter sur sa langue jusqu'à en écorcher les mots. Il souleva un linge blanc que cachait un masque de tête de faune en terre grise, une pellicule d'eau rendait l'objet vivant, aussi vivant que la tête de Dominique posée sur mes genoux au parc de Versailles. Vincent content le manipulait avec féminité et m'assurait que bientôt il le fabriquerait en grand pour de vrai. Une démence fébrile s'écoulait des yeux de Vincent. Il s'essuyait les commissures des lèvres puis balayait d'un regard attendri sa chambre devenue atelier. *La charge du faune l'inspirait.* Il but un verre d'eau assoiffé, en avala aussitôt un second.

— Vincent on s'est vus quand la dernière fois ?

— À Versailles hier...

— Ah bon ?

— Tu ne te souviens plus... ?

— Non...

J'éprouvais le sentiment d'être folle, de passer par des trous de ver entre ciel et terre.

— Qu'est-ce que tu as pris ?

— Rien. Je prends pas grand-chose vu mes moyens.

— J'étais avec vous hier au parc toi et Christian vous êtes allés chez Dominique.

— Ah oui c'est vrai, murmurais-je.

Dans un souffle la mémoire me revenait. Les bras de Dominique, Pigalle, la traversée de Paris.

Où Vincent s'était-il donc aventuré après que nous nous étions séparés, les objets dans la pièce témoignaient que la lutte avec lui-même avait été dispendieuse en cette fin de nuit. Je m'inquiétais sérieusement pour mon avenir car je m'imaginais bêtement être sa femme perdue à jamais dans la douceur inamovible de ses robes, ses esquisses, ses plâtres, une femme que je ne serais jamais puisque j'étais son amie. Il me sourit, compatissait à mon trouble. Pourquoi diable donnais-je tant d'importance à nos rencontres, à nos échanges ?

— Le Palace va ouvrir, ça y est, c'est Joël Lebon qui me l'a dit hier au Sept, il va y avoir une grande fête incroyable pour l'anniversaire de Kenzo, le thème sera Vice et Versa, les hommes en femme et les femmes en homme ou comme on veut hein ça va être gai… Hein ?

Je réfléchissais déjà à ma tenue de bal tandis qu'il enfilait un pull qu'il appelait *son voile de printemps* en me tournicotant autour, je craignais qu'il ressorte l'accessoire de jeu, les lunettes Yves Saint Laurent sans verres.

— Christian m'a téléphoné on doit se retrouver rue de Rivoli chez Galignani, tu viens ?

Avant le rendez-vous avec Christian, Vincent m'entraîna à voler à la boutique Kenzo, lui des pulls torsadés, moi une blouse folklorique à motifs fleuris bien trop grande que j'ai bazardée à la poubelle en sortant. Dans la librairie Galignani, nous regardions les étals de livres, Christian agitait devant mes yeux *Le Sabbat* de Maurice Sachs mentionnant que c'était extra, quant à Vincent il s'acheta je crois *Bonjour tristesse* de Sagan. *Chéri* de Colette m'attira, mais difficile ici de faucher, la vendeuse m'avait à l'œil. Dehors au-dessus des Tuileries, le ciel semblait être peint en bleu par un maniaque. Chez Angelina la foule à l'intérieur, l'équipe de *Façade*, Bernard Pivot, Antonio, Pierre Bergé, Diane de Beauvau-Craon et Joël Lebon, il nous fallait faire la queue. Christian me provoquait sans vergogne :

— T'es pas cap de pisser devant chez Angelina !

— Si, évidemment je suis cap !

— Vas-y la grosse !

J'ai remonté ma robe, uriné devant la pâtisserie, des femmes et des hommes indignés sont sortis, il y a eu un attroupement furieux, un chef de rang a déboulé.

— Qu'est-ce que vous faites mademoiselle j'appelle la police !

On a fui sous les arcades et j'ai crié :

— Au secours la vie !

On a couru à perdre haleine jusqu'aux Champs-Élysées avant de se séparer. Quelques jours plus tard alors que j'avais, tout comme mes camarades, pour seule idée en tête notre costume de bal, j'ai découvert en écoutant le journal de vingt heures avec Christian la photo de l'électricien, celui qui nous avait pris en stop pour nous rendre à Versailles, le speaker annonçait que l'homme était en cavale après avoir tué un second couple sur une chaise électrifiée retrouvé dans les bois. Nous étions terrifiés à l'idée d'avoir rencontré un serial killer sur notre chemin.

— Allô ? Comment tu vas t'habiller pour la fête Kenzo ?

— Je sais pas j'ai envie d'un costume qui n'existe pas.

— Alors tu ne vas pas t'habiller Cricri ?

— Si évidemment c'est obligé, je réfléchis.

— *Eva va s'habiller en elle-même et toi ?*
— *J'en sais rien.*

Couronnée d'une tiare, prête, docile et sage, assise sur le lit de la chambre de Christian habillée d'un étroit et long fourreau bustier qu'une imperceptible paire de faux seins en latex venait étrangement rehausser. Une mouche de velours noir collée au coin de la bouche, mon serre-taille sous ma robe et des longs gants sur lesquels étaient collés de faux ongles j'attendais, Christian à genoux devant le miroir finissait de se maquiller le visage moitié blanc moitié noir avec au milieu une arête. Vêtu d'un pourpoint, d'une culotte bouffante et d'un calot sur la tête, il essayait une paire de lunettes 1960 et fit volte-face, se figea dans une pose hiératique aux ambitions voluptuaires.
— C'est bien ?
— Je ne te reconnais pas, c'est très anglais, un peu tribal, très petit page avec un côté Zandra Rhodes. Écoute je trouve que c'est vraiment très réussi !
Il opina de la tête, referma la fenêtre, et les vitres recouvertes de rideaux nous refoulèrent vers l'abîme nocturne où l'agitation de nos souvenirs submergea nos désirs.
Le téléphone sonnait, Vincent s'enthousiasmait d'affubler les filles de vêtements tout aussi extravagants qu'expérimentaux. Il fallait nous dépêcher, vite.

Vices et versa

Rue Montmartre, les badauds, les voitures s'arrêtaient pour regarder la foule s'amonceler devant le théâtre. L'enseigne du Palace irradiant de lumière et en dessous Edwige concentrée, nerveuse, en costume d'homme, portait une fine moustache à la Errol Flynn. Entourée de deux videurs, elle accueillait les invités, choisissait parmi les gens qui ne détenaient pas de carton ceux qui étaient le mieux habillés. Ça criait.

— Tu me laisses passer Edwige je suis beau !

— Et moi tu me trouves comment ?

Les gens piétinaient, certains envieux l'insultaient.

— Eh connasse, c'est quoi là ? Le palais de l'Élysée ?

Bette portait la robe crinoline faite de sacs poubelle, Olivia une robe détournée mise à l'envers et Anne en gouine mafieuse très Mathilde de Morny, *Missy*, l'amoureuse de Colette, paradait un fume-cigarette entre les dents. Vincent mécontent en combinaison futuriste fulminait, n'appréciant pas sa tenue qu'il trouvait *ridiculous*, il espérait qu'aucun photographe ne le shoote. Christian réaliste captait qu'Edwige assaillie ne nous laisserait pas facilement passer sans carton et d'un ton péremptoire intima au petit groupe de s'accrocher à une meuf ou un keum avec un carton.

Immédiatement je me suis accolée à un homme âgé détenant une invitation, notre jeunesse permettait toutes les insolences, ce qui était glauque ou limite devenait drôle et salutaire en bande. Le vieux, compréhensif, souriait. Tout allait vite et hop on s'est rués en boule on est passés de l'autre côté en se carambolant, se percutant les uns les autres.

Claude Aurensan l'associé de Fabrice nous a salement dévisagés.

— Ça commence bien vous vous croyez où ? C'est un club ici pas une maternelle !

— Ne le regardez pas il va nous faire ièch, a susurré Vincent.

Et comme si de rien n'était, on a détalé alors que des personnalités arrivaient occupant toute l'attention et la fébrile obséquiosité de Claude.

La piste pleine regorgeait d'hommes en femme et beaucoup portaient leurs vêtements à l'envers et je pensais *comme dans l'enfer*. La musique pulsait, Macho, *I am a man*. Les lasers verts, les stroboscopes black and white saccadaient nos mouvements. Au-dessus de nos têtes une boule géante faite de néons tournicotait comme à la Foire du trône. Une poursuite éclairait une femme asiatique dangereusement assise à califourchon sur la rambarde du balcon qui menaçait de s'écrouler tant elle était pleine de monde. Elle était à moitié nue sous une robe de voile noir transparente, d'un coup elle se lança et s'agrippa au rideau de scène. La foule, suspendue, hurlait craignant pour sa vie, d'un coup elle a atterri de tout son long sur scène pour mieux rebondir sur ses souliers de Minnie Mouse.

— C'est Kenzo ! criait Vincent hystérique, c'est lui, c'est Kenzo !

Baby, it's me de Diana Ross nous entraîna dans une danse folle. Entassés, serrés, nous transpirions ensemble. Partout circulaient des masques exubérants et cheap mêlant intimement l'horreur et la beauté.

Homme poupée, homme geisha, homme jeune fille, homme tapette, transsexuel Factory style, homme à barbe, femme guerrier, femme président, femme policier, femme androgyne, femme culturiste. Mais les hommes en femme bien plus spectaculaires que les femmes en homme, pourquoi ? Le bal ressuscitait la splendeur pâmée d'autres grands bals, le Proust, l'Oriental du baron Alexis de Rédé, du marquis de Cuevas et surtout du bal musette. Nous dansions en groupe passant de l'un à l'autre. Avec Christian j'ai dansé sur *I love America* de Patrick Juvet. À force de danser on dansait de mieux en mieux et les gens nous regardaient de plus en plus, Christian a dit :

— Si ça continue cocotte, on va devenir danseurs professionnels, n'empêche c'est un métier !

Après on s'est perdus, ivresse de la fête, l'endroit immense pouvait nous séparer durant des heures. La chéchia de Philippe Krootchey, Serge qui me collait, Alain qui rigolait. Saoule et seule j'entamais une montée vers le Paradis espérant rencontrer un inconnu dans une des baignoires. Les photographes et les gens s'amusaient de me reconnaître et me photographiaient. Après le bar, je revois mes pieds monter les escaliers toujours sombres avant le balcon. Un homme masqué en marquis de Bohême m'est apparu, il pleuvait sur nous des cotillons et des serpentins, il m'enserra la taille pour mieux me renverser sur la balustrade, je reconnus David derrière son masque il m'arracha un baiser, cette étreinte en pleine discothèque me remémora ma Mitteleuropa. Il s'enfuit prudement, je restai un moment hébétée. Devant tous ces gens indécents, obscènes et ivres, hurlants.

Derrière mon dos, au Paradis, des hommes baisaient brutalement sur *Love to love you baby* de Donna Summer. Descendue dare-dare au fumoir, je trouvai Christian, Vincent, Olivia, Apolline écroulés sur les banquettes. Simon Boccanegra tirait sur sa clope les jambes écartées, il se vantait tout haut de la réussite d'un casse dans une propriété de banlieue puis d'humeur changeante il a sauté sur une table :

— Une photo tous ensemble vite !

Et nous avons posé – chlac ! Appuyée au bar, Maria Schneider en blouson noir, froissée par la nuit et les drogues dures. Karl Lagerfeld grassouillet et barbu portant catogan et lunettes buvait une coupe de champagne collé à Jacques de Bascher en Bavarois grivois. Christian remarqua Rudolf Noureev en compagnie de Clara Saint et de Gilles Dufour, il estimait que le danseur était bien plus sexy en vrai que sur la scène. Mick Jagger en femme marchait, discutant prudemment, personne n'arrachait la chemise de l'homme le plus convoité du monde, en couple avec Jerry Hall portant une fine moustache. On entendait *Supernature* de Cerrone. Edwige entourée de la petite Gigi et de Lotus se buvait vite fait une coupe et se complimentait de ses santiags en véritable oreille d'éléphant. Alain me présenta Yves Adrien moulé de gris acier, il prétendait inventer un nouveau langage, la langue Növo, Yves avait la réputation d'être un bon coup, il me fit un baise-main.

À nouveau il fallait danser, danser toujours et encore.

La descente des escaliers, un voyage des plus turbulents, rejetés poussés sur la piste par la cohue jusque devant la scène où dormaient des travestis enfouis sous des couches de cotillons et de serpentins. *Money money* d'Abba pulsé par les enceintes assourdissantes et on chantait et dansait avec Sylvie Vartan qui tournoyait en robe blanche. La danse détenait le pouvoir de chasser mes souffrances, de faire oublier l'avenir, nous étions tous heureux. On dansait si souvent, dans les chambres, dans la rue, dans le métro, au Palace, c'étaient les années disco bol. Christian m'attendait, voulait manger un sandwich grec je ne souhaitais pas sortir dans la rue, il a fini par me convaincre. Dans le couloir rouge et or, Johnny Thunders en pourpoint romantique, nos regards se sont croisés, je m'attardai et il devint sacrément agressif tituba envoyant valser son verre de champagne dans ma direction, j'ai crié :

— Au secours !

Au loin on entendait *Fantasy* de Earth Wind and Fire. Diane de Beauvau-Craon en homme-musaraigne suivait Joël Lebon enthousiaste, en smoking noir, nous faisant de grands signes.

— Comme je suis content de tomber sur vous, Eva ton pipi devant Angelina *très très drôle*. Il faudra venir dîner chez moi tous ensemble promis j'organise... vous êtes si beaux *young and beautiful* quelle chance !

Diane nous examinait sous son monocle.

— Vous savez c'est fou le chemin qu'on peut faire dans la vie quand on sait amuser les gens ! Hein !

Diane tourna les talons aussi sec, quant à Joël il rejoignit Loulou et Thadée, très cocaïnés. Dehors on se les pelait, l'air sentait les cimes, des plumetis blancs voletaient sous les lumières des réverbères. On s'est partagé le sandwich grec allègrement tartiné d'harissa bien piquante comme les aimait tant Christian. Des inconnus me reconnaissaient, ils réclamaient que je les suive sans entrave ni vergogne dans leur lit jusqu'au bout de la nuit.

Le scooter zigzaguait sur les pavés luisant de bruine. La rue de Fécamp était encore loin, on se traînait lamentablement dans la cour, Christian marchait cahin-caha, je crus un moment qu'il allait s'évanouir. Sa chambre sentait la sueur et les halos orange que laissaient transparaître les rideaux de cretonne me rassuraient. Il me serrait dans ses bras maigres et aux légers tremblements de ses cuisses je ressentais que la nuit l'avait affaibli et qu'enfin il s'endormirait docilement même si, tapie derrière ses pensées, j'entendais dans le silence retenu du petit matin sa peur panique, sa peur qui au fond était celle de rester un pauvre.

— Tu fais ce que tu veux cocotte, moi je ne vais pas crever la gueule ouverte… no way… no way no way…

— Pourquoi tu me dis ça ?

— Parce que c'est pas compliqué c'est no way…

Mon sexe me grattait.

— Ah oui, j'ai oublié, j'ai attrapé des morbacks…

— C'est dégueulasse…

— Non c'est la vie, ça fait des copains chérie.

La lumière du jour envahit jusqu'aux recoins les plus sombres et lointains de sa chambre, sous les vêtements de school boy soutenus par des pieux des paires de talons aiguilles chinées aux puces gisaient à terre. Avant de s'endormir il les a longuement regardés, et rangés un à un avec un soin infini dans des sacs en plastique.

Le Palace ouvrait tous les jours, et tous les jours nous avions la tentation d'y aller car une soirée sans s'amuser était une soirée gâchée, même si nous étions bien conscients que tous ces amusements excessifs étaient de l'ordre de l'exceptionnel. Ce soir-là le rencard de la bande avait lieu à l'angle du boulevard Poissonnière et de la rue Montmartre à minuit. Une fois réunis, Vincent, Anne, Apolline, Olive, Christian et moi nous nous sommes présentés devant Edwige déjà usée de rabrouer des noctambules récalcitrants et blacklistés mais elle nous fit passer, puis nous remit discrètement à chacun des tickets d'entrée bleus valant la somme de cinquante francs. La seconde porte franchie, Claude Aurensan nous barra la route les bras en croix.

— Je ne vous autorise plus le Palace, je vous demande de partir et de ne plus revenir…

— Mais pourquoi ? C'est injuste ! s'écriait Vincent.

— Parce que vous êtes beaucoup trop jeunes allez… sortez d'ici ou j'appelle moi-même la police !

Il piaillait tandis que Fabrice en smoking traversait le couloir rouge et or aux reflets platine alors, Vincent a littéralement bondi pour s'étaler à ses pieds de tout son long les mains jointes en prière au-dessus de sa tête, sa position grotesque et absurde brisa notre enthousiasme, la situation était désespérée, on retenait notre souffle, pendu à ce que Fabrice allait répondre.

— Fabrice, Fabrice, s'il vous plaît Fabrice ! C'est impossible vous ne pouvez pas nous interdire le Palace c'est trop bien, lui il ne veut pas qu'on rentre, il dit qu'on est trop jeunes mais nous on adore danser, on veut s'amuser c'est notre vie, laissez-nous entrer !

Fabrice eut un regard ironique face à l'avenir et grand prince esquissa un pas en arrière et de son index traça un puissant arc-en-ciel au-dessus de nos têtes. Durant quelques instants il ferma les yeux pour mieux se recueillir et se racla la gorge :

— Écoutez-moi les bébés d'amour !

Sa voix éraillée de pédéraste chevrotait, Vincent ému releva la tête la gueule ouverte.

— S'il vous plaît Fabrice dites oui !

Et dans une attitude des plus solennelles Fabrice se tourna vers Claude qui, appuyé contre une des vitrines, fulminait un verre de whisky à la main.

— Ceux-là ils rentreront toujours et ils ne paieront jamais et c'est comme ça !

— Mais… !

Claude honteux d'être contredit se ratatinait.

— Oh merci Fabrice, c'est génial ! s'est écrié Vincent et à notre tour nous l'avons tous chaleureusement remercié.

— Allez danser les enfants, amusez-vous mes bébés de rêve ! lança-t-il avec lyrisme avant de s'élancer à grands pas vers l'entrée.

— Youpi ! Hourra !

Gonflés d'orgueil nous avons gambadé jusqu'à la piste, sur notre chemin, Paquita vêtue de soie rouge un chapeau tambour posé sur la tête jouait des épaules en buvant du champagne.

— Trop bien les castors juniors… Ce soir il y a une surprise en bas.

Vincent prit la tête du peloton et nous descendîmes à toute berzingue. À droite après les vécés se trouvaient des escaliers menant à une salle improvisée agrémentée de barres de néon où les fifties, la bande des gouines, des punks et des top models d'agences en vogue, de Montana, de Mugler, tournicotaient en rond sur des patins à roulettes au son de *Let's Stick Together* de Brian Ferry, rien à voir avec la disco boum boum du premier étage, Henri Flesh était aux platines. Une grosse femme avec un numéro sur les seins m'a filé une paire de patins et j'ai patiné dans la course folle et Edwige m'a entraînée à rouler plus vite encore, c'était grisant. La tête qui tourne, à nouveau j'étais au cirque, à la foire. Au loin Christian discutaillait mordicus avec Maud en costume clair l'air d'une flaque. Vincent moqueur se moquait. La petite Laure Cherasse m'a pris la main, elle avait les cheveux courts, je sentais que je lui plaisais mais je songeais à Edwige. Même si nous n'étions pas ensemble dans mon cœur je n'arrivais pas à la remplacer. Pierre en blouson de cuir noir et Gilles en tee-shirt Bruce Lee m'ont assaillie très elfes en furie sortis d'un pays enchanté et les baffles diffusaient *Midnight confessions* by Phyllis. Pierre avec ses yeux en amande légèrement bridés m'a susurré de sa voix suave :

— On a un truc super important à te dire mais il ne faut pas que tu le répètes…

— C'est quoi ?

— Alain Benoist veut que tu fasses la couverture de *Façade* avec Dalí…

— Génial !!

Jeunes et fêtichistes

J'avais apporté une grande boîte de calissons d'Aix à la mère de Christian, je lui devais bien ça, après tout ce qu'elle avait fait pour moi. Elle était touchée et Christian était content de voir sa mère heureuse car elle adorait la pâte d'amande. Nous avions fini depuis longtemps de déjeuner et les tasses dorées reflétaient joliment une pièce d'or qui se promenait sur nos visages tandis que nous buvions le café en silence. Sur la table de la salle à manger trônait un soulier aux contours découpés années 1930 dont le talon arraché au profit d'un autre plus incurvé occupait les mains de Christian qui tentait de les imbriquer sans y arriver. Sa mère, Anne et moi l'observions avec attention, dans le silence ouaté des gloussements bêtas et attendris fusaient de-ci de-là. Il clignait joliment d'un œil jugeant utile d'en mesurer la forme puis réfléchissait longuement, soupesait le pour et le contre étirant notre patience au-delà du raisonnable.

— En peau de maquereau… je vais les faire en peau de maquereau…

— Quoi ? dit s'étouffant presque Anne dont la mine interloquée ne cessait de s'étonner.

— Tu détestes le poisson Christian !

— Mais les écailles c'est beau le dessin est magnifique…

— C'est ingénieux et même savant !

La mère de Christian qui adorait son fils lui trouvait toutes les qualités du monde avant même qu'il en ait formulé le motif exact et définitif, cette estime démesurée dans laquelle elle le portait nourrissait les ambitions secrètes du jeune caïd.

— Je comprends pas tu vas faire quoi au juste ?

Il me regardait prenant son air bovin que je traduisais dans notre langage commun par « fais pas ta gogole de service chérie, tu m'as très bien compris ». J'hallucinais car sa capacité à attirer notre attention nous aimantait tant qu'il était impossible d'occuper notre esprit à autre chose.

— Alors ? ai-je demandé.

— Alors quoi… ? C'est pas compliqué je vais faire une expérience… ce qui veut dire que je compte faire sécher des peaux de maquereau dans le four et après en recouvrir la godasse…

— Mais tu supportes pas l'odeur du poisson alors je te dis pas l'expérience de la mort, tu dis n'importe quoi !

Anne contestait alors il la considéra pleinement :

— Non pourquoi je ne supporterais pas, bien sûr je supporterai, pourquoi non ?!

Je l'inspectais, Anne nerveuse tirait sur sa cigarette et la mère de Christian est partie en cuisine avec la boîte de calissons sous le bras. Depuis quelque temps, lorsque j'errais dans le quartier avec Christian il observait attentivement les pieds plats des Africaines, ceux des Françaises aux mollets de coq, les talons tatoués au henné des femmes arabes et fasciné s'en étonnait ou s'en moquait aussi avec sérieux, comme de ses amants ou de toute idée qu'il adorait ou trouvait absurde pour mieux comprendre et finalement saisir son désir de perfection. Le fétichisme du soulier s'était exprimé en clair à mes oreilles en rôdant rue de Fécamp, au sortir de la cité de briques rouges, en passant devant la boucherie chevaline : « Mate, znouba », s'était-il écrié joyeusement en me désignant deux pieds trop larges écrasant des mules à talons carrés en tissu vert canard sous un boubou frangé de la même couleur. La journée se continua à papoter tranquillement entre nous, à détailler les tenues et attitudes des uns et des autres, à en dire du mal, à boire des litres de café. Anne et moi étions assises sur des chaises autour du lit de Christian qui se tenait couché, la tête indolente posée sur une de ses mains.

— Isabelle la catholique qui a été la reine de Castille, de Naples et d'Aragon vivait avec sa mère folle dans un palais délabré on suppose qu'elle a empoisonné son frère... Elle était hyper chrétienne et c'est elle imaginez qui a chassé les musulmans, les juifs et les protestants d'Espagne... D'ailleurs c'est pour ça qu'on l'appelle Isabelle la catholique.

Friande d'histoire car la connaissant mal, je le questionnais du regard.

— Bah... pour une femme c'est incroyable !

— C'est une monstresse !

Leur échange mâtiné de franche camaraderie m'en imposait. Anne catégorique se leva de sa chaise pour mieux se rasseoir et en prendre possession.

— Oui d'accord, mais quand même pour une femme c'est incroyable... C'est seulement en 1500, deux cents ans plus tard, qu'il y a eu une reine de 12 ans !

Il hochait la tête dans ma direction du genre Monsieur Je-sais-tout.

— C'est qui ?

— Eva ! Franchement toi qui aimes les choses sophistiquées tu devrais t'intéresser davantage à l'histoire... c'est Marie-Louise Gabrielle de Savoie, reine à 12 ans ! Quand elle est arrivée à Madrid il paraît qu'elle a exigé que les femmes rétrécissent leur *guardinfant*...

Il prononçait ce mot avec un si mauvais accent espagnol que je m'imaginais voir un escargot de Bourgogne...

— Le guardinfant ce sont ces robes d'une grandeur prodigieuse avec lesquelles on ne pouvait pas passer les portes et qui sont faites de cercles ou de cerceaux... sous lesquels se trouve le tontillo genre une espèce de jupe en dessous et le bas est une longue queue... qui remue la poussière et elle ne supportait pas la poussière qui lui faisait mal à la poitrine et donc toquée elle se met en tête de raccourcir les robes et c'est Madame des Ursins qui est sa *camarera mayor*.

— Sa femme de chambre quoi ! conclut sèchement Anne.

— *Exactly*, sa femme de chambrette... et c'est Madame des Ursins qui contrôle le couple, la petite et le roi genre la super diplomate politicienne et c'est elle aussi qui fait passer les lettres pour les protocoles de robes… et de l'autre côté ça crie « Non il ne faut pas retirer le tontillo pour être à la mode parce que c'est ce qui empêche qu'on voie les pieds des dames et les montrer est un crime »…

Christian roulait des yeux exorbités en tous sens et j'eus peur…

— Vous pouvez croire que les jupes de dessous étaient carrément en poil de chèvre ou de gros taffetas bien épais et il y en avait encore douze qui venaient se surajouter ! Et les filles portaient des fausses lunettes pour se faire respecter genre on assure les gars hihi… C'est drôle…

Il parlait plus fort en caressant plus vivement l'espace au-dessus de sa tête.

— En tout cas Marie-Louise de Savoie a chassé les nains et les naines parce qu'il y en avait trop elle s'est aperçue qu'ils se glissaient partout pour écouter les conversations parce qu'au fond les grands seigneurs les utilisaient comme des espions, elle les a virés de la cour avec sa bonne copine Madame des Ursins, j'te dis pas la reine de 12 ans !

Le ciel noir était entièrement parsemé d'étoiles d'argent.

Nightmare

Cette vodka-orange me brûle l'estomac, j'ai dansé durant des heures sans interruption et que faire d'autre au Palace sinon se perdre sur la musique et oublier la réalité. Christian et les copains étaient partis, je restais seule avec Alain Pacadis. Je redoutais de sombrer dans la folie, je ne craignais ni l'extravagance et la beauté du monde mais les rendez-vous normés avec l'horrible Monsieur Schlieben, le bourreau des jeunes filles. Ses questions voyageaient dans ma tête comme un nuage de cauchemars atomiques prêt à éclater. « Ne pense pas à ça tu es bionique, sois sexy chérie, sois légère, les hommes te reluquent danser. » Des bruits insidieux couraient sur la petite Lotus, élevée à la DDASS, elle racontait par bribes à ceux qui voulaient l'entendre que l'éducateur en chef l'avait abusée chaque nuit durant des années. Toutes ces filles abîmées par des prédateurs adorant la destruction me déprimaient et, au fond, ces hommes étaient toujours les mêmes. Alain une épaule plus basse que l'autre dansait fragile au bout de mes doigts, battait la mesure en pliant les jambes à contretemps, des larmes mêlées de sueur coulaient sur son visage.

— Tu es blonde, rose et douce, Eva.

Alain riait tout en grognant. Des bisexuels vulgaires à la recherche d'extas bizarres nous jaugeaient, posés en vigie sur les marches derrière le smog chimique qui s'échappait du sol comme dans les rues dangereuses de New York. Ce soir-là pas d'héroïne, pas de doses de bébé chat, nous ondulions ensemble, lui dans sa veste blanche récupérée de l'incendie de son appartement et moi dans un tee-shirt zébré de chez Sex. Alain apeuré ne voulait pas se retrouver seul rue de Charonne alors il a tenu à me raccompagner en taxi porte Dorée. Nous nous sommes assis sur l'herbe verte et frissonnante près du bassin aux nénuphars de ma cour, nous avons clopé dans la nuit. Il s'est avachi sur mon tee-shirt pour se moucher dedans.

— Ah…

Il pleurait encore.

— Qu'est-ce que tu vas faire demain Alain ?

— La même chose que ce soir, j'irai danser… et après la mort.

— Pourquoi t'es si triste ?

— Parce que, humpphh, ils ne me paient plus mes articles à *Libération*… humpff.

Il était laid et, quand il pleurait, devenait repoussant mais ça ne me gênait pas.

— Tu veux que j'aille faire un scandale à *Libé* pour toi ?

— Non, tu fais rien…

— C'est qui qui a mis le feu chez toi rue de Charonne ?

— Il s'est jeté dans la Seine… humpfff ahhhhh.

Il recommençait ses pleurs malheureusement je ne captais pas tout ce qu'il me disait de son drame amoureux.

— Je, je... peux dormir chez toi ?

— Chez Mamie, impossible !

Au bout d'un moment il a extirpé de sa poche un petit soldat de plomb de Napoléon qu'il m'a remis entre les mains, il baragouinait doucement, j'ai compris ces mots : « Je fabrique des soldats et des crèches pour le petit Jésus ». Perdu, il a insisté pour que je le raccompagne boulevard Soult. Après je suis allée au-delà du bassin dans un talus, entourée de verdure la tête et les bras tendus vers le ciel étoilé.

Le lendemain j'ai dû me rendre à regret à la permanence sociale de Madame Chenu, elle se situait en bas de la rue de Reuilly en vis-à-vis de l'immeuble d'Anne. En y allant je persistais à raser les murs car ces rendez-vous sociaux demeuraient confidentiels et n'en parlais pas à mes camarades. Elle me reçut mal, coincée derrière son bureau jonché de piles de dossiers d'enfants malheureux, elle tapait très fort ses deux mains sur ses cuisses.

— Bon ! ça va pas ! Tu t'absentes beaucoup beaucoup trop du collège... pourquoi ?

Son œil inquisiteur me sondait.

— J'sais pas... non, vraiment...

— Il y a pas de je ne sais pas, il me faut une réponse et je veux l'entendre !

Il y eut un long blanc très gênant pendant lequel Madame Chenu, croisant ses bras avec une moue de désapprobation, rota en avalant sa salive. L'air sentit soudain le saucisson gras au poivre. Elle attrapa son sac teckel pour en sortir son mouchoir dans lequel elle cracha et posa son pied sur son genou, la semelle de sa chaussure Bata éculée était trouée comme son chandail et la négligence bornée qu'elle s'attribuait me toucha malgré son air odieux de cheftaine.

— Très bien. Tu redoubleras... tu sais que tu n'as pas le choix...

— En même temps ça va c'est que la première fois.

Je songeais à Vincent, multirécidiviste en la matière, mais lui détenait une véritable raison qu'il nous cachait et que Justine s'était plu à me confier, la poliomyélite, cette maladie terrassante qui durant de longs mois l'obligeait à garder le lit l'empêchant de suivre ses classes normalement. De toute façon dans notre bande, presque plus personne n'allait au bahut. La mélodie de *Rasputin* de Boney M. me revenait en tête, Madame Chenu décortiquait rapidement des petites pistaches qu'elle grignotait.

— Très bien... Monsieur Schlieben a écrit dans son rapport que ça ne te dérangeait pas de poser pour ta mère ?

— Ah ouais... mais je ne veux plus jamais le faire et vous arrêtez de m'en parler.

Je devinais à l'attitude de Madame Chenu qu'elle le rapporterait d'une manière ou d'une autre à Irène et que la réaction de ma mère par l'intermédiaire des services sociaux provoquerait un irrévocable détachement affectif de sa part, une forme de désintérêt hostile, le même qui la fit me rejeter tout enfant avant qu'elle ait l'idée de me photographier...

— Ta mère prétend que tu te drogues, qu'est-ce que tu as à dire ?

— C'est elle qui fume de la marijuana à longueur de journée, vous avez bien vu qu'elle déraille.

Exaspérée elle haussa deux sourcils faisant onduler les rides de son front en peau d'éléphant.

— Tu ne veux pas dormir chez elle ?

— J'ai ma mamie, parfois je dors chez Christian, je préfère. Elle me fait peur, ma mère, elle aime Satan et veut devenir dominatrice SM.

Madame Chenu se renfrognait révoquant un moment ses incertitudes elle s'appliquait à me persécuter de son œil d'acier. De l'autre côté du mur, je percevais une conversation sourde, une voix d'enfant, ses temps blancs, la difficulté de s'exprimer, de dire les mots, la douleur, j'étais choquée. Est-ce que cela allait m'arriver aussi à moi de ne pas dire les mots ? Et pourrais-je en dire d'autres ? Avec l'amour tout est possible.

— Eva, c'est qui Christian ?

— Euh Christian ?… Christian euh mon meilleur ami pourquoi ?

Elle ne releva pas et écarta le sachet vidé de ses pistaches, j'entraperçus des tranches de mortadelle mal planquées enroulées de papier d'argent au fond de son sac teckel.

— On va continuer l'enquête, essaye de rester sage, le juge aura connaissance du dossier avant la rentrée, il prendra la décision sur les faits tu dois bien te comporter et ta maman aussi.

— Oui…

Je découvrais la lenteur pachydermique de la justice, il fallait en profiter, je savais que ça finirait mal car ma mère était une méchante mère. En sortant de la permanence sociale, chez Mamie j'ai commencé à m'écrire une lettre d'amour. *Chère Eva je t'aime beaucoup, jamais je voudrais te quitter* puis je l'ai déchirée et finalement j'ai regretté en voyant la boule froissée puis j'ai changé de tenue je me suis habillée tout en cuir et j'ai joué avec mon Opinel devant la glace : « Tu me cherches des crosses, baby ? »

Voyage au bout de la nuit

Rue du Faubourg-Saint-Antoine en bas de chez Pierre et Gilles un cinéma de quartier spécialisé dans les films de karaté offrait dans ses belles vitrines tendues de feutrine rouge vif des photos d'action attractives et ces images me renvoyaient indirectement à ma vie violente, l'ombre de la rue se propageait sur le dallage noir et blanc jusqu'au fond obscur et mat jonché de détritus où se dressaient les portes de la salle. On entendait des cris de bagarre depuis le boulevard et des voix brutales en chinois émanaient des escaliers de béton gris refluant l'urine. Au premier étage la cabine du projectionniste était vide pourtant une cigarette fumait dans le cendrier plein jouxtant des galettes de bobines de film. Le bruit de la pellicule perforée s'écoulait lentement sur le sol tel un anaconda, ce reptile avec lequel jouent les enfants pauvres dans les fleuves d'Amérique du Sud. Au-dessus résidait le peintre Gangloff son nom écrit en rose fluo à l'aérographe sautait à la rétine. Des rires m'ont attirée jusqu'au dernier étage, une trouée entourée de papier d'aluminium donnait sur une vaste toiture plate, une terrasse improvisée où se promenaient des pigeons gris et au-dessus le ciel de

Paris. Les rires fusaient en contrebas derrière une porte mal fermée, j'ai approché mon œil de l'interstice, de l'autre côté Alain Pacadis, Djemila et Henri Flesh le deejay, ils étaient exsangues, défoncés à l'héroïne, les corps enchevêtrés sous le drap du lit leur tête renversée en direction d'une lucarne et ils regardaient hilares les nuages défiler. Soudain Djemila bondit, elle ouvrit un peu la porte retenant entre ses mains son énorme poitrine aux tétons sombres. Au loin Alain me tendait ses deux bras meurtris de trous de seringue, il murmurait mon nom. *Eva*.

— Tu veux quoi ? Ici c'est privé.

— Pierre et Gilles c'est où ?

— L'étage en dessous…

Djemila frémissait, effet d'une peur lointaine qui la rendait agressive et follement belle, pleine de séduction elle colla son corps nu contre la fente qui enserrait sa chair comme un étau. Lentement j'ai descendu les marches la porte a claqué. Celle de Pierre et Gilles subitement ouverte. Je m'introduis dans un double living, sur les murs des bouquets de fausses fleurs accrochés à des treillages, des fauteuils, une table basse en plastique transparent de couleur orange, de l'autre côté l'espace pour le shooting et un fond bleu. Tout le long des vieilles fenêtres surplombant le Faubourg et ses tapissiers. Pierre est arrivé, un petit foulard noué autour de sa nuque, l'air tendrement mutin d'un voyou de Montmartre, il m'a embrassée gentiment. D'un coup le groupe du journal *Façade* m'a encerclée. Dans mon esprit enfantin je m'imaginais être Anita Ekberg au sortir de l'avion lorsque les paparazzis l'assaillent de questions. Très vite et à ma grande déception j'ai compris que Dalí ne se déplacerait pas pour poser avec moi parce que Gala le lui interdisait, la prise de vue se ferait séparément et Pierre et Gilles auraient recours au montage photo. Pierre m'expliquait toujours avec cette voix douce qu'il photographiait et que Gilles repeindrait les images. Alain Benoist en imperméable mastic posa sur ma tête une couronne de reine de théâtre. Certains garçons avaient absorbé de l'héroïne et bougeaient lentement, d'autres de la cocaïne et ne tenaient plus en place, assise devant le cyclo engoncée dans une robe de velours de location agrémentée d'un ruban tricolore et d'une cocarde je jetais une coupe de champagne à la figure de Dalí absent, tandis que Pierre me photographiait. Mon regard se perdait vers la cuisine grande et petite, pleine d'objets pour dînette et de posters de Poulbot, de Bruce Lee, Michael Jackson, Karen Cheryl, Rocky Balboa, Claude François et Sylvie Vartan. Des guirlandes auréolaient des cadres et même la télévision. Accoudé à une table à tréteaux Gilles imperturbable en chemise de variété des années 70 me prêtait une grande attention et me souriait. Christian arriva puisque je l'avais convoqué et tous se retournèrent. Les présentations furent rapides et Christian sirotait déjà un Cacolac offert par Gilles qui en échange lui fit promettre de garder la séance top secret. L'excitation battait son plein. Michael Delmare a rapidement dressé l'interview *Astroview* d'après mon thème astral. Je mentais sur mon âge je me vieillissais d'un an car j'avais la certitude qu'aucun homme ne pouvait aimer honnêtement une enfant, au contraire d'une adolescente et je cherchais éperdument l'âme sœur. Je m'inquiétais de savoir si le numéro de *Façade* sortirait à temps pour la fête du mariage de Loulou et Thadée, Anges et démons, car avec ma tête en grand sur les murs de Paris j'aurais à n'en pas douter plus de chances de trouver un fiancé. Alain Benoist l'espérait mais n'était pas certain de la date de sortie de son magazine. Je n'avais raconté que des conneries, du style que j'aimerais avoir un homme qui me gâte et m'offre des Rolls, des fourrures et qui me laisse très libre car je ne serais pas toujours fidèle, ce qui était faux. Je pensais être une fleur bleue – Edelweiss qu'il fallait cueillir sur les plus hautes montagnes. En un rien de temps le groupe *Façade* a déguerpi subitement Christian a exigé que je l'accompagne sur-le-champ au photomaton de la Bastille, il détenait le contenu de sa tirelire cochon dans ses multiples poches et n'a pas arrêté de poser avec toutes sortes d'accessoires, de ma vie je ne l'avais vu se transformer à ce point – puis il est monté les donner à Gilles pour sa collection, je l'attendais assise sur son scooter, et je me demandais bien ce qu'il pouvait fabriquer pendant tout ce temps. Le soir nous avons tous dîné dans un petit chinois, la Tour de Jade, rue Léopold-Bellan, on s'y est rejoints à une vingtaine. Serge Kruger l'inventeur du Sloogy, jean triple force, grand amateur et découvreur de beautés, se vantait d'avoir chiné Edwige, Djemila et la petite Gigi, et me zieutait d'un air alangui. Il se flattait de préférer les jeunes Africaines pour la simple et bonne raison qu'elles dansaient divinement bien et l'appelaient papa. Gilles me parlait de sa ville natale, Le Havre, il insistait pour que chacun d'entre nous lui remette un maximum de photomatons. Christian échangeait si ingénument avec Pierre, il prit naturellement un air doux que je ne lui connaissais pas. Soudain une tristesse sourde accompagnée d'acouphènes m'envahit. Mon reflet d'adolescente se décuplait sur les verres, les fourchettes, les couteaux, des signes subliminaux de ma perte, de mon morcellement, mon innocence éclatait en morceaux. Après, nous avons été danser au Palace comme des fous. Quand je me sentais vraiment bien, je m'arrêtais pour boire un coup, rigoler. Au fond j'ai toujours été une fille aux plaisirs simples.

Bande à part

— C'est la honte putain, c'est horrible, Éric Bush va s'habiller en Peter Pan et la petite Gigi en fée clochette pour la fête Anges et démons, c'est nul il ne faut surtout pas qu'on fasse comme eux !

Vincent furieux ne tenait pas en place il picorait des frites brûlantes dans un cornet en papier, tapait d'excitation rageuse un pied contre l'autre, avec son calot sur la tête il ressemblait à Woody Woodpecker.

— Ah non, il ne faut surtout pas !

Bette moqueuse à souhait buvait du ti' punch assise en tailleur sur son lit.

— Il ne faut plus qu'on leur adresse la parole promis ?!

J'allumais le bout de ma cigarette à celle incandescente de Paquita.

— Tout de suite un cas extrême.

— C'est mieux tant qu'à faire Paxon autant y aller à fond !

— Et Pax tu vas t'habiller comment ?

— En sorcière vaudoue et toi Eva ?

— J'en sais rien encore et c'est ce qui me chagrine.

Je portais des collants en résille blanche et une minijupe turquoise cloquée, elle ne m'allait pas. Je me crêpais vaguement la tignasse en pétard devant le miroir, Christian paradait en veste de maharadja, elle lui seyait à merveille, très Petit Prince. Parfois lorsque s'échappait sa candeur docile mes sentiments maternels se déclenchaient.

— Je vais te faire du boudin aux pommes.

— Pourquoi tu me dis ça ?

— Tu vas en raffoler !

— Quand ? J'adore l'idée.

— Quand tu veux… Cricri.

— Génial ! Dis-moi fillette, t'as pas les mollets qui ont un peu grossi ?

— C'est les bas, c'est un effet d'optique.

— Non t'as grossi de partout.

Il faisait déjà nuit mais il était trop tôt pour aller danser.

— Lolita un jour et puis paf Piggy balloon la reine du saloon un autre.

— Ta gueule sinon pas de boudin aux pommes, on y va…

Les conversations âpres me procuraient l'illusion d'une famille, de celles où l'on se dit tout franchement. Depuis chez Bette on se rendait facilement à pied jusqu'au Palace, il suffisait de se laisser glisser rue Montmartre. À certains angles de rue refluaient d'étranges odeurs de brown sugar. Alain Pacadis louvoyait amaigri les paupières bleutées dans l'obscurité, ça me foutait le cafard, je me l'imaginais clochard sur le trottoir avec des gens lui marchant dessus. Inquiète pour son sort Paquita qui le connaissait depuis ses études d'archéologie m'avait à demi-mot divulgué que jadis, Alain habitait avec sa maman qu'il adorait dans son studio de la rue de Charonne, son père était déjà décédé et que pour lui laisser vivre sa vie d'homosexuel drogué elle s'était suicidée. Depuis, un immense chagrin, un cruel remords le rongeaient. Une fatalité sans issue le menait avec sa part égale de félicité, lentement, docilement vers la mort. Parfois comme ce soir-là, le Palace presque vide permettait de débaucher facilement les serveurs avec lesquels on initiait des chorégraphies stupides qu'on s'ingéniait à exécuter plus tard dans la nuit, pour mieux se faire applaudir par nos spectateurs. J'aimais courir jusqu'au bar du fumoir étaler mon corps sur les banquettes avec celui de mes amis ou descendre écouter avec Vincent les ragots de Maïté la dame pipi dont il raffolait. Il n'était pas encore minuit mais une idée me trottait dans la tête, passer de l'autre côté du théâtre, franchir la jungle romantique de Paul et Virginie, j'embarquais mes camarades, ils n'étaient pas difficiles à convaincre. Nous avons disparu derrière le décor. De l'autre côté de la scène se profilaient d'immenses couloirs pourvus de loges à l'abandon, restées intactes avec leur maquillage, leurs fers à friser, leurs kimonos. Simon Boccanegra en tête, nous avancions à petits pas. Vincent l'oreille fine entendit des hommes forniquer dans l'une d'elles. Les bruits de mâles en rut se faisaient nettement entendre. Simon hardi se mit à tambouriner sur la porte qui s'ouvrit sur un gang d'hommes en pleine action, ils éructaient. Nous nous sommes enfuis, ils nous pourchassaient, nous avons couru jusqu'au tréfonds du théâtre, ou ce que l'on nomme plus communément les enfers. Nous étions stupéfaits, tombant comme

Alice dans son terrier, nous découvrîmes le cœur du Palace qui était une splendeur inégalable, comme la cale d'un bateau pirate. Le dessous des tréteaux, vétuste, compact, clos, contenait avec pureté l'essence même du théâtre, du jeu, de la pantomime, de la comédie du cabaret et j'eus la nette sensation que des génies y résidaient nichés couchés les uns par-dessus les autres à l'horizontale dans une étrange cohabitation demeurée inchangée depuis des lustres. Émerveillés nous comprîmes à l'unisson ce qu'était un lieu sacré qui se laisse rarement voir, sa charge nous éblouit. Les machineries complexes de la scène permettant d'incliner le plateau, les cordes, les poulies, les sacs de sable. Les fentes des planches desquelles il était possible de discerner les cintres d'où pendaient des faisceaux de lumière comme les étoiles au firmament. Des vieilles toiles en lambeaux gisaient sur un sol crasseux de suie où, de-ci de-là, s'amassaient abandonnés des chaussons de danse, de la ferraille rouillée, d'énormes monticules de poussière qui trônaient, comme creusés par des taupes géantes. Intrépides nous voulions aller encore plus bas, là où se trouvaient les anciennes chaudières.

— Vous faites quoi, c'est interdit de descendre aux enfers et de plus les assurances ne les couvrent pas…

Claude torse nu fermait fébrilement les boutons de son pantalon de flanelle.

— Vous vous foutez de ma gueule, cette fois, je vais aller le dire à Fabrice, je monte dans son bureau !

— S'il vous plaît pitié…

Vincent avait beau se confondre en excuses, Claude avait, à notre grande stupéfaction, déjà détalé avant même de nous foutre à la porte.

Simon ricanait comme un prisonnier, tirant de plus belle sur sa clope. Enfant de la DDASS, brinquebalé de droite et de gauche depuis toujours, il ne détenait jamais que des logements provisoires, dormant où il pouvait, parfois à la belle étoile. Cette nuit-là, alors que nous nous déplacions les uns autour des autres comme des papillons de nuit, Simon se pencha à mon oreille, il m'avoua habiter depuis un mois dans une loge près des combles du grenier et se promettait d'y rester jusqu'à ce que tous les bals se soient terminés. Il me proposa de me montrer sa loge, à condition de n'en rien dire aux autres, qui à coup sûr le répéteraient. Je garderais le secret. Quelques jours plus tard, curieuse, bravant l'interdit de Claude, je me rendis seule au grenier, je rôdai dans le dédale des coulisses sans jamais la trouver. Moi qui désirais depuis toujours devenir actrice de théâtre, je m'assis sur un banc me perdant en rêveries, mêlant mon désir de me confronter à un public à l'émulation que me procurait la prochaine fête donnée par Yves Saint Laurent et Pierre Bergé pour le mariage de Loulou et de Thadée, le grand bal Anges et démons.

Joël Lebon était certain qu'en nous invitant par l'intermédiaire de Vincent à une party privée avec Andy Warhol il nous ferait plaisir tout en égayant la soirée. J'étais seins nus sous une veste couleur pêche YSL, Christian et Vincent avaient mis des vestes de torero, quant à Apolline, habillée d'une robe égyptienne en plastique, elle avait le corps, de haut en bas, moitié blanc moitié rouge, réaction comique mais inquiétante d'un shoot. Christian se demandait s'il ne valait mieux pas emmener Apolline à l'hôpital mais Vincent, curieux, friand surtout d'enfin rencontrer Andy Warhol finit par convaincre Christian de rester, il ne s'agissait là pour notre amie que d'un simple effet chimique qui passerait avec la nuit.

L'insouciance prit un tel pas sur la peur qu'ils se mirent à beugler sur le palier. Dédé ouvrit la porte et lorsqu'elle nous vit elle cracha comme un dragon chinois : « Vous êtes trop punks les bébés ce soir fichez le camp. » Cependant Joël, au taquet, accourut pour nous présenter Andy Warhol. Immédiatement on le trouva décevant, on voulait voir où ça irait, depuis qu'on en parlait. Andy Warhol a flashé sur Pauline, il aimait son incroyable coiffure ananas géante dans laquelle il patouillait avec son doigt. Comme un sauvage il a exigé à l'assemblée de se reculer, il a ordonné à Apolline qu'elle s'allonge sur la table de marbre, là il a entouré son corps moitié rouge moitié blanc de pommes, de poires et de quelques grappes de raisin pour mieux la photographier. Les gens fascinés se sont vaguement regroupés tandis qu'il tournait autour en la shootant. Vincent a trouvé la mise en scène d'Andy Warhol hyper ringarde, c'était sidérant comme on le trouvait ringard, nous-mêmes étions surpris, tellement décevant. Après, Vincent m'a rejointe dans le jardin couleur d'émeraude, il s'amusait d'un petit singe vilain au sexe bleu planqué dans l'arbre que le propriétaire tentait de faire redescendre en l'appelant par des mots doux. La semaine après le happening frustrant, nous devions impérativement nous trouver des costumes pour la fête Anges et démons. Vincent a entraîné Christian au marché Saint-Pierre à piquer des rouleaux de tissu puis dans une grande fièvre que rien n'arrête, il m'a à nouveau convaincue de voler avec lui et j'aimais intensément le plaisir que procure le vol. À la Samaritaine, on s'emparait de tout et de n'importe quoi, de boules de verre, de porte-savons, d'anneaux, de rideaux de douche, de lampes. En sortant du côté du quai aux Oiseaux, attifés comme des épouvantails, on s'est fait arrêter. La Samaritaine a déposé plainte. Au poste des Halles, Serge Gainsbourg avait lui aussi été arrêté, il était ivre et faisait un tabac avec les honneurs, le commissaire était aux anges. Un policier m'a reconnue, j'étais flattée. Vincent et moi avons été séparés, chacun dans une cellule différente, il est sorti en premier, je devinais qu'il avait eu sa majorité. Je me questionnais sur ces vols répétés avec Vincent, commettre l'infraction, c'était se rapprocher davantage l'un de l'autre pour toujours. Je risquais bien plus que lui, je risquais ma vie, il ne savait pas que j'étais suivie par une enquêtrice.

Madame Chenu alertée par le service social était passée me voir en visite officielle chez Irène en rivale jalouse. Ma mère s'évertuait à me balancer à la première occasion. Dépourvue de morale et nourrie de transgressions elle aimait par-dessus tout se donner en spectacle et faire un maximum de coups tordus. Nue sous son déshabillé de satin elle tenait entre ses mains une boîte chinoise remplie de Tampax usagés, elle penchait sa tête vers moi pour se frotter tendrement à mes cheveux.

— Je suis allée chercher ma fille au commissariat, c'est une délinquante elle vole maintenant, elle est intenable… dès qu'elle peut, elle fugue, fugueuse voleuse !

— Ta gueule putain !

— Calmez-vous on s'assoit tranquillement !

Assise tranquillement Irène se berçait avec sa boîte noire posée entre ses seins.

— C'est difficile madame Chenu d'éduquer une délinquante…

— Pourquoi tu as volé à la Samaritaine ?

— C'était pour des déguisements, je le referai plus.

— C'est pas bon pour mon enquête quand le juge verra ça.

— J'ai des problèmes madame Chenu je n'arrive pas à remplir ma feuille d'imposition pour mon aide au logement.

— Donnez-les-moi…

Tandis qu'Irène lui montrait sa paperasse je posais mon front contre la vitre du salon et derrière se profilait le lycée technique de Christian.

Heaven

L'appartement de Vincent éclairé faiblement à la bougie pour l'occasion semblait rendre l'âme. Bercés par les notes de vieux mambos ils hésitaient depuis des heures entre une boucle d'oreille larme ou créole, un soulier de satin ou des sabots. L'idée du bal Magic City pour lequel le Tout-Paris de la mode s'était minutieusement préparé rivalisant d'ingéniosité échauffait nos esprits malléables. Je lisais accoudée sur la table une page arrachée du magazine *Interview*, ce qui est *in* et *out*.

In :

— L'hôtel Carlyle à New York
— L'hôtel Bel Air de Beverly Hills
— Les ventes aux enchères de photos
— Bill Willis
— Joy Rockefeller
— George Balanchine
— Sir John Gielgud
— Les portraits des ancêtres
— Les maisons de campagne en Virginie
— Strávos Niárchos
— Yale
— UCLA

— Stanford
— Oscar de la Renta
— Les scouts
— Envoyer des télégrammes
— Rendre visite sans prévenir
— Les contes de fées
— Joy Division
— Edmonde Charles-Roux
— Le Four Seasons
— Le cirque, New York pour les mites et les papillons californiens
— La brasserie Lipp
— Charmer
— Les robes du soir longues et étroites
— The Olivetti Family
— Jacques Grange
— Les cliniques suisses
— Les slows
— L'argent liquide
— Avoir sa propre source d'eau
— Les téléfilms

Le *out* ne m'intéressait pas. Vincent finissait d'accoutrer Christian de drapés avec les fameux tissus dérobés au marché Saint-Pierre, accumulait du satin jaune citrus par-dessus sa tunique grecque pour créer des volumes qu'il préférait fixer judicieusement à l'aide d'épingles à nourrice – avec cette tenue le côté les Enfants de Pétrone n'en ressortait que davantage. Bette au vin blanc eut droit à une sorte de djellaba détournée en robe romaine sa poitrine retenue par des entrelacs de tuteurs de plante enrubannés de papiers dorés. Apolline, nue, en porte-jarretelles sous une chasuble de voile noire transparente et une cagoule assortie avec deux trous pour ses yeux bleus et un pour sa bouche rouge. Au milieu de ses seins pendait une énorme croix en lamé doré ornée d'une rose, la taille serrée par une corde, ses bras gantés de blanc, elle m'évoquait le Ku Klux Klan ou bien une de ces femmes ardentes que l'on retrouve dans les peintures de Clovis Trouille. Olivia en marquise de plastique trouvait difficile de s'asseoir, au risque que sa robe ne vienne lui recouvrir le visage d'un coup et l'assomme. Anne masquée d'un loup, sobrement vêtue de noir, fumait impatiente et vérifiait l'heure à sa montre. Vincent d'un dandysme exquis s'était inspiré de Brummell accoutré d'un costume cintré réhaussé d'une cravate minutieusement piquée d'une perle fine. Par une chance inouïe et pour la modique somme de cent francs j'avais fait l'acquisition chez une vieille chiffonnière de Pigalle d'une splendide robe de bal 1950 haute couture Nina Ricci en tulle vert d'eau, bustier entièrement corseté s'évasant en corolle par une multitude de volants cascadant les uns par-dessus les autres jusqu'à terre. En tournoyant sur moi-même le tulle lourd exhalait Madame de Rochas, l'odeur m'entêtait comme un sommeil profond. C'était ma toute première robe de bal, une robe de princesse.

— Mon livre va bientôt sortir et je vais passer à « Apostrophe » mais il ne faut pas en parler.

Alain portait un tee-shirt avec des diamants en plastique motif druze.

— Il s'appelle comment ton livre Paca ?

— *Un jeune homme chic.*
— Ah ouais ?
Alain aimait me prendre à part pour se confier, il se reconnaissait dans l'enfant que j'étais et ce sentiment attisait tout aussi bien notre compassion que notre animosité mutuelle. Edwige un sein nu en amazone le corps peint en argent tenait dans ses mains un carquois et sa flèche. La galerie des glaces pleine à craquer de people chic crépitait sous les flashs des photographes du Palace. Au centre trônait Thadée Klossowski, le fils de Balthus, en ange blanc portant tiare de lys et se rongeant l'ongle du pouce tandis que la mariée Loulou de la Falaise, sublime anorexique délurée, affichait une folle gaieté agitant ses ailes, voiles pourpres de démon, à eux deux ils formaient à n'en pas douter le couple le plus en vogue de l'année. Karl costumé en Merlin l'enchanteur plastronnait en lunettes carrées noires et chapeau pointu entouré de Paloma et de Jacques de Bascher en Robin des bois. Jacqueline de Ribes divine en Saint Laurent et François-Marie Banier miroitait en Auguste d'argent. Paquita en sorcière vaudoue tenait sous le bras une poule qui caquetait et qu'elle surnommait « Yves Saint Laurent », Éric de Rothschild avec Suzy Wiss et des jeunes prostituées nues sous leurs tenues de fée s'exhibaient impudiquement. Beaucoup de diables, de cornes et de fourches comme s'acheminant vers l'Apocalypse. L'incroyable grosse Divine, Toukie Smith, Aragon. Une femme qui embrassait pour cinq francs. John Paul Getty III en pantalon de cuir noir. Un monde fou, et toute la mode se regardait frémir. On s'est fait photographier Apolline et moi. Flashs,

trop de flashs rendent les mannequins vedettes aveugles. Alain nous rejoint :

— Les rock'n'roll heroes n'existent plus !

Mon Dieu comme tout est décousu.

La piste de danse avec autour des tables blanches parsemées de myriades de roses et des chaises Catillon, des confettis, des cotillons, des langues de belle-mère foulées au sol. *Because the night* de Patty Smith nous avons dansé, les baignoires noires de monde et tous ces travestissements méritaient un concours avec un trophée à la clef. La tête me tourne, des prêtres, des apôtres, saint Jean, des Vierge Marie. Toutes ces ailes d'ange qui me frôlent et palpitent comme des valves me procurent le vertige, l'amour, celui de l'amour, mon cœur bat à l'unisson, en rythme avec la musique. Assis à une table près d'une femme élégante en robe longue, un spectateur immobile accoutré d'un masque africain bricolé, terrifiant.

— C'est qui ?

Vincent plisse les yeux.

— Yves Saint Laurent et sa maman viens !

Au bar le champagne coulait à flots, la voix de Sylvester retentissait, *You make me feel*, je dansais près du bar. Joël discutait avec un jeune homme blond la raie sur le côté figé dans un costume anglais, très James Ivory, Joël a tiré Vincent par la manche.

— Chéri je te présente Madison Cox, Vincent Madison.

Madison a baissé les yeux d'un mouvement subitement affaibli par sa propre beauté. Il a embrassé la joue de Vincent qui cachait mal son émotion. Pierre

Bergé s'est dévissé sur son siège dans notre direction, lui aussi se rognait l'ongle du pouce, tous ces pouces rongés était-ce un signe et lequel ?

Difficile de grimper jusqu'au fumoir, où stagnait une chaleur infernale et partout de la fumée comme un voile tendu polarisant gommant l'espace à géométrie variable. La nuit était avancée, François Baudot pérorait le cul sur la banquette un verre de whisky dans la main, il le sirotait le petit doigt en l'air et se vantait impunément d'être l'ami intime d'Andrée Putman et que grâce à son concours auprès de l'exquise Day Day c'était lui qui avait su sauver Gérard Garouste de la mouise totale en le présentant à Fabrice Emaer. Il avait eu le déclic de reconnaître en Gérard le talent au bon moment. Les toiles peintes de la scène du Palace existaient, une véritable vitrine pour l'artiste, François s'enorgueillissait d'œuvrer dans l'ombre à ce que Gérard scelle une collaboration plus étroite et à long terme avec Fabrice Emaer. Au fond il n'y était pas pour grand-chose car son métier, ce pour quoi Fabrice l'avait employé, consistait en somme à ne faire presque rien, il concluait ses phrases par des petits pop de ses lèvres qui ressemblaient à s'y méprendre à celui d'un bouchon de champagne. Vincent méditatif raillait François au point de se pincer le nez et me susurra à l'oreille : « C'est baudruche elle va exploseman la baudruche ! » Day Day passait incognito, la face recouverte d'une voilette, un long fume-cigarette et de longs gants, le tout en noir. L'allure fatale très Tamara de Lempicka et avec audace de sa belle voix grave elle a envoyé à François « C'est grisant mon cher François » puis elle s'est calfeutrée près de lui : « Et n'oubliez jamais mon ami que la simplicité est le dernier refuge des âmes compliquées. » Je m'ennuyais, qu'est-ce qu'on a ri. La petite Gigi en fée clochette et Éric Bush en Peter Pan nous narguaient en prenant exprès des poses lascives de stars. La voix de Patrick Hernandez *Born to be alive*.

— Eva viens !

J'eus le sentiment étrange de me voir courir, Eva sautillait devant moi et Vincent qui m'aiguillait. Sur le chemin des filles hilares camées et maigres ne tenant plus debout s'accolaient au mur. Nous sommes descendus dans la salle du bas transformée pour la circonstance en banquet baroque, des plats et des bougeoirs en argent, des viandes chaudes et fumantes, des pièces montées choux à la crème de chez Hédiard, des délices. Les diablesses alanguies contre les murs et des vestales sacrées, une femme avec un sexe sur le front. Marie France s'éventait en sirène avec jonché sur sa tête un plateau de faux caviar, j'étais légèrement saoule.

— Vincent je voudrais faire une vaginoplastie mais je n'ai pas d'argent t'as une idée ?

— Tu sais ce que tu fais tu vas voir une marque de luxe tu poses pour eux, ils te font la publicité du changement de sexe et en même temps tu en profites et eux aussi puisque tu le fais vraiment et toi tu empoches le fric…

— C'est pas bête tu crois que quelqu'un va accepter ?

— Cherche, propose, évidemment !

L'idée de Vincent paraissait possible, le monde insensé tanguait.

— Regardez ! Regardez !

En haut des escaliers Christian ivre vacillait de droite à gauche sans arriver à se maîtriser, tentant à grands efforts de se rattraper à la main courante mais il rata une marche et dégringola. Vincent hystérique poussait des cris de jubilation satanique, la bande rigolait, le drôle côtoyait enfin le pathétique. En chutant les drapés de tissu jaune citron s'accrochaient à la ferronnerie et les unes après les autres les épingles à nourrice ont sauté et Christian cul par-dessus tête s'est précipité en roulé-boulé jusque sous une table qui était celle des Saint Laurent. Lentement Yves a retiré son pied recouvert d'un tas mauve telle une cervelle.

— Non ! Mon Dieu c'est horrible, le pauvre Christian, il a vomi sur les pieds d'Yves Saint Laurent, c'est horrible je préfère ne pas regarder c'est trop horrible pour lui.

Je me cachais les yeux à sa place et regardais à travers la fente de mes doigts Christian s'essuyer la bouche à l'aide du coin de la nappe. La table gênée ne prêtait qu'une vague attention au personnage de Pétrone et Yves indolent se nettoyait avec sa serviette tandis que Christian opérait une reptation féline jusqu'au divan où il s'écroula. Les gens éveillés semblaient dormir prisonniers de leur rêve pailleté. Des corps huilés avec des têtes d'animaux. D'autres le visage sans masque abîmés par la nuit s'étaient attendris et laissaient transparaître une humanité vidée de sens, de ses mouvements répétitifs abolissant absolument tout désir de réflexion. Henri Flesh a d'un coup monté le volume du son, la Callas chantant *Norma* puis l'opéra s'est arrêté net et nous sommes remontés lentement à la surface sans plus se parler et pourtant nos pensées concordaient. En haut aussi la musique s'était éteinte, et au loin, derrière les portes en verre du Palace se levait l'aube couleur d'ailes de phalène. La foule titubante s'extirpait déconfite et joyeuse, des amoureux s'embrassaient, d'autres envisageaient de continuer à festoyer en terrasse des grands boulevards. Un jeune homme hiératique dont la manche de smoking avait été arrachée et qui pendouillait comme celle d'un épouvantail en plein champ d'été sous un ciel d'orage se tenait adossé négligemment contre une vitrine de la galerie des glaces. Pourtant, derrière cette si légère et presque insupportable insouciance qui semblait naître de lui alors que nos regards se croisaient, j'y décelais autre chose. Et ce quelque chose avait l'étendue de la terre jusqu'à ses confins les plus reculés, je vis le ciel et ses constellations. Une poignée d'anges cotonneux franchit l'espace entre nos deux corps qui par je ne sais quelle opération magique se rapprochaient alors que nous ne bougions pas. Le jeune homme sombre tirait sur sa cigarette, ses paupières tremblantes contenaient une pudeur merveilleuse qui à n'en pas douter était celle d'un chevalier du Graal. Il était d'une grande beauté sans âge qui jamais ne s'érode ni ne se corrompt avec ce côté chic et lascif qu'ont certains acteurs hollywoodiens des années 1930. Il me soupesait et nous ressentions la même émotion, un avant-goût de pureté absolue mêlée de liberté, jamais un garçon ne m'avait regardée de cette manière si féminine me rendant à un sentiment de plénitude extrême. Il me communiquait un secret, l'éternité sans temps, derrière se profilait la jeune fille que j'étais, elle existait malgré tous les dommages et cette découverte inattendue me stupéfia – elle existait ! Les autres m'attendaient en vrac aux vestiaires, je n'arrivais pas à m'extraire du sortilège, la douce féerie m'occupait tout entière avec cette soif de vivre qui montait dans ma bouche, me délivrant le goût du bonheur quand est arrivée Djemila :

— Charles, putain qu'est-ce que tu fous, merde tu fais chier ?

Djemila, hors d'elle, en femme à poil couverte d'une peau d'animal à corne tenait une cravache de démon dans ses mains dont les lacets balayaient le sol pareils aux automobiles en plein dérapage.

— … J'arrive !

C'était lui Charles, sa voix traînait, il avait pris un moment avant de répondre, puis sans plus me prêter d'attention ils ont rapidement disparu rue Montmartre.

Le lendemain au petit déjeuner qui eut lieu à midi rue Boulard, Vincent se moquait éperdument de la scène du vomi et Christian a dit :

— Écoute, ferme ta gueule, j'en ai ras le cul de tes sarcasmes à la con !

Et il s'est cassé, fâché pour de bon.

Chic et choc

Les fâcheries ne duraient pas, le présent foisonnant de promesses réconciliait l'irréparable. Jojo marchait rue Jacob et je le suivais avec Vincent, Christian et Olivia. Les halos des réverbères donnaient l'impression que les passants sortaient d'un film rétro toujours le même dans cette zone du quartier, c'était *La Maman et la Putain* de Jean Eustache. Quelques pédales chics, sans doute des gigolos, saluaient Joël, il nous fit patienter en bas de chez lui le temps d'aller chercher le petit paquet de coco, et puis ne nous avait-il pas promis de tous nous inviter à dîner au Sept ?

Il est revenu pour me secouer comme un prunier :

— Je vais vous faire une surprise les enfants, oh !

Joël bouche ouverte planté au-dessus de ma tête et Vincent piqué de curiosité :

— C'est quoi ?

— J'ai les clefs du studio d'Yves Saint Laurent je vais vous faire visiter de nuit c'est renversant ça vous fait plaisir ?

— Génial !

Christian et Vincent à nouveau réunis se souriaient.

Olivia sobre en robe empruntée à Day Day et dont les joues roses sur un fond plus tanné exhalaient pudiquement un appétit féminin et charnel, témoignait par sa constance qu'elle n'était plus une enfant.

On s'est tous entassés joyeusement dans la Mini. Avant de démarrer en trombe Joël a mis des lunettes fumées dégradées les mêmes que Marlon Brando dans *L'Équipée sauvage.* D'une main agile il a glissé dans le radiocassette une K7 de Stan Getz et João Gilberto *The Girl from Ipanema.* Il filait sur les pavés et la Seine brillait, j'aurais voulu qu'on ait un accident et que la vie s'arrête ne pas connaître autre chose, la vitesse me grisait et je pensais *Françoise Sagan* tous ces mots de la nuit se glissaient dans mon corps comme dans du velours.

L'immeuble de Saint Laurent avenue Marceau se dressait imposant, nous nous taisions. Toutes ces brillances nocturnes, celles des carrosseries des voitures, leurs feux arrière, les reflets du ciel dans les vitrines des cafés et soudain à nouveau la sensation de pouvoir me perdre.

— On entre par la rue Léonce-Reynaud c'est sur le côté !

Jojo a allumé une minuterie, un couloir étroit puis un autre biscornu surchauffé. Joël semblait bien connaître les lieux, il était à l'aise dans ce dédale. Il nous a fièrement montré un des ateliers, surprenant par sa petite taille et bas de plafond. Des tables avec des patrons en carton, certains tracés en pointillés au stylo-bille, des canettes, des surjeteuses, des rouleaux de toile blanche et l'odeur franche et propre des bâtis. Accrochées aux murs derrière les tabourets, des photographies de vêtements d'Yves pour des magazines de mode, d'autres représentant des proches, quelques cartes postales exotiques de pays lointains. L'atelier m'intimidait par sa simplicité me forçant naturellement au respect des couturières. Vincent et Christian émerveillés, Olivia et moi on s'est souri au même moment c'était charmant. Joël qui avait sniffé de la coke grinçait des dents, clignait des paupières tout en faisant tourner autour de son index le trousseau de clefs. Redescendu au rez-de chaussée il déployait un zèle allant jusqu'à faire l'albatros en nous entraînant dans un salon rouge Napoléon III.

— Voilà c'est là que Monsieur Saint Laurent aime voir les mannequins, il s'assoit là à cet endroit sur une chaise Catillon.

Il pointait du doigt la moquette moirée et vide qu'éclairaient les lumières extérieures. Les grands miroirs du salon reflétaient notre petit groupe. Aucun d'entre nous n'osait parler.

— Vite !

Il a contourné d'une manière sportive un fauteuil rond, je me souviens d'un jogging, en remontant des escaliers avec ce sentiment curieux qu'aucun gardien n'était là pour nous interpeller. Joël amusé s'est arrêté d'un coup pour mieux nous observer, intrigué nos regards se sont croisés.

— Et voilà le studio d'Yves.

Le bras tendu il nous le montrait tout en nous interdisant d'y pénétrer. Olivia a dit quelque chose comme « mais c'est incroyable » et rigolé de son rire de Muppets. Des tables recouvertes de livres, de boutons, de rubans et de tout un bric-à-brac accumulé au fil du temps. Des chaises nordiques en bois clair recouvertes de galettes de skaï noir et derrière des rideaux blancs, soudain un affolement vint troubler son audace.

— Et là c'est le bureau de Monsieur Bergé !

Joël reprenait ses foulées décontractées dans le couloir le portrait d'Yves par Andy Warhol. Au fond une épaisse porte en bois.

— Avanti castors juniors !

De l'autre côté des vêtements, des accessoires. Je m'avançais dans le bureau de presse. J'effleurai la nouvelle collection du bout des doigts. Christian et Vincent me lançaient des œillades, Joël debout dépliait le petit paquet, tirait de grandes lignes de cocaïne sur une table en verre transparent teinté marron. Chacun notre tour, un trait. C'était la première fois que je sniffais de la cocaïne. Le sentiment d'un moment unique, un peu forcé certes, mais délicieux.

— Vous choisissez quelque chose qui vous plaît les enfants, ce que vous voulez ici, je vous le donne. Pas trop gros.

Au fond Joël désirait nous amuser et qu'on se souvienne de lui, des *secrets moments* qu'il nous faisait partager, Tonton Jojo.

Tous nous avions pris un petit quelque chose, je détenais au creux de ma main une paire de boucles d'oreilles en forme de longue goutte d'eau en cristal couleur jade. Finalement il préférait nous inviter à boire du champagne chez lui, la cocaïne nous avait coupé l'appétit. Dans la Mini, je riais la tête en arrière au son de *Stayin' alive*. Joël nous fit jurer de ne rien dire si on parlait il risquait d'être viré du clan des Saint Laurent à jamais. Chacun de nous avons caressé ses cheveux châtains et lisses lui promettant de ne rien révéler même à Loulou. Rue Jacob dans le clair-obscur des roses poudrées, la ville paraissait se soulever et je devinais aux paroles à la fois vantardes mais d'une immense pudeur que Vincent entretenait une liaison avec ce Madison Cox, plus tard dans la nuit alors que nous avions terminé de déguster des sushis, j'ai cru comprendre que ce Madison était à la fois l'amant de Pierre Bergé et d'Yves. Je retrouvais le magazine *Interview* et lisais ce qui est *out* :

– Les gants de laine
– Les blouses pirates et romantiques
– Les montres Rolex
– Le réveillon du nouvel an
– La Caisse d'épargne
– Les titres de noblesse
– Le céleri rémoulade
– Lauren Bacall
– Les bagages assortis
– Les blousons de cuir vieillis
– Les photos de mode posées
– Gérard Depardieu
– Edward Albee
– Pierre Cardin
– Les premières de film
– Les relations

Quelques jours plus tard, hébétée, je me traînais avenue Daumesnil sans avoir où aller ni quoi faire de mon corps, Joël avait été à Thoiry avec Christian et Olivia, et ils avaient pris un acide enfermés dans la voiture – une après-midi du tonnerre. À l'improviste je décidais d'aller voir Christian. Il buvait du thé Lipton, sur la table à manger du salon trônait son expérience, une chaussure recouverte de peaux de maquereau séchées. La forme était 1920, le talon ondulait tout comme les bords du soulier tatoué dégradé allant du blanc au noir en passant par l'argenté et piqué dans l'échancrure au niveau du coup de pied une délicate et fine aigrette faite avec la queue du poisson. Le soulier tacheté de pois m'évoquait ses poissons préférés du musée des Colonies et aussi Cendrillon.

— C'est beau tu trouves pas ?

— Oui.

Je me suis allongée sur le canapé et j'ai fumé une cigarette en regardant en face les immeubles en briques rouges.

La semaine d'après le mariage de Paloma Picasso et de Raphael Lopez Sanchez était une réussite il y eut un formidable spectacle de catcheuses nues dans de la neige carbonique. Vincent déguisé en dinosaure à pointe s'était paraît-il fait une bulle en se shootant chez Bette il dut y retourner pour se shooter une seconde fois à l'eau pour faire partir la bulle. Furieux qu'on marche sur la queue de son reptile il balançait sur son passage son extrémité aux night-clubbers.

Dans les toilettes pour filles, Frederika et Edwige s'embrassaient enfermées dans un vécé, je voyais leurs pieds s'entrelacer. Mes lèvres contre le miroir, la preuve que j'étais passée. Assise sur la banquette devant Maïté la dame pipi je m'éventais. Dans les toilettes pour hommes Vincent n'arrivait pas à ôter sa combinaison et râlait et au loin des mâles très cake urinaient dans les pissotières. Accoudé dans l'œuf de la cabine téléphonique un bel Américain me soupesait le combiné dans la main :

— Comment ça va chérie ?

— Ça va bien.

— Tu viens souvent ici ?

— Ouais, plusieurs fois par semaine.

— C'est chouette !

Il a raccroché le téléphone, la connexion avec New York ne marchait pas.

— Tu montes avec moi je te paie un verre ?

Des filles nous encerclaient impressionnées mordant leurs lèvres ouvrant grand leur bouche béate.

— Hmm, non pas envie…

L'Américain est reparti et les filles avec des têtes vicieuses se reculaient horrifiées, une d'elles se griffait la joue, une autre poussait un cri strident, une véritable scène d'horreur je me serais crue dans un campus ou dans *Carrie* et Christian dépité s'est laissé tomber sur la banquette :

— T'es conne ou quoi !

— Pourquoi ?

— C'est Bruce Springsteen !

Le vent souffle fort et le ciel plombé menace d'éclater, la tour Montparnasse sombre ressemble à une gigantesque colonne d'air conditionné avec ses magasins inutiles et déserts qui me rappellent mon enfance et les rares fois où Irène m'emmenait au cours de danse russe qui se trouvait à Vavin, nous rasions les vitrines lorsqu'il pleuvait et déjà cette tour me paraissait sacrement désolée. En bande nous traversons l'esplanade pour assister au concert privé et clandestin du groupe Kraftwerk à l'occasion de la sortie de leur album *The Man-Machine*. Nous attendons les Kraftwerk dans une enfilade de bureaux au dernier étage et ça me rappelle *Alphaville*, le couché de soleil rouge orangé décline sur les claviers, il y a des bouteilles de vodka. Yves Adrien fait le malin avec son chapeau de cow-boy et snobe Alain l'écrivain qui a fait un tabac à « Apostrophe ». Lorsque je me suis retournée Christian parlait avec Farida, son abondante chevelure, sa belle bouche rouge, ses yeux de braise, son corps moulé d'une jupe crayon en cuir et d'une chemise sang-de-bœuf, nouée comme les chicanos, rehaussait la couleur de sa peau ambrée presque noire dans le bleu du soir et lui donnait un aspect sexuel qu'ont certaines filles du Bengale. À son attitude sérieuse et tandis qu'il la dévorait du regard je sentais Christian jeter son dévolu sur Farida et en même temps la jalousie m'envahir pour mieux me posséder. Elle souriait et sa réserve que venait conjurer une de ces haines qu'ont parfois les Algériennes rebelles la rendait encore plus spectaculaire. Christian tombait amoureux comme savent si bien le faire les homos à l'affût des jolies femmes, les couvrant d'affections turbulentes et contradictoires, de compliments amusants, elle éclatait de rire et je percevais l'importance, les proportions gigantesques que prendrait leur relation. Comprendre dans cette tour ces choses m'effarait je sombrais sous l'emprise dévastatrice des sentiments car du même coup j'apprenais par une forme de substitution comment les hétéros pourraient m'atteindre – je ressentais le chagrin, le regret de notre relation passée et pourtant toujours présente et vivais une sorte d'union extraconjugale avec un hétéro imaginaire et inexistant par procuration qui partait d'un être homosexuel et trouvais là une manière sophistiquée et subtile d'aborder l'existence. Mais peut-être qu'avec les hétéros ce serait différent et alors les choses seraient inversées, étant avec un hétéro je penserais ma vie avec des homosexuels, sorte de mouvement rotatoire où l'un ne pouvait pas exister sans l'autre, c'était possible. Tout devenait compliqué. Je me tournais des films et difficile de danser sur la musique de Kraftwerk. Après le concert, seule dans le métro, je ressentais la trahison, le vide et *The Man-Machine* qui me revenait en tête et l'envie de me suicider comme plus tard l'année d'après ou Christian m'appellerait pour s'amuser Mademoiselle Christiane F.

Icône

Dans Paris sur les murs les affiches de *Façade* me représentant avec Dalí étaient enfin apparues, j'étais la reine et Pierre et Gilles m'avaient invitée à passer chez eux, ils tenaient à me remettre le magazine en main propre, l'intention mignonne et délicate m'enthousiasmait. Il faisait beau ce jour-là c'était un joli mois de mai et j'étais fière mais contrariée de ressembler encore à une enfant sur la couverture. J'en fis la réflexion à Christian et jouant les belliqueux il m'arracha le magazine des mains et l'examina chichiteusement le sourcil raide en accent circonflexe, me le tendit sérieusement tout en me conseillant d'être « contente ma fille car c'était super bien ». Puis il a extirpé de sa poche quelques bandes de photomatons noir et blanc qu'il avait faits à la Bastille avec Farida et les reflets dans l'image avaient ces profondeurs que seule la nuit retient, un côté vague où tout est possible. Immédiatement Gilles les réceptionnait avec bonheur. Il est allé les accrocher dans la cuisine à côté d'autres photomatons. La bande apparaissait dans des situations incongrues, on pouvait suivre les aventures des uns et des autres rien qu'en observant les différents tableaux. Edwige, Éric, Frederika, Gigi étaient réunis, Vincent et François Baudot, Philippe Krootchey aussi et Christian, Anne et Apolline apparaissaient déguisés, Alain était souvent avec Bette, à eux tous ils formaient parfois des couples étranges, des garçons sauvages dont le nom m'échappait mettaient en scène leur vie. L'intensité de la lumière aux reflets d'aurore éveilla de nouvelles sensations inconnues, une onde vibrante me saisit, je m'ébrouais comme un cygne. Nous nous sommes souri gentiment, j'ai bu des compléments sportifs, grignoté des barres céréalières. Pierre et Gilles attirés par le culturisme s'étaient inscrits à la salle de gym des pompiers non loin du Palace et leur musculature augmentait de jour en jour. Pierre a allongé ses pieds sous la table.

— Tu veux poser en groupie de Claude François ?

— Oui d'accord.

— Tu meurs en t'électrifiant avec une fourchette plantée dans la prise et tes cheveux se dressent, tu seras habillée tout en Azzaro.

— Génial !

Charles est apparu, il était impeccable et chic en costume bleu, l'air énigmatique, le jour il se révélait être un beau ténébreux. Il tenait fermement sous son bras un carnet à dessin et une grande boîte d'aquarelle.

— Vous n'avez pas vu Djemila parce que je suis monté, elle n'est pas dans la chambre ?

Et Pierre a répondu :

— Non on l'a pas vue depuis plusieurs jours.

— Bon tant pis…

Charles m'a longtemps appréciée, prenant ses aises, il s'est délicatement approché, son sourire léger m'a frôlé le cœur puis il est parti. Pierre s'est levé il a posé sur le pick-up un disque de Sylvie Vartan *La Maritza*.

Cher Christian pour mes treize ans on a rejoint Pierre et Gilles à la Foire du trône et fait beaucoup de tours de manège. Je ne mangeais plus depuis quelques jours je voulais être svelte et j'avais maigri puisque tu as remarqué le creux de mes salières. L'air sentait l'été je portais pour aller danser une robe claire en crêpe de Chine dont le buste était joliment perlé et mis des barrettes strassées sur un des côtés de mes cheveux pour les relever dans la prolongation des tempes. Je tenais l'anse en bambou d'un sac en forme de seau qui se balançait au rythme de notre marche. Au Palace tu m'as offert une coupe de champagne. Gilles avait beaucoup bu, il m'a roulé un palot et Gangloff jaloux lui a foutu son poing dans la gueule et lui a cassé le nez. Tu ne l'as pas remarqué car tu dansais sur la piste avec Farida. Je ne sais plus si c'est ce soir-là ou un autre mais j'ai le souvenir qu'au petit matin on a suivi en scooter Pierre et Gilles et on est montés chez eux, on est allés dans leur chambre, on s'est allongés sur le lit les uns par-dessus les autres, vous vous êtes embrassés, caressés et je suis partie. En descendant les escaliers j'ai croisé Farida elle allait se coucher dans la chambre de bonne.

Je détenais dans une boîte Mickey des bigoudis chauffants rose layette offerts par ma partenaire du film italien *Maladolescenza* Laura Wendel, une invention labellisée de sa maman. Il fallait faire bouillir quelques minutes les bigoudis dans une casserole d'eau, la vapeur de chaleur bouclait admirablement mes cheveux de la même manière que le fer à friser mais sans les détruire. Je m'appliquais à ma coiffure devant le petit miroir de la cuisine de Christian pendu au téléphone depuis trois quarts d'heure avec Anne.

— …. Non c'est une embrouille je te dis on est allés avec Vincent à la fête à la noix du cinéma au Grand Véfour, bon pour entrer Vincent a fait croire qu'on était des amis d'Alain Delon, ça fastoche et une fois à l'intérieur… c'est un obsédé il m'a dit mate l'argenterie elle est magnifique et il a commencé à en fourrer partout dans son grand imperméable j'ai dû prendre trois fourchettes à la con comme un débile et on s'est tirés vite fait en scooter et les flics nous ont coursés jusqu'à l'avenue Daumesnil pour nous coincer…. Si… attends drôle, là je les ai semés et lui il s'est fait arrêter tout seul comme un débile mental… écoute une fois chez moi le téléphone a sonné et j'ai pigé pas folle la guêpe j'ai dit à maman ne décroche pas le téléphone… c'est un coup de Vincent, j'ai tout de suite compris qu'il m'avait balancé… non après il est retourné avec les flics rendre l'argenterie au Grand Véfour et a supplié le patron de ne pas porter plainte parce qu'il a eu un casier quand il a volé ses merdouilles à la Samaritaine avec Eva… C'est dégueulasse… Bah le scooter rien, tant qu'ils ne m'appellent pas… C'est pas cool…

Mes cheveux étaient frisés, souples, très star des années 30 et la température était caniculaire. J'entendais qu'il raccrochait le combiné. Lorsque je suis entrée dans sa chambre Farida étalée sur le lit fumait une cibiche et Christian lui peignait les ongles des pieds. On glandait, on se faisait chier, on est allés au Palace super tôt, on s'est retrouvés en bande.

Bette, Alain, Philippe, Gigi, Anne, Krootchey, Apolline, Christian allègrement étalés sur les marches, on s'est partagé du saucisson avec du pain. Christian et Vincent se tiraient la tronche, le public entrait vaguement et Claude Aurensan s'est pointé les mains dans les poches :

— Écoutez-moi bien vous tous les mineurs, je veux que vos parents vous fassent une autorisation écrite et signée pour vos sorties avec photocopie de la carte d'identité renouvelable, je donne l'ordre à l'entrée qu'on me les remette sinon vous ne rentrez plus et vous ne mangez pas à l'intérieur de l'établissement, c'est interdit.

Il a tourné les talons, qu'est-ce qu'on a ri. On entendait enfin les Bee Gees *Too much heaven* on s'est précipités vers la piste pour danser et Vincent m'a attrapé la taille :

— Attends tu fais quoi cet été ?

— Pourquoi ?

— Je t'invite à Saint-Palais.

Le bel été

Les épines de pins parasols sur le sable clair, la mer à perte de vue et cette odeur d'enfance. Le panorama émaillé de quelques baigneurs, un petit bateau blanc et en contrebas, la plage de Saint-Palais circonscrite par le chemin de promenade et le restaurant le Nausicaa. En maillot avec nos serviettes nous nous étonnons de la beauté du paysage. Ce bord de mer resté intact comme dans les années 1950 est notre paradis. La camionnette du vendeur de glaces interpelle les vacanciers à l'aide d'un haut-parleur propageant le lieu où se dérouleront les attractions, la foire. Nous sommes allongés avec pour ciel de lit la cime des arbres. *Étoile de mer.* Nous portons tous des bandeaux que nous a distribués Vincent. Apolline féline s'étire, Olivia fait rouler les grains de sable sur sa peau et Vincent respire à pleins poumons cherchant les rayons du soleil avec son visage. C'était le dernier été, les parents de Vincent venaient de vendre la maison, il restait l'immense garage à bateau qu'il surnommait le garage à bites. Arrivée le matin Vincent m'a immédiatement raconté ses belles voyouteries que j'ai par la suite transcrites sur une carte postale représentant le front de mer.

Vincent, Simon Boccanegra et Djemila ont attaqué le dealer de Saint-Palais et sa copine avec un cran d'arrêt.

Soixante à mort j'ai pas de remords.

Ils ont ligoté le dealer avec une corde sur une chaise et la petite copine est allée chercher le magot de dreu et puis ils les ont menaceman de leur faire la peau s'il revenait à Saint-Palais !

Allez-y libido ! C'est nous la bande au bandeau !

Apolline serre un tronc de pin parasol dans ses bras et ses pupilles disparaissent dans le bleu délavé de ses yeux. Vincent malicieux et sophistiqué se peigne les cheveux, il perd ses espadrilles dans le sable, court les rechercher. Le garage à bites donne sur la mer, de l'autre côté du versant, la baie et ses maisons entourées de pins parasols – je mérite la volupté, l'amour, le partage, je veux être la proie d'un homme tout entier vivant et me fondre dans ses bras dans un mouvement aussi intime que le sommeil. L'intérieur du garage à bites immense et sans bateau en haut d'un escalier en bois, un appartement. Simon est installé dans un des six lits, derrière lui une autre chambre, d'autres lits. Il est torse nu et porte lui aussi un bandeau il a tatoué sur son bras Mort aux vaches, un cœur une dague ensanglantée, il me fait penser à un bagnard dans un film de Kurosawa. Il est raide, singulier, élégant.

— Je veux une ligne.

— C'est Simon qui garde la dreu.

Simon a ouvert le paquet à contrecœur, il m'a filé une pointe avec le bout de son couteau.

— Que ça c'est tout, elle est super forte.

— Bah dis donc tu t'es fait une réserve il y en avait beaucoup plus que ça… elle est où ?

Simon clope au bec ignore Vincent, se contente d'en laisser une trace sur un papier journal.

— L'arnaque…

Les filles allongées sur les lits, tous ces lits comme dans une fumerie d'opium et une fenêtre petite carrée se découpant sur le ciel bleu.

— On se baigne Vincent ?

— Évidemment, tu restes là Simon, tu te baignes pas ?

— Non je lis Jin Jeannette, *Notre Dame des Fleurs*.

L'eau bleu marine donnait le sentiment d'être dans une crique, et sur la jetée on distinguait un bâtiment, le Nausicaa.

— Le Nausicaa c'est quoi ?

— C'est le casino pardi !

Vincent sûr de lui nageait le dos cambré et les filles faisaient la plancha. Le soleil est chaud, on bronze. Vincent était déjà cuivré, Apolline sous une capeline s'épilait sur la plage la chatte en forme de cœur. Après, nous sommes allés boire un bitter americano au Nausicaa, c'était la classe.

On dansait sur deux disques dans le garage à bites
Saturday night fever et Let's all chant
Et moi je chantais Love to love you baby
Soixante à mort j'ai pas de remords

Vincent, le soir tu avais mis une belle chemise blanche pieds nus dans tes escarpins et moi mon bustier à rayures Brigitte Bardot, il n'y avait pas beaucoup d'attractions. La foire était vide rien qu'un haut-parleur qui diffusait faiblement la voix d'Eddie Cochran, *Three Steps to heaven*. Un loulou appréhendait l'avenir depuis son stand de tir itinérant. Tu nous avais offert à la tirette des bracelets en plastique à deux francs que j'ai longtemps gardés au poignet. Tu t'es demandé si on devait inviter le loulou dans le garage et puis tu as eu la flemme.

Le lendemain matin tu t'étais emparé du *Façade*, tu m'as dit « Viens on va rigoler » et une fois à la boulangerie, tu m'as obligée à occuper la boulangère avec le magazine en lui expliquant que je faisais la couverture avec Salvadore Dalí le temps qu'avec Olivia vous voliez des viennoiseries. On a rigolé pieds nus sur les épines de pin face à la mer et dévoré les croissants. Christian nous a rejoints, il n'arrivait pas à parler impatient tu voulais savoir pourquoi il riait tant et Christian a avoué qu'il avait trombineman avec le contrôleur et puis en balayant autour de la table tu t'es mis à chanter une chanson grivoise que je garderai secrète. D'un ton péremptoire tu nous as forcés à faire bourse commune. La poudre avait disparu avec Simon. Pierre est arrivé le premier, Gilles viendrait après. Christian a couché avec Pierre puis avec Gilles. Ils s'aimaient, c'était un couple à trois. Pierre et Gilles adoraient le soleil, on a été manger des glaces sur la plage, Gilles s'est acheté un matelas gonflable, on se l'est partagé à tour de rôle. On a bu du Martini, du gin. Le soir on est retournés à la foire, elle était toujours vide. On est entrés dans le stand du loulou absent et on a mis le vinyle d'Eddie Cochran à fond les ballons. La nuit couchés dans nos lits on voulait rester encore ne jamais rentrer.

Au Palace, il n'y avait presque personne et je repensais à la foire, c'était comme l'image d'après. Charles dansait sur la piste en costume gris, il dansait super bien, nos regards se sont croisés, il continuait à danser comme si rien ne pouvait l'arrêter, il me paraissait encore plus beau le corps en mouvement, et Vincent m'a saisi la main pour mieux me faire tournoyer, d'un mouvement savant il a glissé sous mes jambes et lorsque je fis volte-face, Charles avait disparu. Ce soir-là, je suis allée me coucher tôt car le lendemain, c'était la rentrée des classes. Mon nouveau collège situé à Montreuil bien que dans un style 1960 me répugnait et tout dans mon corps s'offusquait à une vie normale d'adolescente dans laquelle je ne trouvais aucune place, pourquoi ? Le quotidien avec Irène impossible, jamais elle n'était arrivée à me faire mon coin ni même à dégager une de ses armoires pour que je puisse y déposer mes quelques affaires. J'étais une enfant des rues et rêvais depuis toujours d'un toit qui m'abriterait et où se déploierait sans ambages la femme en devenir – abîmée, fragile, mais pas détruite, j'errais sous les allées de marronniers, hésitant à retrouver la compassion de mon ami Christian. Quand je franchis sa porte, il émanait un mélange d'odeurs de steak de cheval et de linge propre, méfiant, son teint tournait gris et ses globes oculaires se rétractaient dans ses orbites.

— Je peux dormir chez toi ce soir ?

— Non, c'est niet, ta mère a appelé la mienne, tu es suivie par la DDASS je suis au courant… c'est pas génial…

Je craignais qu'il m'en veuille de lui avoir caché cette vérité faisant de moi une paria.

— Tu peux plus dormir ici, je vais pas mettre ma mère en danger si tu as des problèmes avec les flics et qu'ils déboulent ?

— Mais il n'y a aucune raison.

— C'est non, n'insiste pas.

Ma mère, habile sorcière, employée à empoisonner mon existence, avait réussi à lâcher sa dose de venin mortel.

— De toute façon Farida habite ici maintenant.

— Ah bon ?

Effectivement ses affaires pendues avec celles de Christian et ses souliers mêlés aux siens envahissaient sa chambre. Des larmes glissaient sur mes joues.

— Pas de drame pitié, écoute c'est dur mais maintenant il faut que tu fasses avec, c'est sûr ça n'arrange rien…

— Tu te tais…

— Oui j'écrase.

— Tu es toujours mon ami ?

— Évidemment !

N'en pouvant plus, je suis partie en courant pour fuir ma vie.

Les rues sont tristes, tout me blesse et aucune envie de me droguer si ce n'était pour apaiser cette douleur horrible et farder d'un bleu profond presque noir ma jeunesse harassée. Il me restait au cas où un peu d'héroïne brune offerte par Alain Pacadis achetée à Médélice. La peur n'est pas une lâcheté mais une reconnaissance de l'horreur de la vie. J'arpente Clichy, Pigalle, je rôde et me dirige vers les Halles. Mon libre arbitre, en avais-je un ? Je cours, je sprinte, je m'envole.

— On s'arrête.

— Pourquoi ?

— Pourquoi tu cours, pourquoi tu t'enfuis ?

— Non.

— Montre-moi tes papiers.

— J'ai pas de papiers, vous me faites chier !

Les policiers m'ont embarquée. Au poste des Halles ils connaissaient bien mon prénom. Face aux mains d'une femme prête à fouiller mon corps, je dus obtempérer. Rapidement elle dénicha le petit paquet glissé dans mon soutien-gorge à bouts pointus. Par la suite, ils ont mis les manières policières, la tactique consistant à ce que j'avoue, en vain. Je m'ingéniais à faire la clownasse et grâce à mon empathie naturelle, je réussis malgré tout à les faire rire.

— On va passer le dossier à la brigade des stupéfiants !

— Et mon cul c'est du poulet !

Ma mère affolée, les cheveux hirsutes en palmier sur la tête, est venue me délivrer de ma cage. Sa coiffure m'interroge, elle me réprimande avec véhémence attendant que je lui livre mon repentir de petite fille et à contrecœur il m'a fallu dormir dans l'antre de Satan et me soumettre, l'écouter palabrer sur le sens aléatoire et alarmant de son existence dont j'étais la proie, la presque femme gênante qui depuis des mois s'enfuyait dans Paris. Ochlophobe, elle ne supportait pas la foule ce qui l'empêchait de me poursuivre dans les discothèques. Contrainte de rester chez elle dans l'affliction et l'amertume de sa jalousie elle usait sans restriction du téléphone dans le but de me traquer et par là de créer la discorde et l'embarras de mes amis et de leurs parents, espérant qu'ils finiraient par me rejeter. Allongée sur mon lit de parade, je songeais, elle m'a eue la salope. Deux jours plus tard la brigade des stupéfiants m'a convoquée. Le type qui allait m'interroger était un moustachu à l'ancienne comme dans *Les Brigades du Tigre*. Le bureau enfumé et hostile et les allées et venues des policiers et des balances et à cela s'ajoutait une odeur d'œuf dur. Les yeux du gradé tentaient de percer la vérité.

— Qu'est-ce que vous voulez ?

Il a violemment tapé sur la table avec la paume de sa main.

— Tu sais où tu es ici ?

Son ton agressif me heurtait.

— À la brigade des stupéfiants.

— Voilà c'est bien de le savoir, c'est grave tu te rends compte, à ton âge de prendre de la drogue ?

— Oui.

J'ai éclaté en sanglots, il appréciait mes larmes.

— L'héroïne elle vient d'où ?

— On me l'a donnée.

— Qui ?

— J'sais pas.

Il cognait du pied contre les parois intérieures de son bureau, au signal un collègue est immédiatement sorti de la pièce d'à côté en bras de chemise et bretelles, clope au bec et à son tour il a tapé du poing sur la table et il est venu derrière moi pour secouer ma chaise et j'en pleurais de plus belle. Le gradé agitait son index menaçant dans ma direction.

— Tu sais forcément, tu t'es déjà fait arrêter pour vol et tu es suivie par les services sociaux, tu vas aller au tribunal, être jugée… Tu connais la prison pour enfants ?

— Non.

— Elle est à Lyon… alors tu vas parler ? a dit le subalterne.

— C'est un homme.

— Qui ?

Le policier sentait fort le Rexona.

— Je sais pas, un type dans la rue la nuit.

— Où ?

Il postillonnait. De la morve coulait sur ma robe.

— Rue Montmartre.

— Ah on avance, devant le Palace ?

— Je vous jure je connais pas son nom.

— Il s'appelle pas Médélice ?

— J'sais pas…

— Ça brûle, a dit le subalterne.

— Tu vas aller direct en maison, ta maman va t'apporter tes petites affaires.

— C'est lui ? Dis oui et on te laisse partir.

— Je connais son nom mais c'est pas lui.

— Mais tu sais qu'il vend de la drogue ?
— Oui.

Le palais de justice est un endroit magnifique. *Quai des Orfèvres*, c'est joli comme nom. Bientôt je serai isolée, cette pensée ne me fait pas peur, je regrette les amis que j'ai dans le cœur, je devrai les trahir davantage, les souiller, les perdre comme on se perd soi-même. Le juge pour enfants dans son cabinet entouré de paperasse et derrière lui une fenêtre avec des voilages opaques, sur son bureau une lampe assortie aux rideaux diffuse une lumière chaude pareille à celle des bars à putes. Ce n'est pas un film, c'est mieux qu'un film, c'est la réalité. Madame Chenu assise à ma gauche retient fébrilement mon dossier précisant avant de le tendre au juge pour enfants dont la face est obtuse qu'il y a un ajout supplémentaire consignant mes souhaits. Irène gommée contre le mur respire mal à cause de ses problèmes aux poumons. Les charges contre ma mère sont conséquentes, les photographies, l'hygiène de vie qu'elle n'arrive pas à me donner et l'éducation, ma scolarité inexistante. Mes arrestations pour vols et détention de drogue, tout jouait en ma défaveur. Le juge estimait que la situation ne pouvait aller qu'en se dégradant et envisageait un placement d'office dans un centre d'accueil et Madame Chenu usa de toute sa bienveillance maternelle et de son savoir-faire, il fallait me donner une chance, elle se battait avec ferveur et j'en pleurais. Tout se passait si vite. La maison d'accueil c'était la prison, ma mère serait dépossédée de ses droits maternels. Une femme retranscrivait nos paroles, elle tapait à toute allure sur une machine à écrire. Je promettais au juge et à l'assistante de bien me tenir, de dormir chez Maman, d'aller au collège à Montreuil, de ne plus faire de bêtises. Ma mère s'engageait à ne plus me photographier, et jurait de modifier son mode de vie. Elle mentait et voyait une avocate, constituait un dossier fait d'attestations de soutien en vue de protéger ses photos et ses négatifs me représentant au cas où la justice les lui confisquerait. Le juge impatient d'en finir avec l'audience acceptait de m'accorder une chance, la dernière.

Le lendemain soir pour fêter cette dernière chance je me suis parée comme une reine, j'ai mis ma plus belle robe pour aller danser en velours bleu nuit parsemée d'étoiles en diamant et frisé en boucles rondes mes cheveux d'or, souligné mes paupières d'un trait d'eye-liner et fardé ma bouche de Rouge Baiser. Le hâle de l'été brûlant restait longtemps sur ma peau et rehaussait ma blondeur, mon corps aminci par les bains de mer me prêtait enfin l'allure de la jeune fille tant désirée, elle était là cette jeune fille, c'était moi. Je me suis parfumée de Femme de chez Rochas, et l'odeur capiteuse m'entêtait si fortement lorsque je marchais dans la rue et les lumières du boulevard de ceinture brillant et le flux des voitures, les enseignes de néon me berçaient, enfin je pouvais me perdre, m'abandonner à la nuit. Seule, avec une fausse autorisation, je franchis les portes rouge et or du Palace pour me rendre sur la piste, plus tard je trouverais bien un copain ou une copine chez qui dormir. Edwige m'a claqué la bise et Bette pestait contre Farida parce qu'elle s'était essuyé ses pieds sales sur son lit et l'avait traitée de *petite bourge de merde*. Vincent discutait avec Loulou et Christian avec Farida, quelle soif il fait si chaud. Des perles de sueur coulaient sur ma poitrine et j'imaginais le numéro de mon ticket s'estomper au fond de mon soulier. Accoudée au bar et les lasers circulaires et les poursuites, les stroboscopes. Charles est arrivé lentement il fumait une cigarette, de près son beau visage me paraissait immense, il semblait si juvénile et plus je le regardais plus il grandissait où bien c'était moi qui rapetissais, je ne sais plus. Il m'a attirée dans ses bras et m'a dit tout bas :

— Tu es un ange.

Je comprenais qui il était.

— Tu es mon ange, viens Eva, viens on va danser.

REMERCIEMENTS

Christian Louboutin, Vincent Darré, Charles Serruya, Olivia Putman, Justine Pearce, Jean-Noël Orengo, Juliette Joste, Simon Labrosse, Antoine Flochel, Colombe Schneck.

DE LA MÊME AUTRICE :

INNOCENCE, Grasset, 2017.
LA BAGUE AU DOIGT, Robert Laffont, 2023.

Eva Ionesco

EST AU LIVRE DE POCHE

Le Livre de Poche s'engage pour l'environnement en réduisant l'empreinte carbone de ses livres. Celle de cet exemplaire est de :
400 g éq. CO_2
Rendez-vous sur
www.livredepoche-durable.fr

PAPIER CERTIFIÉ

Composition réalisée par PCA

Achevé d'imprimer en août 2023 en Espagne par
BLACKPRINT
Dépôt légal 1re publication : septembre 2023
LIBRAIRIE GÉNÉRALE FRANÇAISE
21, rue du Montparnasse – 75298 Paris Cedex 06

51/8123/7